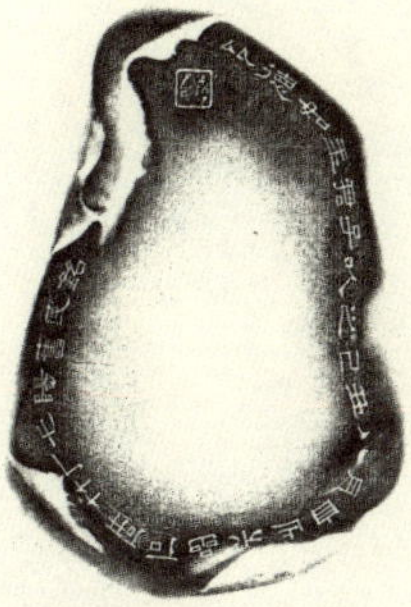

過時的游戲

竹庵诗文与题跋

白謙慎題

蒙中 著

三联书店

图书在版编目（CIP）数据

过时的游戏：竹庵诗文与题跋 / 蒙中著. —北京：
生活 · 读书 · 新知三联书店，2024.3
ISBN 978－7－108－07740－0

Ⅰ. ①过…　Ⅱ. ①蒙…　Ⅲ. ①文艺－作品综合集－中国－当代
Ⅳ. ① I217.2

中国国家版本馆 CIP 数据核字（2023）第 197058 号

封面题签　白谦慎
责任编辑　唐明星
装帧设计　刘　洋
责任校对　常高峰
责任印制　李思佳
出版发行　生活·讀書·新知　三联书店
（北京市东城区美术馆东街 22 号　100010）
网　　址　www.sdxjpc.com
经　　销　新华书店
印　　刷　天津裕同印刷有限公司
版　　次　2024 年 3 月北京第 1 版
2024 年 3 月北京第 1 次印刷
开　　本　787 毫米 × 1092 毫米　1/16　印张 28
字　　数　50 千字　图 528 幅
印　　数　0,001－3,000 册
定　　价　189.00 元
（印装查询：01064002715；邮购查询：01084010542）

自序

从童年时，我就对中国古典文化的精神世界充满浓厚兴趣，这样的兴趣和热情延续至今。一本《芥子园画谱》，几本楷书字帖，是我学习书画的启蒙导师。写写画画之余，对画谱和字帖上的诗文内容也非常感兴趣，为了读懂这些繁体文言，又特别留心古汉语的学习，课余时间，借来不少诗词、文言经典和历代画论，凭着个人兴趣去阅读，差不多到念高中的时候，对于文言阅读已无大碍。这使我很早就掌握了进入古典世界的重要工具。

早年的这点基础，加上与生俱来亲近大自然的天性，对生活的热爱，使我在后来的发展中得以滋养。我从小在写字画画之外，乐此不疲醉心于种花，种菜，养鸟，养鱼，堆假山，制作结构复杂的风筝，雕刻石像，学习篆刻，集邮，收集各种好看的树叶和石头、瓷器、化石标本、各种模型，甚至还自己动手点烟造墨、制作毛笔、刻印笺纸、裱画，等等。有一年夏天，我还在江边偶然挖出一小块清代的残碑，费尽力气搬回家，摸索着用宣纸将上面端严的刻字拓下来。这一切全凭兴趣所致，不受约束，乐在其中。正是这样漫游于古典的精神世界与充满机趣的经历，既奠定了我的人生方向与志趣所在，也给如今的我能参与到这样的“游戏”中，埋下了伏笔。

进入艺术学院，原计划是系统学习国画。彼时学院的大氛围，在“八五思潮”的影响下，西学是主流。因此在中国画上的收获并不多，除了系统掌握了学院教学体系的方法外，更多是对西方艺术以及当代艺术的学习与思考。要说中国古典艺术，诸如诗、书、画的基础，还是更多得益于早年的那段自学经历。

毕业后，依旧按照自己的理解去实践。我对南宗一路宋元明清文人画下过不少功夫，对近现代各家的艺术思路与画法，做过个案研究与分阶段的学习，也在大自然中画过大量的国画写生。于书法下功夫在晋唐帖学领域多些，兴之所至，偶尔也写写北碑之类的。而今操刀篆刻的兴趣，在大学毕业后就渐淡下来，只偶尔构思刻几个小印自用，但对这块的资料搜集、阅读和鉴赏兴趣依然浓厚。书画之外，于文、史、哲的学习，多凭兴趣泛览杂读。于诗文，我喜欢质朴清通、空灵简淡，有作者独到见地与态度的，更偏爱阅读历代的随笔札记、书画题跋。这其中尤多好诗妙文与有思想、有灵感、有创见的东西，加上这样的文体方式鲜活自由，往往使人获得不少启发与思考。阅读之余，我用白话写作，记录阐述一些生活的感悟与艺术的体会。我也将一些感发与思考，用旧体诗和文言随笔札记的方式记录下来，题在自己的书画上，或是写在收藏的字画、碑帖上。

一些朋友或许以为我的题跋小字还不至于破坏美观，将珍藏的文房雅玩、书画碑帖请我画画、题跋。借着这些机会，也让我有机会更多去学习和了解，开了眼界，增长了知识。虽然这本册子里的书画、金石、碑帖、古籍以及自己参与设计铭刻的文房小品，从收藏的角度来看，都算不上多珍贵。但正是这样的东西，经我参与其中，有我自己的设计创造以及个人审美情趣与人文价值的判断存在。因此，人与物，有了更深层次的互动与交流，成为生活的一部分，滋养着我的艺术创作而不能用物质与金钱的视角，去解读这件事的意义。对于资本时代，越来越被物化的世界仅将它们视作投资的收藏品而言的今天，我以为这样的形式，要更接近于古典意义上的“游于艺”、“鉴”与“赏”的研学方式。我在《自嗨录》跋文里，阐述了这点思考。

书画金石以及文房器物上的铭文刻辞，历经千年以来的流变，士人的参与早已形成了中国独有的文体形式，囊括了一个人的学术水准、修养品格、文学造诣、书法功力、见识与审美。题跋位置大小、选择的书体赋予在艺术品上，诞生了独特的形式美感。如此参与，于物之上，更添一层人文的价值与温度。可视作对当今学院教育缺失之外的一些补充，这也是我自认值得将这本小册子做出来，与更多同好分享的意义所在。

这些题跋的表述形式，采用的多是旧体诗和文言文，词句上尽量避免艰奥晦涩，但求清通有法，能抒己怀。我并非单纯地想成为诗人或某领域的专深研究者。在我看来，诗文书画在古典艺术的世界里，本来就是一体不分的，是书画家应该具备的基本素养。中国传统的“精英文化”是在文人士大夫群体中创造发展起来的，在艺术方面，最集中的体现，便在诗、书、画三种形式之中。这些诗、书、画创作再加上鉴藏题跋，其中有我的审美趣好，有我对书画的心得、对物的态度、对艺术品的鉴赏考据、对艺术史的看法，等等。呈现的就是这样一体融合，更为丰富的精神世界。我也在这样的契机里尽情涉猎，拓展了不少相关的知识领域。涵泳沉浸既久，在实践过程中，我对艺术史、对古典人文精神有了更为整体、深入的体悟。这样随性而不受约束的旁涉，则使我深有味乎前人所谓“知之者不如好之者，好之者不如乐之者”。

余英时先生在《张充和诗书画选》的序言中指出，儒、道两家对于学习的基本观点“以通驭专”。他以为：

> “以通驭专”不仅贯穿在古典教育之中，而且也表现在中国“精英文化”的不同方面，如学术、思想、艺术等。现代中外学人都承认：在中国学问传统中，文、史、哲是“不分家”的，与西方显有不同。但这并不是说，中国的文、史、哲真的没有分别，而是说，它们都是互相关联的，不能在彼此绝缘的状态下分途而孤立地追求。这一整体观的背后，存在着一个共同的预设：种种不同的“学术”，无论是“百家”或经、史、子、集，最初都是从一个原始的“道”的整体中分离出来的。因此，在各种专门之学分途发展的进程中，我们必须同时加紧“道通为一”的功夫，以免走上往而不返、分而不合的不归路。

余先生的文章中，还借《文心雕龙》“道心惟微，神理设教”这句，指出“中国精神史上一切‘创’与‘述’都源于‘道心’”。这统领中国艺术的核心理念，是当代学院艺术教育里最遗憾的缺失。诗、书、画也好，文、史、哲也好，其背后若无这样的“道心”做支撑，古典精神世界便仅剩躯壳，我们从古典艺术里学习获取的，也仅仅是一些死掉的技法与符号。更何谈激活古典精神的核心价值？何谈与时代精神的深切关联和创造发展？

对此我颇有共鸣。我的专业定位是在书画上，但同时诗书画与文史哲的兴趣串联，使我这些年像条鱼一样，在古典的精神世界的长河里自在畅游。沿着一些支流局部，摸索回溯到干流、源头，再由源头、干流，漫游到很多以前不太深入的支流领域里，涉及文史哲、金石碑帖、考古鉴赏、文献目录等诸多学科门类。在这样的兴趣引导下，连锁学习涉猎，加上实践与体悟，很多东西渐渐贯通起来。我所理解的“道通为一”便是贯穿其中，成为无处不在的精神力量。“以通驭专”，“通”并非用来炫耀的哗众取宠，而是借此对艺术史、对中国古典的精神世界，有了更为宽广与深入的视角。反哺到“专”的领域，似乎更增“降维”驾驭的能力。

这些积淀，使我不仅获得诸多艺术创作上的灵感与蜕变。在人生的层面，也得不少收获。并使我于人生的选择、于艺术的态度，在不断的调整中愈发清晰。为了从世俗的束缚与羁绊中尽力跳脱出来，我选择了僻居乡下村落，不断给生活做减法，目的也是能让精力更加聚焦。自然，我的艺术创作也发生了潜移默化的改变。这点变化尤其是在移居大理的八年里，最为明显。得以从书本上的文化知识河流，扩展到山川自然这个更加充满生机、蕴藏力量、更为宽广的世界里。经常在山水间游息，在田野间漫步，在天地间生活劳作，在日月山川与四季流变中感受着自然造物的神奇力量，每每良多玄思。我在大自然中的感受，也写在题跋文字里，如题《雨后溪山图册》。

早年在自然里大量写生的经验，在古人笔墨里学会的理法，也在另一种层境上被激活。我看山川河流、林木舟桥，从以前的笔墨构图、光色皮相的采集，到而今能熔铸进更多的要素进行提炼与结晶。师友评论我的书画与时风距离越拉越开，自己的面貌越发清晰起来。其实这也与我切入传统、审视时代的个人视角特点，互为因果。反观中国古典的精神世界里，那些在这个时代依然不过时的，是最为核心的价值部分，可在现代艺术教育体系下，那些却被我们忽略了。这些收获，自然也反映在我的艺术实践中。

我以为不论时代如何变化，对“道心”的体悟与践行，将人与文、与自然天地、与“道心”一以贯通，寻求古典的精神世界与今人的更好链接、生发与创造，是我做这件事不会改变的初衷。我在古典的精神世界里上下漫游，用这样在学院体系之外更为古典的“游于艺”的方式涵泳践习，以及在白话文时代，还用文言与旧体诗写作，目的不是为了复古与复刻古人，而是为了更好地接通古今、自然，将古典的精神世界与当下的时代连接，做一点与时代主流有所不同的探索与尝试。细心的读者，或许能在这些诗文题跋中读到这点意思。

整理电脑里扫描存图的积稿，这些涉及书画、金石、古籍、碑帖、文房铭刻等诸多种类的题跋图文，竟存满了好几个文件夹。掇选成册，想起曾有朋友开玩笑说，这类的玩法是“过时的游戏”，那就暂且以此作为这本小册子的名字吧。

蒙中

2022年暮春于万花溪畔

目录

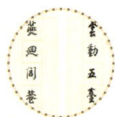

题画诗

题《竹庵图》

余性简靖恬淡，自幼习书画，发愤忘食，孜孜以求。及长，乃以为业。入世固少经营之能，出世亦乏觉悟之心。微命之躯，因倦尘劳，遂有归园之想。甲午夏，于苍山之下，万花溪畔，赁地筑屋。陋巷深处，紫气东来，植柳墙外，栽花庭中，翠竹窗前，樱花陌上，日日读书、作画、习字，俯仰山水间，卧游图画里，与云霞书卷、笔墨丹青结伴，得以遂吾之志。忽忽至今，已八载矣！白墙村舍，草木扶疏，所见每写入画图中，今作此图并题《卜居》一首：

卜居何笑我，陋巷自蹉跎。
临帖闻花堕，观鱼慕伴多。
雨过云出岫，风疾鸟回窠。
野径无人扫，苍苔织薜萝。

岁壬寅小雪后一日夜灯漫识

竹庵

余性簡靖恬淡自幼習書畫發憤忘食孜孜以求
及長乃以為業入世因少經營之能出世亦乏覺悟
之心微命之軀因倦塵勞遂有歸園之想甲午夏
於蒼山之下萬花溪畔賃地築屋陋巷深處霧氣
東來植柳牆外栽花庭中翠竹窗前櫻花陌上日日
讀書作畫習字俯仰山水間臥遊畫書裏與雲霞
書卷筆墨丹青結伴得以遂吾之志忽忽至今已八載
矣白牆村舍草木扶疏所見每寫入畫畫中今作此圖
并題卜居一首

卜居何笑我陋巷自蹉跎臨帖聞花墮觀魚慕
伴多雨過雲出岫風疾鳥迴窠野徑無人掃蒼
苔織薜蘿

歲壬寅小雪後一日夜燈潺識　笈盦

题《画松》

寄身天涯，容与泽矶。
或延飞鸟，或入翠微。
系马岩畔，云欲湿衣。
徜徉林下，时雨霏霏。
崖悬高瀑，峰敛余晖。
奇松散木，荆关所依。
优游尘外，好风忘归。
笔墨啸咏，无与愿违。

题《溪山归棹图》

不觉日西斜，山中寄岁华。
对帘窥鸟影，扫地落苔花。
云色分平野，松风接远车。
爱他归棹小，咫尺即天涯。

题《山水册》后

平畴远树入婆娑，日暮谁于陌上歌。
白鸟炊烟穿绿野，竹篱香草绕春禾。
笔随花落诗能静，人在天涯梦不多。
斯境若存摩诘句，江湖白首亦蹉跎。

题画一首（古风）

暂寄人间耳，何处不是家？
或为春天雪，或为湖畔花。
或为山间水，或为溪上鸦。
陌上风如约，相与在天涯。

题《寒梅图轴》

自是销魂折一枝，生香腕底几行诗。
孤山深处依稀见，最是西湖雪霁时。

题《巴山烟雨图》

二月巴山雨，南枝未着花。
水流云掩处，遥望是君家。

感通寺后梅花

感通寺[1]后担当塔，隔岁相邀去看花。
花未开时山更寂，一声落叶起寒鸦。

① 苍山感通寺为大理名刹，寺后有明末高僧担当舍利塔，世称担当塔。

懷古何深

题《画竹》三首

一

隔窗舒细叶，抱影入虚空。
自带山林气，无须劳画工。

二

种竹苍山下，门前古柳稀。
微风来燕子，檐角复飞飞。

三

种竹苍山下，竿癯叶子稀。
映阶成疏影，自在藏天机。

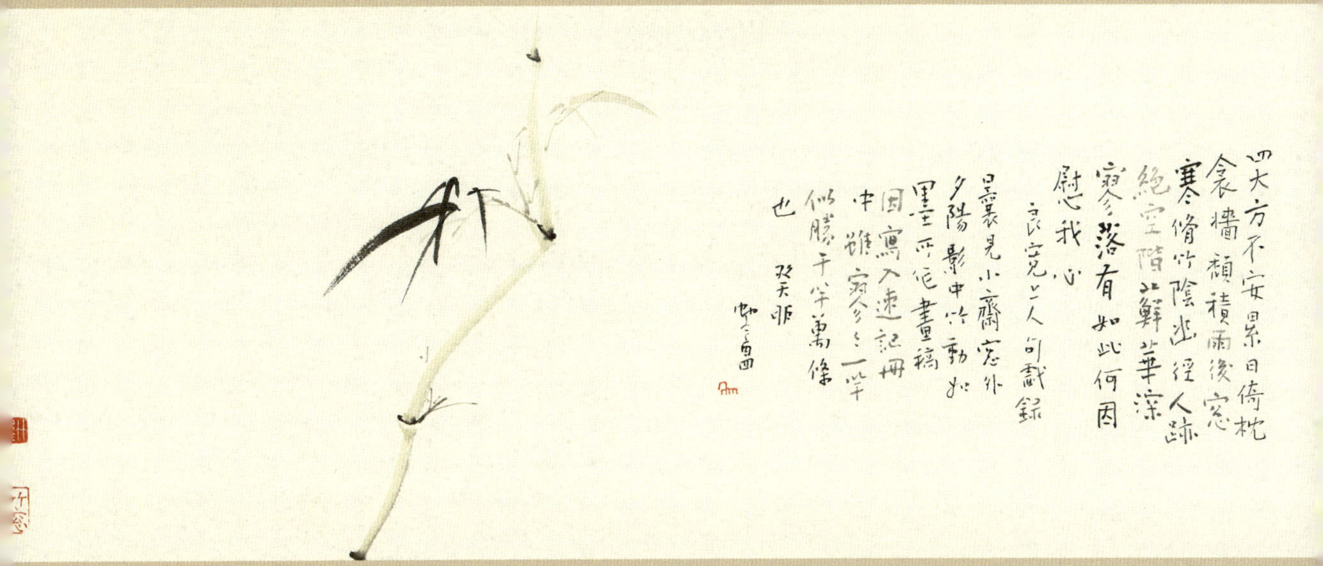

四大方不安眾日倚枕
衾擣頹積雨後窗
寒脩竹陰幽徑人跡
絕空階鮮苹深
寥寥落有如此何因
慰我心
袁宏道句試錄
暴長見小齋窗外
夕陽影中竹動如
墨所作畫稿
因寫入速記冊
中雖寥寥一竿
似勝千竿萬條
也

寂寂春已暮寥寥永閉門
參天藤竹吳沒堦藥
草繁空囊永挂壁寒
爐更無烟蕭灑
物外境微夜啼杜鵑
袁宏道句
茶花溪畔
畫竹須瘦更須幾分風中之致遂絕塵矣
又記

沙溪白龙潭[1]上作

龙潭碧水深，古木入千寻。
安可轻言笑，为之动禅心。

① 白龙潭在沙溪镇外十余里，林木清幽，潭澄水碧，景色尤美。

题《画山水》二首

一

枕上连朝是雨声，卷帘试看雨初晴。
心随云水千山远，家在西南大厘城[①]。

二

小窗雨打竹枝摧，晴后苍山玉带开[②]。
睡起翻书知纸润，且研旧墨趁新醅。

① 大理喜洲南诏时期称大厘城。
② 苍山雨季时，常有白云如带横贯山腰间。本地人称之为玉带云。

题《墨梅册》五首

一

繁华千万树，岁晚渐空枝。
持向风前笑，寥寥也是诗。

二

寒花堪一剪，疏落小瓶中。
只为经风雪，年年寂寞红。

三

应许寻常色，春风到井栏。
莫嫌花不好，香袭雪漫漫。

四

落落疏疏笔，清清淡淡妆。
花开风雪里，岂不识寒凉？

五

疏疏密密横斜枝，画到生时是熟时。
不教笔端花日短，落英满纸问相思。

畫寫於萬華
谿上雨窗

戊戌冬富春江行舟中作

富春山下动行舟，雨雪纷纷不胜愁。
画笔寂寥江水冷，烟云入梦旧曾游。

题《桃花册》

帘卷春风在，山桃隔水开。
日高宜独坐，花影入深苔。

比夕光映着的容颜更美
的你的言辞在神灵看来
也觉得欢喜
癸卯長夏

题《灵石册》三首

一

非是处尘外，天生此骨清。
写来须要瘦，纸上亦无争。

二

石须多逸态，人贵少机心。
混沌初开际，曾聆太古音。

三

石有璞，质亦坚。
于溪边，枕流泉。
似顽仙，得洒然。
廓尔忘言，天心月圆。

题《水墨山水图》

偶忆溪前路，山山自在花。
晴峦披絮帽，流水映朝霞。

题《苍山松云图》

闻道苍山路，沿溪百里深。
扪萝攀绝壁，松影乱云心。

题石涛《秋江泛舟》

水墨云山旧衣冠，秋风江上不胜寒。
漫将一砚芦花雨，留待痴人仔细看。

题《猫儿眠叶图》

老鼠会偷拳，猫儿叶上眠。
抓来还溜走，终不必团圆。

歲次癸卯芒種

在世上也不是不與人來往而是獨自戲耍
更喜歡
良寬歌句意

书画跋

跋十三岁摹《赵孟頫书梅花诗卷》

余幼习书，自颜发蒙，继而临欧学赵。忱悃以求，然苦无明师。先父诫余曰：“勤能补拙，古来有成者莫不如是”。遂奋发自励，心无旁骛，兴浓情炽，每废寝忘食而为之。此十三岁时双钩填摹赵氏梅花诗卷，虽称用心，然精妙处，失之毫厘，去以千里，仅存其皮相耳。念痴心所在，顾不忍捐弃，留存行箧，迄今三十余载矣！重览此卷，昔日心境，少年光阴，宛然纸上。前人所谓“足吾所好，玩而老焉”，诚如是也。所钤碧山人家印亦是彼时习作。飞鸿雪泥，仅留朱迹耳。

壬寅阳春避疫苍山之下

竹庵

再和楊公濟梅花十絕
一枝風物便清和看盡千
林未覺多結習已空從着
袂不須天女問如何
天教桃李作輿臺故遣
寒梅第一開憑仗幽人收
艾納國香和雨入青苔
白髮思家萬里回小軒臨
水為花開故應剩作詩千
首知是多情得得來
人去殘英滿酒尊不堪細
雨濕黃昏夜寒那得穿
花蝶知是風流楚客魂
春入西湖到處花裙腰芳
草抱山斜盈盈解佩臨
烟浦脈脈當壚傷酒家
莫向霜晨怨未開白頭朝
夕自相催斬新一朵含風
露恰似西廂待月來
洗盡鉛華見雪肌要將真
色鬥生枝檀心已作龍涎吐

色鬥生枝檀心已作龍涎吐
玉頰何勞獺髓醫
湖面初驚片片飛尊前吹
折最繁枝何人會得春風
意怕見黃梅雨細時
春風嶺上淮南村昔年梅
花曾斷魂豈知流落復
相見蠻風蜑雨愁黃昏
長條半落荔支浦臥樹
獨秀桄榔園豈惟幽光留
夜色直恐冷艷排冬溫
松風亭下荊棘裏兩株玉蕊
明朝暾海南仙雲嬌墮砌
月下縞衣來扣門酒醒夢覺
起繞樹妙意有在終無言
先生獨飲勿歎息幸有落月
窺清尊
羅浮山下梅花村玉雪為骨
冰為魂紛紛初疑月挂樹耿耿
獨與參橫昏先生索居江
海上悄如病鶴棲荒園天香
國艷肯相顧知我酒熟詩清

國艷肯相顧知我酒熟詩清
溫蓬萊宮中花鳥使綠衣
倒挂扶桑暾抱叢窺我方
醉臥故遣啄木先敲門麻
姑過君急掃灑鳥能歌舞
花能言酒醒人散山寂寂
惟有落蕊黏空尊
皇慶二年五月晦日書 子昂

余多習書自顏發蒙繼而臨歐學趙恍
惘以求然苦無明師先父誡余曰勤能補拙
古來有成者莫不如是遂奮發自勵心無
旁騖興濃情熾每廢寢忘食而為之此十
三歲時雙鉤填摹趙氏梅花詩卷雖稍用
心然精妙處失之毫釐差以千里僅存其皮
相耳念癡心所在顧不忍捐棄留存行篋
迄今三十餘載矣重覽此卷昔日心境少年
光陰宛然紙上前人所謂足吾所好翫而老焉
誠如是也所鈐君山人家印亦是彼時習作飛
鴻雪泥僅留朱跡耳
壬寅陽春避疫蒼山之下 [illegible]畫

光陰窗照紙上前人所謂適吾所好翫而老焉

識如是也所錄碧山人家印点是彼時習作飛

鴻雪泥僅留朱跡耳

壬寅陽春避疫蒼山之下　紫盦

余多習書自顏發蒙繼而臨歐學趙忱
悃以求然苦無明師先父誡余曰勤能補拙
古来有成者莫不如是遂奮發自勵心無
旁騖興濃情熾每廢寢忘食而為之此十
三歲時雙鉤填摹趙氏梅花詩卷雖稱用
心然精妙處失之毫釐差以千里僅存其皮
相耳念癡心所在顧不忍捐棄留存行篋
迄今三十餘載矣重覽此卷昔日心境少年

自题《临八大山人书轴》

邵青门云：山人工书法，行楷学大令、鲁公，能自成家，狂草颇怪伟。不知山人实从董思翁脱出。敛去锋颖连带流媚姿态，用心结体，错落安排，圆转内含，清劲柔韧，如精金，如美玉。空灵简澹，妙思奇趣一如画笔，而其画之用笔，皆从书出。此去岁临山人临河序，颓笔为之，神情略似，不忍捐弃，装成乃记数语。

时己亥小雪夜，万花溪上

竹庵

西湖春薄孫南昌畫已晚僑羞
獨琴聲誰聆挽歌殘積施東
上便宜嘆仍可無軒館天台山
馬為川後甲戌之夏日畫並並題

未年題畫墨邊毛廣大雪後雜畫圖

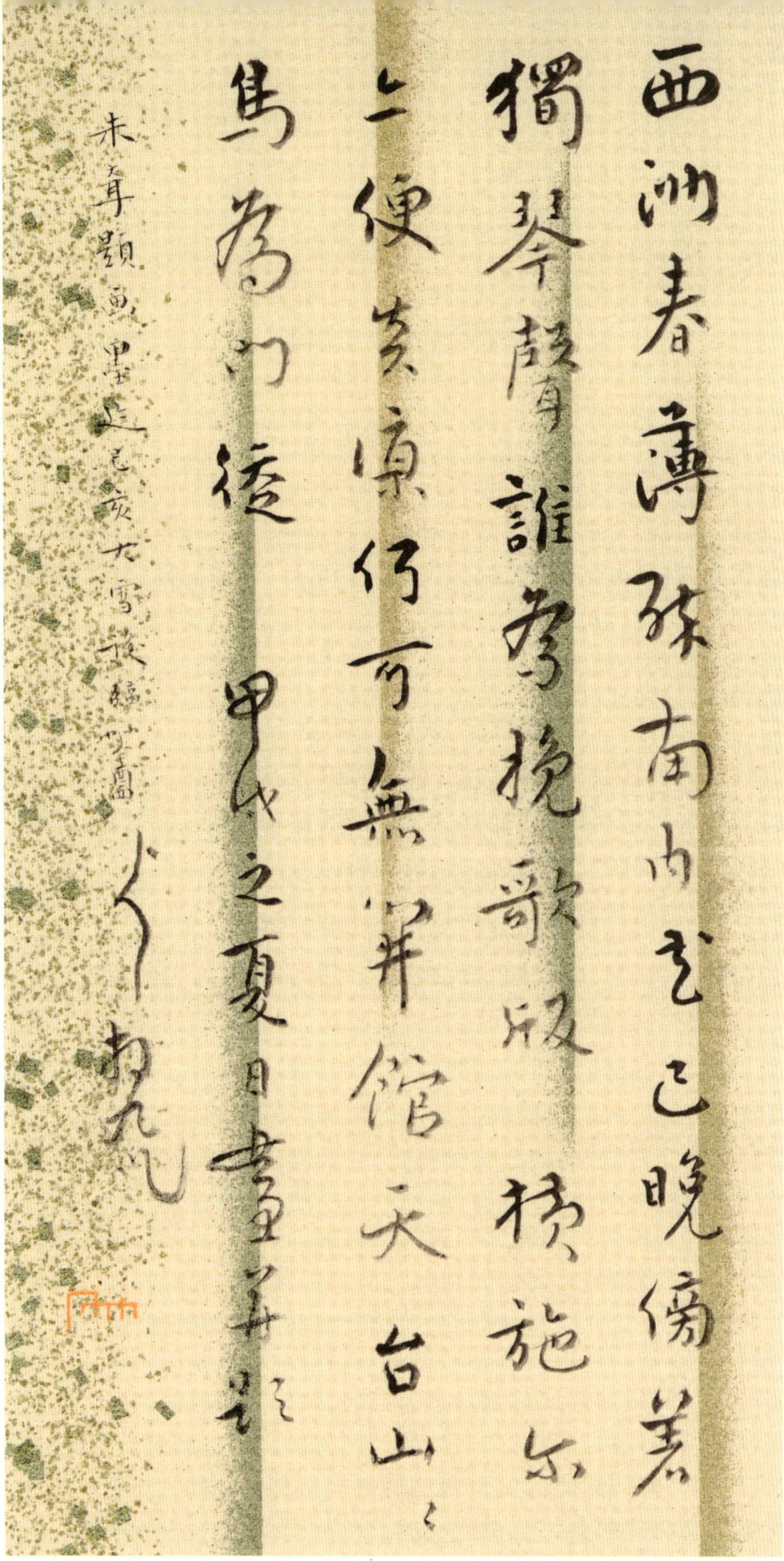

跋《澹轩主人行乐图》

澹轩主人少承家学，博雅风流，金石书画、园林赏石靡不有好，且精于鉴藏。壬辰春因玉叩师介绍，相识于蓉。昔人谓“人无癖不可交”，予与澹轩皆有米颠之癖，遂得交契之乐。今岁澹轩不惑，思邈吴兄为作行乐图，脱略形迹，呼之欲出，洵称妙笔。漫为赞语曰：

西蜀有逸士，翩然出俗流。
四十云不惑，拈花自簪头。
手把玲珑玉，隐几傲王侯。
博雅通且达，放旷与天游。
大隐隐城市，小隐在郊丘。
人间多少事，一笑万古愁。

跋林山腴[1]《自书诗卷》

望山堂主人出示林清寂《自书诗卷》嘱题，秋窗展卷，漫记如此：

林公字山腴，西蜀华阳人也。晚清民国间以诗文名动西南。此林公《自书诗卷》墨迹，展读之间，忽忆昔年于公之《清寂堂集》中读《彭山县诗》，颈尾四句云：

邑小人烟瘦，
民顽悍俗腥。
带刀诸子弟，
来往自邮亭。

颇有老杜诗史遗风，至今记忆尤深。望山堂主人出此卷嘱题，为写梅花一纸于后，并赘数语以志眼福。

甲午秋分后二日，晨起坐木樨香中
竹庵

① 林山腴，名思进，字山腴，别号清寂翁，清同治十二年（1873）生于四川华阳。清末民初蜀中著名诗人。

书《临赵孟頫书朱子感兴诗》卷后

赵氏字得晋人法，笔姿妍美，极人力之所能。学者难在笔势圆劲，划润字腴，虽微在毫末，亦骨肉匀停，自然婉转，无丝毫松懈遗憾，且少米元章炫技之弊。余习赵廿余年，至今徘徊门外，稍出懈笔率意，便落明人枯硬习气里，未得精熟故耳。能精熟，方能无挂碍，从心所之，然后得以自立。夏暮清寂，摹临此朱子感兴诗卷，三日方毕。用心字形点画，细节位置。虽乏自在潇洒，心随笔运，亦多所获也。

跋《临元末无为天师黄庭经宋拓本后题跋》

临帖如遇人，相合相斥，相生相害，种种差异。有尽力为之，而一无所获者，亦有不着力，而处处契合者。无为天师此小字，虽仅跋文数行，然以笔姿可爱，一见倾心，笔底暗合，故毫不费力，或是前缘耶。

壬寅九月

竹庵识

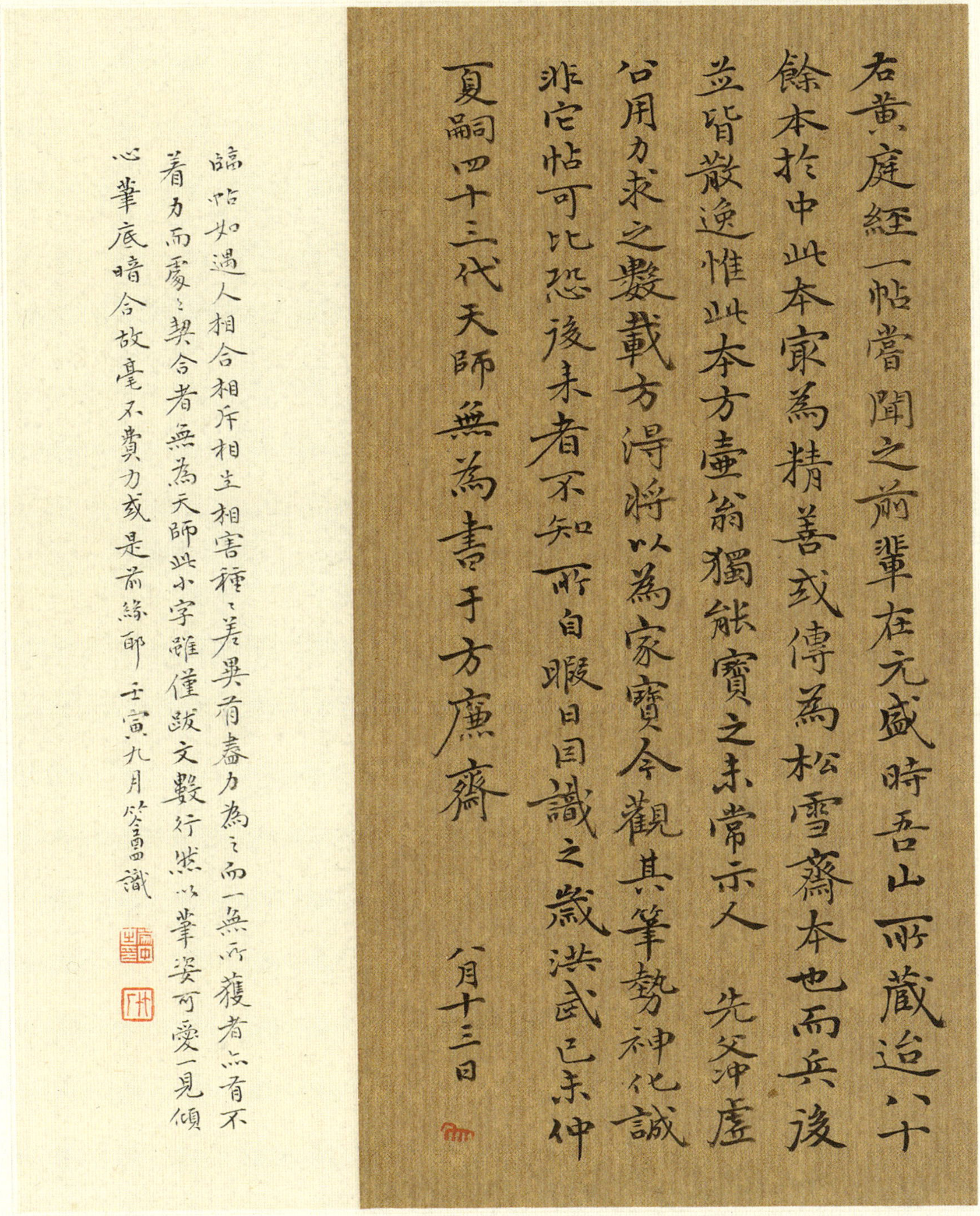
右黄庭經一帖嘗聞之前輩在元盛時吾山所藏迨八十
餘本於中此本最為精善或傳為松雪齋本也而兵後
並皆散逸惟此本方壺翁獨能寶之未嘗示人 先父沖虛
公用力求之數載方得將以為家寶今觀其筆勢神化誠
非它帖可比恐後來者不知所自暇日因識之歲洪武己未仲
夏嗣四十三代天師無為書于方廣齋
八月十三日

臨帖如遇人相合相斥相生相害種種差異有盡力為之而一無所獲者亦有不
着力而處處契合者無為天師此小字雖僅跋文數行然以筆姿可愛一見傾
心筆底暗合故毫不費力或是前緣耶 壬寅九月癸畲識

跋《临元末无为天师黄庭经宋拓本后题跋》

题自临《魏晋人小楷四种》

魏晋楷法初成之际，钟王诸家书，用笔结字，朴茂稚拙，隶意尚存。犹人之少年时，自有天真英发之气，蕴蓄无限之可能。及至唐楷，则森严老成，已竭人力之极，所谓人力到一分，则天趣少一分，诚如是也。后之论书者，或云由唐溯魏晋，以救偏失，此如成人之扮稚子。虽处处巧饰，然以唐以后之法，欲返稚朴，自在天真终不复能得焉！

余髫年学书，规摹晋唐，穷三十余年之力，仍难尽脱时习。近岁多读古人题跋墨迹，于临帖则不复斤斤于点画，反觉游刃有余，字遂为之一变。

节近中秋，取旧楮，临羲、献名迹两种，欲入一册，又拟明人蕉叶笺意，画稿八枚。遂取二枚附册后。无尘兄见此曰：何不补临钟太傅、卫夫人小楷，各以兄绘笺纸间隔，装作一册，首尾呼应，名曰《魏晋人小楷四种》云云。纳其言，遂成此册。

壬寅八月

竹庵记

臣繇言臣自遭遇先帝忝列
腹心爰自建安之初王師破賊
關東時年荒穀貴郡縣殘
毀三軍饋饟朝不及夕先帝
神略奇計委任得人深山窮谷

民獻米豆道路不絕遂使强
敵喪膽我衆作氣旬月之間廓
清蟻聚當時實用故山陽太守
關內侯季直之策尅期成事
不差毫髮先帝賞以封爵授

以劉郡今直罷任旅食許下
素為廉吏衣食不充臣愚欲
望聖德録其舊勳矜其老
困復俾一州俾圖報効直
力氣尚壯必能夙夜保養人

民臣受國家異恩不敢雷同見
事不言干犯宸嚴臣繇皇〻
恐〻頓〻首〻謹言
黄初二年八月日司徒東武亭侯臣鍾繇表

衛稽首和南近奉勅寫急就章
遂不得與師書耳但衛隨世所
學規摹鍾繇遂歷多載年廿
著詩論草隸通解不敢上呈衛
有一弟子王逸少甚能學衛真書

咄〻逼人筆勢洞精字體遒媚師
可詣晉尚書館書耳仰憑至鑒大
不可言弟子李氏衛和南

伊惟孝女曄曄之姿偏其返而令
色孔儀窈窕淑女巧咲倩兮宜其家
室在洽之陽待禮未施嗟喪蒼
伊何無父孰怙訴神告哀赴江永
號視死如歸是以眇然輕絕投入

沙泥翩翩孝女乍沉乍浮或泊洲
嶼或在中流或趨湍瀨或還波濤
千夫共聲悼痛萬餘觀者填道
雲集路衢流淚掩涕驚慟國都是
以哀姜哭市杞崩城隅或有尅面引

鏡剺耳用刀坐臺待水抱樹而燒
於孝女德茂此儔何者大國防禮
自脩豈況庶賤露屋草茅不扶自
直不鏤而雕越梁過宋比之有殊
哀此貞厲千載不渝嗚呼哀哉亂

曰
銘勒金石質之乾坤歲數曆祀立
墓起墳光于后土顯照天人生賤
死貴義之利門何悵華落雕零
早分葩艷窈窕永世配神若堯二

晉中書令王獻之書
嬉左倚采旄右蔭桂旗攘
皓腕於神滸兮採湍瀨
之玄芝余情悅其淑美兮
心振蕩而不怡無良媒以接

歡兮託微波以通辭願誠素
之先達兮解玉珮以要之
嗟佳人之信脩兮羌習禮
而明詩抗瓊珶以和予兮
指潛淵而為期執拳拳之

款實兮懼斯靈之我欺
感交甫之棄言悵猶豫
而狐疑收和顏以靜志兮
申禮防以自持於是洛靈
感焉徙倚彷徨神光離

合乍陰乍陽擢輕軀以
鶴立若將飛而未翔踐
椒塗之郁烈步衡薄
而流芳超長吟以慕遠兮
聲哀厲而彌長爾迺衆

魏晉楷法初成之際鍾王諸家書用筆結字樸茂稚拙
隸意尚存猶人之少年時自有天真英發之氣蘊蓄無
限之可能及至唐楷則森嚴老成已竭人力之極所謂人力到
一分則天趣少一分誠如是也後之論書者或云由唐溯魏晉
以救偏失此如成人之於稚子雖爲之修飾然以唐以後之
法欲返稚樸自在天真終不復能得焉余髫年學書
規摹晉唐窮三十餘年之力仍難脫時習近歲多讀
古人題跋慕近於論帖則不復斤斤於點畫反覺遊刃有餘字

遂爲之一變節近中秋取舊藏臨羲獻名跡兩種欲入
一冊又擬明人蕉葉箋意畫葉八枚適取二枚附冊後無
廖允見此曰何不補臨鍾太傅衛夫人小楷尤以允繪箋
紙間隔裒作一冊首尾呼應名曰魏晉人小楷四種云云
納其言遂成此冊　壬寅八月癸翁記

孝女曹娥碑

孝女曹娥者上虞曹盱之女也其先與周同祖末冑荒沉爰来適居盱能撫節安歌婆娑樂神以漢安二年五月時迎伍君逆濤而上為水所淹不得其屍時娥年十四號慕思盱哀吟澤畔旬有七日遂自投江死經五日抱父屍出以漢安迄于元嘉元年青龍在辛卯莫之有表度尚設祭之誄之辭曰

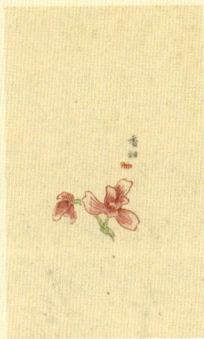

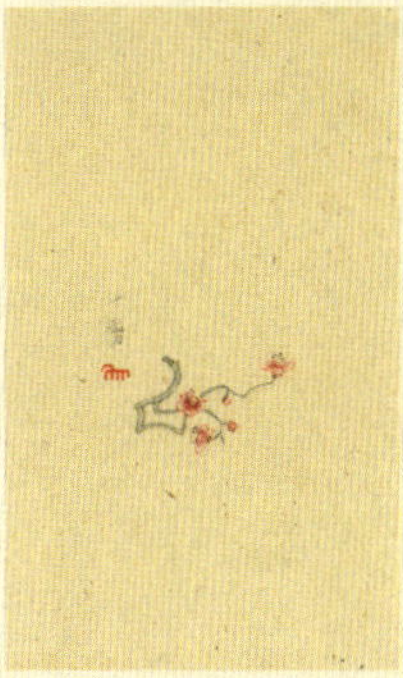

女為湘夫人時效彷彿以招後昆

漢議郎蔡雍聞之来觀夜闇手摸其文而讀之雍題文云

黄絹幼婦外孫齏臼又云

三百年後碑冢當墮江中當墮不墮逢王匡晟平二年八月十五日記之

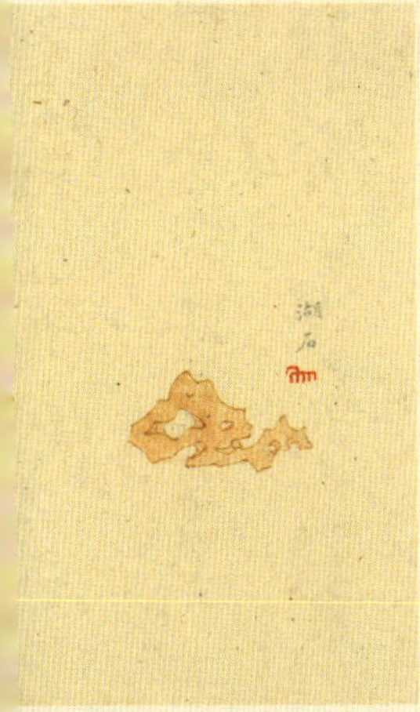

靈雜遝命儔嘯侶或戲清流或翔神渚或採明珠或拾翠羽從南湘之二妃兮携漢濱之遊女歎匏媧之無匹兮詠牽牛之獨處揚輕袿之猗靡兮翳脩袖以延佇體迅飛

跋临帖册后

临帖如模特走步，使规矩仪态尽善尽美。而人天生体貌性情各异，禀赋巧拙，文质不同。故临帖虽可得规矩，而自运则须得自家面目性情。终须自在自然为妙。若使日常走步亦如舞台表演，未免荒唐也。

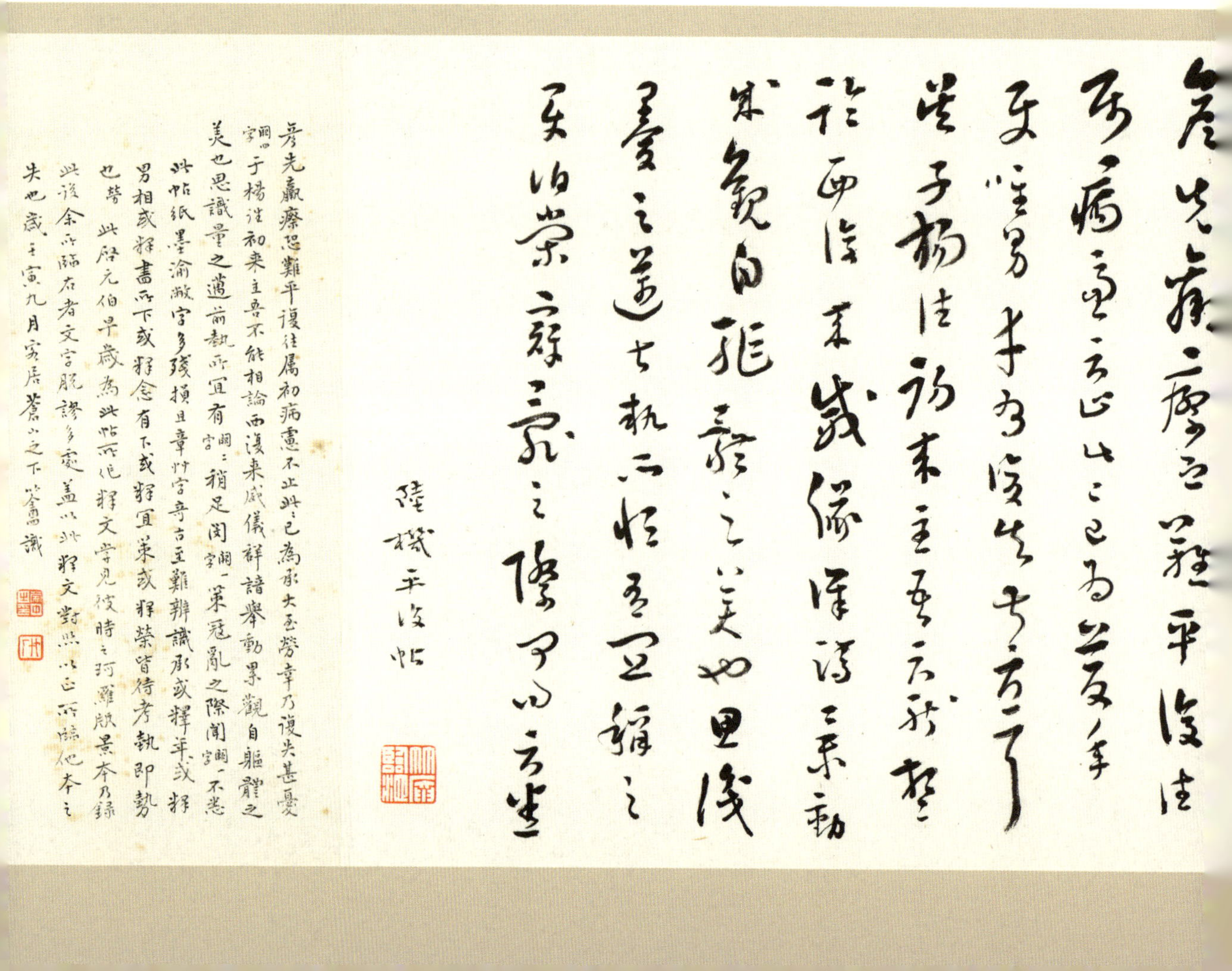

余始興公故為僚官儕與
芾晦為代雅以文藝同好甚
相得於其別也故以祕玩贈之
題以示兩姓之子孫異日相值者
襄陽米黻元章記
芾晦之子道奴德奴慶奴
儕之子鼇兒洞陽三雄

米氏最所自負者為小楷矜之不肯多寫故罕見真迹向太后挽詞僅存者此帖與之氣味近似亦是米氏墨迹之難得之品試紙戲臨之

以之畫

襄得足下書極思詠之懷在杭
留兩月今方得出關歷賞劇醉
不可勝計亦一春之盛事也
知官下與郡侯情意相通此
固可樂唐侯言王白今歲為
游從不勝大可怪也初夏時景
清和願君自愛襄上
通理當世屯田足下
大餅極珍物青甌微粗
臨行匆匆致意不周悉

蔡襄思詠帖

跋临董其昌小楷《心经册》

董思翁平生颇自矜其小字，不轻为人作。笔下巧中藏拙，因生得秀，似不著（着）力而力盈盈然，师古人又自出心源。真空妙有，借势化形，如羚羊挂角，无迹可寻，盖韵格天成，非仅以学能至也。此心经墨迹，十年前初见于京城，纸精墨妙，过目难忘。今岁初秋，静对印本临之。方节厂（庵）旧藏唐人写经墨迹册，众家皆于前后书心经、佛字并画佛象（像），或谓愿力加持，使经藏不泯于世耶？乃摹王福厂（庵）所篆佛字与赵悲厂（庵）所作隋造象（像），置册首，愿得加持，无量劫中，欢喜供养。节厂（庵）藏此册前有吴让之用澄心堂纸所题册名。

壬寅中元节，于苍山万花溪上

竹庵沐手识

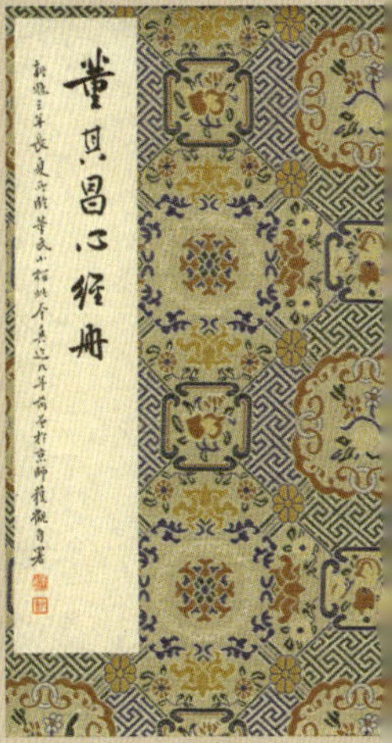
董其昌心經冊

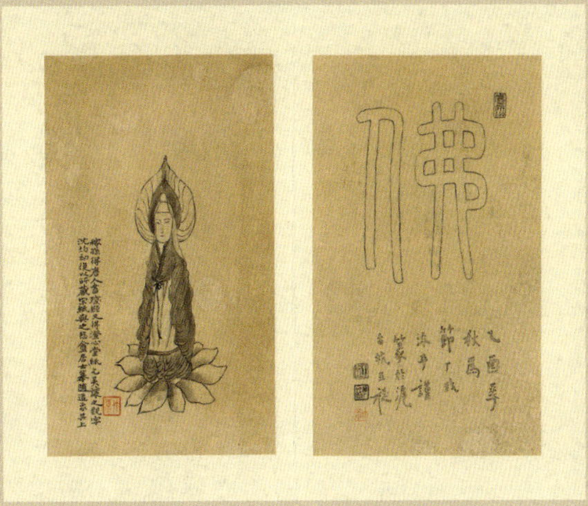
佛

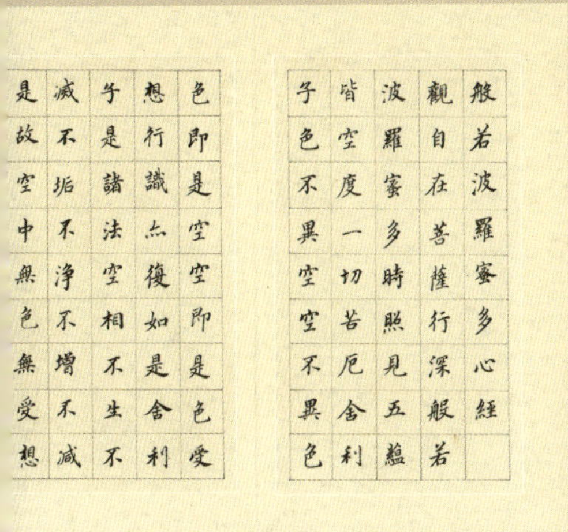
般若波羅蜜多心經
觀自在菩薩行深般若
波羅蜜多時照見五蘊
皆空度一切苦厄舍利
子色不異空空不異色
色即是空空即是色受
想行識亦復如是舍利
子是諸法空相不生不
滅不垢不淨不增不減
是故空中無色無受想

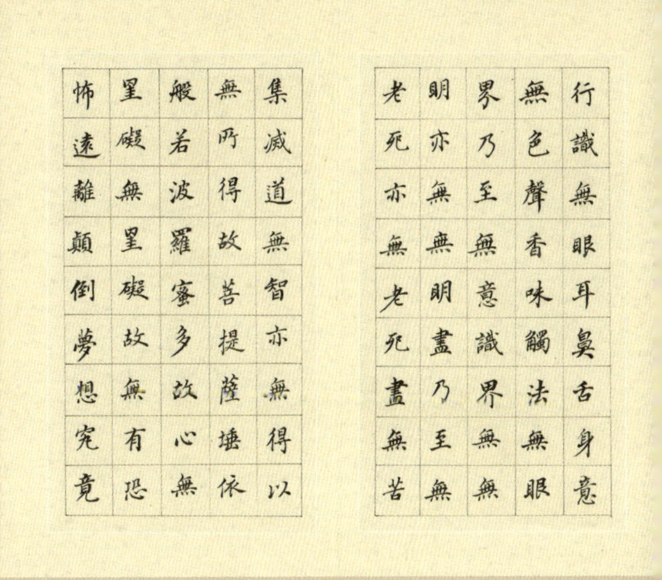
行識無眼耳鼻舌身意
無色聲香味觸法無眼
界乃至無意識界無無
明亦無無明盡乃至無
老死亦無老死盡無苦
集滅道無智亦無得以
無所得故菩提薩埵依
般若波羅蜜多故心無
罣礙無罣礙故無有恐
怖遠離顛倒夢想究竟

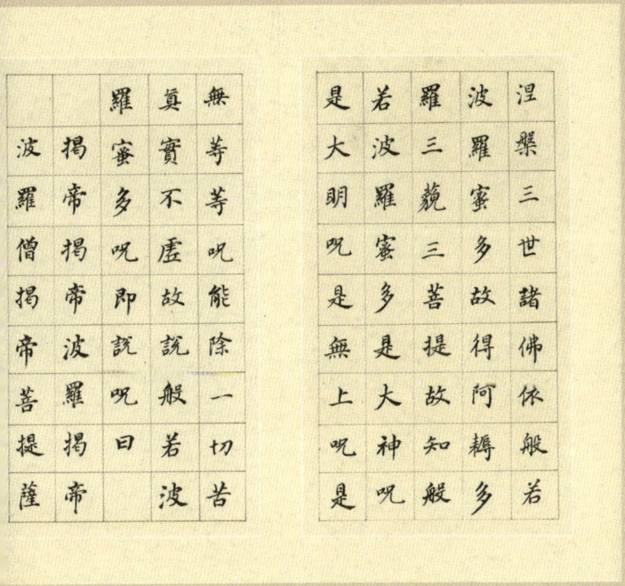
涅槃三世諸佛依般若
波羅蜜多故得阿耨多
羅三藐三菩提故知般
若波羅蜜多是大神呪
是大明呪是無上呪是
無等等呪能除一切苦
眞實不虛故說般若波
羅蜜多呪即說呪曰
揭帝揭帝波羅揭帝
波羅僧揭帝菩提薩

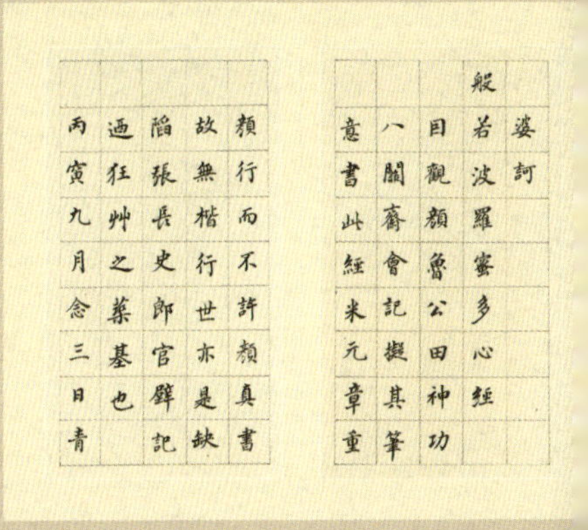
婆訶
般若波羅蜜多心經
目觀顏魯公田神功
八關齋會記擬其筆
意書此經米元章重
顏行而不許顏眞書
故無楷行世亦是缺
陷張長史郎官壁記
迺狂艸之藥基也
丙寅九月念三日靑

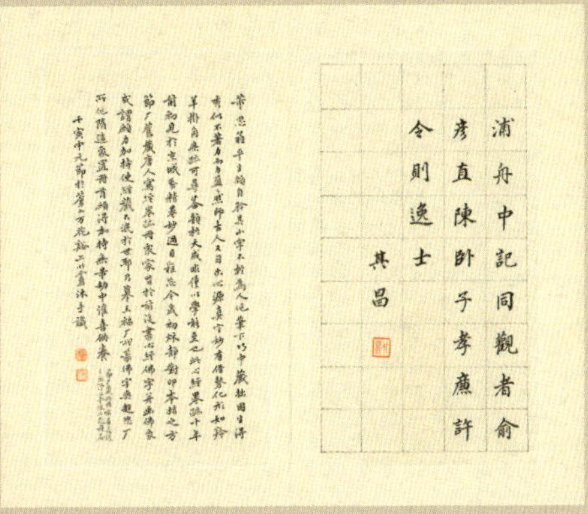
浦舟中記同觀者俞
彥直陳則子孝廉許
令則逸士
其昌

跋《周退密[1]诗翰卷》后

辛卯春薄游沪渎，谒退翁于安亭路寓楼。九十八翁，目光清净，神色安详。余出山水册请教，翁观画先审题识，旧时文人赏画率皆如此，今则少见。返渝月余，得沪上费兄转寄退翁赐书斋额，旧高丽纸，笔力沉雄，不啻清人，得此欣喜不禁。翁读书治学之余，以诗词自遣，于书法亦多用功，书格甚高，不让古贤。今阳羡鹤庐兄出翁诗翰卷嘱题，展读再三，略记与翁一面之缘。今翁百零二岁矣，闻精力略衰，不复自如。广陵绝响，今难有续，把笔唏嘘一叹。

乙未人日，后学蒙中于苍山之下俟庐客寓

① 周退密（1914—2020），浙江宁波人，毕业于上海震旦大学，著名的收藏家、学者、书法家、诗人、文史专家。早年曾任上海法商学院、大同大学教授，后在哈尔滨外国语学院、上海外国语学院长期从事外语教学工作，曾参与《法汉词典》的编写工作。

跋玉叩章草书《心经》卷后

佛说不立文字，而佛法因文字之功，得以不灭。故世传三藏十二部。《般若波罗蜜多心经》乃《大般若经》之精髓，般若精义摄于此经。言简义丰，词寡旨深。以文短，易于记诵。自有汉译以来，于国中广为流传。唐僧怀仁又以玄奘法师译本，集晋右将军王羲之字勒石传拓，此经更得假书圣妙迹，化身千万，流布宇内，遂为佛经中最著名者。西蜀玉叩老师，医学博士，亦为清信士，雅擅书翰，驰誉士林。此所书《心经》一卷。定慧庄严，清净恭谨，观之使人生欢喜心。

戊戌秋竹庵于万花溪上

书叶

戊戌十月十三日，邀广缘法师游凤翔书院[1]，再访银杏、梧桐。冬阳和煦，庭院清寂，风动檐铃，一地落叶。饮茶于其下，兴尽辄返。或曰两至此地，不及其他，独为树来，一无所获，真痴人痴事。余赴滇四载，僻居陋巷，少与人交，于古木怪石则情有独钟，或曰斯亦吾友也。以半日之暇，享访友之乐，不亦得乎？

① 凤翔书院在大理洱源凤羽镇，院中之古银杏植于康熙年间。

题自书《行书卷子》

书者，若无洞微察妙之心，难得其法；无浸润涵泳之学，难正其气。无性灵蒙养之资任，难有其采；无独立超拔之人，难见其神。

山居吟
戌冬〻鳳翔書
院〻桐葉書簽
书叶

题自书卷子

学书之法无他，唯临帖。临帖先求形，烂熟于胸；复求笔，得传笔法；进而求意，非泥于点画形似，精熟中得自我主张；复遗貌取神，人之修养气质于此显出。气韵自在举手投足间，性情格调中，非能伪装者。

自此欲再进，则功夫全在诗外，人成即艺成也。

衰與清狂釣水濱，雲山堆裏作閒人。金壺投箭消長日，翠袖傳盃領好春。幽鳥語隨歌處拍，落花鋪作舞時茵。悠然自適君知否，身與浮名孰重輕。

放翁詩

鑑盦録於百花谿上

论书二则

一

学书由临帖筑基，初无我，进而融通自运，做自家面目。此际抄书是为妙法。日书万字，点画结构，于帖当有合有别。安住用心，细微修正，则不难精熟自洽，仪态神采生动自出也。若朱元晦跋《十七帖》云：玩其笔意，从容衍裕，而气象超然，不与法缚，不求法脱，真所谓——从自己胸襟流出者。真知书者言也。

二

书须有架构，筋骨，得笔力，此质也；点画之间，情采流动，郁郁勃勃，此文也。心安则字安，心妙则字妙，此心也。三者兼具，始可称书。故相人于面，未若相人于书也。书者，其形托于字体，根深植于文化，发扬在心性情采。今之言书，或以西洋美术视角立论，或以所谓古法刻舟而求者，舍本而逐末端，尤可叹也！

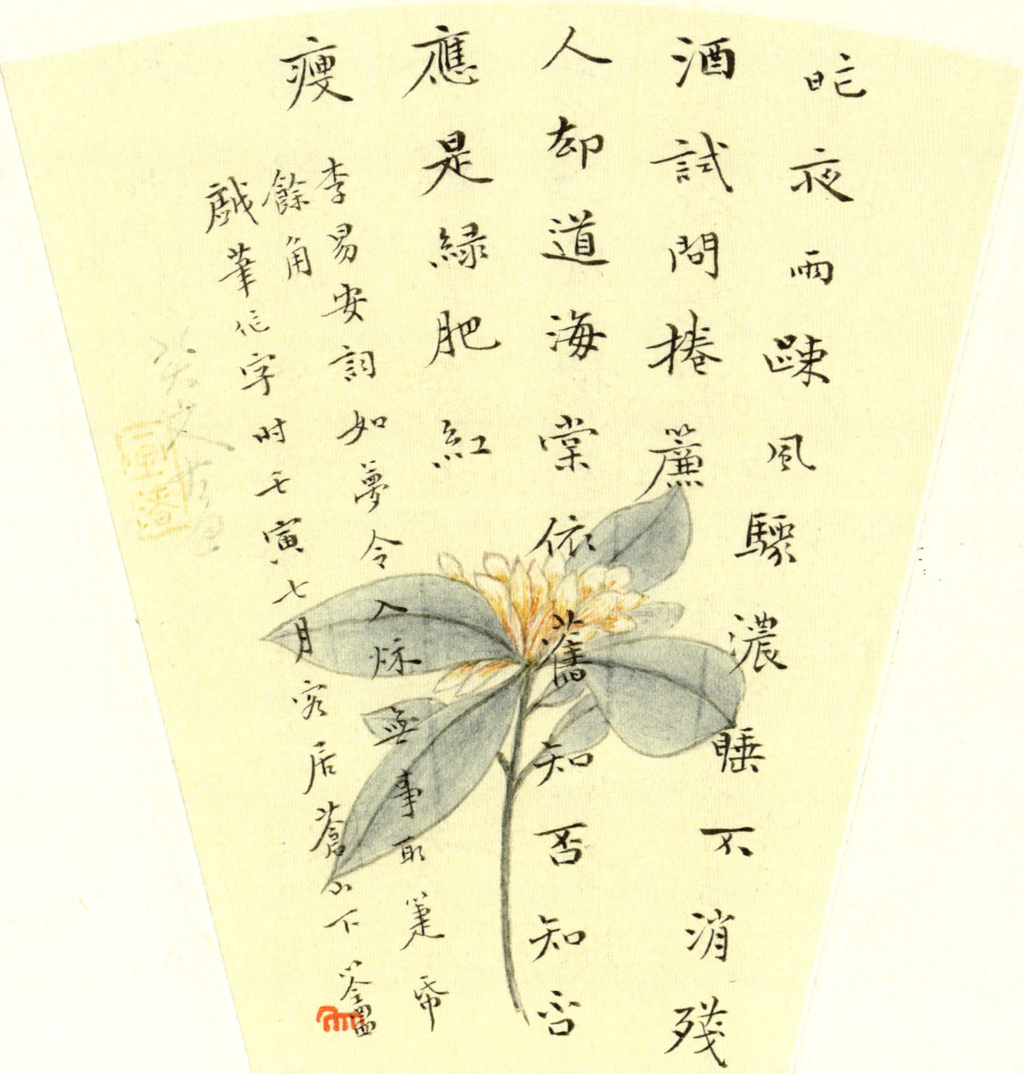
昨夜雨踈風驟濃睡不消殘酒試問捲簾人却道海棠依舊知否知否應是綠肥紅瘦
李易安詞如夢令入秋無事取箑
餘角
戲筆作字時壬寅七月家居蒼山下

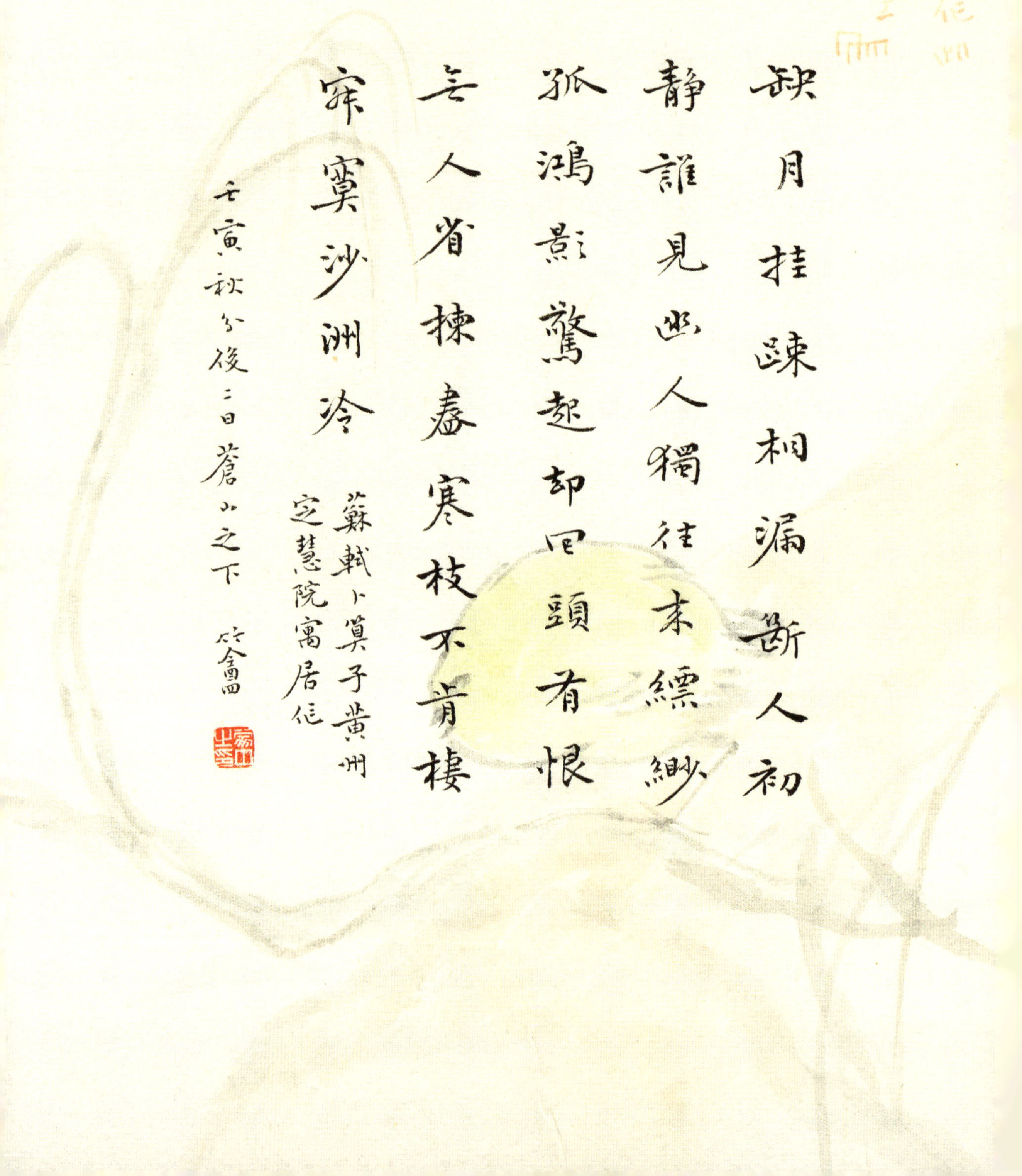

缺月挂踈桐，漏斷人初静。
誰見幽人獨往來，縹緲孤鴻影。
驚起却回頭，有恨無人省。
揀盡寒枝不肯棲，寂寞沙洲冷。

蘇軾卜算子黄州定慧院寓居作

壬寅秋分後二日蒼山之下 竹令畫

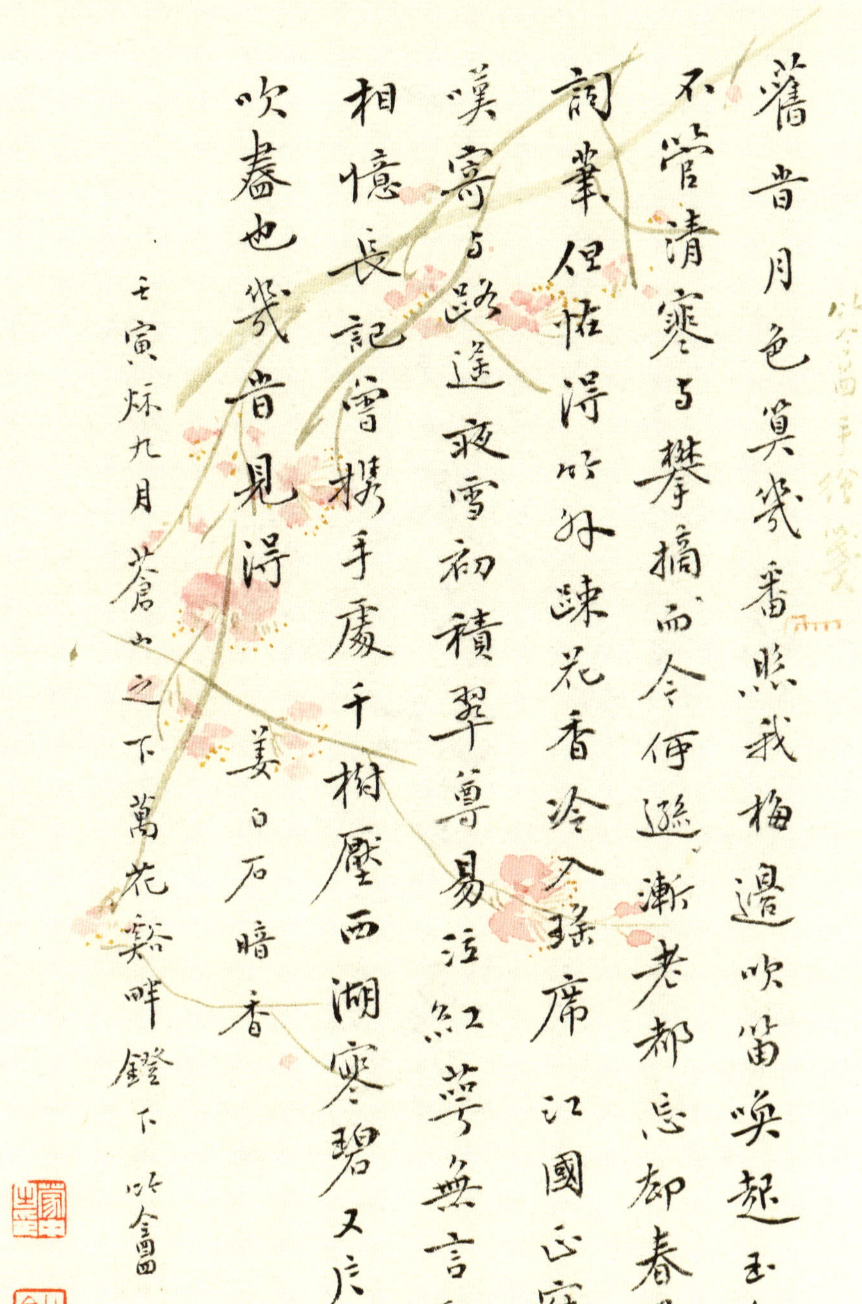
舊時月色算幾番照我梅邊吹笛喚起玉人
不管清寒與攀摘何遜而今漸老都忘卻春風
詞筆但怪得竹外疏花香冷入瑤席 江國正寂寂
嘆寄與路遙夜雪初積翠尊易泣紅萼無言耿
相憶長記曾攜手處千樹壓西湖寒碧又片片
吹盡也幾時見得
姜白石暗香
壬寅秋九月蒼山之下萬花谿畔鐙下竹今畫

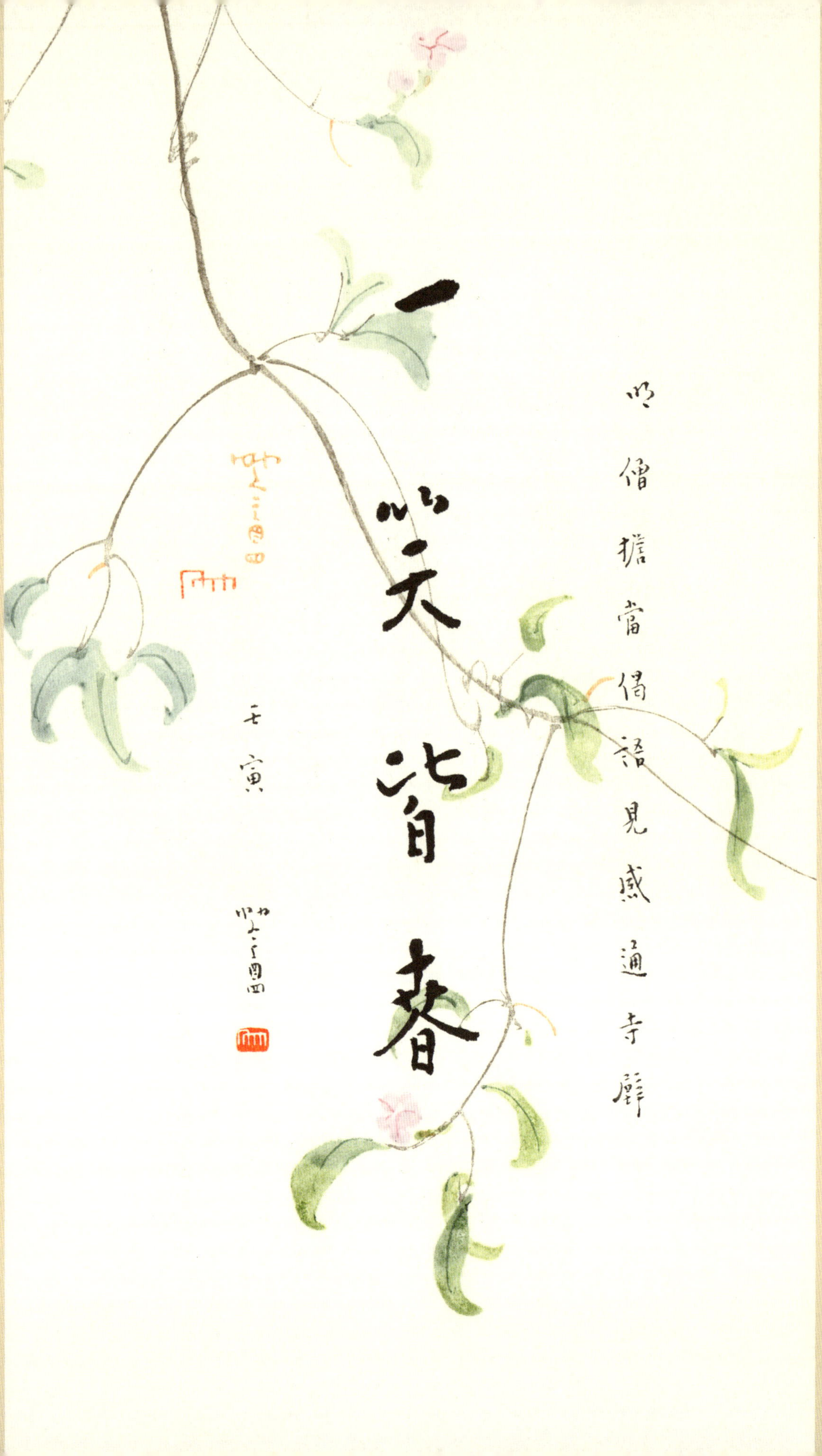
一笑皆春
明僧擔當偈語見感通寺壁
壬寅

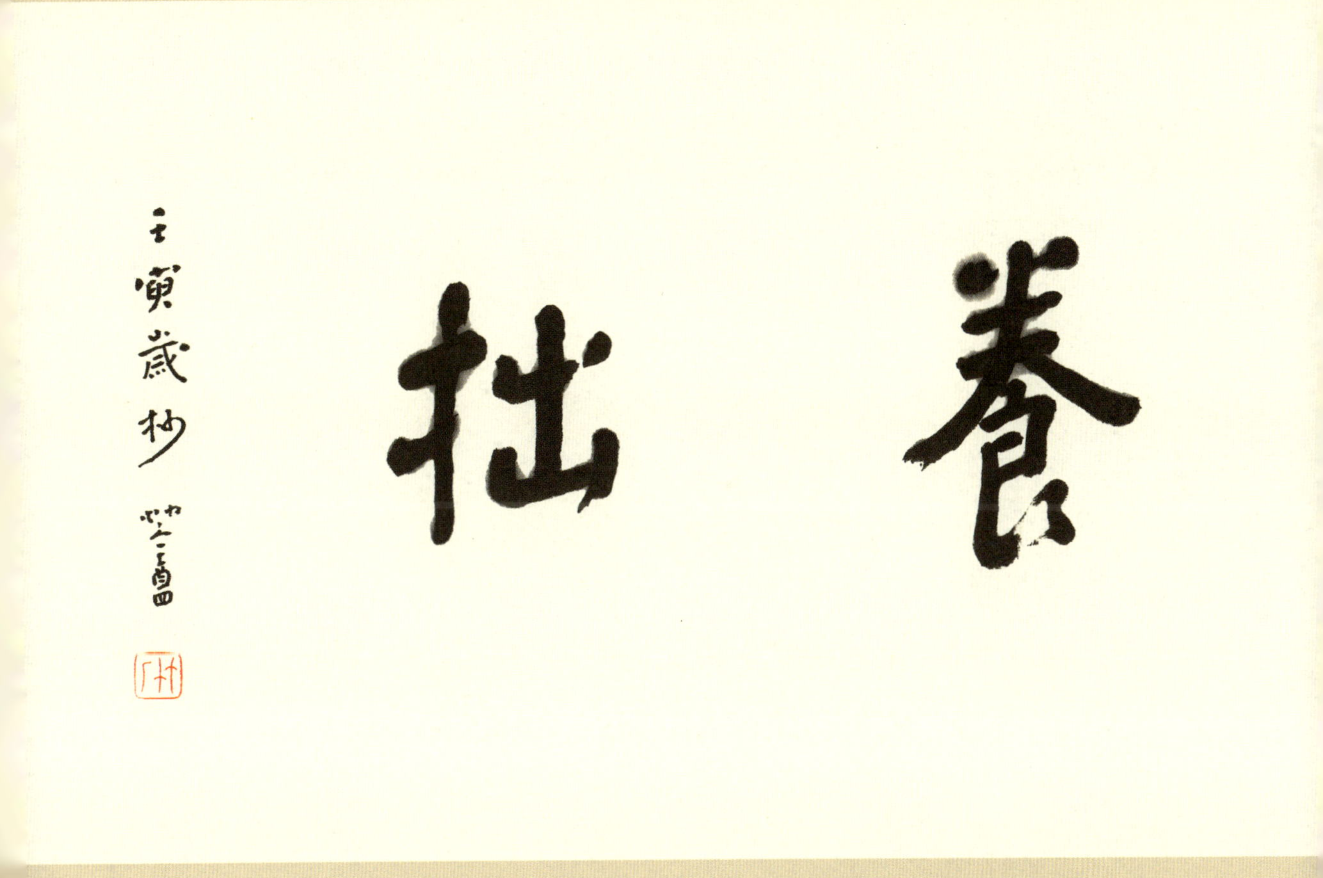
養拙
壬寅歲杪

题《双钩弘一法师联语》

昔人学书，每摹帖。盖彼时名迹善本难觅，钩摹副本可存字形位置，以作临习之助，又临帖易失其形，故每以摹书辅之，以期形神兼备。余少时习字，尝摹唐人书楷及二王诸帖名迹，兴之所至，乐此不疲。箧中尚存双钩廓填赵吴兴书梅花诗卷。近年偶学晚晴老人笔迹，临写之余，兴来摹此联句。老人在世时，以字弘法，余则尽以摹字静心。高下有别，常觉惭愧也。

岁辛丑六月既望，苍山之下万花溪上之雨窗

竹庵

题《双钩吴大澂“群居闭口，独坐防心”联》

“人须有为己之心，方能克己，能克己方能成己”，此王守仁语，与吴清卿联语意近者。昔人论修身，皆重正心诚意。人之患在把心一味外求，因而散乱劳顿，无有安放处，驰骋物质之上，心亦随之发狂。今双钩吴氏此联以自警也。

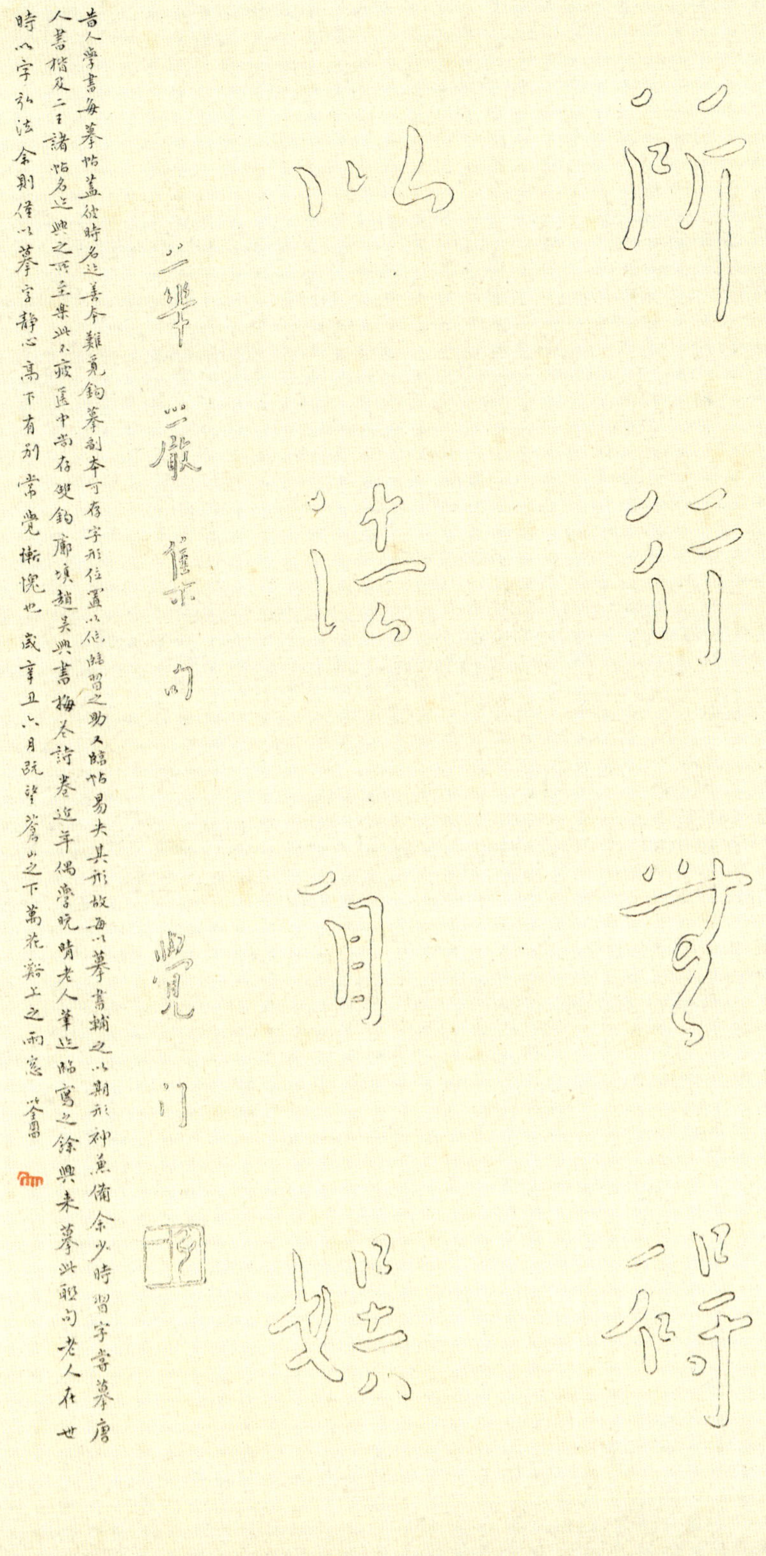
以法自娛
昔人學書每摹帖蓋彼時名迹善本難覓鉤摹刻本可存字形位置以作臨習之助又臨帖易失其形故每以摹書輔之以期形神兼備余少時習字嘗摹唐
人書楷及二王諸帖名迹興之所至樂此不疲篋中尚存雙鉤廓填趙吳興書梅花詩卷近年偶學晚晴老人筆迹臨寫之餘興來摹此聯句老人在世
時以字弘法余則僅以摹字靜心高下有別常覺慚愧也歲辛丑六月既望

题《双钩弘一法师联语》

跋吴谁堂《蒲草图卷》

谁堂兄嗜植蒲，自名其馆曰植蒲仙馆。六年前曾赠余紫砂小盆，内植细草，置诸案头，仿佛得闻山林溪涧之声。四年前筑屋喜洲，寄居侯庐，亦须臾不离身边，日日浇灌，至今仍在竹庵。今见兄所写卷中蒲草，小盆盈盈，清雅可爱，真蒲草之知己也。

跋吴香洲《山水图》

宾翁以平、留、圆、重、变五字论用笔，以破、泼、焦、积、浓、淡、宿七字论用墨。运用之妙，存乎一心，心闲手敏，天赋人力兼具者方可与论之。非泥古描摹辈所能明，亦非大言欺人者所能道。下笔需有出处，又具自家面目。所谓古人造化供我驱使，性灵蒙养所在皆备者，斯可谓入道也。香翁妙笔，知者会心而生欢喜。

跋大通堂行书《陶诗卷》

余于晋人之爱，唯爱陶公诗与右军书。陶诗真淳不杂，繁华落尽而复归自然。自乙未移居万花溪畔，结庐陋巷，陌上田间，见新苗在畈，好风时来，每念陶公佳句，益发神往。右军书遒媚而极尽变化，众妙皆得。余髫龄弄翰，临摹兰亭，三十余年尚徘徊门外，天资人力所限也。大通堂主人书宗右军而出入赵、董，饮誉书坛，从者众焉。此卷书陶诗五首，纸墨精洁，笔意洒落，驰不失范，而形神自具。一卷之内，陶公诗之真淳、右军书之精妙，二美并在。展卷心喜，不遑辞赞。戊戌十月夜灯。

跋润松《山水卷》

昔宗炳《画山水序》云：圣人含道映物，贤者澄怀味象。夫以应目会心为理者，类之成巧，则目亦同应，心亦俱会。应会感神，神超理得。虽复虚求幽岩，何以加焉？观古来山水画笔，多从实境中来，淬炼经营，各有不同，然率皆止于画境者。润松兄笔下得古典山水之神味，而又非止步于此，层峦叠嶂，空灵渺杳，超乎画境之外，心、象、物浑然相融，犹如梦境。此《暮雪幽谷》图卷，似雪后千山，亦如梦中月下，是兄用意之作，为山水画境别开生面。石涛上人所谓：得笔墨之会，解絪缊之分，作辟浑沌手，传诸古今，自成一家，是皆智得之也。以此视润松兄画笔，足以当之。

己亥秋分后一日识于万花溪上

竹庵

跋润松《设色山水卷》

米元章中岁居润州，见烟雨明晦，云山显隐，乃创云山画法，笔墨为之一新。所谓生活蒙养，天赋造化，缺一不可也。余移居苍洱间，但见山海云霞，朝夕变化，壮阔奇丽，殊别于江南。于米家笔墨之外，当另有创建，方不负此妙境。今润松兄出示云山小卷，烟云变幻，神貌颇似苍洱之间。于米氏云山之外，独具一格，入古出新，使人耳目爽然，欢喜赞叹。

己亥年初秋万花溪上

竹庵

跋《双魁堂行乐图》

沈宗骞《芥舟学画编》论传神人物曰：天有四时之气，神亦如是。得春之气者为和而多含蓄；得夏之气者为旺而多畅遂；得秋之气者为清而多闲逸；得冬之气者为凝而多敛抑。双魁堂主人，今之风雅士也，出《赏画图》嘱题。画中主人舒展缥缃，课子含饴，神态闲逸，盖得翰墨之益也。导养正性，澄莹心神，得春秋二时之气矣！或因匣中藏余旧作春秋二时之景故耶？观画漫记数语，或发主人一笑也。

己亥秋

竹庵

跋《郑文小像》

清人丁皋《写真秘诀》小引云：写真一事，须知意在笔先，气在笔后。分阴阳，定虚实，经营惨淡，成见在胸而后下笔，谓之意在笔先。立浑元一圈，然后分上下，以定两仪，按五行而奠五岳，设施既定，浩乎沛然，充实辉光，轩昂纸上，谓之气在笔后。此乃传统人物写真之论，与今日由素描透视入手之人物画法，既有合处，又自不同。伯甫写简州郑文兄像，循昔人之法者。神貌略似，俨然古之士人。余自癸巳移居苍洱间，僻居村野。穷巷深藏颇回故人之车，不见郑兄已七载矣。对图如晤，感怀不胜，因识数语。己亥八月既望。

万花溪上

竹庵

跋戊寅秋所临石涛《搜尽奇峰打草稿》卷

戊寅秋，余抱恙渝州。暇时研习古来名作，心追手摹，临写尽日，孜孜以求前人笔墨要义。此其一也，廿余载仍在箧中。是卷乃清湘老人赫赫名迹，狮子搏象，倾力而为。今者再视，虽临本笔墨稚幼，仅得位置皮相，然彼时用功情景，历历在目，一片痴心，至今仍是。春日检出欲付装池，因识于后。

辛丑上元

竹庵

竹盦臨石濤搜盡奇峰打草稾
辛丑五月

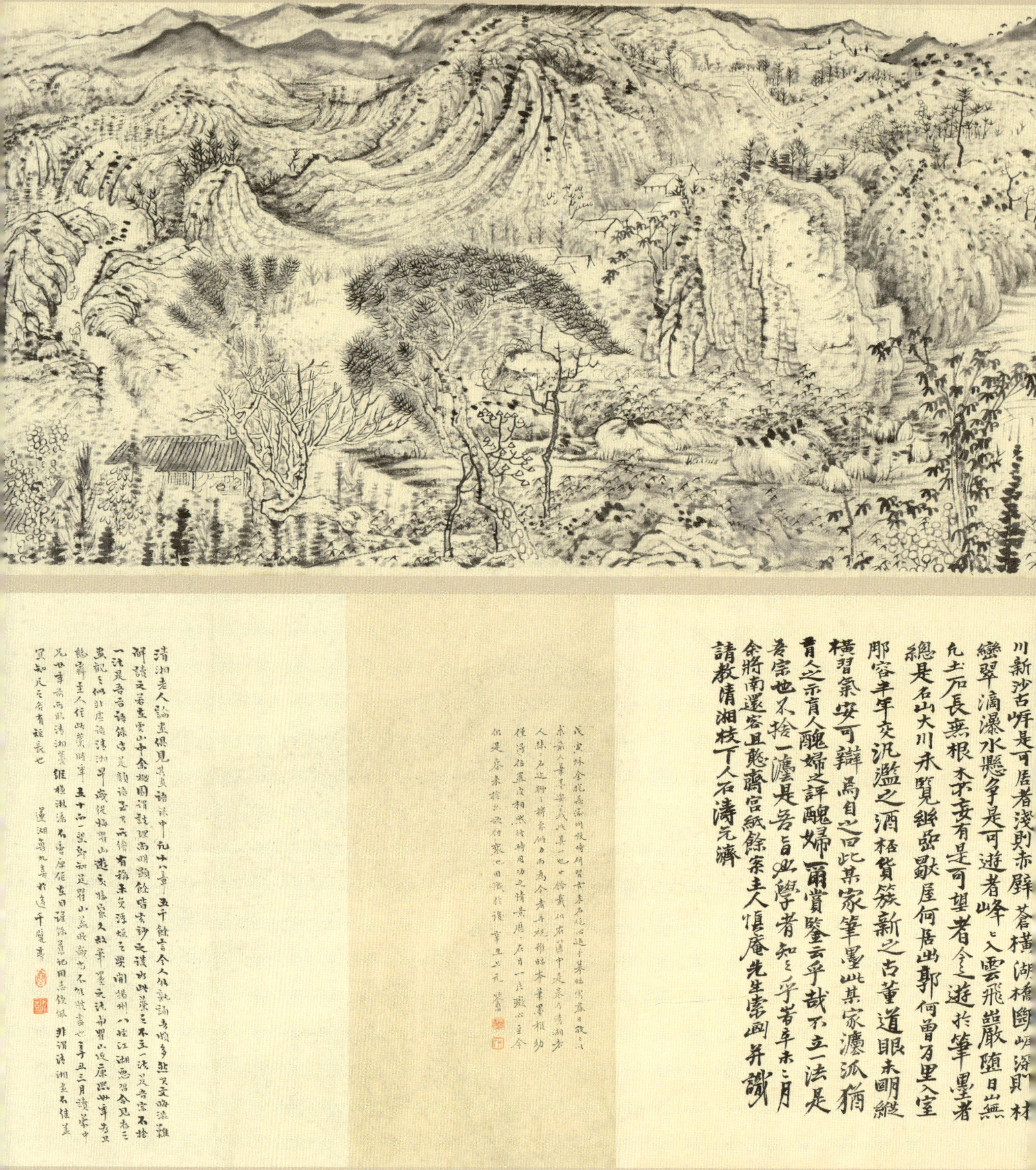

临石涛《搜尽奇峰打草稿》卷

搜盡奇峰打艸稿

临王时敏《山水册》

此余弱冠之年所摹西庐老人《山水册》之仅存者。箧底偶得，检出补印重装，如回昔日，历历在目，夜灯漫记之。

竹庵

己亥六月

此余弱冠之年所摹西廬老人山水册之僅存者篋底偶得
检出補印重裝如晤昔日歷歷在目 夜鐙漫記之 簹己亥六月

竹庵临戴本孝《黄山册》

清初以黄山入画而名世者，渐江得其骨，清峻高逸；大涤子得其韵，万千变化。梅瞿山得其气，灵润奇峭；戴鹰阿得其质，苍厚华滋。此册所写，下自南麓村舍溪流，上及天都、莲花诸绝境，渴笔焦墨，苦心经营，平中见奇，空灵澹逸，为戴氏盛年妙迹。余髫龄习画，于新安诸子尤为留心。戴氏公私所藏中，偶获一见。画史云其“山水以枯笔写元人法”，然其成就处正在黄山白岳间，丘壑取舍，笔墨造境，任心独诣，自成一格。偶得清末旧楮，尺度正合，遂以临此。所谓浓淡纤毫，筋骨血肉，笔力功夫不逮者，便有十分形似，亦难获气韵神采，信如是也。

壬寅七月苍山万花溪上

竹庵记

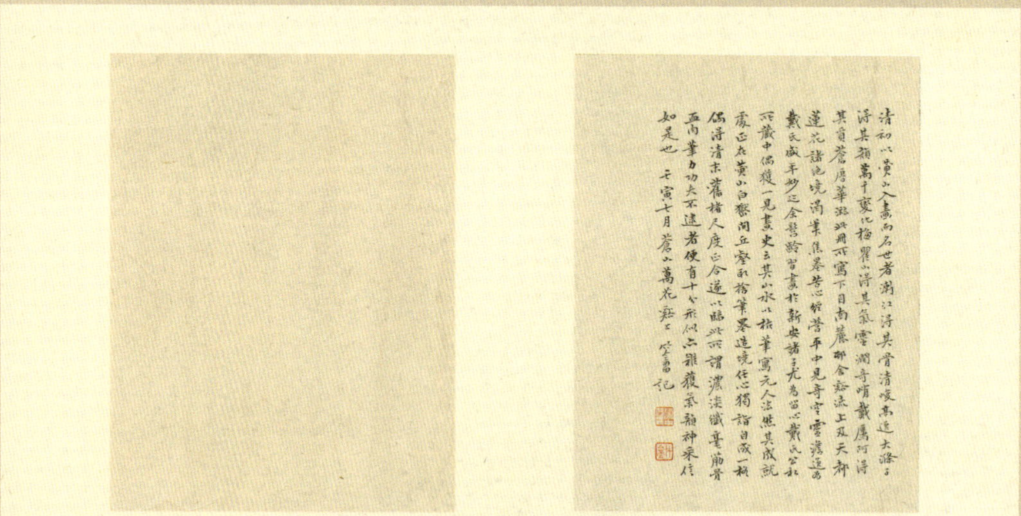

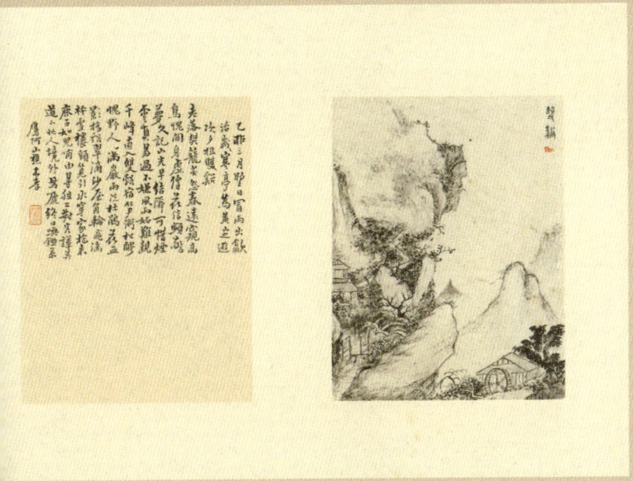

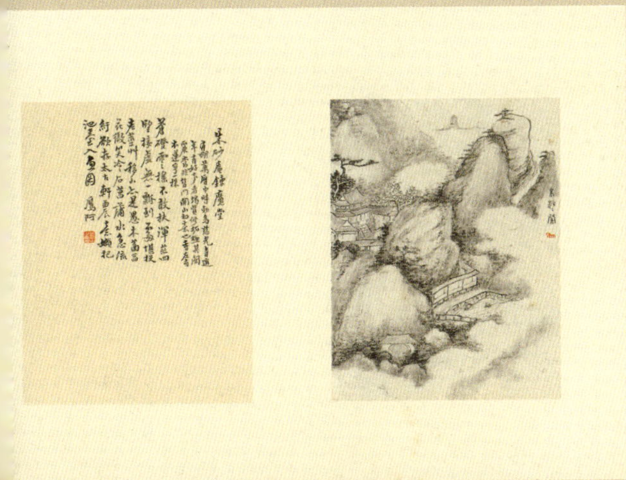

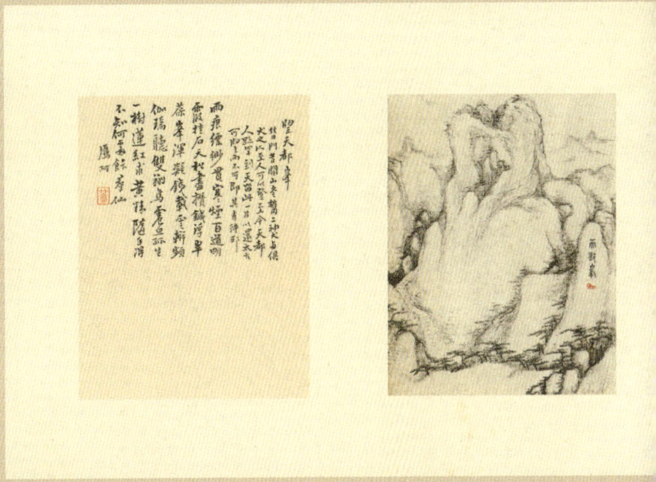

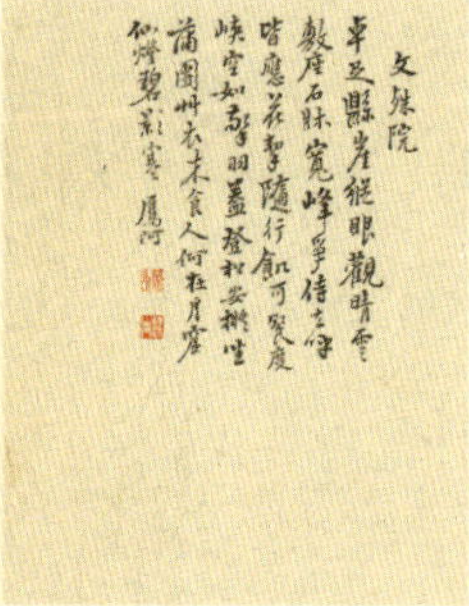
文殊院
鷹阿

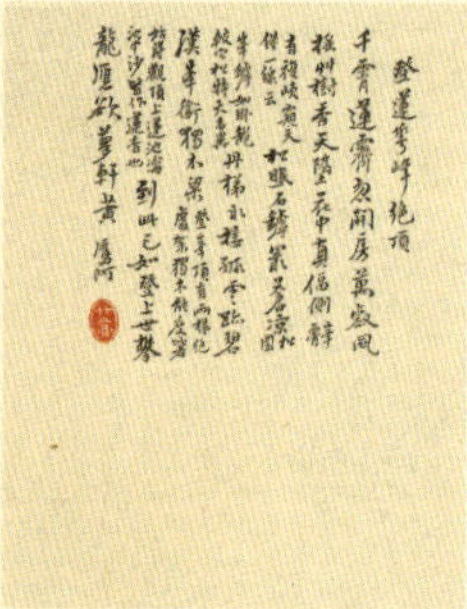
鷹阿

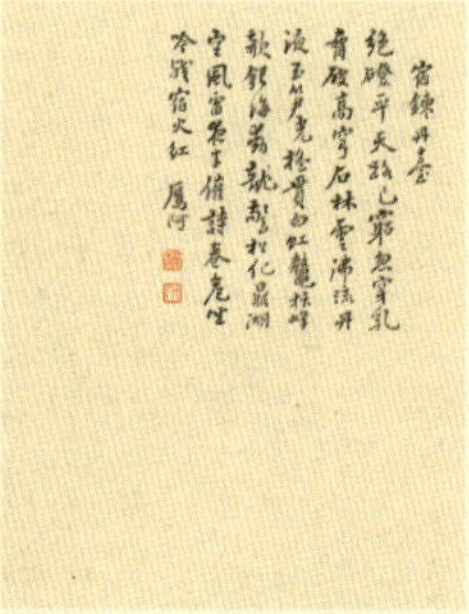
鷹阿

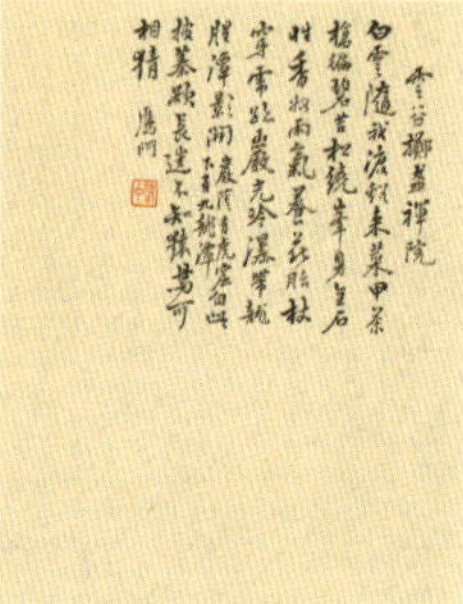
鷹阿

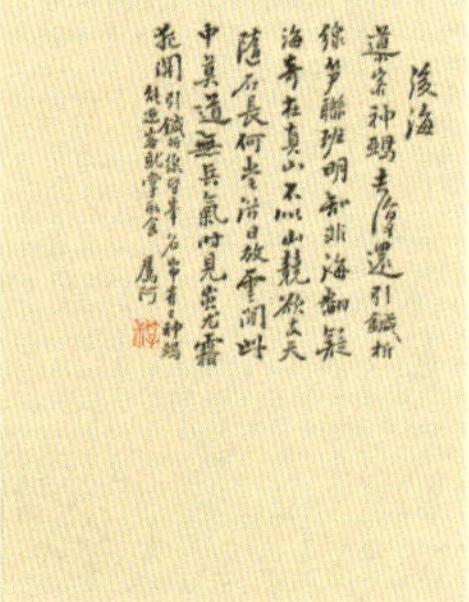
後海
鷹阿

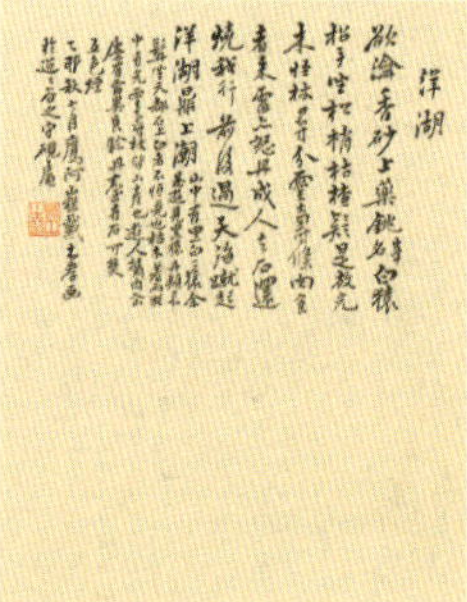

竹庵临戴本孝《杜甫诗意册》

诗与画自有别矣，诗境一落笔墨，则化虚为实。要能补文辞未尽之处，又无违原意。擅此者，妙思佳构，互为阐发，更得升华。观鹰阿山樵所作杜诗册，取舍经营，盖深谙此道者。

壬寅六月，临竟并识

竹庵

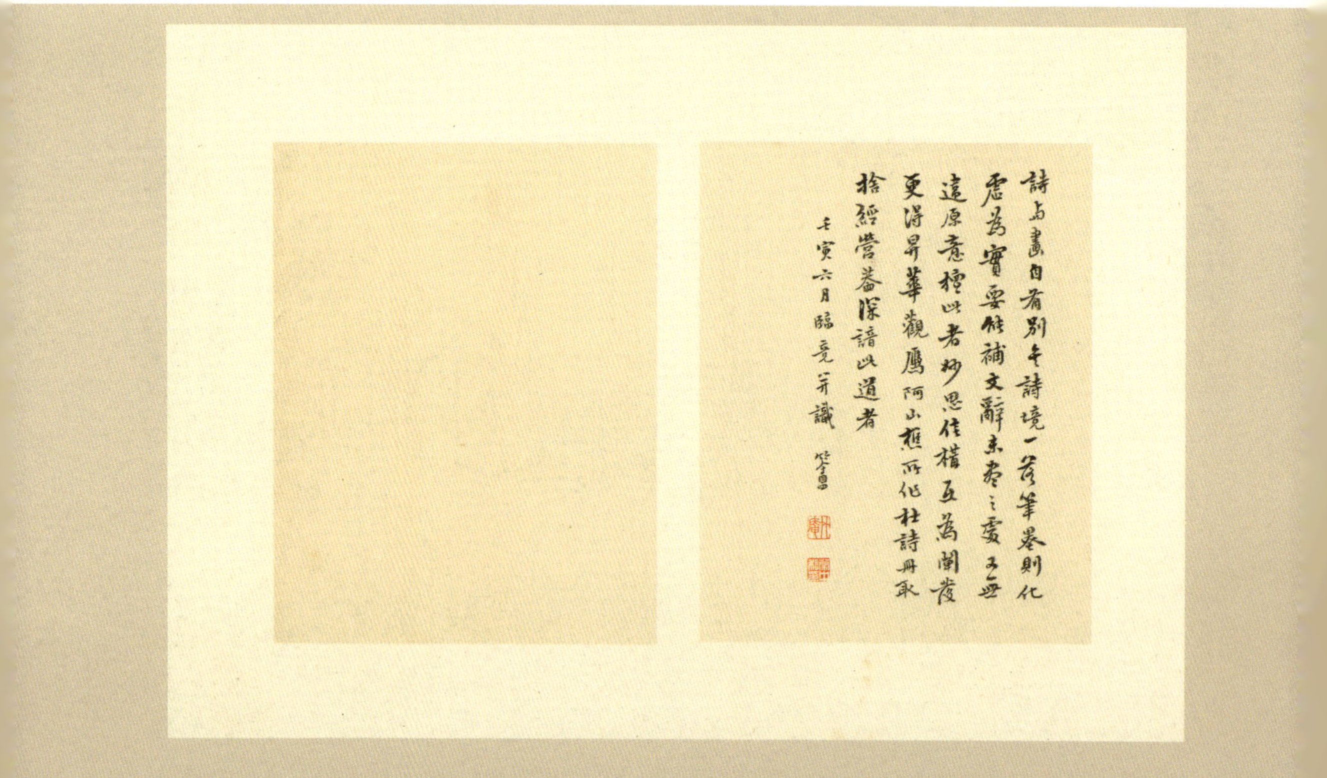

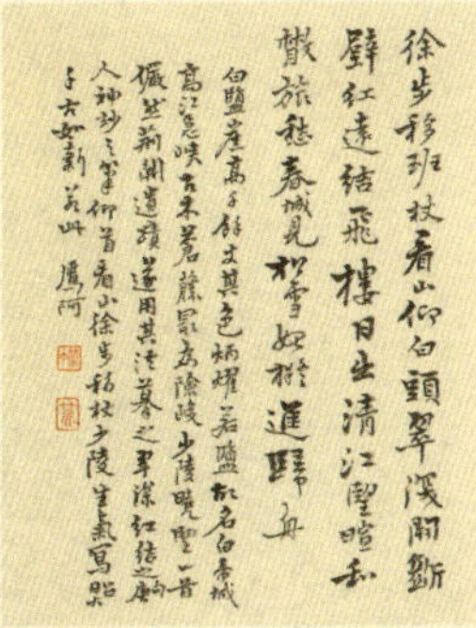

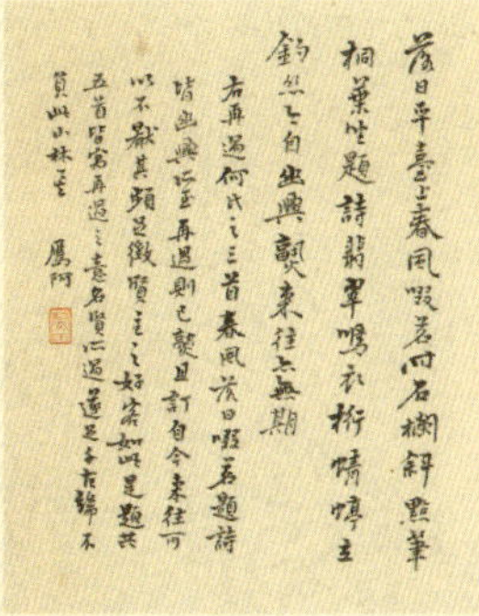

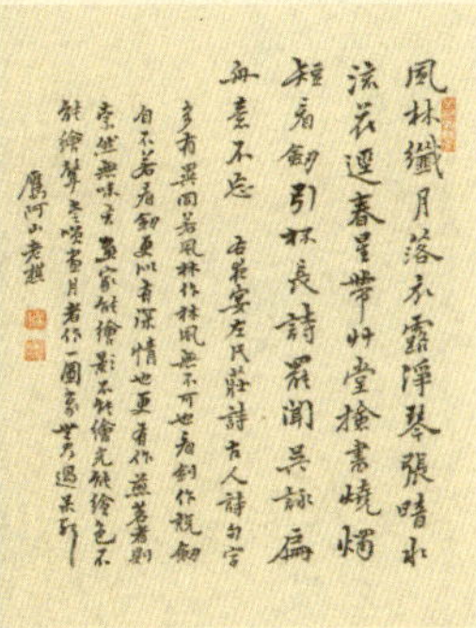

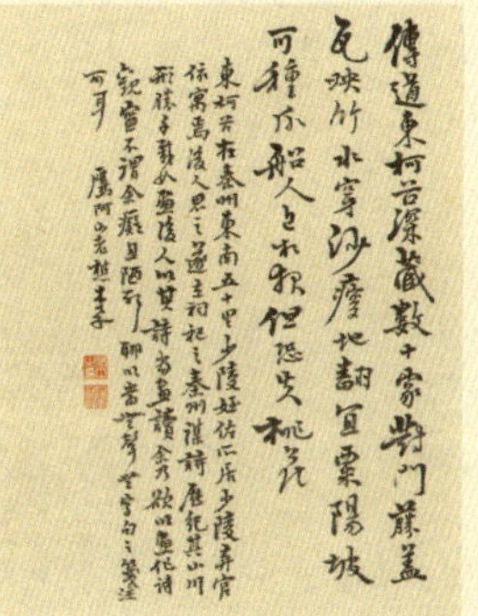

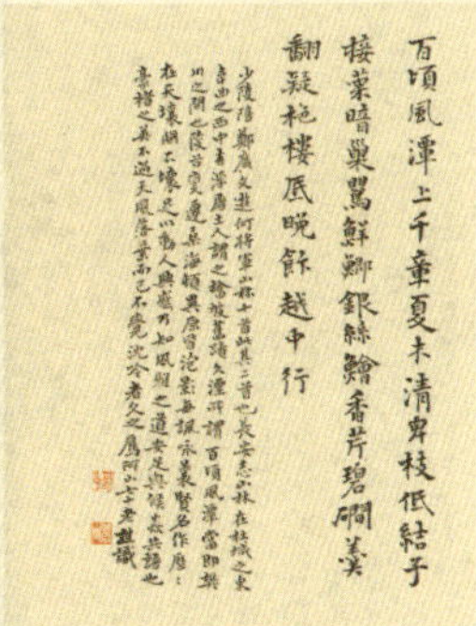

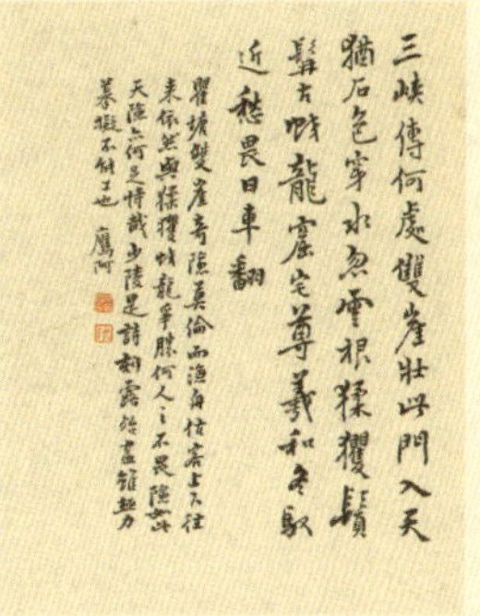

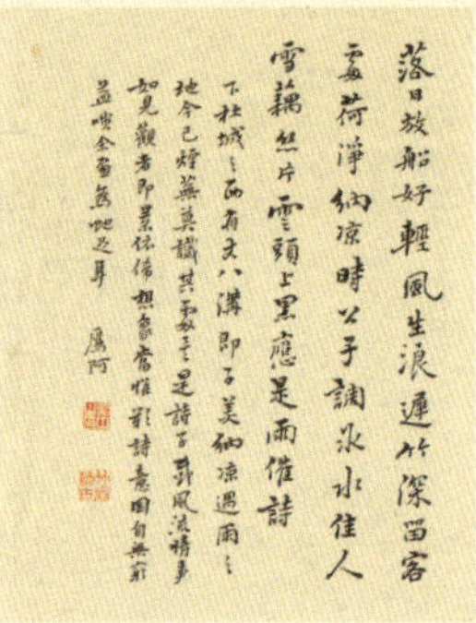
落日放船好輕風生浪遲竹深留客處荷淨納涼時公子調冰水佳人雪藕絲片雲頭上黑應是雨催詩

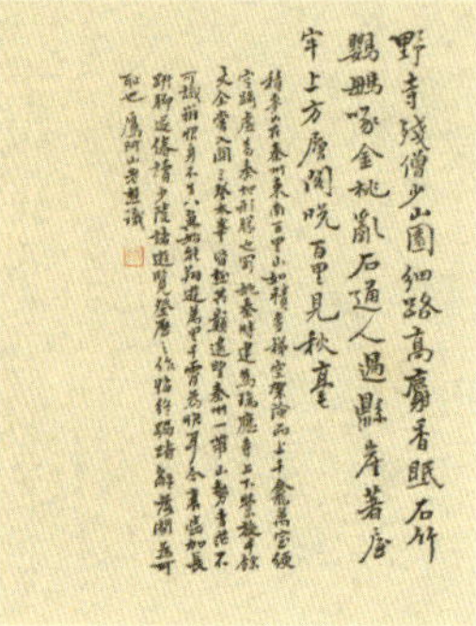
野寺殘僧少山園細路高麝香眠石竹鸚鵡啄金桃亂石通人過懸崖置屋牢上方重閣晚百里見秋毫

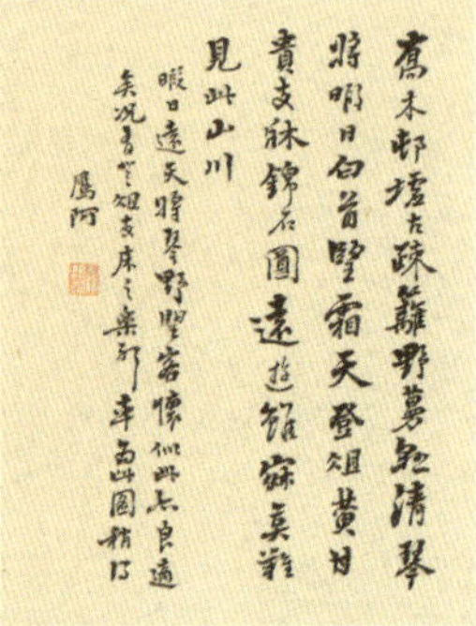
喬木村墟古疏籬野蔓懸清琴將暇日白首望霜天登俎黃甘重支牀錦石圓遠遊雖寂寞難見此山川

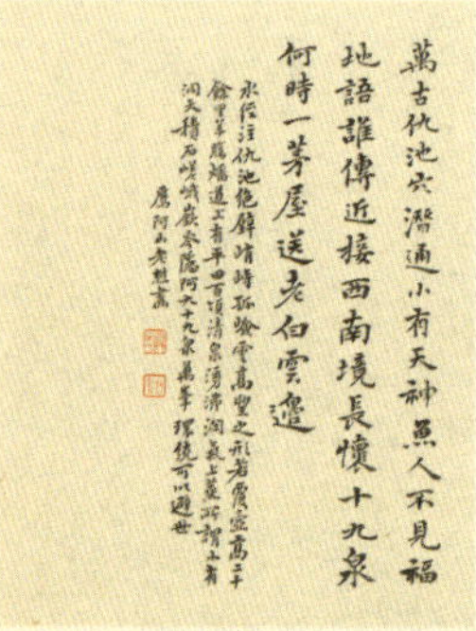
萬古仇池穴潛通小有天神魚人不見福地語誰傳近接西南境長懷十九泉何時一茅屋送老白雲邊

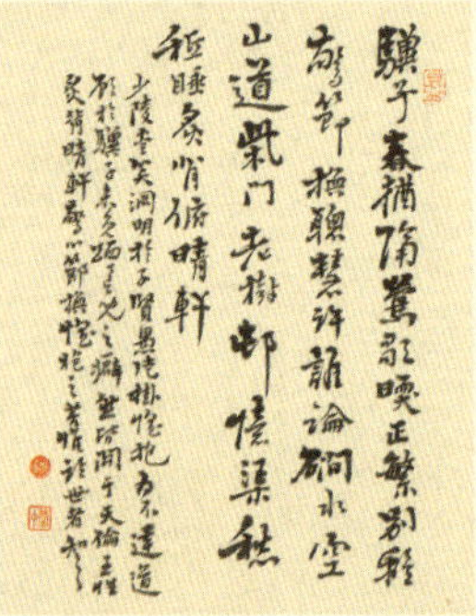
驥子春猶隔鶯歌暖正繁別離驚節換聰慧與誰論澗水空山道柴門老樹村憶渠愁只睡炙背俯晴軒

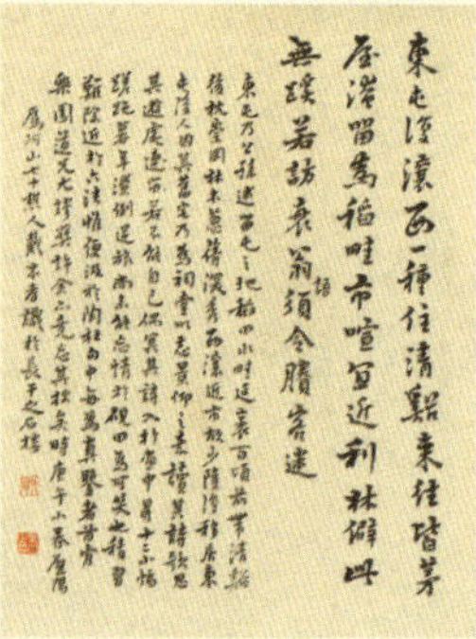
東屯復瀼西一種住清溪來往皆茅屋淹留為稻畦市喧宜近利林僻此無蹊若訪衰翁語須令剩客迷

竹庵临弘仁《梅花草堂图》

一窗明月照梅花，陋巷竹林深处家。
雪落鸟藏人寂寂，拥炉掩卷自听茶。

今夏所临渐江僧此图，略得形似，且装成自娱，遂步其原韵作四句[①]。

壬寅九月杪苍山之下万花溪上
竹庵

① 原作题诗及跋：
雪余冻鸟守梅花，尔汝依栖似一家。可幸岁朝酬应简，汲将陶瓮缓煎茶。
度腊沁水，己亥元日，偶成短句，并为拈此寄直遇亭□□一啸，弘仁。

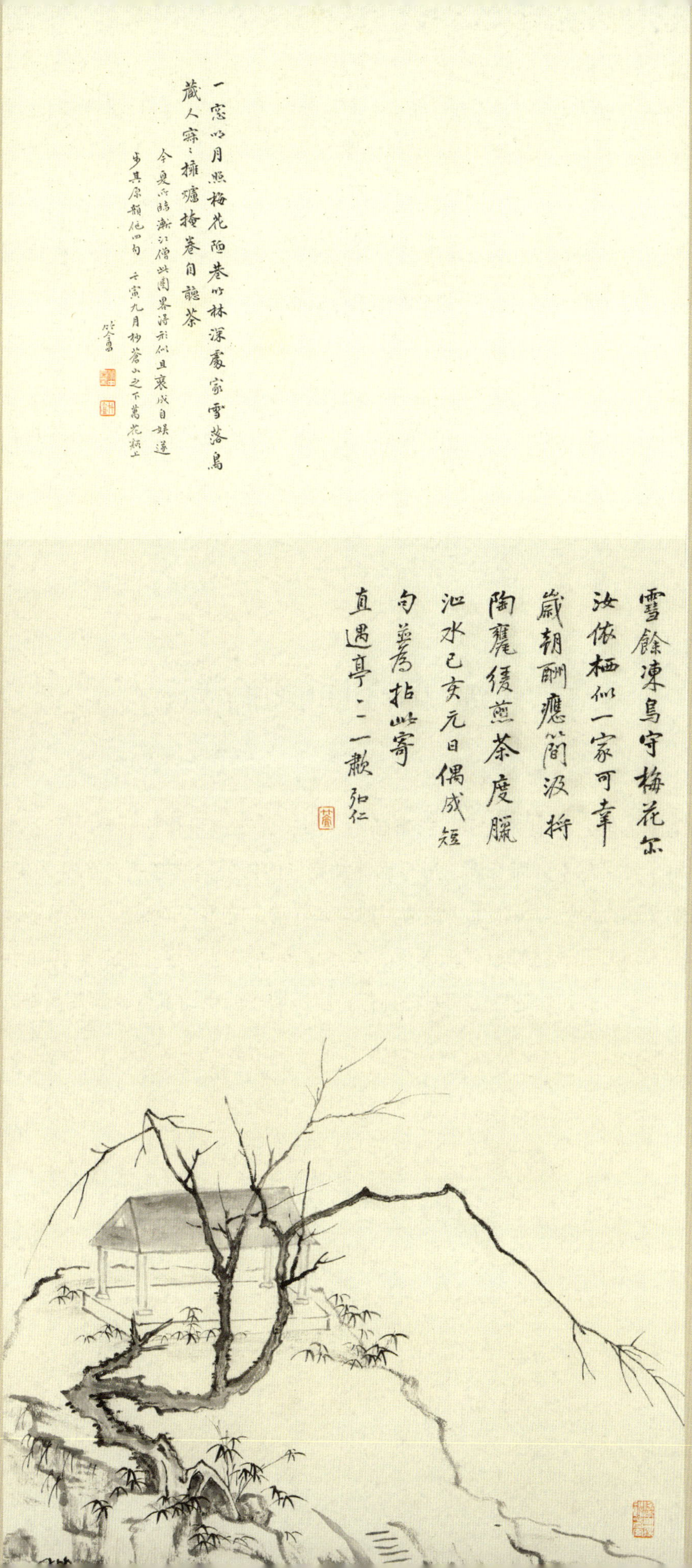
一窗明月照梅花陋巷明林深處家雪落鳥
藏人寂寂擁爐掩卷自聽茶
今夏於皖渐江僧此圖畧得形似且衰成自娛遂
步其原韻作四句 壬寅九月杪蒼山之下萬花村上
竹金畫
雪餘凍鳥守梅花尔
汝依栖似一家可幸
歲朝酬應簡汲捋
陶麗緩煎茶度臘
泗水己亥元日偶成短
句並為拈此寄
直遇亭二一歎
弘仁

题《洱海泛舟图》

春秋佳日，携花泛舟，读《南华经》于洱海之上，与瑰丽奇变之云霞共参，此人生之大快事也。

跋《临恽南田山水册子》

文笔贵老健，画笔贵松秀。古来画山水者，恽正叔最得松、秀二字之妙。盖松者，触机生发，笔不到而意到，形不尽而神完，能使偶然成必然，必然又兼得天然；秀者非弱非浅，绚极归朴，生机流动，神健而气清，笔雅而韵深。空灵出于妙悟，随机化物，不以皮相，是禀赋气质养成，亦是定静功夫之凝聚。此册为其妙手偶得之作，虽云临摹古人，然笔墨之间一任神行，真所谓气韵生动者也。秋来丛菊初开，明窗戏临之。

松雪漁隱畫

题石涛《画祝希哲诗意山水册》

大风堂旧藏苦瓜和尚中年妙迹，大千居士册后跋中文详述与此之因缘始末。和尚好写古人诗意，所见尤以手卷册子最多佳构。画取昔人诗句，出以笔墨，意思又多在诗之外，迁想妙得，触机生发，笔花墨雨，使人目不暇接。近得此复制精印本，展玩之余，以意追摹，成此十帧，并依韵和祝氏十首对题。岁辛丑秋万花溪上雨窗记。

一

萧瑟秋风四面芦，木兰舟中客不孤。
一生纵浪丹青事，鼓棹凭栏作啸呼。

二

桃源有路青山外，一棹归来自躺平。
且折花跟猫调笑，心随云与海鸥盟[①]。

① 此处海是指洱海。

三

而今何处问樵渔？展卷来寻隐士居。
若不躺平编制外，哪来时间读闲书？

四

每羡飞鸥在海边，新冠禁足已逾年。
但看世事随流水，几见书中诺亚船。

五

笋蔬要嫩肉要鲜，偶尔当厨弄灶烟。
狗吠墙头来远客，闻携新鲤下渔船。

六

隔江山色入茅亭，无月无风更少人。
回首霞移溪[1]上路，野花开作社燕邻[2]。

---

① 霞移溪，苍山十八溪之一，自桃源村入洱海。
② 大理村庄电线紧邻土墙，瓦顶常见自然生长之野花，故有与社燕比邻之景。

七

二三知交旧，年来病毒新。
画中虽小径，犹有避秦民。

八

小窗雪后似屏条，坐对空山意自萧。
问道曾迷蝴蝶梦，而今掬水碍箕瓢。

九

四面湖光照眼清，风来浪卷动秋声。
芒鞋细雨山前路，黄叶丹枫最有情。

十

曾携书卷入山游，云壑松涛纸上留。
造物有情谁作主？落花春水自东流。

蕭蕭煙雨四南蕪
客舍孤舟繫渡頭
樟德相思莫負
秋思遙接

祝源有路青山好
平生折盡貓調笑心隨雲與海
鷗盟

而今偃息閒雲裏
士居若可躺平編如

西是兩鴻石海連

寫蔬年秋月季到馮居官

陽江山色人蒼茫無月無
風臺少人里昔霞秒溪上路
野石閒倚柱黄郭

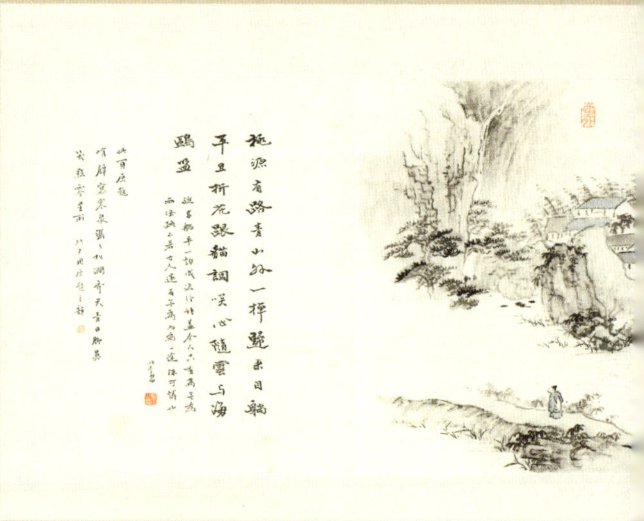

二三故交屡手來摘妻
新畫中壁山径猶是避秦
代
不識世人用粗草章余以意临
此亦以意之半也 八大山人

枚山原題
翠減寒山舊紅添楓葉新秋蕪暗幽径猶是避秦民

枚山原題
山郭瑞雪看寒依一葉漁舟繫葦蕭應有尊前相
生者思念佳句入詩瓢
以十首應有文字版刻亦南宋相
對祝氏集校之今日補錄於此

小憩雪後似屏除坐對空山
意自蕭問道曾迷蝴蝶夢而
今掬水凝冥默
八大山人

大風堂舊藏苦瓜和尚中年妙迹大千居士册後跋文中詳述与此之因緣始末和尚
好寫古人詩意所見尤以手卷册子容多信植真承昔人詩句出以筆墨意思又多在
詩之外遺想妙得髓挑生發筆花墨雨使人目不暇接近得此複製精印本展觀之
餘以意追摹成此十幀并依韻和祝氏十首對題歲辛丑秋萬花谿上雨窗記

四面湖光照眼青
竹林深樹動秋聲
豈難獨自山中坐
葉無根底是情

深林仿石木葉斗黃秀山景
以寫入畫中應以為佳 癸富

枚山原韻
四面湖光入眼青 蕭疏竹樹是秋聲 半天歸寫傳神字 寫出蒼茫無限情

曾攜書卷入山遊
雲壑松濤紙上留
造物有情誰作主
落花春水自東流

久不攜書卷入山遊松蔭石上臥讀之樂不在舊日記憶中矣 寫此頓起余懷 以人自曰

枚山原韻
攜琴擬作五湖遊 野水遙山總這留 一片閒心長夏冷 松濤斜帶疊雲流
石濤上人所畫小楷具鍾太傅尤以此頁大小之字為上品

题《疏林秀木图》

观清初六家笔墨，有迹可循者，乌目山人集南北宗之大成，理法明畅。后学依迹而求，多能得门而入。法理隐晦，似无迹可循者，如恽正叔山水，虚灵变化，随机生发，以性灵驭之，后学若无根底，难窥奥窍。然两家笔下所持法理一也。故以法无定在，有显有晦，执象而求，咫尺千里。守常知变，方谓正道。此《疏林秀木图》，为六年前戏拟恽氏之作，彼落笔锋出八面，予则秃笔钝行，不拘形似，增减随之，遗貌取神，意在两家之间。兴到偶得，使予复为之，亦不能再也。

岁壬寅葭月苍山之下拥炉重题

竹庵

觀清初六家筆墨有跡可循者烏目山人集南北宗之大成理法明暢後學依跡而求多能得門而入法理隱晦似無跡可循者如惲正叔山水君靈變化隨機生發以性靈馭之後學若無根底難窺奧竅然兩家筆下所持法理一也故以法無定在有顯有晦執象而求咫尺千里守常知變方謂正道此疎林秀木畫為六年前戲擬惲氏之作彼藏筆鋒出八面予則禿筆鈍行不拘形似增減隨之遺貌取神意在兩家之間興到何得使予復為之亦不能再也

歲壬寅葭月蒼山之下擁爐重題 以金畫

题《苏格兰山色图》

余自爱丁堡至阿盖尔和比特之因威内斯。车经苏格兰高地。途中谒雨，数百里间，烟云奇幻，似非人境。高地绝少村舍农家，山势绵延舒缓，偶露岩石，多披草甸，纵有密林，亦无杂树，依岩傍水，或点或线，其状分布无不如画。峰峰皆挂水流，白练如带，寒泉飞瀑，曲折蜿蜒而下，聚众而作溪，汇流而成湖，凭窗四望，满目苍翠，风裹寒气，雨湿外衣。而妙景幻境使人浑然不觉，乃于一状若富士山之峰前下车，立水岸石畔，饱览烟云山色。兴尽而返，归而作此图以记游踪，时丁酉五月初三日也。壬寅冬月，补记之。

题《苍洱山水册》

陆俨少论画之明暗以为“古人作画多暗，今则多亮，暗因静，亮则动，时代精神使然也”。余谓亮亦可从静出，动亦能由暗生。画之明暗，不在墨色深浅，而在神采意象之不同也。

余自甲午秋移居苍洱间，高原气候，云山树石，村舍田畈，光影变化，皆有别于古人之所见也。流连山水，漫步田园，澄怀味象，涤心净虑，据天地之所授，涵泳古今所学，吐纳胸中造化，渐脱前人之窠臼，静亮清透，神采意象亦自别于昔。

是册乃丙申所作，笔下可见冲出陈法之轻快，风发意气，喜悦之情，溢于纸外。是谓画笔变化发轫之初也，置匣中亦数年矣！今装成重观，略记如此，壬寅葭月。

渔米雨後
凡見始以
景青試以
境青意
宮見意
雨中晴日
籛

桃源洞天路武陵渔洪舡花�
高等指渔洪洞渡泛舡行
泛洪渔天洞渡源青
桃源源源為歸之船
威陵法水勝渡沿其淺者
十五泛源為二船花和萬秒
連入武陵源之知名和名萬次
逢者以水人諸將與青晴者
閒青悉不教非青五行諸首
漢亭本嘗俗民於十月桃春
甲午年春花為人傷傍之明
金陵暮之青陵源宮月萬香
沈湘招隱沿諸諸立馬沙空
真數招隱沿諸諸立馬沙空
傳作筆堂清人你問忆桑諸
集十雪夫之桃諸桃流源詩
散亭本漢式諸相行傳也見
月向籛陽記
籛

山川草木原人夕可以創
遠山青十之山川李本文
桃負無之所及青人活也
化法大連比波古人術
書十宮萬楊大外平世英
籛

诸客稻月威通
寺塔蒼青洱海
山糖蒼松柏馨
熙眈音像秒為
海中俛龍家道之
望峯忘寬身
石子水也
蒼

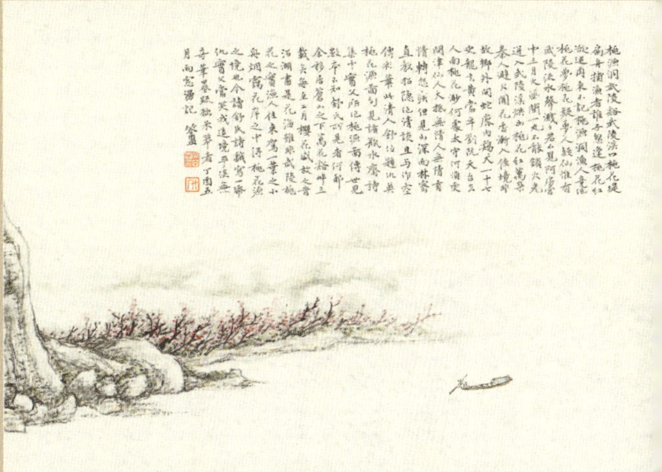

夏木垂陰戲寫
蒼山之下所見之
景也丙申小暑
後萬花谿畔
蒼盦

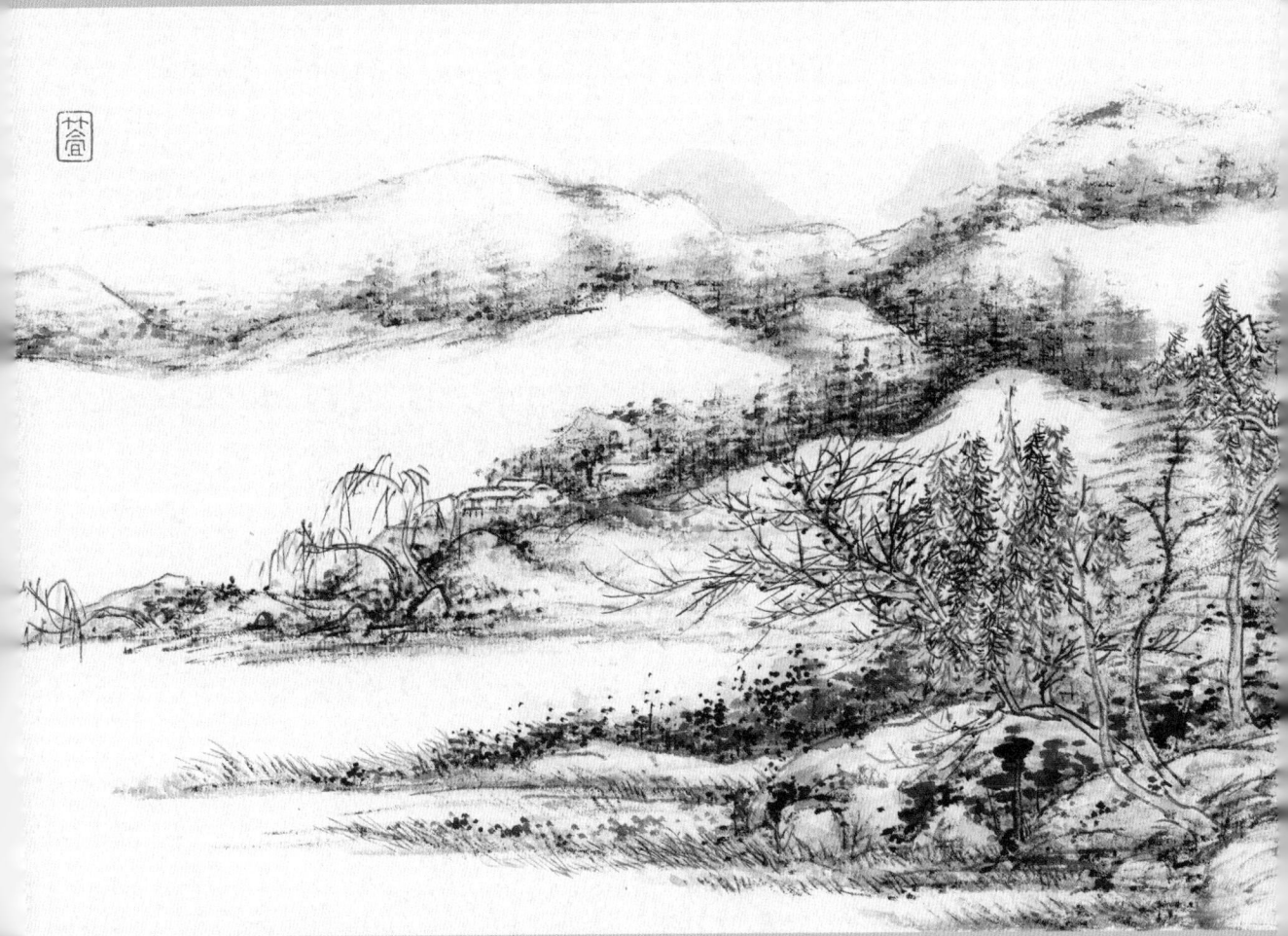

跋《大理山水册》

宋人董逌论画云：山水木石，烟霞岚雾间，其天机之动，阳开阴阖，迅发警觉，世不得而知也。画摹古人，多得形貌。而天机之动，则须在象外意会。故昔人云写生而不道写景，盖指生生不息之机，阴阳造化之息，是之谓也。又董思翁云：画家以古人为师，已是上乘，进此当以天地为师。每每朝看云气变幻，绝近画中山。看得熟，自然传神。今人写生，不取前贤所云脱略形迹，遗貌取神之妙，仅以西洋画法图所见，自堕下驷。欲去凡骨，难矣哉！此册乃余近年所写苍洱山水。草木丘壑，阳开阴阖，从天地机息中来，遗貌取神，淡静明悦。脱胎于前人笔墨，而弃其萧瑟阴翳、悲凄愁苦之气。年来息交绝游，置心一处，似略有进境。今整理装册，乃记之。

己亥寅月

竹庵

题《辋川集》山水册

昔读王摩诘《山中与裴秀才迪书》，想其所写，每引画思。甲午秋，余移居苍山万花溪畔，筑屋村居。虽有别于辋川形胜，然日与造物亲近，所得诗画，亦渐有新境。庚子春，避疫杜门。偶取《辋川集》漫读。虽未至其地，然诗与余所亲历、感发颇有相通处。遂不循成法，作《辋川图册》四十开。若书中所记“清月映郭”“寒山远火”“草木蔓发”，轻鲦出水，白鸥矫翼，露湿青皋”诸句。盖以久久徘徊心中，文字与所历者交织叠积。下笔辄如汩汩泉涌，一挥而就，匪仅经营构思所能至也。余谓诗文，有画所不能出也，画亦自有诗文所不到者。余所画，岂为作注，与诗文映发，亦有文字所未能到处。识者或于此处见我，当不笑余痴也。

庚子秋八月

竹庵

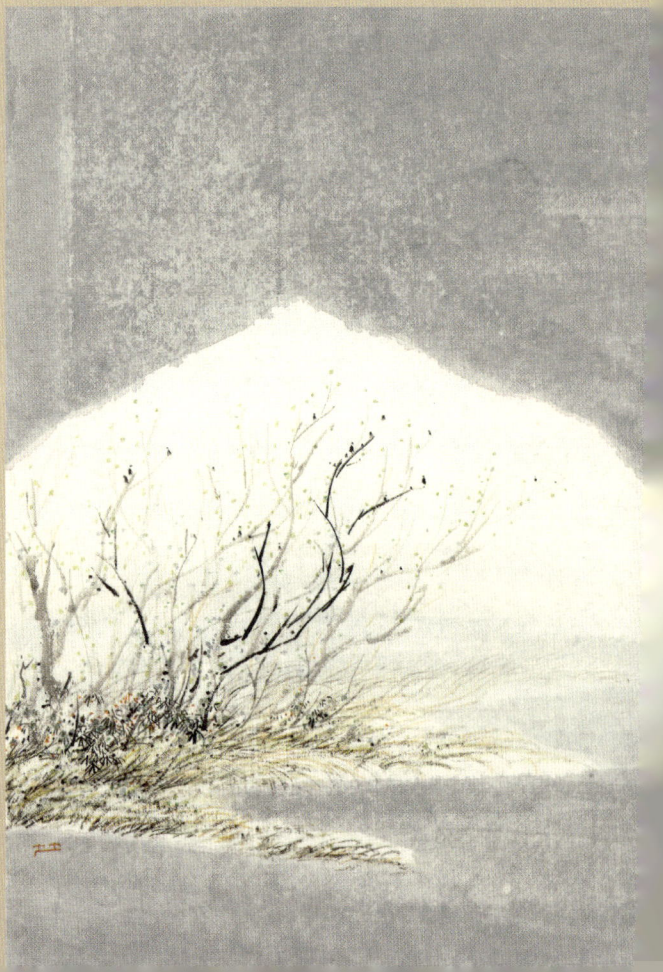

题《雨后溪山图册》

苍山之高，五岳皆莫能匹。圣应、马龙诸峰常年积雪，嶒崚天外，犹如龙脊。其下则深壑幽谷，巨岩峭壁，杂生草木，浑厚华滋，苍翠满目。松林间多挂藤萝，随风摇曳，恍若仙界。尤在夏秋之际，疾雨溪山，飞流悬泉，轰鸣作响，水雾缥缈，与其上烟云浑然一气，神鬼莫测，动人魂魄；而晴峦初见，云移光影，惝恍迷离，则极晦明开阖变幻之奇也。余每入山游憩，远观近取，坐忘林泉间，胸中今古，渐得化之。由是笔墨为之一变。所谓师古人不若造化，境由心生，肇乎所感，诚不虚也。

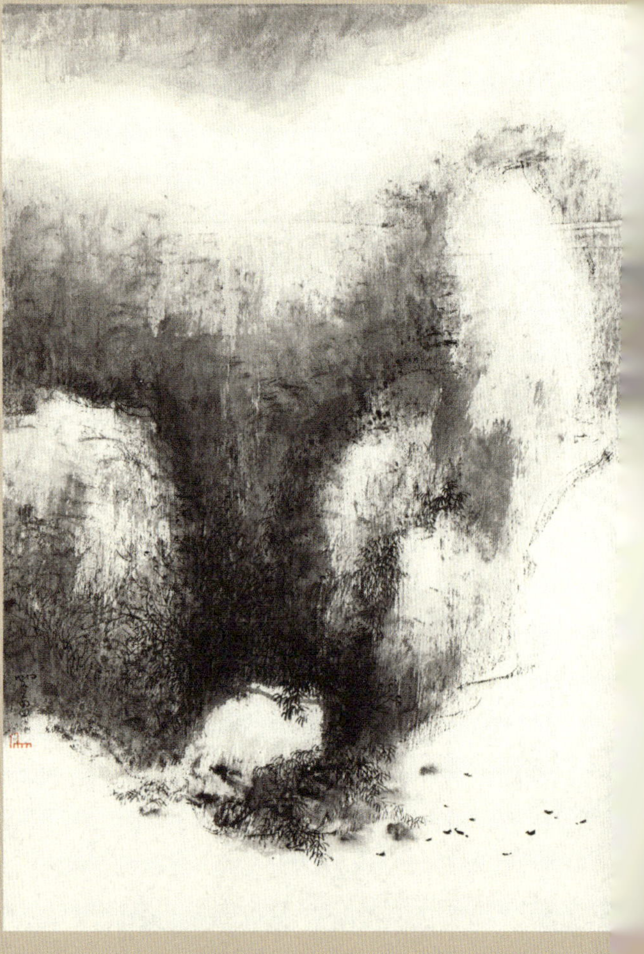

题画一则

昔人论画有“师其迹不若师其心”语。古人与我，虽时殊世异，秉性气质亦各不相同，然此心共具者恒在也。若诗文使心沉秀而灵变，寂寞淡泊使人心简远而多妙思，洁净精微使心细节条理练达清畅，温柔敦厚使人笔墨沉着丰润。如此得心忘形，意与古会，乃谓善学者。

题《龙门箐图》

去岁十月十二日，自沙溪寺登往龙门箐游。山峦逶迤，黄叶满地，平岗一带皆杂木，中有一二巨石老松，向背俯仰，姿容清奇。下皆乱坟，不知谁氏。荒草湮没，一径蜿蜒。汉人诗有“青青陵上柏，磊磊涧中石。人生天地间，忽如远行客”之句，与此境颇似，念之怆然，图以记之。戊戌初夏于万花溪畔。

跋《卧云册》

宋人韩拙论画云："木皆有形势而取其力。无势而乱作盘曲者，乏其势也。若只取刚硬而无环转者，亏其生意也。若笔细墨微者，怯弱也。"诚知者之言。形与势，每藏林木自然之态中，笔墨剪裁，取舍由心，所据不外势态形质。画松者，远取其势，近察其姿，细味苍虬之意，了然枝叶生长之形。余登苍山，尝坐卧溪岸林下。观乔松万千之形，识叶枝四季变化。默然于胸，然后落笔挥洒，方得不悖于理法也。

庚子六月

竹庵

臥
雲
冊

戊春春之初評舊
楷書松八幅扵此万
枀稻上梆窗簦

竹盦先生臥雲冊
雒廬敬題

雒老

臥
雲

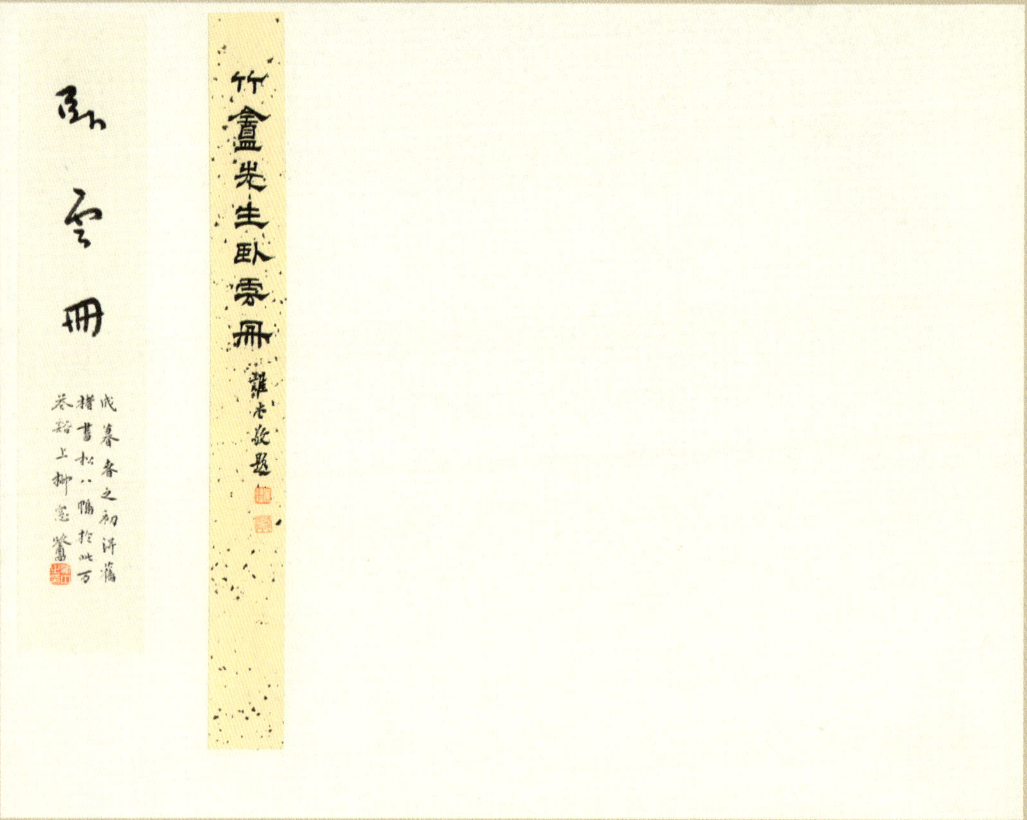

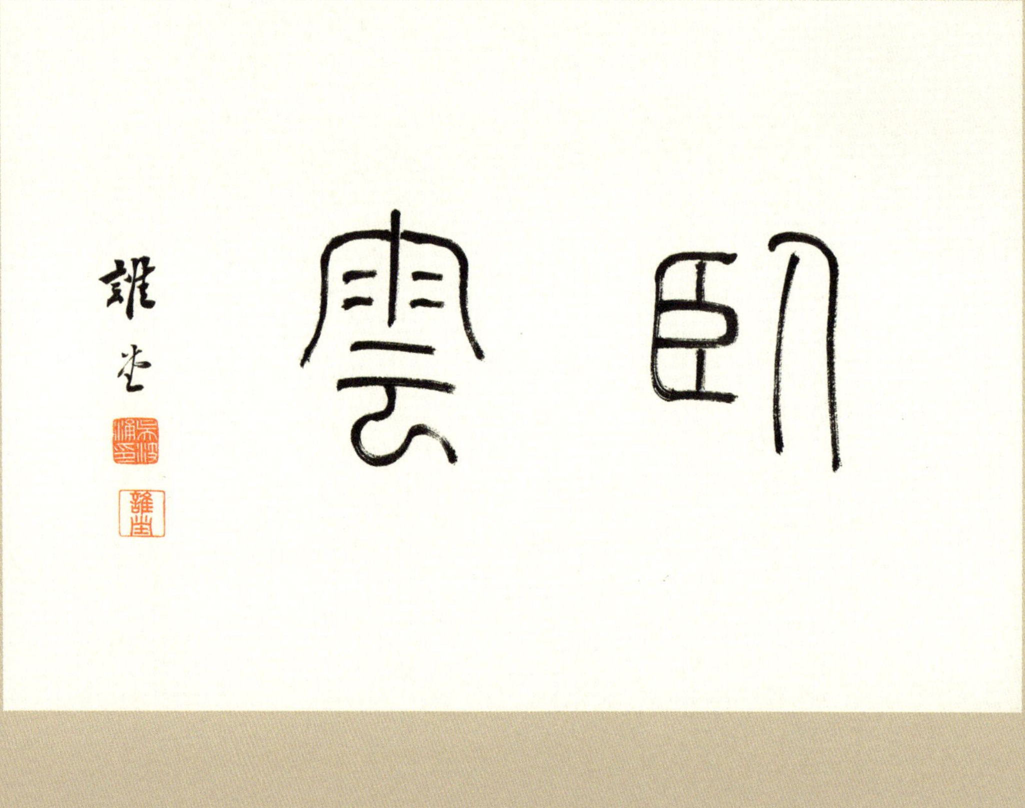

宋人韓拙論画云木皆有形勢而取其勢無勢而亂但盤曲者乏其勢也若只取剛硬而無環轉者虧其生意也若筆墨細微者怯弱也誠知者之言形與勢每藏林木自然之態中筆墨剪裁取捨由心所據不外勢態形質畫松者遠取其勢近察其姿細味蒼虬之意瞭然枝葉生長之形余登蒼山嘗坐卧溪岸林下觀喬松萬千之形識葉枝四季變化默然於胸然後落筆揮灑方得不悖於理法也

庚子六月 谷盦

跋《猫儿图》

觅得狸奴太有情，乌蝉一点抱唇生。
牡丹架暖眠春昼，薄荷香浓醉晓晴。
分唾掌中频洗面，引儿窗下自呼名。
溪鱼不惜朝朝买，赢得书斋夜太平。

此元唐珙咏猫诗，字句间颇有温度者。来雨兄与我同为“猫奴”，膝下有乌云踏雪一只，可爱至极。以照片命为写照。想其儿时小小模样，简直萌化。近年颇倦世事，闲暇唯以刷微博吸猫为乐。对屏开怀，百忧可忘。不知来雨兄可有同好？

题画竹

南窗种竹数十竿，初夏之际，出笋无数，欣然取以入席。余旧嗜笋食，今年最得朵颐之快。且留数竿新笋，以待长成入画也。

题《淇奥册》

“篧篧竹竿，画以自赏，倘逢王方平，吾欲斫取赠其做钓竿之具焉。上虞江三石头，策策之鱼不少，钓既不得，亦不卖。此逸民中高蹈遗世之人也。今有其人，吾当友之。”此金冬心题竹句也。自来方花溪上，日夕取苍山野竹为粉本写之，自以为明清无此品。恨不逢一高蹈遗世之人。若有其人，当赠瘦竹一竿，相与洱海之上作钓翁也。

题《拂云册》后

今人学画，每言笔墨传统，实多以西人素描造型原理，描摹古画图像耳。既少士夫必备之学养文心，又乏书法锤炼之笔法骨力，更遑论胸襟、韵致、见地。故勾勒渲染，愈工细愈甜俗匠气。笔下精神全无，高妙何出？或作写生，亦多沦为实地景物之描绘，千人一面，图式雷同，斤斤于形色技巧，不明内观造境之功，何谈格调韵致？去其落款，几不知出于谁手者。另求中西结合之途，既伤色彩造型，又无笔墨品格与气韵，求新求怪，不伦不类，盗名欺世耳。余以为吾国画学之振兴，当赖国人精神之焕发与重生。深入历代经典，理文脉，正本源，立品格，取长舍短，拉开与西洋画法之距离，发自情感肺腑，合于时代精神，方为正道。此册乃为平素实践之尝试者。

岁辛丑初秋又记

竹庵

竹庵先生拂云册
庚子三月
雄飞敬题

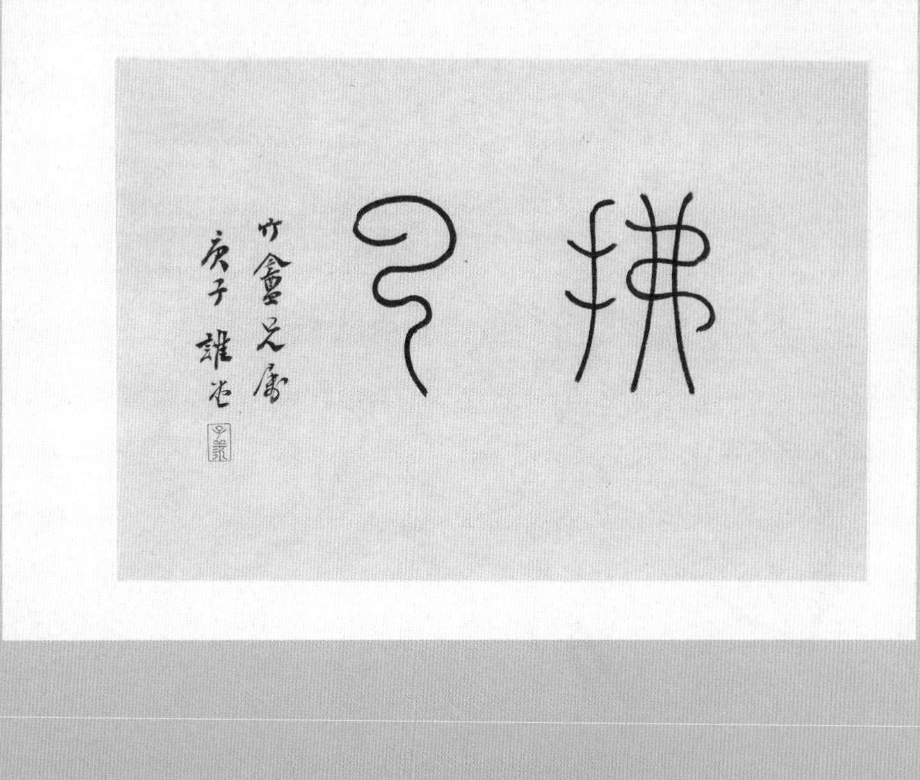
拂云
竹盦兄属
庚子 雄飞

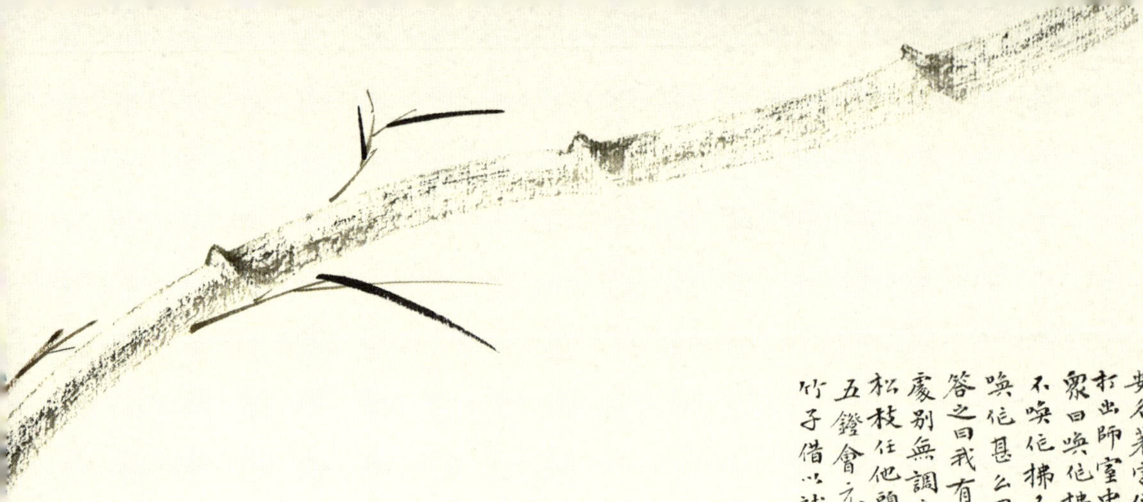

僧問如何是庵中主師曰從來不相許僧擬議師曰會即便會本來底不得安名著字僧擬開口師便打出師室中常以拂子示衆曰喚伲拂子依前不是不喚伲拂子特地不識汝喚伲甚么因僧請益師頌答之曰我有一柄拂子用處別無調度有時挂在松枝任他頭垂角露此五燈會元中語也畫張竹子借以補白 簦盦

脩篁含雨餘枝拂清風起拂破碧玲瓏高堂淨如洗元人鄭元祐題竹句戲寫之 簦盦

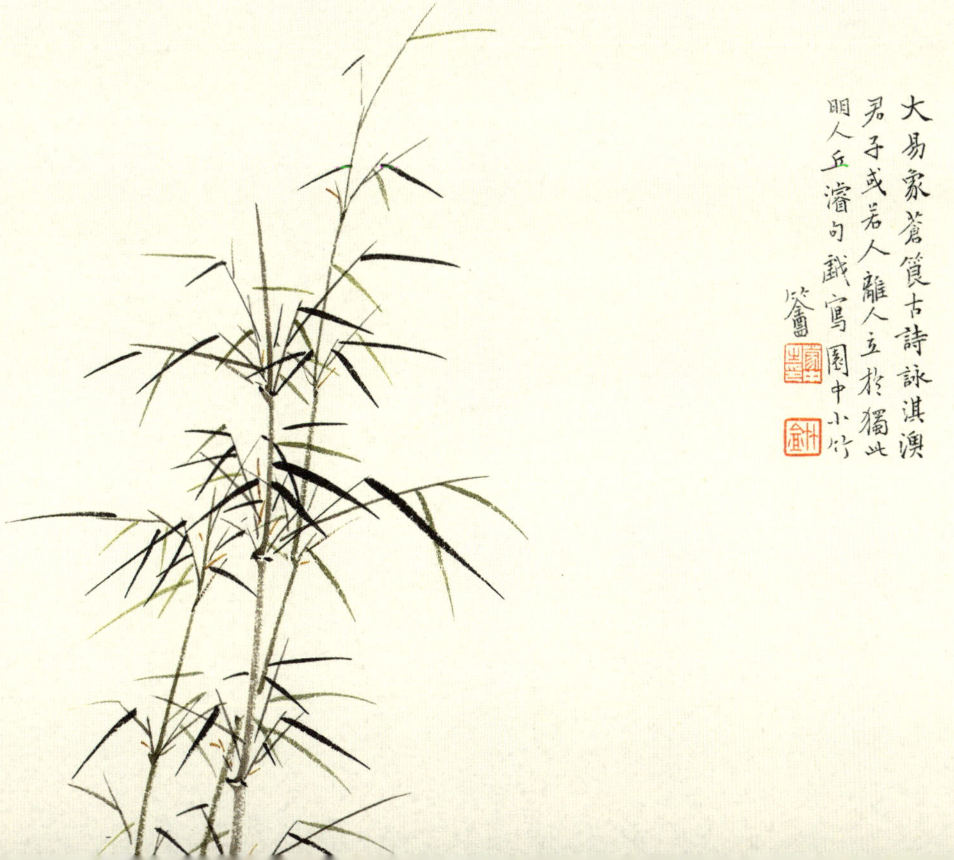
大易象蒼筤古詩詠淇澳
君子或若人離人立於獨此
明人丘濬句戲寫園中小竹
蒼

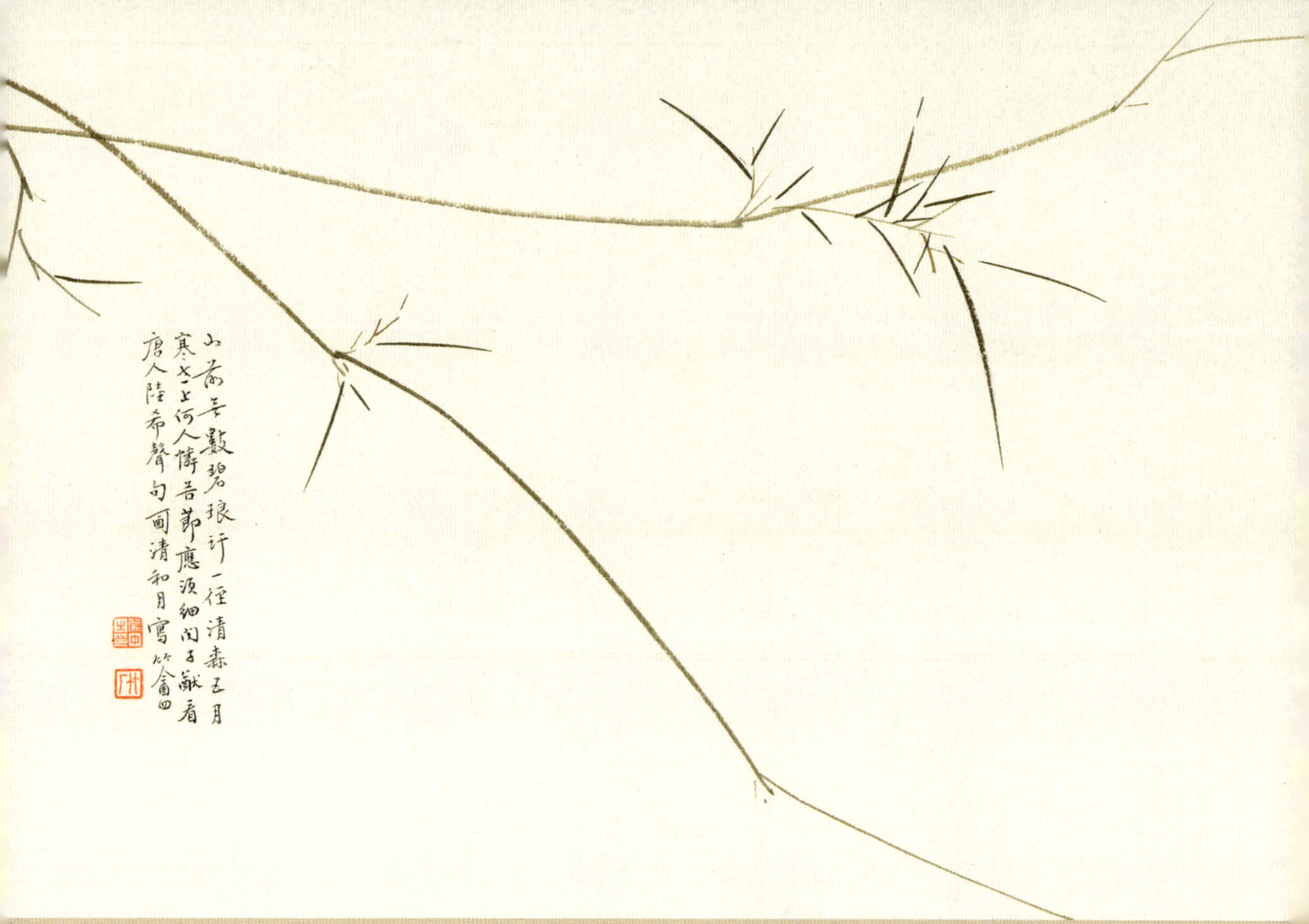
山前無數碧琅玕一徑清森五月
寒世上何人憐苦節應須細問子猷看
唐人陸希聲句畫清和月寫竹翁

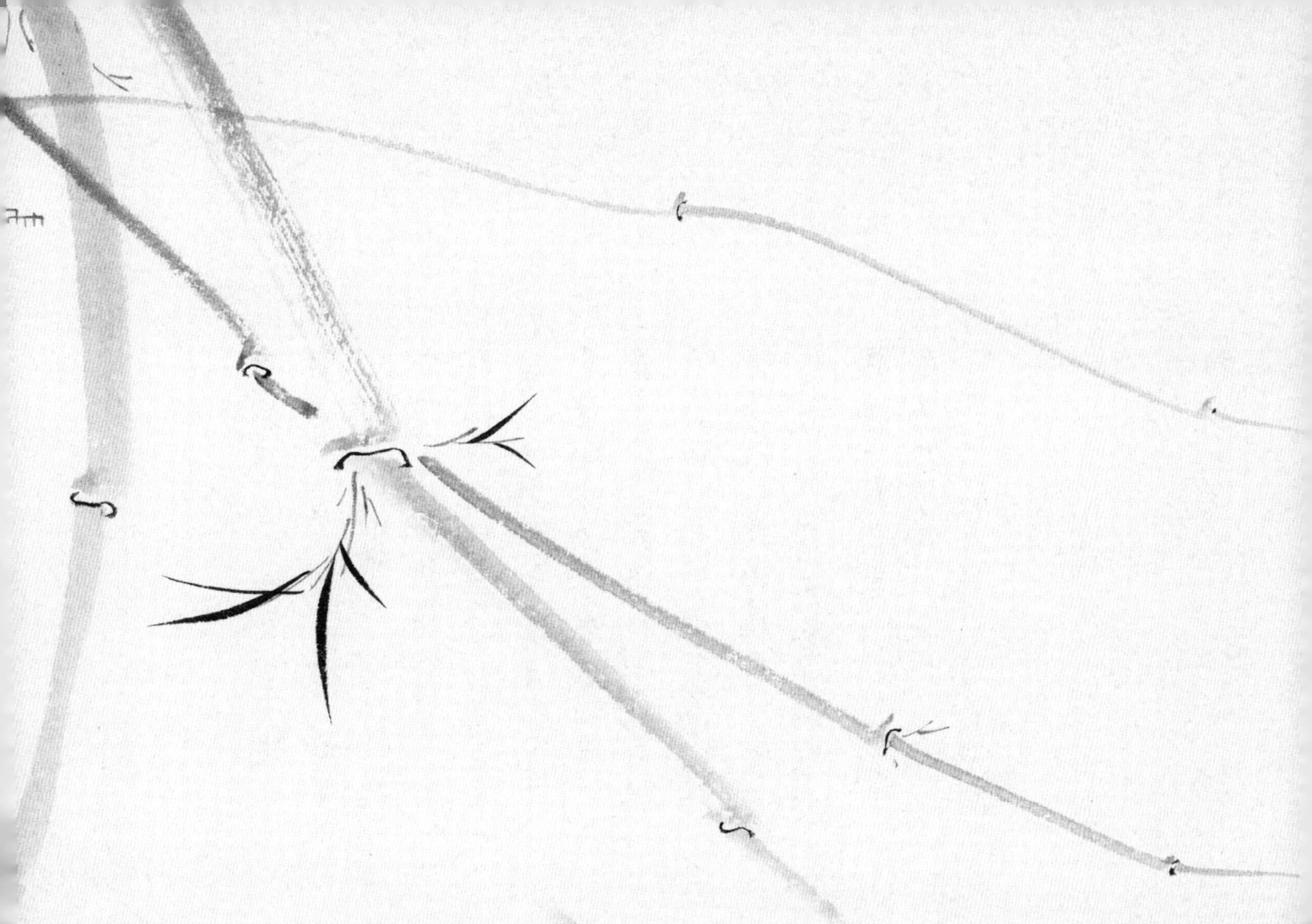

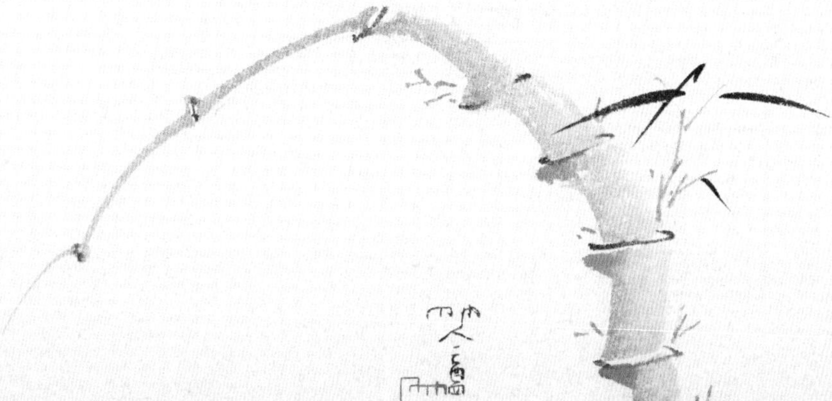

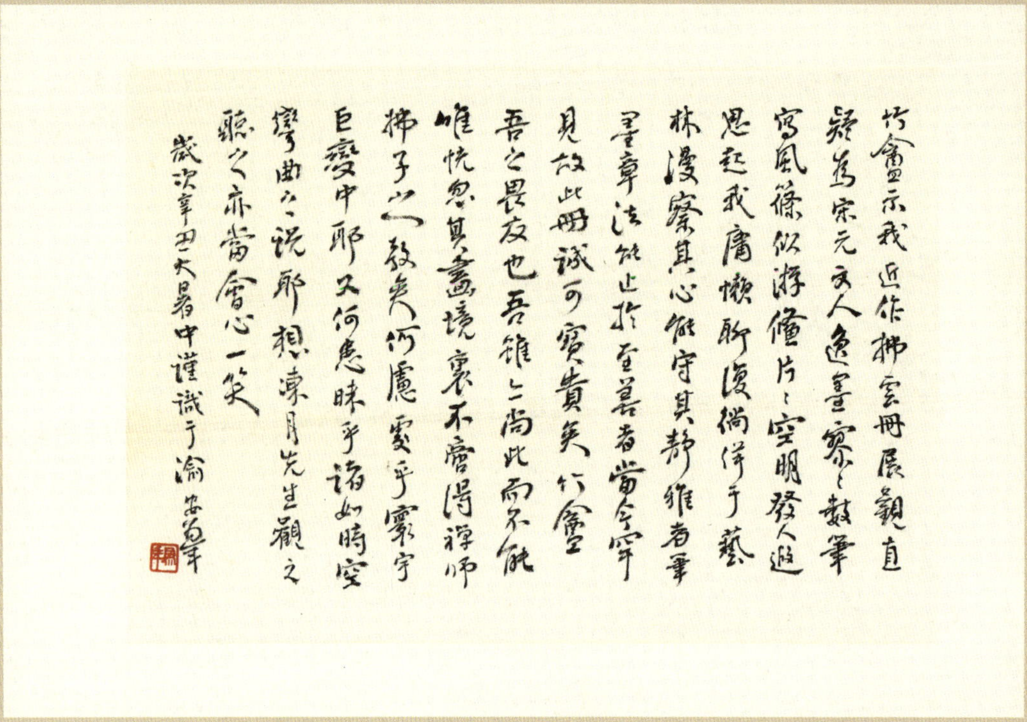

竹禽示我近作拂雲冊展觀直
疑爲宋元文人逸筆寥寥數筆
寫風篠似游僧片片空明發人遐
思起我庸懶靡復備徉于藝
林漫察其心能守其靜維者筆
墨章法能止於至善者當今罕
見故此冊誠可寶貴矣竹禽
吾之畏友也吾雖亡尚此而不能
唯恍忽其畫境裹不嘗得禪師
拂子之教矣何處覓乎寰宇
巨變中耶又何患昧乎諸如時空
彎曲之說耶想凍月先生觀之
聽之亦當會心一笑
歲次辛丑大暑中謹識于渝 安翁筆

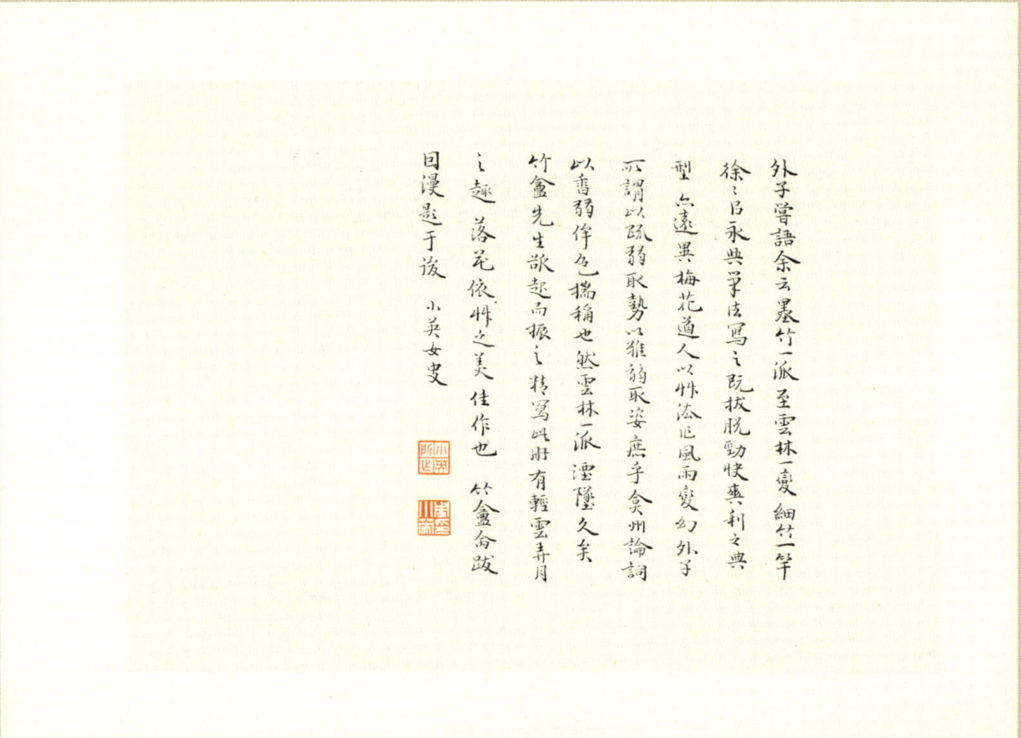

外子嘗語余云墨竹一派至雲林一變細竹一竿
徐徐呂永興筆法寫之既拔脫勁快爽利之典
型亦遠異梅花道人以艸法風雨變幻外子
所謂以疏弱取勢以雅韻取姿庶乎貞州論詞
以香弱作色之擣稱也然雲林一派湮墜久矣
竹禽先生欲起而振之精寫此冊有輕雲弄月
之趣落花依草之美佳作也 竹禽命跋
因漫題于後 小英女史

詩云瞻彼淇奧綠竹猗猗美以竹喻君子者自乙未移居蒼山之下萬
花谿畔忽忽六載讀書習字栽花種竹頗得塵外之樂蒼山之陽有細
竹叢生其性喜陰多藏溪谷山澗中根竿脩茂婥婷秀逸因以為
鄰今寢饋於斯心摹手追得其彷彿於古今畫竹法外或有心
得此三年前所寫小冊 歲辛丑上元後三日重裝並識 蒼

今人學畫每言筆墨傳統實多以西人素描造型原理描摹古畫肖像耳既少士夫必備之學養文心文之書法錘鍊之筆法骨力更遑論胷襟韻致見地故而勤渲染愈工細愈甜俗匠氣筆下精神全無高妙何出式他寫生亦多淪為實地景物之描繪千人一面畫式雷同斤斤於形色技巧不明內觀造境之功何談格調韻致尤其落款幾不知出於誰手者另求中西結合之道既傷色彩造型又無筆墨品格與氣韻求新求怪不倫不類盜名欺世耳余以為吾國畫學之振興當賴國人精神之煥發與重生深入歷代經典理文脈正本源立品格取長捨短拉開與西洋畫法之距離發自情感肺腑合於時代精神方為正道此冊乃為平素實踐之嘗試者歲辛丑初秋又記

蒼

题《甲午墨梅册》

甲午十月二十八日，苍山雪霁。午后邀友携茶与画，往感通寺观梅赏画。庭院清幽，古木萧森，白梅盛放，竹影婆娑。浮生若梦，得此处消磨片刻清静。天地间闲人多矣！如是妙地，此时唯余三人与佛堂一二老僧耳。

跋旧作《梅花册》

先贤所谓游于艺者，无非优哉游哉，远功利之心，少现实之计，无用之用者。余自幼学画，非为功利计也。以好之笃深，故乐此不疲，至今三十余年矣。此册乃十余年前所作，彼时沉迷故纸堆中，日与古人游，兴之所至，随手涂抹于空册纸上，技拙而心闲。敝帚自珍，拣出山水梅花十帧，装为一册。

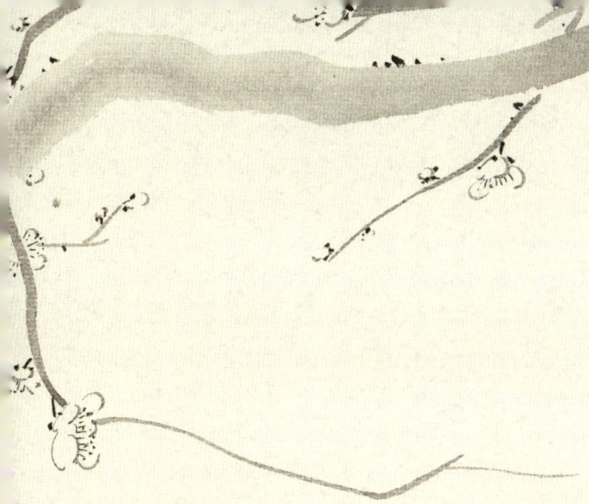

寒氣先侵玉女扉清光旋透省郎闈梅花大庾嶺頭發柳絮章臺街裏飛欲舞定隨曹植馬有情應濕謝莊衣龍山萬里無多遠留待行人二月歸此李義山對雪之句書梅貴得寒氣若寒中蕉有清氣則高手也學書三十載於梅僅此二字之悟識者當發一笑耳歲丁酉秋寫此并識于萬谿畔柳窓下篆盦

晚寒薄苔枝上剪成萬點氷蕚暗香無處著立馬斷魂晴雪籬落橫溪畧約恨寄驛音書遼邈夢遠揚州東閣風流舊日何郎想依然林壑離索引杯自酌相看冷淡一笑人如削水雲寒漠漠底處群仙飛來隻寉芳姿綽約正月瑤臺珠箔從倚欄干寂寞書分付許多愁城角宋人趙虛齋詞擬姜白石角招一曲以賦梅花秋窓初晴戲寫一帋録以補白丁酉八月万花谿上篆盦

鉴赏题跋

跋《五代佚名书乞巧帖》

蒙元以前简札墨迹，今已稀若星凤，鱼雁传情者，是为仅见。此书风在唐宋之间，略近杨景度，所用麻笺亦异于传世两宋尺素。书者虽不可考，其情炽烈，溢于文辞之外，盖彼时尚少礼教之束缚。且南宋后，乞巧风俗已然式微，益证其年代之久远。“乞巧楼下，双星交会，相得维甚”云云，似出女子口吻，尤增故实。人生若只如初见，两情相契，以初会之际最为美好，盖少杂其他。故此纸历劫千载，幸得留存，去岁偶见，动心骇目，亟购归，真奇缘也。

壬寅人日谨识

竹庵

孟秋弟七日乃双星入會之節此夕
得蒙佳招拜侍乞巧樓下於詩
雅集何煬加焉時二星乎三郎手目
緣不淺矣於舞之餘以綴座律一
篇呈上左右奉謝萬〻

蒙元以前簡札墨迹今已稀若星鳳魚鴈傳情者是為僅見此書風在
唐宋之間畧近楊景度亦用麻箋亦異於傳世兩宋尺素書者雖不
可考其情熾烈溢於文辭之外蓋彼時尚少禮教之束縛且南宋後
乞巧風俗已然式微蓋證其年代之久遠乞巧樓下雙星交會相得維
甚云云似也女子口吻尤增故實人生若只如初見兩情相契以初會之
際最為美好蓋少雜其他故此紙歷劫千載幸得留存去歲偶見
動心駭目亟購歸真奇緣也　壬寅人日謹識　竹盦

跋《丈雪自书诗轴》

高僧之书，于法度外，多超然爽脱之气，此非士人所能有也。丈雪通醉①乃破山海明座下大弟子，明末禅门之龙象，诗书亦享名于世。余年十三，于其生平尚不得知，偶见其书，却莫名欢喜。乃对印本恭临一纸，刷染旧色，命纸裁绫，装成小轴，此平生仅有之事也。后读其传略，仰其德行，留意世存墨迹，所知甚稀，且大都归于公家，岂料三十年后，竟获此大风堂旧藏。世间事，所谓冥冥中皆有定数，信非虚语也。

辛丑岁杪客居苍山之下万花溪畔

竹庵敬识

① 丈雪通醉，四川内江人，俗姓李，明末清初高僧，成都昭觉寺方丈，破山海明法嗣。

清秋紫茱霞瘡前石臼書花深

和裙衣

八十叟

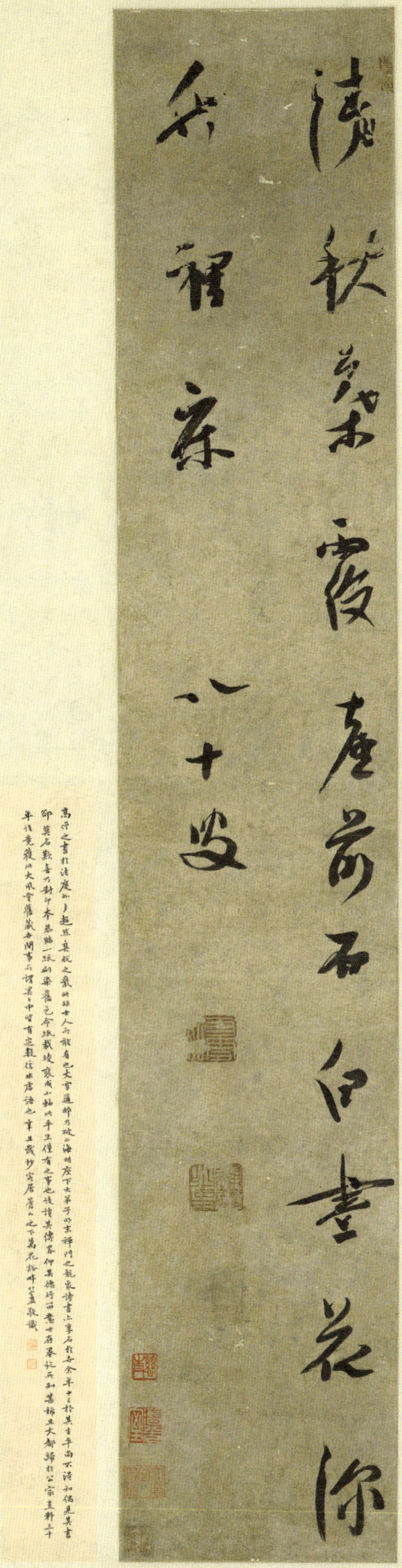

淒秋葉

兵程[illegible]

高僧之書於法度外多超然真脫之氣此非士人所能有也丈雪通醉乃破山海明座下大弟子明末禪門之龍象詩書亦享名於世余年十三於其生平尚不得知偶見其書卻莫名歎喜乃對印本恭臨一紙刷染舊色命紙裁綾裱成小軸此平生僅有之事也後讀其傳畧仰其德行留意世存墨迹所知甚稀且大都歸於公家豈料三十年後竟獲此大風堂舊藏世間事所謂冥冥中皆有定數信非虛語也辛丑歲抄寄居蒼山之下萬花谿畔筌盦敬識

跋《何焯[1]小楷元人诗册》

何氏为清初宏儒硕学，其书亦称著于时。笔意胎息于虞、褚，小字尤妙，得晋人韵，真迹多见诸卷册雠校题跋。王梦楼评其书云："所见何义门，小字极工，乃临晋、唐法帖小楷有功夫者。"夫书法功夫外，格古韵雅，非仅功夫所能到处，是其人品格、胸襟、学养之自然流露也。古人论书，最重其人，书以人传，信哉斯言。何氏存世小楷如此册者，颇为罕见。去岁偶获，乃付梓影印出版，不负学人之字并翰墨因缘也。辛丑岁尾，识于苍山之下万花溪畔。竹庵。

① 何焯（1661—1722），字润千，因早年丧母，改字屺瞻，号义门、无勇、茶仙，晚年多用茶仙，江苏长洲（今苏州）人。先世曾以"义门"旌，学者称义门先生。清代著名学者、书法家。

何焯元人詩冊
何義門元人詩墨迹

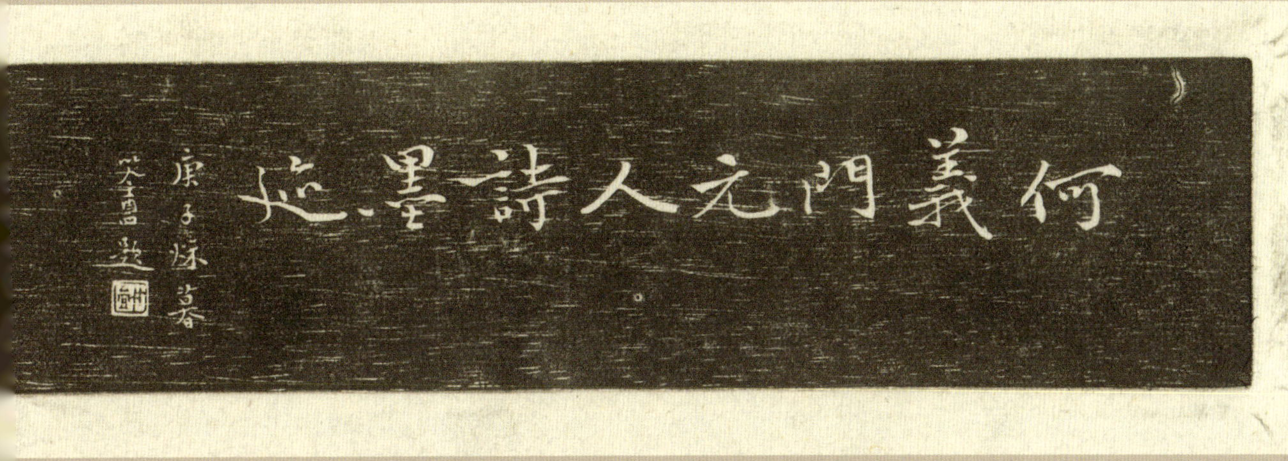
何義門元人詩墨迹
庚子炼暮

清何焯書元人詩真迹
何義門元人詩墨迹
何義門書元人詩冊
冊當是其得意書所錄元人五律三十首而逸去二十八首偶失檢點也嘉慶壬申孟冬余游廣陵少峨二兄出示此冊屬為審定輒跋於尾

青山如舊友重到解相迎雲氣
成昏旦煙光變雨晴橋開碧艸
色春入綠波深猶記當時興湖
頭看月生
過嶺得墟落邨々細雨中白鳥
十里霧香御四山風亂蕊飄珠

春裙漾晚風河陽逆賦後佳句
有誰同
康熙丙戌夏至後三日書元人
詩三十八首
香案小吏何焯

義門太史書法宗唐人無時下習氣負
海內盛名是以臨摹日多真迹罕覯此
冊當是其得意書所錄元人五律三十
首而題云二十八首偶失檢點也嘉慶壬
申孟冬余游廣陵少峨二兄出示此冊
屬為審定輒跋於尾

何氏為清初宏儒碩學其書亦稱著於時筆意胎息於虞褚小字
尤妙得晉人韻真迹多見諸卷冊譬校題跋王夢樓評其書云所
見何義門小字極工乃臨晉唐法帖小楷有功夫者夫書法功夫外於古
韻雅非僅功夫所能到處是其人品於胸襟學養之自然流露也古人
論書家重其人書以人傳信哉斯言何氏存世小楷如此冊者頗為罕
見去歲偶獲乃付梓影印出版不負學人之字並翰墨因緣也辛丑歲
尾識於蒼山之下萬花谿畔 竹全富

题《王文治[1]临瘗鹤铭》

茧纸兰亭空遗形，立身应属赵家庭。
一枝淡墨探花笔，满卷斜行瘗鹤铭。

此王梦楼以赵吴兴笔意临《瘗鹤铭》，本色示人，清隽华丽，不于漶漫残破中求金石气。临帖从形似到追神似，再到万般皆备于我。所谓：向上一路，千圣不传。学者劳形，如猿捉影。非透关手眼者，不能解此语也。

辛丑建巳万花溪上观并识
竹庵

① 王文治（1730—1802），字禹卿，号梦楼，江苏丹徒（今江苏镇江）人。乾隆二十五年（1760）进士，授编修，擢侍读，官至云南临安知府。工书法，以风韵胜。有《梦楼诗集》《快雨堂题跋》。清代著名书法家、诗人。

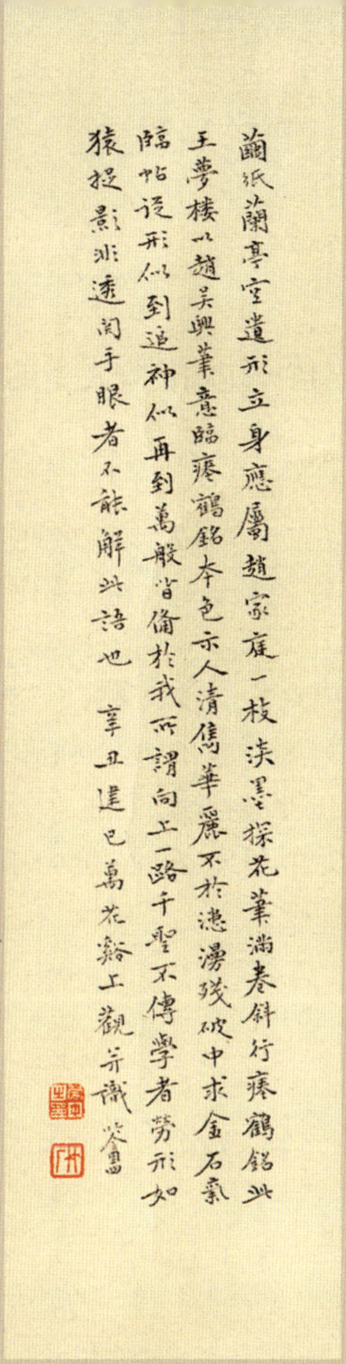
繭紙蘭亭空遺形立身應屬趙家庭一枝淡墨探花筆滿卷斜行瘞鶴銘此
王夢樓以趙吳興筆意臨瘞鶴銘本色示人清雋華麗不於漶漫殘破中求金石氣
臨帖從形似到追神似再到萬般皆備於我所謂向上一路千聖不傳學者勞形如
猿捉影非遠開手眼者不能解此語也
辛丑建巳萬花谿上觀弃識 崟盦

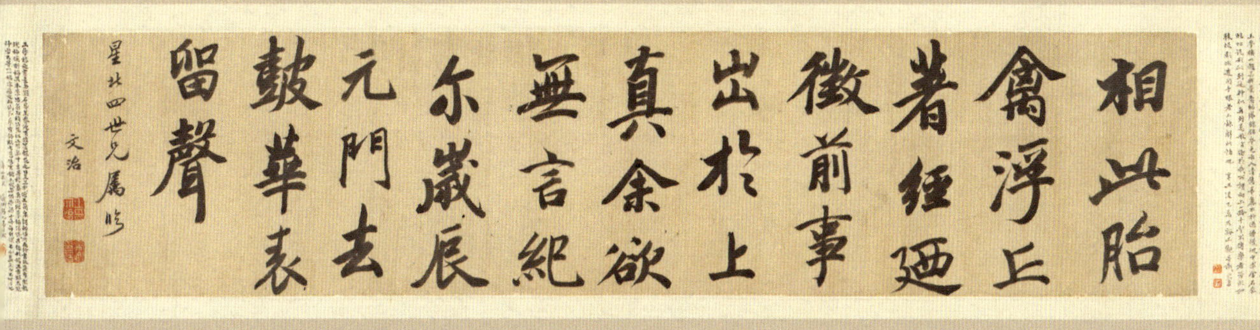
相此胎
禽浮丘
著經廼
徵前事
出於上
真余欲
無言紀
爾歲辰
元門去
皷華表
留聲
星北四世兄屬臨
文治

跋《成亲王临杨凝式韭花帖》

昭陵茧纸空余憾，幸有少师能换丹。
难得亲王①矜贵笔，粉笺临作玉团团。

杨少师《韭花帖》，如还丹之士，世谓其最得兰亭之妙。于此取径，可传右军笔法，习者众也。因人之禀赋、见识、学力、境遇诸般不同，临帖犹照镜，描眉学步，终需化为自己。成亲王临此帖，如层台缓步，不着于相，无悖于法。经意之极，却是自家风度，盖天然养成，自胸襟中汩汩流出，非斤斤于描形摹画者所能梦见也。去岁所得，爱其精好，乃题四句并识之。

辛丑岁暮苍山大雪三日围炉万花溪上
竹庵

① 爱新觉罗·永瑆（1752—1823），别号诒晋斋主人，清朝宗室亲王，乾隆帝第十一子，封和硕成亲王。谥曰哲。清朝著名书法家，与翁方纲、刘墉、铁保并列“乾隆四家”。著有《听雨屋集》《诒晋斋集》《仓龙集》。

成親王永瑆臨楊景度帖　辛丑秋八月之

畫寢乍興輒飢正甚
忽蒙簡翰猥賜盤
飧當一葉報秋之初乃
韭花遂味之始助其肥
羜實謂珍羞充腹
之餘銘肌載切謹俻
伏陳謝
乾隆癸丑夏為
蒓浦先生清賞
皇十一子

昭陵海嶽今餘藏章有少卿鈐榻丹凰等
帖如遙井之壬有時具家源蘭亭之四人之聚
畫見識雪夕覺遠諸書不同臨照擴眉雪夕終當
兩化為自己成就諸王臨帖如
曆畫後多不著彩捌兵橋法
以流出味片片於榻前叢
書久為見之本歲四淳愛真精好八題四字識之

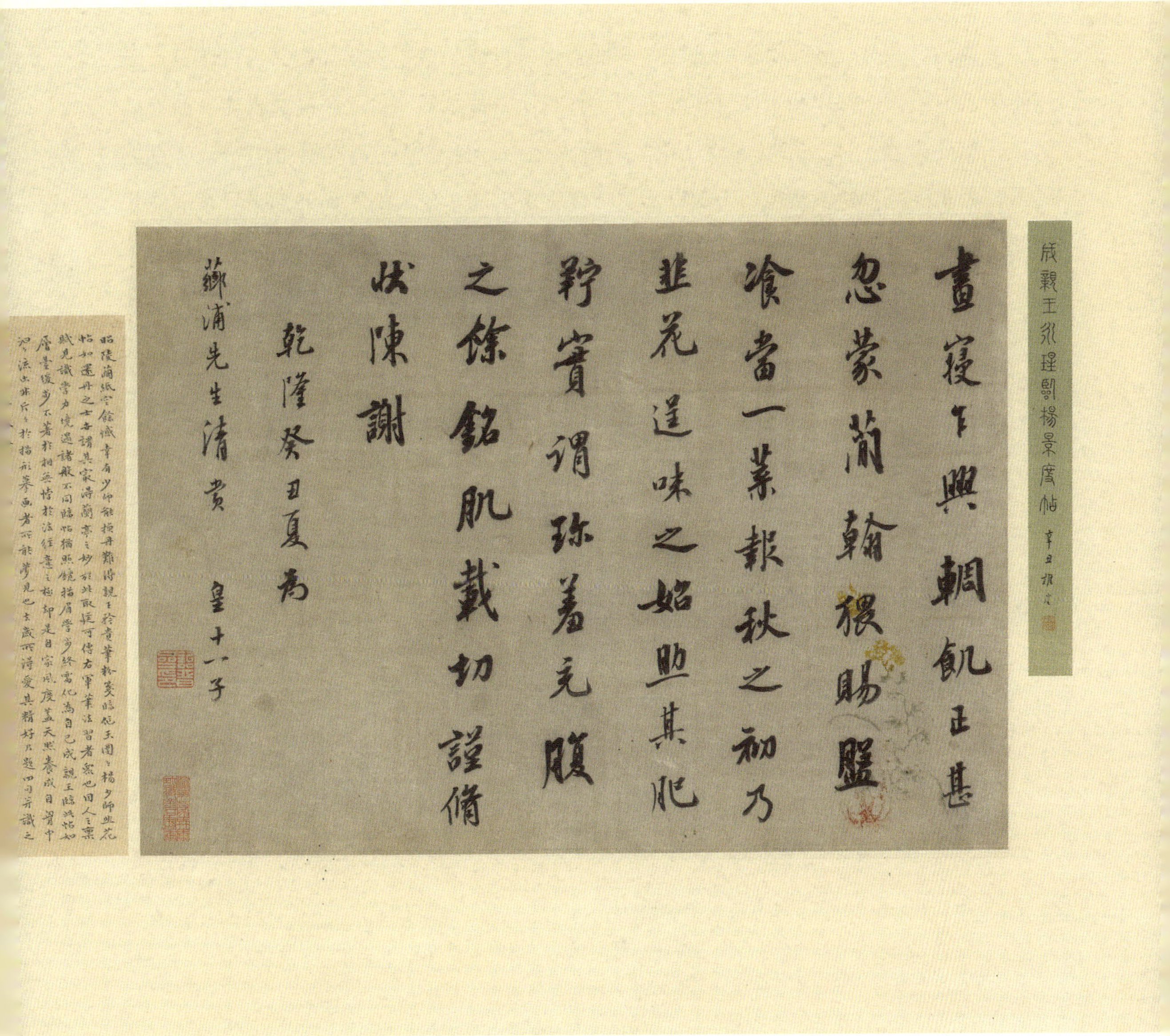

跋《良宽[1]自书汉诗轴》

良宽上人书，妙在得法后舍法，率性不拘，自成一格，戛戛独造又自有渊源。既是僧人本色，又无禅和子使气作怪之习。日常所书片纸只字，无不高逸自在、简静空灵，足证心迹一体、艺以人成之论。东瀛人之书，自三笔三迹规模唐法始，藩篱之下，无非浅薄，奢谈建树。千载以下，唯良宽上人能于华人翰墨局外别张一军。破钵随缘，无为而至，所谓“夜雨草庵里，双脚等闲伸”，正是其书之妙处，解人自解也。

① 良宽，日本曹洞宗僧。俗姓山本。字曲，号大愚。越后国（今新潟县）三岛郡出云崎人。安永三年（1774），入同国尼濑光照寺，随玄乘破了剃发受戒。七年（1778），从备中国（今冈山县）玉岛圆通寺国仙穷究曹洞宗旨，并嗣其法。其后游历诸国。宽政九年（1797），于长冈国上山结五合庵，后于山下乙字祠畔庵居。晚年移居岛崎村木村别斋之别庄。天保二年（1831）示寂，享年七十四。

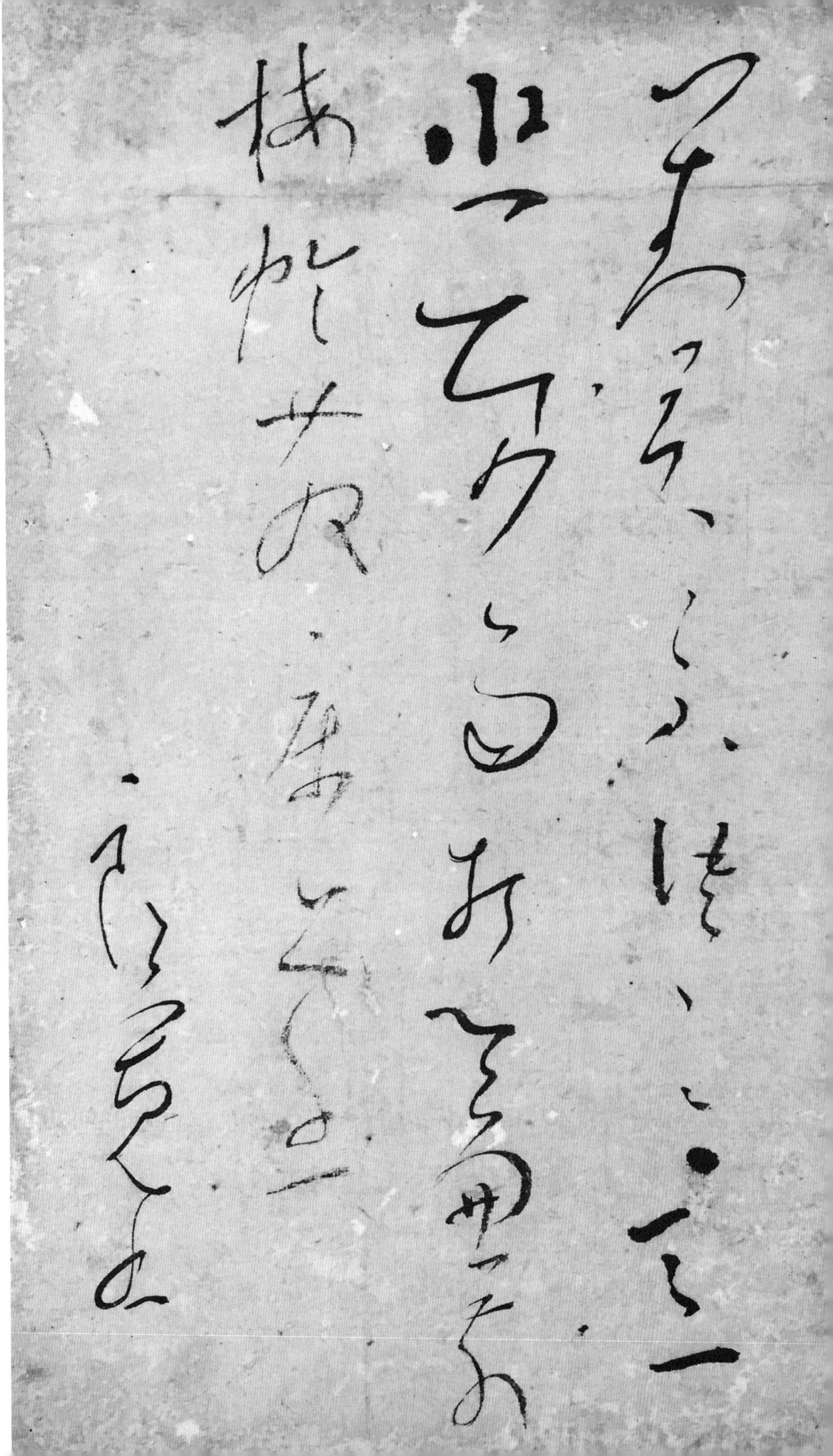

返々、ふミ、こし候へく候 一
小て、もつ [illegible]
様 [illegible]
[illegible]

跋《于右任书先房太夫人行述》未竟本

于右任养母房太夫人病逝后，于氏亲撰此行述，越十年，又倩友王世镗书写，刻石影印，刊布海内，以纪念伯母养育之恩，此事乃民国书坛之佳话也。此文于氏亦多次书写，此三纸虽未书竟，戛然而止，然用笔浑劲苍厚，如火箸划灰，字里行间，舒卷流动，纯任自然，为于氏暮年之迹。一代草圣，信非虚名也。其书尤以八十岁后最入化境，即如此类者，虽为残篇，亦当珍视矣。

辛丑八月既望于万花溪上

竹庵识

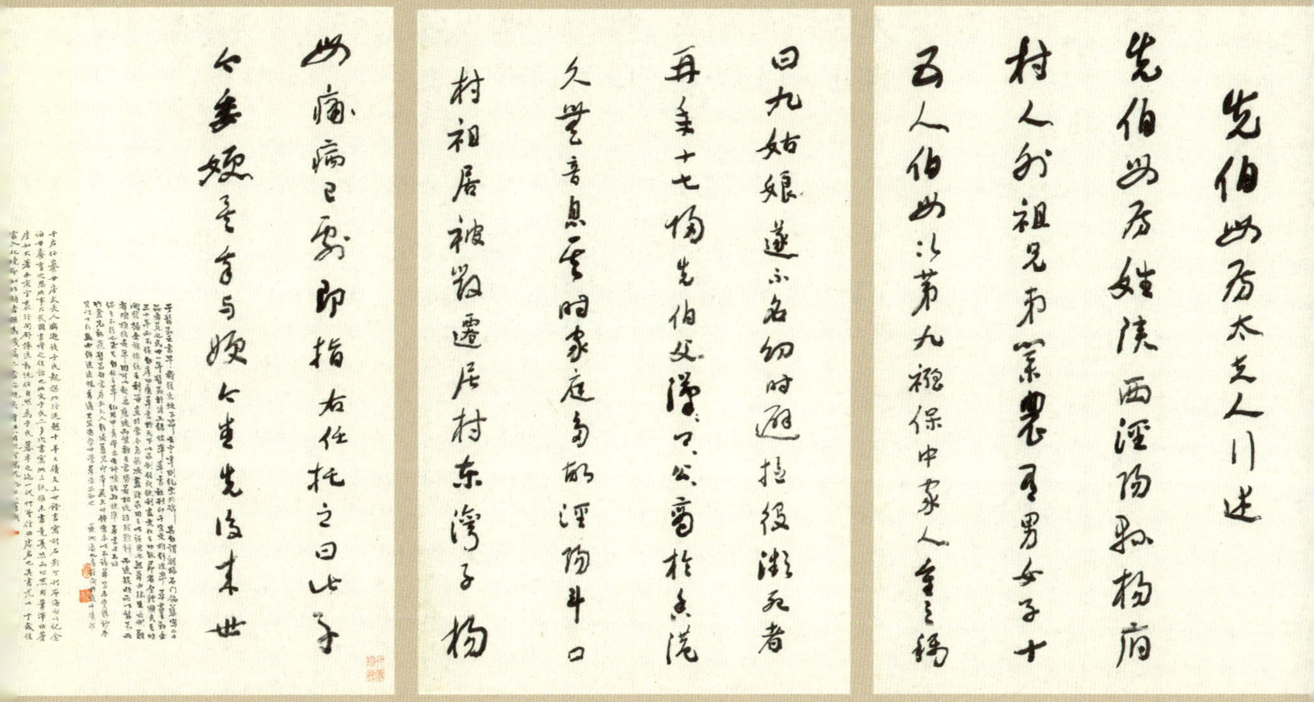
先伯母房太夫人行述
先伯母房姓陝西涇陽縣楊府
村人外祖兄弟業農男女子十
五人伯母次第九稱保中家人皆之稱
曰九姑娘遂亦名幼時避捻役溺死者
再年十七歸先伯父潛之公當於東洸
久無音息其時家庭多故涇陽斗口
村祖居被毀遷居村東灣子楊
母病病已劇即指右任托之曰此子
之妻嫂之子與嫂之生先後來世

跋《晏济元[1]书札》

大风堂下旧菁英，鹤发仙人晚得名。
自道平生倾力处，丹青欲好字先成。

云巢夏先生早岁即嗜书画，从晏济元游。言及晏老，最受益者有“欲学丹青，须先工书，不如此，必坠下乘”之语。余与云巢先生相识二十年，多得指教，与晏老亦有一面之缘，承其勉励。今二人皆归道山，临纸愀然，为记数语。庚子冬。

① 晏济元（1901—2011），名平，别号素贞老人、老济、济公、江洲散人，四川内江人。中国美术家协会会员、著名画家。

跋《程邃山水册》

黄宾虹论画，称垢道人山水，有干裂秋风、润含春雨之妙。纵观古今画者，虽一艺之微，所成亦难，岂无由乎？要者，其人独具之禀受天赋，超然卓立之品格气象，迥异于人之识见才情，专注凝聚之精神力量，坚质浩气，高韵深情，缺一而难成。道人平生，处乱世而不苟，诚直端悫，且尚气节，天资超迈。明亡后，遁迹于笔墨，以此名世。铁笔之外，尤擅以渴笔焦墨作山水，敛藏锋芒，不媚俗巧，毫间似火箸划灰，浑金璞玉，笔力压纸，似断实连。造境亦多奇绝。此册虽仅存四开，然神采奕奕，又有吾蜀前贤杨啸谷旧题签条。据题识，知为道人暮年之迹。想其人，观其迹，昔人论画曰：师其迹未若师其心，吾当以此语自励焉。

壬寅小雪

竹庵

题佚名《寻梅图》

前年雪后，闻苍山梅放，因访梅感通寺。其地庭院多植竹柏，中有古人所种白梅，姿奇癯，红萼白花，聚散枝头。尤有横斜逸出者，状若游龙，曲折遒媚，俨然画本。乃徘徊其下，不忍遽去。归后数日，偶得此佚名古画，竹外梅花，竟与寺中所见者神似。天地间之因缘聚合，不可思议者，冥冥中似有定数在焉。且以诗记之：

画中人不见，花下久徘徊。
只待成追忆，寒香入梦来。

岁己亥秋于万花溪上
竹庵

前年雪後聞蒼山梅放因訪梅感通寺其地庭院
多植竹柏中有古人所種白梅姿奇癯紅萼白花
聚散枝頭尤有橫斜逸出者狀若游龍曲折遒媚
儼然画本乃纖細其下不忍遽去歸後數日偶得此
佚名古畫竹外梅花竟與寺中所見者神似天地
間之因緣聚合不可思議者冥冥中似有定數在焉
且以詩記之畫中人不見花下久纖細只待成追憶
寒香入夢來歲己亥烯於萬花谿上蒼
竹外疏花院寒香雪後新一枝攀折去寄與畫
中人竹菴兄感通寺訪梅而得古畫高士折梅
則真感通者也辛丑冬誰堂於小蓮池館

前年雪後聞蒼山梅放因訪梅感通寺其地庭院多植竹柏中有古人所種白梅姿奇癯紅萼白花聚散枝頭尤有橫斜逸出者狀若游龍曲折道媚儼然画本乃徘徊其下不忍遽去歸後數日偶得此佚名古畫竹外梅花竟與寺中所見者神似天地間之因緣聚合不可思議者冥冥中似有定數在焉且以詩記之畫中人不見花下久徘徊只待成追憶寒香入夢來 歲乙亥冬於萬花谿上 菴

竹外疏花院寒香雪後新一枝攀折去寄與畫中人竹菴兄感通寺訪梅而得古畫高士折梅則真感通者也辛丑冬謙堂於小蓮池館

跋《黄易[1]拟范华原秋景图》

黄小松好作寻碑访胜之游，所遇古碑残碣，无不钩摹拓墨。又尝据游踪作访碑图。今存《得碑十二图》《访古记游图》《嵩洛访碑廿四图》《岱麓访碑图册》诸作，其画北地之山川景物，江渚河流，村落小径，丘陵寺观，造境写意，经营取舍，皆极用心，不离真实，不悖画理。笔墨虽渊源元明诸家，然受造化之启发，平澹幽奇，独具一格。既无明清文人画抱残守阙之弊，又与晚近受西洋画法影响者迥异。置诸画史，亦当有一席之地。惜画名为金石篆刻之学所掩，真迹流传亦仅于士夫学者之间，向为治美术史者忽视。故今人多知其书与印，而鲜识其画，更不见论及其于画史之独立义意者，诚为憾事。此画为晚清李韵湖旧藏，余得之有年，虽自题临范华原，实类其访碑图。爱其逸格，乃识之。

辛丑岁杪

竹庵

① 黄易（1744—1802），字大易，号小松、秋庵，又号秋影庵主、散花滩人。浙江钱塘人，钱塘黄氏八世。兼擅篆刻，与丁敬并称“丁黄”，为“西泠八家”之一。

黄小松好作尋碑訪勝之遊所過古碑殘碣無不鉤摹搨墨又嘗攜遊縱作訪碑圖令存得碑十二圖訪古記遊圖嵩洛訪碑廿四圖岱麓訪碑圖冊諸作具画北地之山川景物江渚河流村落小逕丘陵寺觀造境寫意經營取捨皆極用心不離真實不悖画理筆墨雖淵源元明諸家然受造化之啓發平澹幽奇獨具一格既無明清文人画抱殘守闕之弊又與晚近受西洋画法影響者迥異置諸画史亦當有一席之地惜画名為金石篆刻之學所掩真迹流傳亦僅於士夫學者之間向為治美術史者忽視故今人多知其書與印而鮮識其画更不見論及其於画史之獨立義意者誠為憾事此画為晚清李韻湖舊藏余得之有年雖自題臨范華原實類其訪碑圖愛其逸格乃識之

辛丑歲杪 盦

嘉慶二年時丁巳五月廿有二日臨范華原於秋景盦 小松

跋方薰《溪桥茅亭图》

一、方兰士论画，以“初见平澹、久视神明者为上乘”。又谓“萧条澹泊，此难画之意，画者得之，览者未必识也。故飞走迟速，意浅之物易见，而闲和严静，简远之心难形”。盖取文人审美为归也。观其笔墨，虽未至华滋之境，却饶澹泊简远之意。此帧虽小，然清劲出尘，为经意妙品。去岁偶得，以为习画之参考。且步韵于后：

羡君笔底每多情，
丘壑溪山自在生。
山外平添世间路，
我今展卷听泉声。

庚子初春避疫万花溪上
竹庵

二、“古人不作，手迹尤存，当想其未画时如何胸次寥廓；欲画时如何解衣盘礴；既画时如何经营惨淡，如何纵横挥洒，如何泼墨设色，必使神会心谋，捉笔时荆关董巨如在上下左右”。方氏《山静居画论》中此语，为师古之不二门径。

竹庵又记

方蘭士論画以初見平澹久視神明者為上乘又謂
蕭條澹泊此難画之意画者得之覽者未必識
也故飛走遲速意淺之物易見而閒和嚴静簡遠
之心難形蓋取文人審美為歸也觀其筆墨雖
未至華滋之境却饒澹泊簡遠之意此幀雖小
然清動出塵為經意妙品去歲偶得以為習画
之参考旦步韻於後
羡君筆底每多情丘壑溪山自在生山外平添
無間路我今展卷聽泉聲
庚子初春避疫万花谿上
以今畫

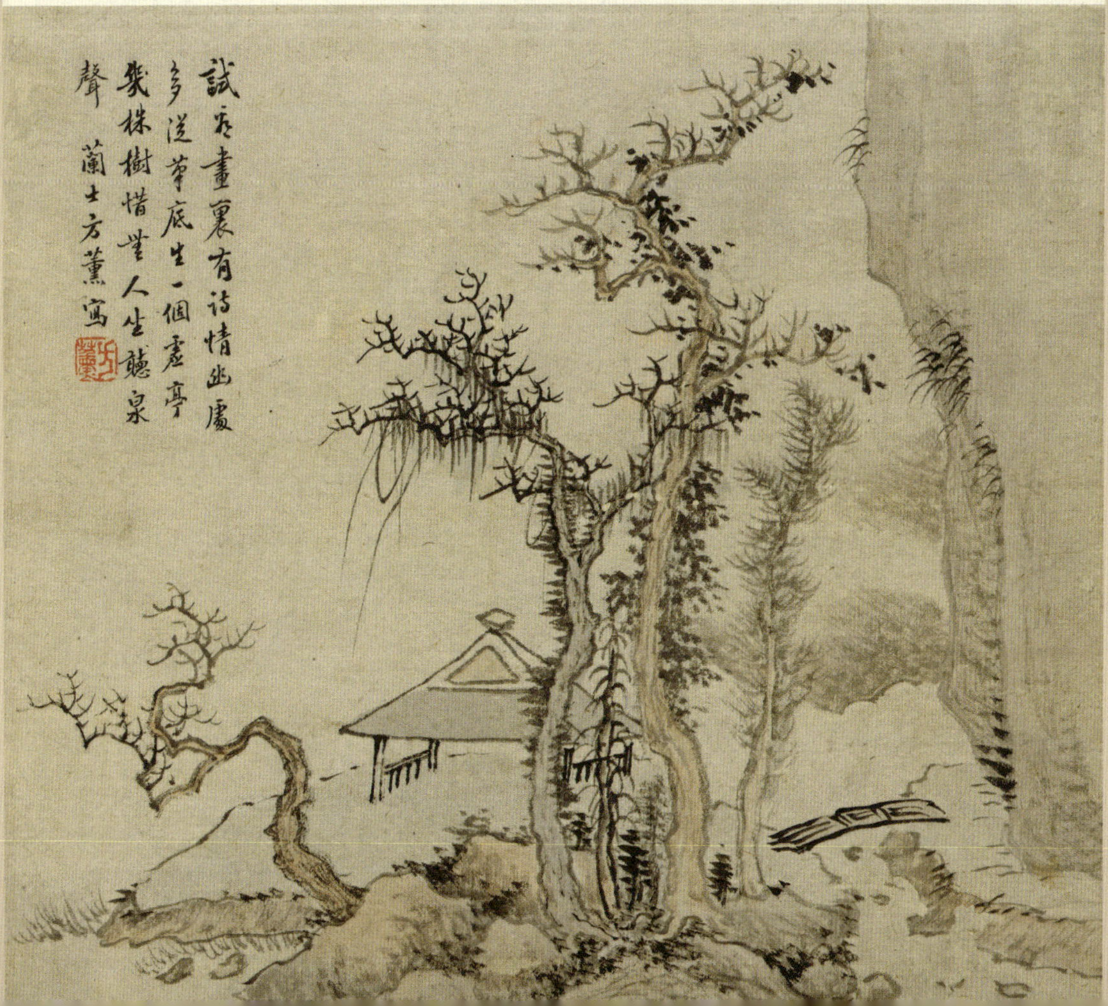

跋慕松轩藏本《王居士砖塔铭》

戊子二月初三夜，梦偕友出蜀往终南山游。其地林壑幽深，石径迂回，谷中水碧石白，嶒崚变化，不类人间。蜀地桃花初放，而此处萧瑟犹似冬日也。行十余里，邻溪有古寺。檐角出挑，状若飞鸟。院内清寂，唯一老僧枯瘦如鹤，留余二人檐下吃斋。与之聊所言颇不俗，竟取金粟山旧纸索余书。余问此处可有名迹碑刻，遂领至寺后山林间，指一舍利塔云：此便是。细审之，乃唐居士王孝宽舍利塔铭者。锋刃如新刻，一字未伤，心大骇。惊起，觉梦境之幽奇，倚枕记之。丙申秋海上仲威先生出善拓嘱题，因忆此梦醒记题之。痴人说梦，我亦痴人也。今获张磊翁旧藏五石本，录此跋于侧，旧梦重温，如在昨日也。

岁辛丑秋万花溪上

竹庵记

跋张祖翼[1]旧藏《王居士砖塔铭》

砖塔铭五石本，虽是咸丰年所拓，魏字不存，迹往已坏，然拓墨尚佳，又是张磊庵旧物。十余年前尝策划出版其旧藏拓墨，上讫北朝，下至唐人，且多有翁之题跋者，造象（像）、墓志三十余种拓本原大影印。此余与磊翁结缘之始。后又经眼其题识之碑帖拓墨多矣，以未获片纸之字为憾事。今得此本，宿愿遂了。

辛丑仲秋

竹庵识

① 张祖翼（1849—1917），字逖先，号磊庵，又号磊龛、濠庐。因寓居无锡，又号梁溪坐观老人，安徽桐城人。近代著名书法家、篆刻家、金石收藏家。

變化不類人間蜀地處巻和放爲此處蕭照猶似冬日也行十餘里郡溪有古寺據角出桃狀若飛鳥院内清寂有一老僧枯瘦如鶴留余二人樓下吃齋與之聊甚言頗不俗竟取金粟山藏經紙索余書余問此處可有名跡碑刻遂領至寺後小林間拾一舍利塔云此便是細審之乃唐居士王孝寬舍利塔銘者鋒刃如新刻一字未傷心大駭驚起覺寤境之出奇倚枕記之丙申冬海上付臧先生出善拓屬題因憶此寤所記題之癡人說寤我亦癡人也今獲張爲爲藩藏五石本餘此跋於側舊寤幸猶如在昨日也 歲辛丑冬 萬某鉻上叁記

此首二行下截之角

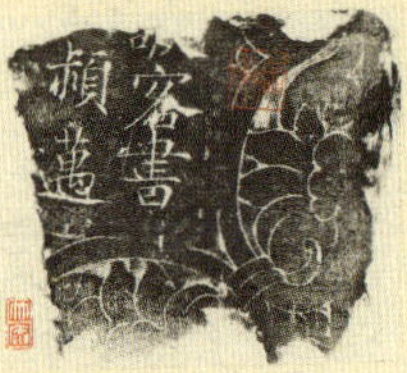

此第八行第九行第十行第十一行第十二行中间一截

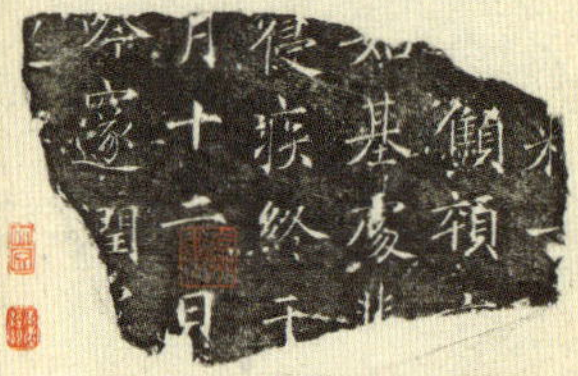

行止上半截

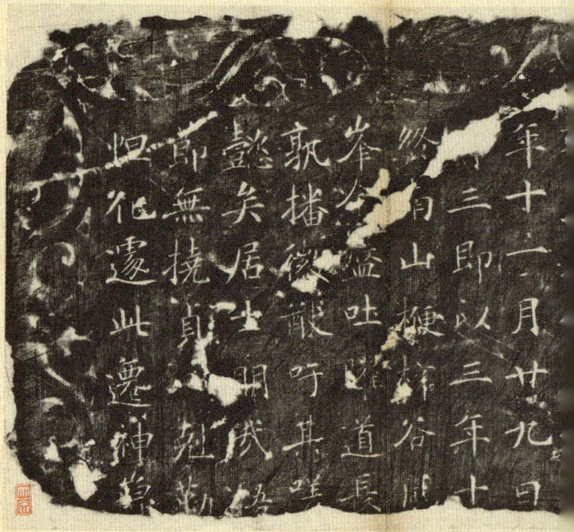

此五片者咸豐五年 先君子自蜀中犇 先大父之喪回吳門道出陝西友人贈此本共十分及歸料理喪葬亦不及裝褾秘置篋中者十五年至同治庚午余侍 先君子于揚州與丹徒吳莲林時相過從余其時尚不知有金石之學也以此示莲林莲林亟賛賞且力勸裝褾成冊俾免散失並索取一分而去遂命工裝之僅存十之二矣自裝褾後藏之篋中又四十年直至滄桑後壬子之六月避地蘇州病起無聊始審定校勘而跋尾焉

憶自七歲見此本至壬子六十四歲蓋五十七年前事也 癸丑重九濠廬

磚塔銘五石本雖是咸豐年所拓耗字不存蘇往已壞然拓墨尚佳又是張筱翁舊物十餘年前雪棠劉出版其舊藏拓墨工送北朝下至唐人且多有翁之題跋者酷嗜墓誌三十餘種拓本原大影印此余與筱翁結緣之始後又經眼其題識之碑帖拓墨多矣以未獲其紙之字為憾事今得此本甯應遲了辛丑仲秋 叄識

王居士磚塔銘
五片本 咸豐拓本
張磊翁舊藏磚塔銘
此首二行之下半截
芝製
也
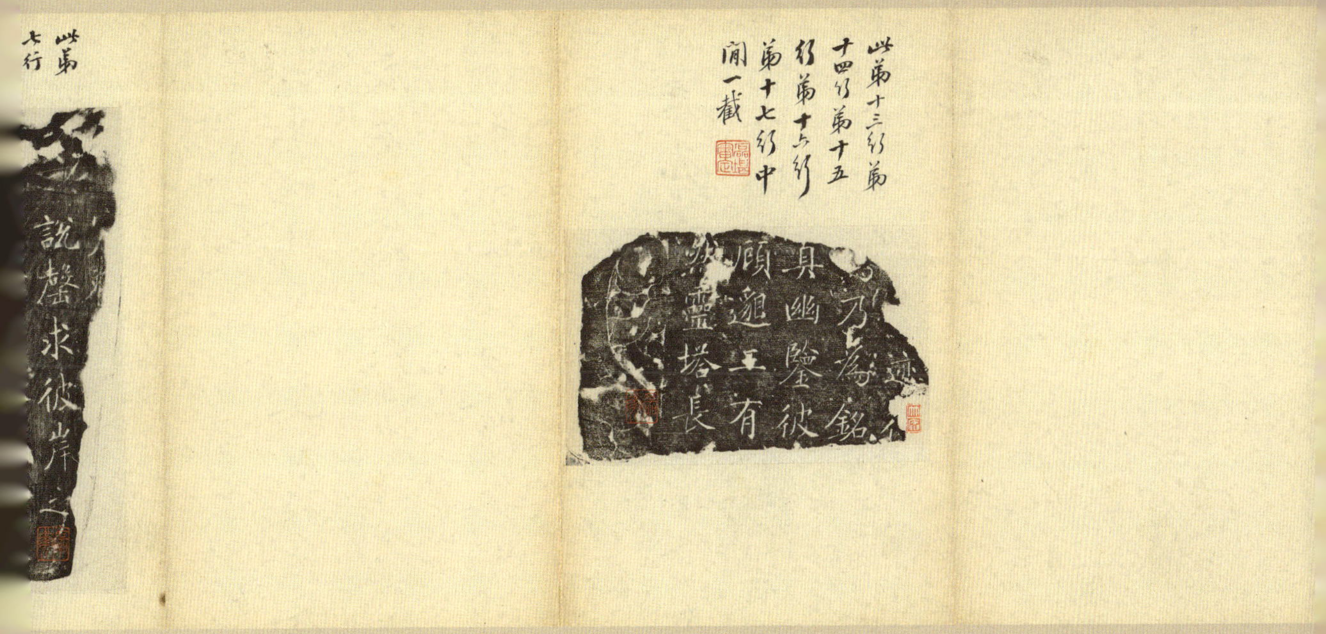
此第十三行第十四行第十五行第十六行第十七行中間一截
乃為銘
具幽鑿彼
顧邈王有
靈塔長
此第七行
說盤求彼岸

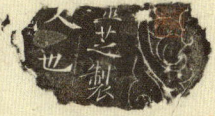

戊子二月初三夜夢攜友出蜀往終南山遊其地林壑幽深石徑迂迴谷中水碧石白嶒崚變化不類人間蜀地花苞初放而此處蕭瑟猶似冬日也行十餘里鄰溪有古寺檐角出挑狀若飛鳥院內清寂唯一老僧枯瘦如鶴留余二人檐下吃齋與之聊所言頗不俗竟取金粟山舊紙索余書余問此處可有名跡碑刻遂領至寺後山林間拾一舍利塔云此便是細審之乃唐居士王孝寬舍利塔銘者鋒刃如新刻一字未傷心大駭驚起覺夢境之幽奇倚枕記之丙申秋海上仲威先生出善拓屬題因憶此夢醒記題之癡人說夢我亦癡人也今獲張磊兄舊藏五石本錄此跋於側舊夢重溫如在昨日也歲辛丑秋萬卷谿上龕記

磚塔銘五石本雖是咸豐年所拓魏字不存跡往已壞然拓墨尚佳又是張磊盦舊物十餘年前嘗策劃出版其舊藏拓墨上迄北朝下至唐人且多有翁之題跋者艁家墓誌二十餘種拓本原大影印此余与磊翁結緣之始後又經眼其題識之碑帖拓墨多矣以未獲此紙之字為憾事今得此本宿愿遂了辛丑仲秌 [illegible]識

跋《旧拓玉版十三行》

庖丁解牛，谓彼节者有间，而刃无厚，以无厚入有间，恢恢乎游刃必有余地矣。庄子以之寓养生，余谓书道亦然。笔法、字法、章法，此有迹可循者，乃书之节，而书者之心、意，可称无厚。以迹为法，多局趣若辕下驹；若以心、意御法，辄形随字安，势因意成，法化而神畅，相机以应变。观古今小楷，世人推《玉版十三行》为第一，良有以也。贾氏摹刻原石，自明万历间出于葛岭之下，拓墨始传于世。此九雁斋藏精拓册子，校点画细节，世传诸早本，皆所不及也。四百年纸墨犹是初脱手状，神采焕然。昔董思翁跋王羲之《行穰帖》后云："此卷在处，当有吉云覆之，但肉眼不见耳。"人间尤物，神明护佑，叹赏不已。

竹庵识

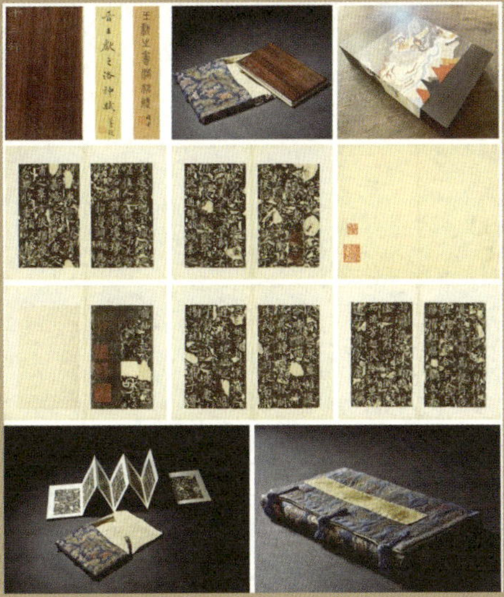

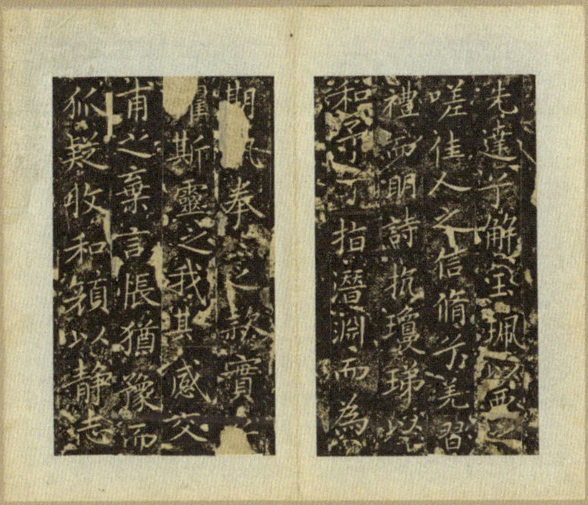

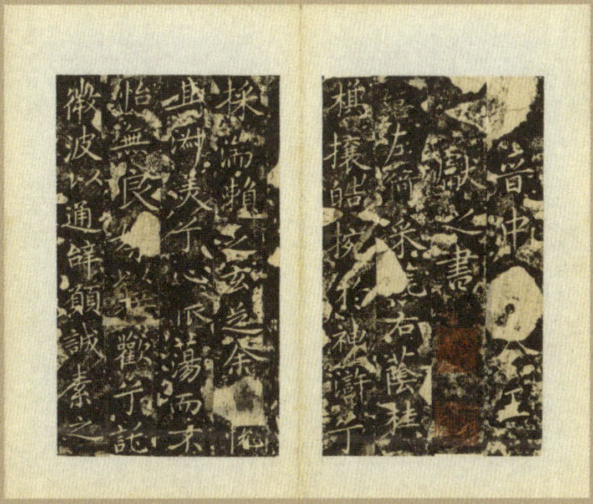

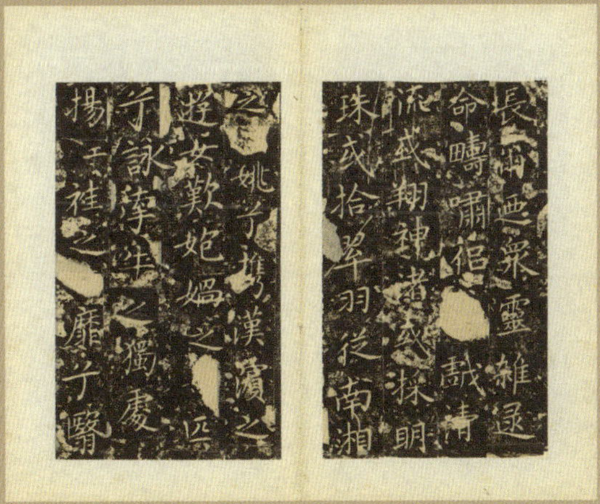

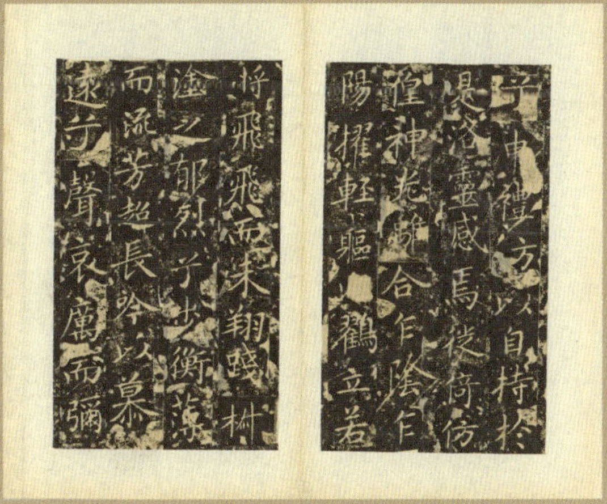

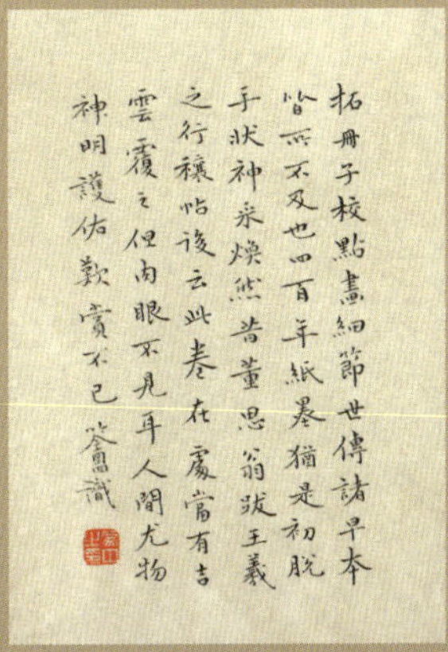
拓冊子校點畫細節世傳諸早本
皆所不及也四百年紙墨猶是初脫
手狀神采煥然昔董思翁跋王羲
之行穰帖後云此卷在處當有吉
雲覆之但肉眼不見耳人間尤物
神明護佑歎賞不已笑盦識

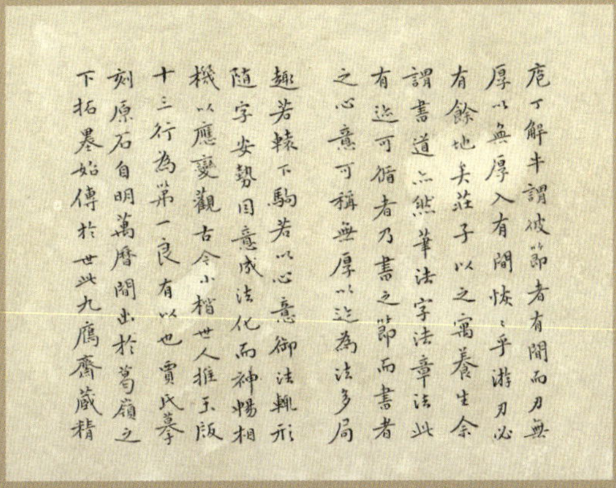
庖丁解牛謂彼節者有閒而刀無
厚以無厚入有閒恢恢乎游刃必
有餘地矣莊子以之寓養生余
謂書道亦然筆法字法章法此
有迹可循者乃書之節而書者
之心意可稱無厚以迹為法多局
趣若轅下駒若以心意御法輒形
隨字安勢因意成法化而神暢相
機以應變觀古今小楷世人推玉版
十三行為第一良有以也賈氏摹
刻原石自明萬曆間出於葛嶺之
下拓墨始傳於世此九鷹齋藏精

跋颜真卿书《茅山道士李玄靖碑》残石拓本

《茅山碑》宋绍兴七年为大风所折。明嘉靖二年，碑毁为碎石。同治间尚存残石十七，计二百余字，此拓为劫灰诸残石中存字最多者。颜氏楷书余最爱此，若《家庙》无此超逸，《勤礼》唯觉刻露，《多宝塔》则状似经生之手，不脱俗气。《茅山碑》则无历代挖剔之弊，仍是唐时原刻风神，较之剪裱本更能窥见章法。近时所出湖州之《西亭记》与此颇似，皆公暮年妙迹。夫书者，气尚虚静，虚能纳物，静者多妙。静非死寂，自有生机活气；虚非空洞，真空妙有而不著于象相。求工致多流于呆板匠作；追写意易入荒率不经，皆不明此故也。鲁公此书最得虚静之气，形随字生，笔含篆意，拙中藏秀，雄逸古肆，神龙变化，不可揣测。学颜从此入，登堂入室，探骊而得珠也。

岁辛丑暮春得此残拓，当助余临池之兴也。箧中去岁所得数纸小块残石，与此当为同出者。

竹庵识

舊拓顏書茅山李玄靖碑殘石

辛亥雪[illegible]拜觀於小[illegible]館

跋《回元观钟楼铭》拓本

柳诚悬书《回元观钟楼铭》，丙寅岁尾石出于长安工地。据《两京城坊考》载，其地为唐时资圣寺所在。铭文有“京师万年县所置回元观者，按乎其地在亲仁里之巽维。考乎其时，当至德元年之正月。前此，天宝初，玄宗皇帝创开甲第，宠锡燕戎，无何贪狼睢盱，豮豕唐突。亦既枭戮，将为污潴。肃宗皇帝若曰：‘其人是恶，其地何罪？’改作洞宫，谥曰回元。”盖所涉安史之乱事也。余己丑年秋，策划出版此铭，乃北上长安，访原石于碑林。石为名手所镌，入土年久，字口若新。谛视摩挲不忍离去。澹轩兄今得精拓墨本，嘱余题跋，蕉窗展玩，如对旧友。漫记因缘于此。

竹庵主人。岁在甲午四月，逐字细观一过，此拓犹胜出版底本也。

跋北朝白石造像拓本

北朝白石造像，以曲阳修德寺出土者最为可观。唐人张彦远《历代名画记》称南朝陆探微：参灵酌妙，动与神会，笔迹劲利，如刀锥焉。秀骨清像，似觉生动。此语道出造像妙处所在也。此菩萨像座残高一尺，石质莹洁，铭文字迹亦是典型。今清洗墨拓一纸并记数语。

跋新莽嘉量拓本

端陶斋题新莽嘉量谓：莽量新出绛州，文字严整，直将比肩上蔡。《两汉金石记》所收，特摹本耳。博识精鉴如翁覃溪亦未获此真本。罗雪堂于碑贾处得一拓本，竟欣喜若狂，足见珍稀。盖多有补益于史料考古之文字记载者。曩见吾蜀徐永年先生“龙集戊辰”一印，文字亦取自此器。进而知古人所谓“书之竹帛，镂之金石，传遗后世”，不唯文字遗存，书迹亦尤美也。长云兄得此，大可宝诸。

癸巳大雪后一日

竹庵雨窗夜灯漫识

跋文徵明小楷拓本一

晋人小楷墨迹，不见于世。所传如右军《黄庭》、大令十三行之类，以纤毫之点画，摹刻于木石之上，拓本流传，已失本来面目。而唐人写经，皆是经生写手所为，品格韵致，自等而下之。文衡山小楷取法欧褚，远追晋人，以瘦劲之笔致，写自家之风骨，人品功力俱臻，风流隽永皆是，赵吴兴后一人而已，气韵神采，岂是经生所能及？今人多以写经为式，刻舟以求，亦步亦趋，以为得晋唐笔法，高出明清诸家。书法之道，法以人传，上乘之境，岂仅从形迹求之者可得欤？

己亥芒种于万花溪畔柳窗

竹庵识

跋张思文造像拓本

魏晋南北朝擅画人物者，有顾恺之高古游丝，传神阿睹；陆探微秀骨清像，韵在其骨；曹仲达笔法稠（迭），衣若出水。各尽其妙，彪炳于画史。继之北齐杨子华工人物车马，时有画圣之誉。唐阎立本评其画曰："自像人以来，曲尽其妙，简易标美，多不可减，少不可逾，其唯子华乎！"其画世存《北齐校书图》乃宋摹本，纤丽有余，失其高古简素。近时所出太原娄睿墓壁画，或以时代风格近似，视为子华真迹，然无实证也。此造像座自乾隆时出土以来即称名品，非仅以铭书，其人物线刻之妙，与娄氏墓壁画颇近，亦子华画风之属，世所罕见者也，可以佐证画史。原石今已不知所在，墨本自当珍视。庚子仲夏，得此旧拓一纸，悦其精洁，重装并识。

竹庵

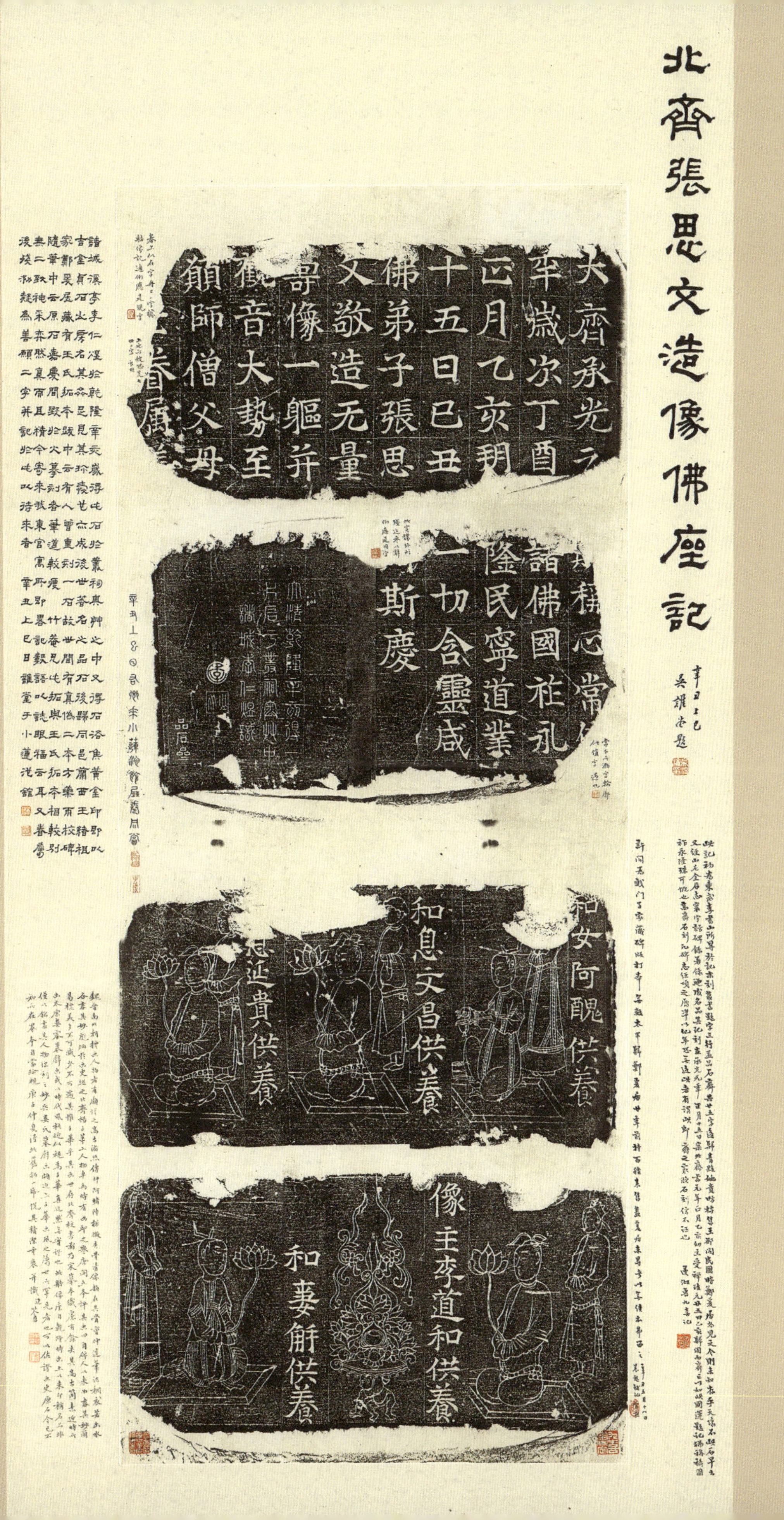
北齊張思文造像佛座記
大齊承光元
年歲次丁酉
正月乙亥朔
十五日己丑
佛弟子張思
文敬造无量
壽像一軀并
觀音大勢至
願師僧父母
諸佛國祚永
隆民寧道業
一切含靈咸
斯慶
和安阿醜供養
和息文昌供養
息延貴供養
像主李道和供養
和妻斛供養

跋文徵明小楷拓本二

晋人墨迹久不传，黄庭乐毅两惘然。
欲向何方求古意？锦灰堆里见衡山。

圣琥兄以此嘱题，按中华新韵，作打油四句以应。

己亥
竹庵

跋《竹庵麋古录》

此册旧拓九纸为昔年友人持赠。尝北寄京城，征诸师友题跋。中有张叔未旧藏诏版残字拓本，见《清仪阁金石文字册》，乃世传秦诏有名者。以龟符一纸钤簠斋藏印，遂将近年所得陈氏所藏之丰觯与北朝残石二种、叶遐庵旧藏秦诏拓本一种收入其中。吉金乐石，集腋成裘，幸得其所哉！

跋丰觯拓本

丰觯见陈介祺《簠斋古金录》，为西周早期之物。原器今不知所在。此尚为陈氏旧拓，存世稀见者。

庚子秋偶然所得

竹庵记

跋唐鱼符拓本

一

九喜兄甲午岁为人拓顾氏宝树园用印，见有“双汉符馆”一印，似与此册中两唐符巧合，因钤印纸上。庚子岁暮，友为余办展“暂寄”于姑苏，其地恰顾氏宝树园旧址所在。又一巧合，故记于此。

二

常见龚怀希[①]旧藏唐铜鱼符拓本册，收鱼符拓本二种，朱拓者阴文为潭州第一，翁覃溪作长跋考订并作唐铜鱼符长歌。墨拓者阴文有龙武军字样。龚氏配以明初旧纸重装，此鱼符拓虽非同一物，因见前人珍重若是，记所见以告来者，慎勿轻弃之也。辛丑秋杪，竹庵记。

① 龚心钊（1870—1949），字怀希，号仲勉，安徽合肥人，十九岁中举人，二十六岁中进士，是清代最后一任科举考官。光绪年间出使英、法等国，清末出任驻加拿大总领事，是清代著名的外交家。

丰觶見陳介祺簠齋吉金錄爲西周早期之物原範今不知所在此尚爲陳氏舊拓存世稀見者 庚子秋偶然所得 鑒齋記

丰乍父乙隩彝

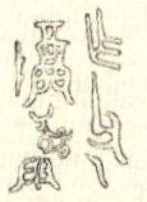

張珠未清儀閣所藏古範拓文中有圜鼎其跋云圜鼎高尺餘純素無華未録入眷文在腹之側曰作父乙尊彝道光癸未初夏購於郡城直銀十餅徐壽臧因拓之尊當讀爲宗宗尊也素公範叙班宗彝圜鼎原範今不知所在銘文與此丰作父乙尊彝如出一手之物應是同源者便錄文字於此以備攷定之 鑒齋

寄見龔懷希舊藏唐銅魚符拓本冊收魚符拓本二種朱拓者陰文爲潭州第一翁軍移信長跋攷定甚信唐銅魚符長歌墨拓者陰文有龍武軍字樣龔氏配以明初舊紙重裝此魚符拓雖非同物因見前人珍重若是記之以告來者慎勿輕棄之也 辛丑秋抄 鑒齋記

唐書車服志唐高祖銀兔符其後改爲銅魚符以起軍旅易守長宋吳仁傑兩漢刊誤補遺曰銅虎符始于漢文帝至唐易爲銅魚大事則兼勅書謂都督御史改替追換及軍發後更添兵事之類至周顯德六年詔以特降制書代假符契遂廢之又曰武德銅魚符用隋京官魚佩之制余見十六長樂堂古器款識者中所收唐魚符與此類似應爲唐時之物也因錄跋文於此歲庚子冬蒼山大雪之際圍爐記 鑒齋

九嘉光甲午歲爲人拓顧氏寶樹園所見有雙漢符館印覓與此冊中兩唐符之數仍合因鈐紙上庚子歲暮友爲余輯展暫寄於姑蘇其地恰顧氏之寶樹園舊址所在又一巧合故記之 鑒齋

羅雪堂歷代符牌圖錄前編所收唐魚符銘文作右領軍衛道渠府以此符相較則殘泐之字疑爲左監門衛□□府不敢自必質之方家 甲午歲小寒史睿書

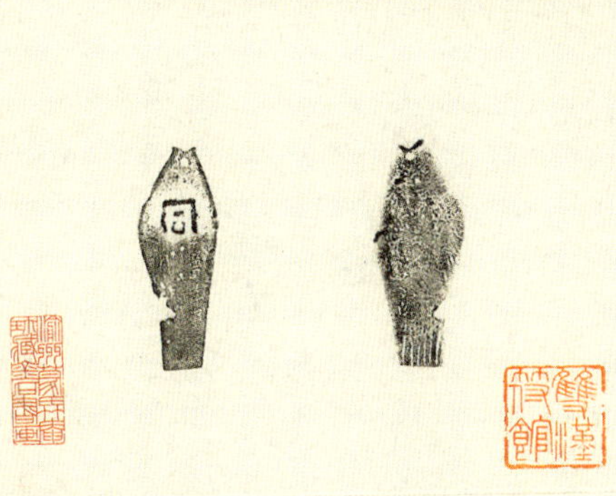

此魚符銘極漫漶亦不見載錄疑宋之有鹽司等字宋之轉運使皆有鹽吏之責統稱鹽司是否即此符所屬未可知是卽則此魚符實宋符也 甲午十一月 熊長云

近又與雪堂符牌錄相對觀此符仍當唐物非宋也唐亦有鹽司主官也異於宋之專務前說誤矣 長云又記

甲午秋余爲拓集顧氏寶樹園印中有此枚雙漢符館印乃梁友三爲顧負白先生所刻友三字師鶴歸蓮葉山房爲丁仁弟子篆刻雄渾沈著不讓時流適竹盦兄寄示拓本冊子有唐銅符兩種因鈐紙尾以誌彷彿惜友三其人於今已泯然無聞矣 歲甲午九月初二日 魯九嘉識於法十號本

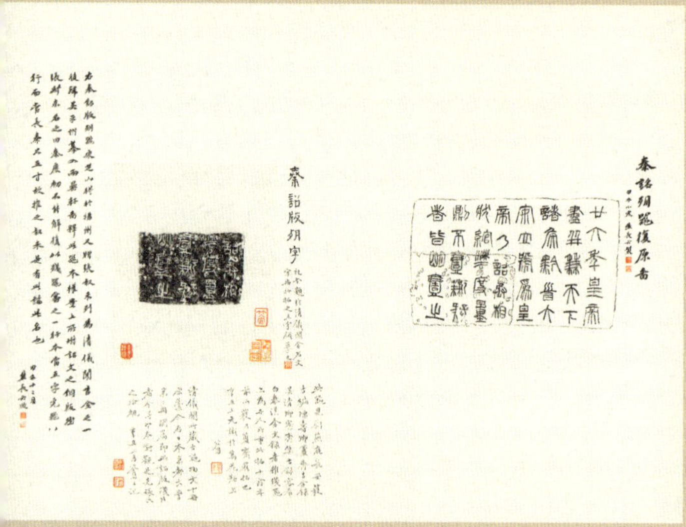

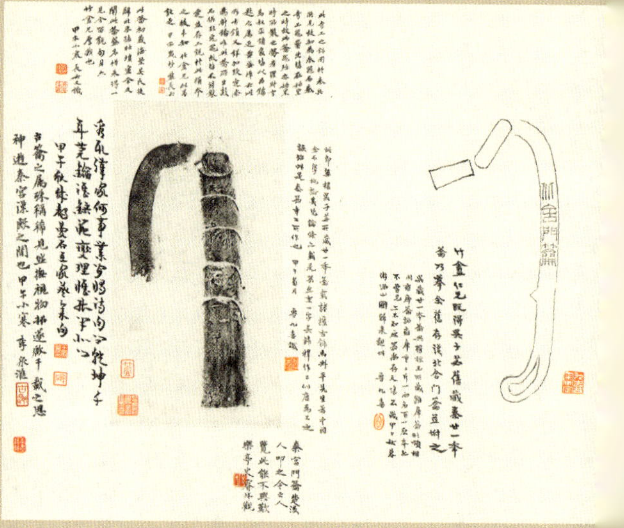

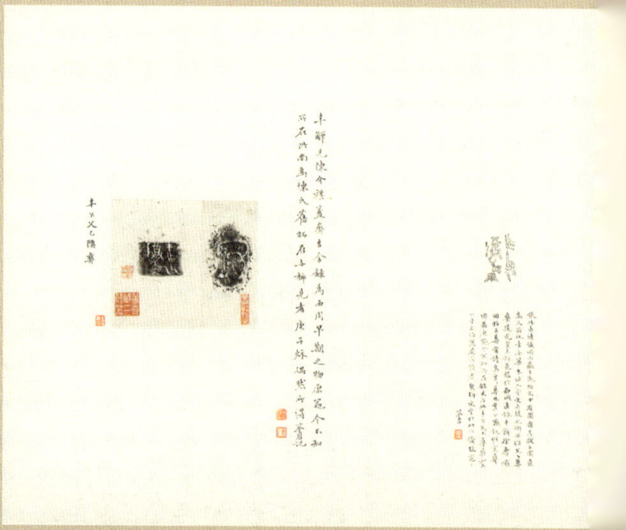

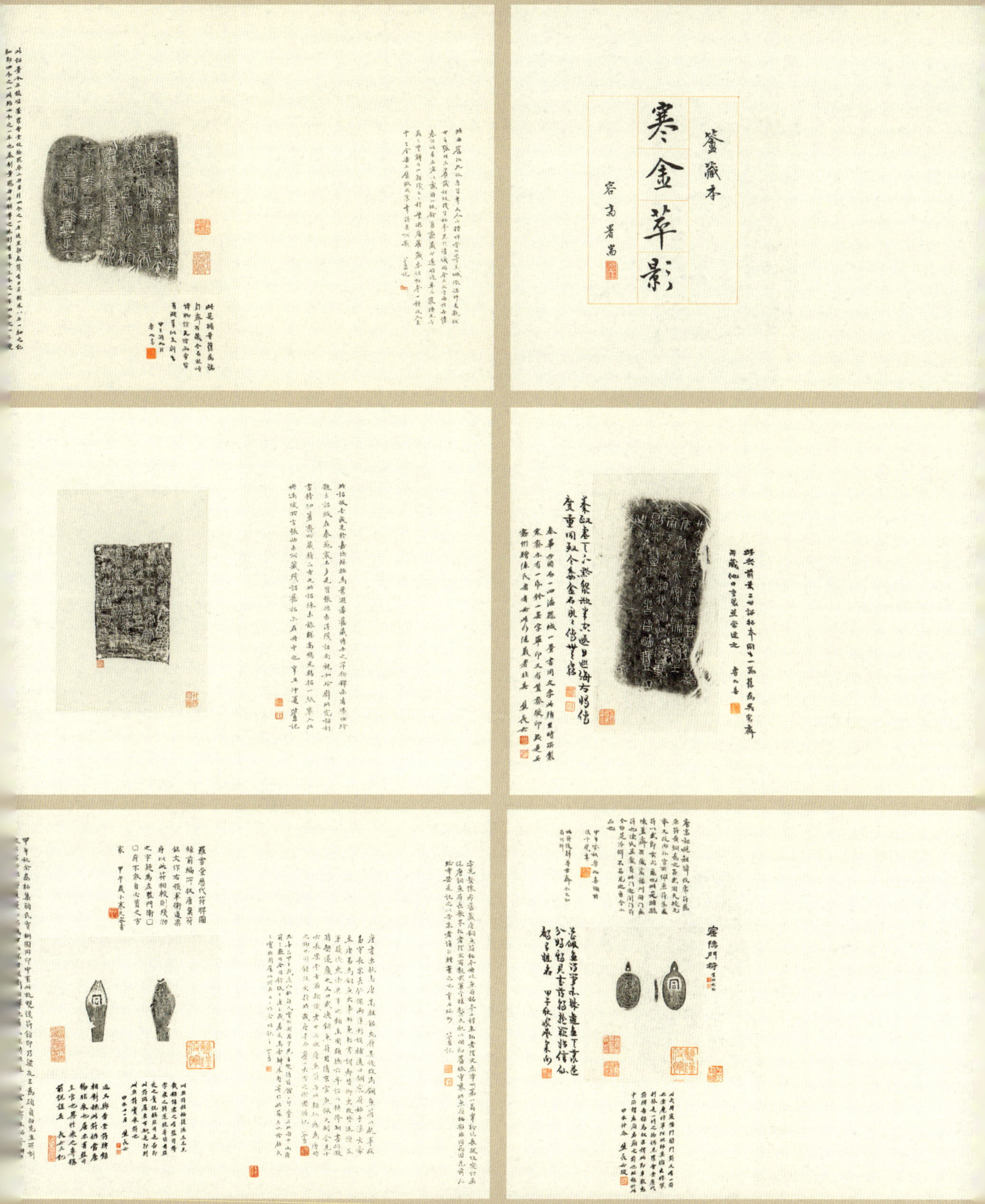
寒金萃影
簠藏本
容庚署耑

此詔版去歲見於嘉德秌拍為葉遐菴舊藏傳世之罕物錦函有馮汝玠題云詔版在秦苑家不多見皆張叔未得殘詔尚視如珍璧此完詔刻書精細簠齋所藏精品方之此詔殊未能勝高鵬兄賜拓一紙裝入此冊馮跋所言張叔未所藏殘詔舊拓亦在冊中也 辛丑仲夏 荃盦記

陳簠齋所藏六朝殘石拓本不見其著錄彙外散佚印痕仍在自當珍視篋中所存雜拓冊內有陳氏舊拓數種裝入其中勿使散落耳 荃盦記

跋叶恭绰[1]旧藏秦诏拓本

此诏版去岁见于嘉德秋拍，为叶遐庵旧藏传世之罕物。锦函有冯汝玠题云："诏版在秦器最不多见，昔张叔未得残诏，尚视如珍璧。此完诏刻画精细，簠斋所藏精品，方之此诏殊未能胜。"高鹏兄赐拓一纸，装入此册，冯跋所言张叔未所藏残诏旧拓，亦在册中也。

辛丑仲夏

竹庵记

① 叶恭绰（1881—1968），字裕甫（玉甫、玉虎、玉父、誉虎），号遐庵，晚年别署矩园，广东省广州府番禺县人。清末举人，京师大学堂仕学馆毕业，留学日本。1912年后任交通部总长，兼理交通银行、交通大学。1923年应孙中山召，任广东军政府财政部长。1927年后，历任关税特别委员会委员、国学馆馆长等职。新中国成立后，历任中国文字改革委员会常委、全国政协常委、中央文史馆馆长、北京中国画院院长。近现代著名收藏家、书画家。

跋陈介祺[1]旧藏北朝残石拓本

陈簠斋所藏北朝残石拓本，惜不见其著录。集外散佚，印痕仍在，自当珍视。箧中所存杂拓册内有陈氏旧拓数种，装入册中，勿使散落耳。

① 陈介祺（1813—1884），中国清代金石学家。字寿卿，号簠斋，晚号海滨病史、齐东陶父。山东潍县（今山东潍坊）人。道光二十五年（1845）进士，官至翰林院编修。他嗜好收藏文物。著有《簠斋传古别录》《簠斋藏古目》《簠斋藏古册目并题记》《簠斋藏镜全目钞本》《簠斋吉金录》《十钟山房印举》《簠斋藏古玉印谱》《封泥考略》（与吴式芬合辑）。

跋元象年造像座拓本

魏孝静帝元象年不足两载，曲阳白石造象（像）铭刻存此纪年者殊罕。此残象（像）乃昔日老友持赠，惜仅余双足与莲座，应是宋以前历次灭佛劫灰之残片。余置案头已数载，暇时手拓一纸并记。

竹庵于苍山飞雪之际客万花溪畔夜灯下

跋石经幢残石拓本

经幢残石一片，不详其为何经者。按《瑜伽师地论本地分菩萨地真实义品释》中有“由烦恼即障故，名烦恼障。以能障自能治分智生起故。此中能解脱此障所有智，名烦恼障净智。即谓远离无名、慧得解脱义故。得解脱，即此，名之为‘净’。此智所缘境性，名之‘所行’”之语。不知即此文否？以其有“解脱”二字，而取之。所谓解脱者，不外摆脱苦恼，得到自在。知易行难，聊充文房玩物耳。

庚子岁暮记于苍山之下万花溪畔

竹庵

經幢殘石一尾不詳其為何經者按瑜伽師地論本地分菩薩地真實義品
釋中有由煩惱即障故名煩惱障以能障自能治分智生起故此中能解
脫此障所有智名煩惱障淨智即謂遠離無名慧得解脫義故得解
脫即此名之為淨此智所緣境性名之所行之語不知即此文否以具有
解脫二字而取之所謂解脫者不外擺脫苦惱得到自在知易行難
聊充文房翫物耳 庚子歲暮記於蒼山之下萬花谿畔 竹人

跋《听风楼金石文字》

自乾嘉金石学兴起，钟鼎文字、吉金贞石收藏考据之风日盛。不唯有补于古史之研究，毡墨捶拓，题跋流传，亦获人好古之心。虽近数十年来几成绝响，而今好此者日众，大有复兴之势。九喜兄嗜古博洽，精于收藏考据，尤擅题跋文字，今之黄小松也，只言片纸人争宝之。去岁检出历年所得小品墨本，都为一集曰《听风楼金石文字》。煌煌巨册，其中数种，皆传世孤品。兄不以余之孤陋，嘱题于册后。今又出此，观后复记。戊戌初秋。

跋阮元[1]旧藏金钉拓本

汉瓦秦砖字迹斑，吉金历久失真颜。
邻人不识斯何物，笑谓当年小吊环。

此物阮伯元以为汉金钉，固非是，然今亦不能凿定其用处，仍沿旧称。

庚子暮春

竹庵

① 阮元（1764—1849），字伯元，号芸台、雷塘庵主、揅经老人、怡性老人，江苏扬州仪征人。清朝中期官员，著名经学家、训诂学家、金石学家。

南石窟寺碑
隋龍藏寺碑

漢金釭歌

中丞師藏古銅環一定為漢金釭自識其上曰班固西都賦云金釭銜璧是為列錢何晏景福殿賦云落帶金釭此為二等即此金釭也漢書外戚傳飛燕女弟璧帶往往為黃金釭函藍田璧古璧徑五寸今以漢尺度釭中適容五寸此釭或即昭陽舍中物邪同門朱右甫為之釋文命鑑賦之

長安二月東風早昭陽舊苑生春草今人耕作漢人宮拾得金釭色枯槁摸來不惜金豆羅尊前為作金釭歌摩挲故物看銅秋檢點殘書話微嫩懷昔微歎初桑一道家娣弟承顏色底須雲氣書成欄不羨椒花塗作室雲楣林室縷鉤連宮椽新翻列錢光銜白玉釵頭燕彩發紅蓮并上蓮此特芳洗鐙難燼此日綠熊席交映圓東舞後水晶醫寫環照羅爰花鏡夜深蛤帳光生寒何止珊瑚開木難浴回豆蔻誰同拂鬖鬖櫻桃只獨看合歡殿冷披香歇此釭鑄後煩珍惜只宜長對掌中杯只道長如天上月一朝訣別滿水流銀鸞金鳳又成飛珠簾別院燕難惜翠羽紅牆誰見收秋風滿地宮槐落七寶奩空樵魚鑰拋殘鈿笛青林閒鎖沈銀甲舊花薄銅人辭漢淚如絲海肺鐙愁不自持太清樓上徒相憶博古圖成那得知教吟外傳花開聽班々誦詩臨支印西頁雖記憶吳均秋季遺事總揭填一規參畢溫柔鄉較量尺度仙人瑞廣蟠自宜倚斜碑焚香切莫洗他榮倉琅根斷漢宮閒樊嫣無言還擁鬟黃金不成仙不來釭乎愁說繁華遊畫堂甲帳書前則余來銀箋又一時莫問睇衣樓上飾西池唯有燕交飛

右張鑑題阮元藏漢金釭所作長詩今歲三月得金釭之舊拓本當墨古雅百年前物也因錄此詩於上味之覺有李長吉遺韻使人神往千載起思古之情

戊五月方元題上 鸞

積古齋金釭墨本

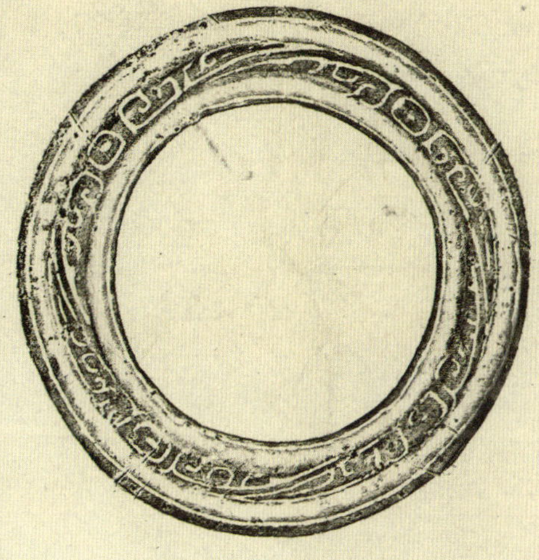

此殆周時物也功用尚難徵實然阮伯元定為漢器又考為班何二賦所謂漢魏宮殿之金釭固不甚確今世考古所見秦都雍城所出方形銅構其形甚巨而中空可容物者楊鴻勛先生定為金釭學者皆以為是其形實與此器迥異漢書趙后傳謂昭陽舍壁帶往往為黃金釭師古注壁帶壁之橫木露出如帶者也於壁帶之中往往以金為釭若車釭之形也故知金釭乃附於壁上橫木者其形中空若車釭狀也說文釋釭云車轂中鐵也段玉裁注凡空中可受者皆曰釭釋名釋車云釭空也其中空也雖不可狀然說文釋琮云瑞玉大八寸似車釭可以想其彷彿爾至雍城銅構重出文獻所記乃於文物驗之昔阮氏固於時見考為金釭者亦不必苛責之矣

竹庵兄屬題 乙亥仲冬 弟 盤長云謹識

歲乙亥嘉平月既望拜觀並記 容齋蒋俊

釭亦有釋作燈者案段注說文凡空中可受者皆曰釭廣雅釋器云凡鐵之中空而受納者謂之釭又晉夏侯湛釭燈賦有奇像之妙工取光藏燈之句則釭燈當似長信宮燈之類帶導煙管者管即釭中空之相也段氏所云膏燈為釭取四豪盛膏之意也亦可存一說

竹盦兄屬題 庚子三月 誰堂

漢人金碑字跡與古金屬久矣真顏競人不識斯何物矣謂當年小吊環此物阮伯元以為漢金釭固非是然今亦不能鑿定其用處仍沿舊稱 庚子暮春 鸞

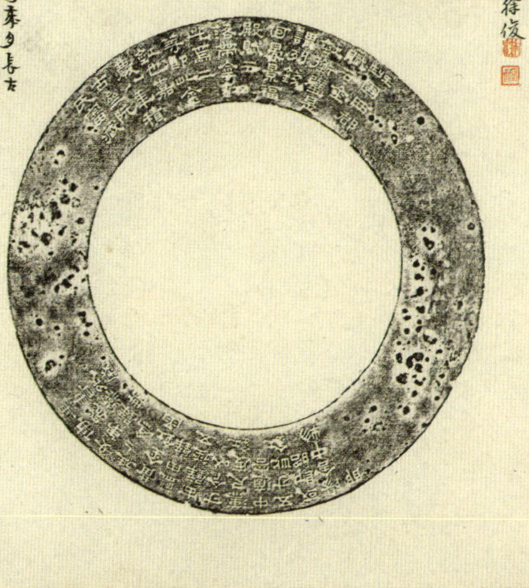

案說文釭車轂中鐵也一切經音義卷四引作車轂鐵也卷七引作車轂口鐵也卷十一十九俱引作轂口鐵也沈乾盧謂古本當作釭車轂口鐵也中口形相近乃傳寫誤與其說近是則車之釭乎漢書趙后傳壁帶注：為黃金釭函藍田璧明珠翠羽飾之三輔黃圖黃金為璧帶間以和氏珍玉風至其聲玲瓏然也則是飾物之釭其形似車釭壁間橫木加帶鈎釭於兩端其面函璧風送鳴物聲鏗然故聲玲瓏然也阮芸臺積古齋鐘鼎彝器款識卷十有漢安昌車釭鐵款之舊物鵠侶摹安昌二字銘文於其形則無說解阮氏款識成於嘉慶九年秋此釭識在八年或以其無文而不錄也

竹盦先生屬題 晉九壽

默為方勢泰多長古器殘缺只已忘金釭原多紅輝映長樂繁枝橋木央宮[illegible]
[illegible]
阮芸臺得金釭時賦歌詠多由清[illegible]為黃金釭函藍田璧引申 竹庵兄以拓本徵題[illegible]
[illegible]乙亥[illegible]京[illegible]
[illegible]

跋《汉君眉寿残石拓本》

清人刘熙载论书云：书之有隶，生于篆，如音之有徵，生于宫。故篆书取力弇气长，隶书取势险节短。盖运笔与奋笔之辨也。此近年新发现汉碑残石之一种。刀刻颇传书写笔意，较传世诸名碑，历经捶拓，漫漶颓钝之状不同，更见汉人运笔取势之妙，以此证刘氏之言不妄也。

跋全形拓

余尝对大足石刻雕塑画素描写生，试以颖拓手法，尽现线条与布白阴阳之美感。以为虽无西洋素描表现光影体积之真实，然气韵神采，似与不似之间，亦非西洋素描所有者。此类古器物全形拓本之审美趣味亦是，今人为之，多刻意模仿西方素描者，透视比例一如照片，古韵神采不再，今之流弊也。此纸虽为新拓，却无此弊，可宝也。

己亥年七月，万花溪上炎窗下

竹庵

题《唐开元铭瓦残砚拓本》

天宝开元事已陈，繁华入梦一抔尘。
曾经相伴谁家砚，拓作痴人片纸珍。

世传唐砚存铭记者稀，此陈伏庐昔年所获拓赠周止庵者，残砚今已不知所在。古人有墨痴砚癖者，视此当不啻和璧隋珠，一纸墨本，亦足珍也。

岁辛丑建巳蒲诞于万花溪上之夜灯识
竹庵

唐澄泥殘硯

絹之七兄清賞　伏盧陳漢第

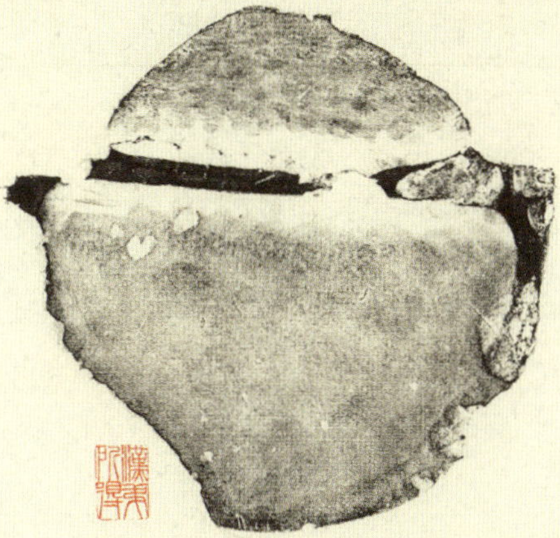

天寶開元事已陳繁華入夢一杯塵曾經相伴誰家硯拓從癡人足紙跡世傳唐硯存銘記者稀此陳伏廬昔年所獲拓贈同此卷者殘硯今已不知所在古人有墨癡硯癖者視此當不啻和璧隋珠一紙墨本亦足珍也

歲辛丑建巳蒲誕於萬花谿上之旋燈識

古歙在鄂觀玉溪大中硯於吳禀沙許今復觀此石墨之緣可謂不淺聞紅絲硯為吾弟季言所獲

果可當合璧紙照絹之老弟與此並存

丙子冬董浚溪記於故都潮寫閣

跋魏武帝残碑拓本

此魏武帝残碑，笔意极近张黑女墓志。何子贞所谓此碑化篆分入楷，遂尔无种不妙，无妙不臻。然猷厚精古，未有可比肩黑女者。此石近年新出，字口锋芒较子贞所藏张黑女孤本，神采更在其上，学书由此入手，自可窥魏书峻宕之意也。

丁酉上元后一日，万花溪畔柳窗漫识

竹庵

跋《范巨卿碑》

黄小松所藏此碑宋拓孤本早入故宫，世间乾隆仅重出后拓本，虽有会字右上石花之连与不连，行十六字、十五字微小差别，然点划字口并无大不同。此册旧装雅洁。行十六字本盖数年前偶得者。

辛丑暮秋

竹庵识

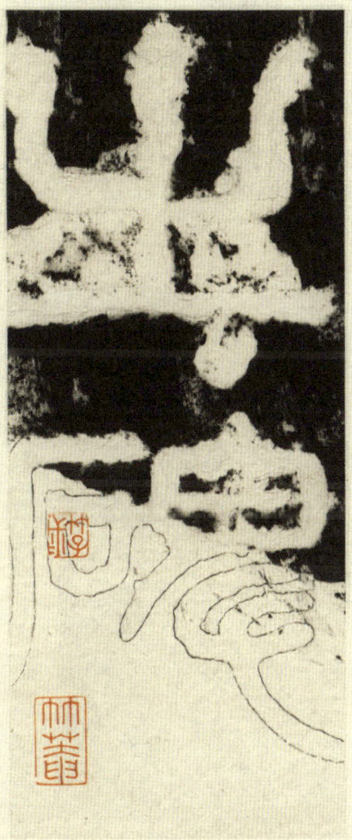

宋本碑字無損據以句補之

黃小松所藏此碑宋拓孤本早入故宮世間乾隆僅重出後拓本雖有全字右上石花之連與不連行十六字十五字微小差別然點劃字口並差大不同此冊舊裝雅潔行十六字本蓋數年前偶得者 辛丑暮秋 容齋識

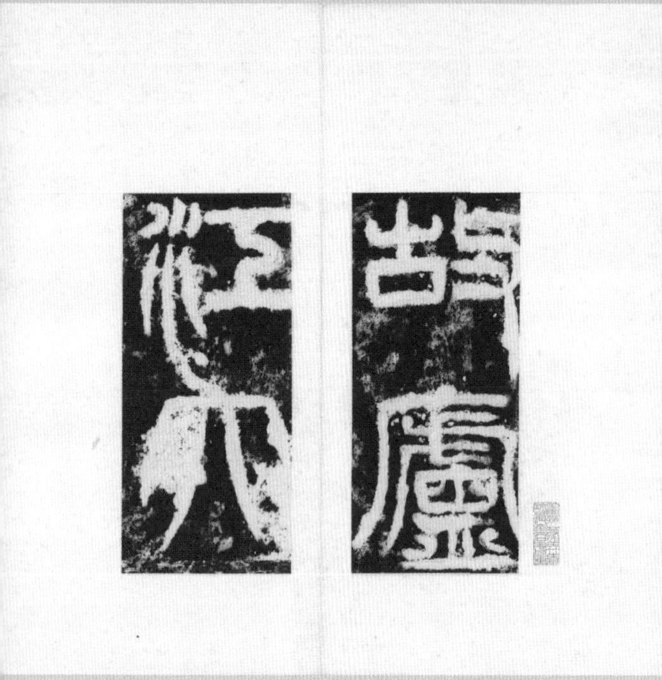

魏廬江太守范巨卿碑

辛丑冬月雄堂觀於小蓮池館南窗

跋北魏《韩显宗墓志》精拓本

一

此志清末出洛阳城外，结体用笔雄逸古奥，魏志之奇品。是册乃好事家手拓赠友者，佳楮名墨，在所不惜。虽陶兰泉监拓诸志，用纸施墨亦不及此，神采韵致更非寻常可比。余所蓄周季木拓赠张延焕汉唐残石小品数种，同属此类。拓法之妙，墨色湛然，若小儿之睛。昔吴倩庵题砖塔铭清初本曰“车拓之精，不在足本下，可爱可爱”，盖藏家之于墨本，首重孤、早，复重精拓，况此非仅拓佳，且存志盖与陈含光跋，洵可珍也。

岁庚子秋得此，漫识于苍山之下万花溪畔

竹庵

二

启元白论书句“学书别有观碑法，透过刀锋看笔锋”，所见乃囿于晋唐笔法正统。清季碑学之兴起，书从断碣残刻间、笔墨模糊处、刀石斑驳中溯寻别趣，发扬金石之气，盖时代审美变化使然也。若此志刻手并不严守墨书，锋棱分明，缺笔少转，却奇趣横生，别具一格。此亦三百年来碑学重为发明传统之意义所在也。

岁辛丑六月

竹庵识

君諱顯宗字茂親昌
黎棘城人也故燕左
光祿大夫儀同三司
雲南莊公之玄孫大

魏使持節散騎常侍
安東將軍齊冀二州
刺史燕郡康公之仲
子以成童之年貢秀

此誌与往年北邙出四年元暐墓誌相近刀下多鋒以角省變刻工不受書丹限
制如金剛玉刀傍各鑿具毛筆所無之鋒利爽快感此得誌書法有别紙筆者
所謂金石氣不外歲月與刀刻張廷師筆師刀見仁見智也

京國弱冠之華徽榮
麟閣載籍既優又善
屬文立志皦然外明
內潤加之以善与人

文令亦久而敬焉仕
雖未達抑亦見知洗
善獨足不迷清渊可
謂美寶為質彫磨益

應韓啓族肇自姬初
康公之子莊公之餘
學綜張馬文慕三閭
春英早披秋華晚敷

言与行會行与心符
欽賢尚德立式存謨
揚貞東觀建節南隅
惟帝念功錫爵是孚

上天不弔抌疾纏軀
人之云亡永矣其徂
昔聞彗叔今覩齊孫
朝野悽愴親友欷歔

銘之玄石以表其殊
大魏故中書侍郎使
持節冠軍將軍豫州
刺史昌平侯昌黎

此志清末出洛陽城北結體用筆雄逸古樸魏誌之奇品是冊乃好事家
手拓難友者佳楮名墨在所不惜雖陶蘭泉盤拓諸志用紙施墨亦
不及此此神采韻致更非尋常可比余所蓄周季木拓雕張廷煥漢唐
殘石小品數種用屬此類拓法之妙墨色濕然若小兒之睛皆吳偕春
題磚瑜銘清初本此來拓之精不在足本下可愛之之慕藏家之於墨本
首重孫半漫重精拓況此非僅拓佳且有誌蓋与陳含光跋尤可珍
也歲庚子秌得此還識於蒼山之下萬花谿畔 蒼

此石藏韡表伯朱雩伯方伯家
方伯之孫耐根手拓此冊以贈
晏君卓如紙精墨精神采煥發
視尋常拓手迥異故家彰彩石
墨菁英令人歎賞不已外間傳本
率挖銘志二字非見此拓恐無有
知之者若其書法奇古在李景
與司馬景和妻之間唯包安吳臨
書譜後小楷跋似之外此亦無能
問津者矣乙丑四月陳延韡

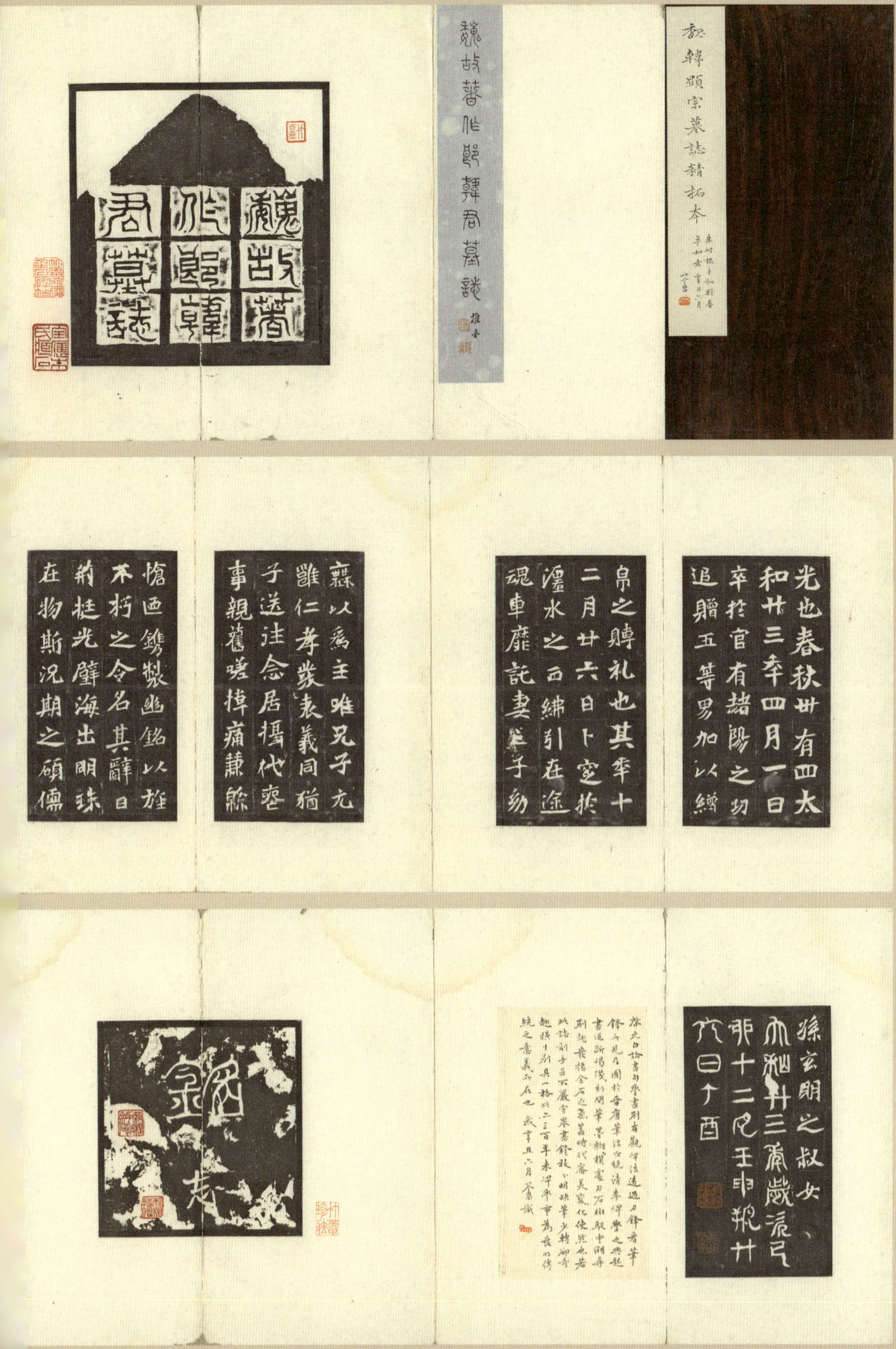
魏韓顯宗墓誌精拓本
魏故著作郎韓君墓誌
魏故著作郎韓君墓誌
光也春秋卅有四太
和廿三年四月一日
卒於官有詔陽之功
追贈五等男加以繒
帛之賻礼也其年十
二月廿六日卜窆於
瀍水之西紼引在途
魂車靡託妻□子幼
蘇以為主唯兄子元
雖仁孝敦衷義同猶
子送往念居攝代喪
事親舊嗟悼痛兼餘
愴西鐫製幽銘以旌
不朽之令名其辭曰
莉梃光辭海出明珠
在物斯況期之碩儒
孫玄明之叔女
太和廿三年歲次己
卯十二月壬申朔廿
六日丁酉

跋《龙藏寺碑》

《龙藏寺碑》世存明拓寥寥，清初本亦难得见，此刘燕庭旧藏，具诸佛字不坏，较明拓虽多漶字，然毡墨匀细，字口精美，则多胜早本。所谓名碑佳刻，得良工精拓，可上追百年，信非虚言。六朝后，虞欧前，此书最称高妙。其于平正通达中，藏万千变化，温润宽厚间，奇正相生。明窗净几，静坐对临，偶有暗合处，悠然神远，不亦快哉！

跋《封龙山颂》

一

邻苏老人谓此碑雄伟劲健，《鲁峻碑》尚不及也。汉隶气魄之大，无逾于此。盖其结字方正挺拔而下盘舒展，复出以峻伟之笔，且多藏篆意，錾刻又经千年，风化剥蚀，更添浑古磊落之气。此碑自出土以来，向称名品。惜原石毁于乱世，善拓存世者稀。此唐希陶旧藏初拓本，三十余年前《书法》杂志曾经刊登，按彼时尚为剪贴装，余初习汉碑，即取以为师，临写有年，岂想四十岁后竟获原物。夜灯静赏，如对故人，真奇缘矣。

癸卯正月重装后于苍山之下万花溪畔

竹庵

二

清人学汉隶重庙堂气象、金石趣味，浑穆庄谨之外，兼得天真烂漫。今人学汉，多求奇逸，重机趣，图写变化，流于形式。失汉人堂正古厚之意。盖前人书，气质养成在儒、释、道三家。根柢人格、学问，如今已非昔日，书法只当平面图画之类视之。此为本质区别也。

读碑偶感漫记于此

竹庵

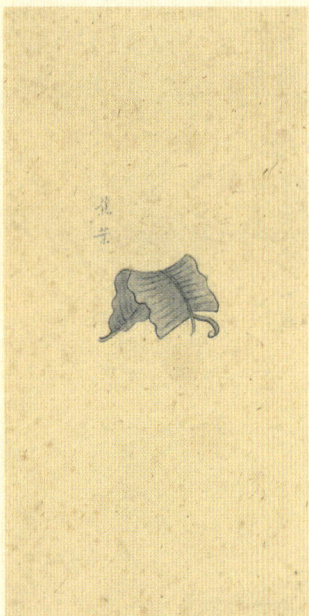

清人學漢重廟堂氣象金石趣味渾穆莊謹之外兼得
天真爛漫今人學漢多求奇逸重機趣而寫變化流於
形式失漢人堂正古厚之意蓋前人書氣質養成在儒
釋道三家根柢人格學問如今已非昔日書法只當平面
畫画之類視之此為本質區別也讀碑偶感漫記於此
昕今畫

鄭蘇老人謂此碑雄偉欽俄魯峻碑[illegible]不及也法[illegible]
今逾於此蓋其結字方正挑拔而下盤舒展漢魏以後偉之筆
且多藏篆意攀刻又經千年風化剝蝕更增渾古稚拙之氣
此碑自出土以來向稱名品惜原石毀於亂世善拓存世者稀少
唐希陶舊藏初拓本三十餘年前書法雜誌曾經刊登檢彼
時尚為剪貼裱余初習漢碑即取以為師臨寫有年豈想四十
歲後竟獲原物夜燈靜賞如對故人真奇緣也
癸卯正月重裱後於蒼山之下萬花谿畔昕今畫

訪碑圖
余得封龍山頌宋初
拓本惜為俗手裝池
以硃點識不忍其棄
遂付重裝乃為擬
梅瞿山筆意作此圖
歲壬寅十月望

元氏封龍山頌

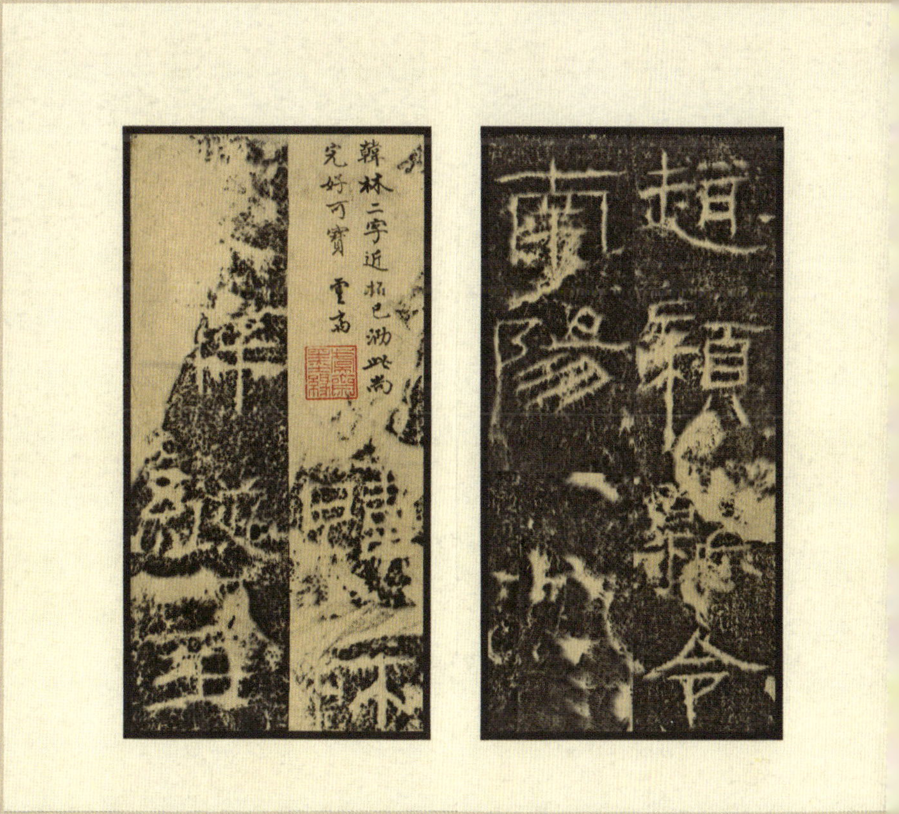
韓林二字近拓已泐此尚
完好可寶 雲高

元氏《封龙山颂》

题建武泉范[1]拓本

友藏建武泉范残品，墨拓一纸寄赠，物归所好者，戏作俚句自嘲。

世事居多与愿违，人生知足从来稀。
才将诏版描文字，又拓当年“印钞机”。

① 泉范，古代铸造铜钱的陶制模范。

跋《隋李慧达造铁镬铭》

此铭阳文，字法纵逸古淡，似石门诸刻之拙，又兼焦山鹤铭之逸，为隋之奇品。旧本尝见阮元孙恩光识文与线刻镬形图，刊印前后，并标出口径及高度。余去岁得此，爱其字之古趣，乃据旧本，摹线图并阮恩光识文于前后。

辛丑六月于万花溪上雨窗
竹庵

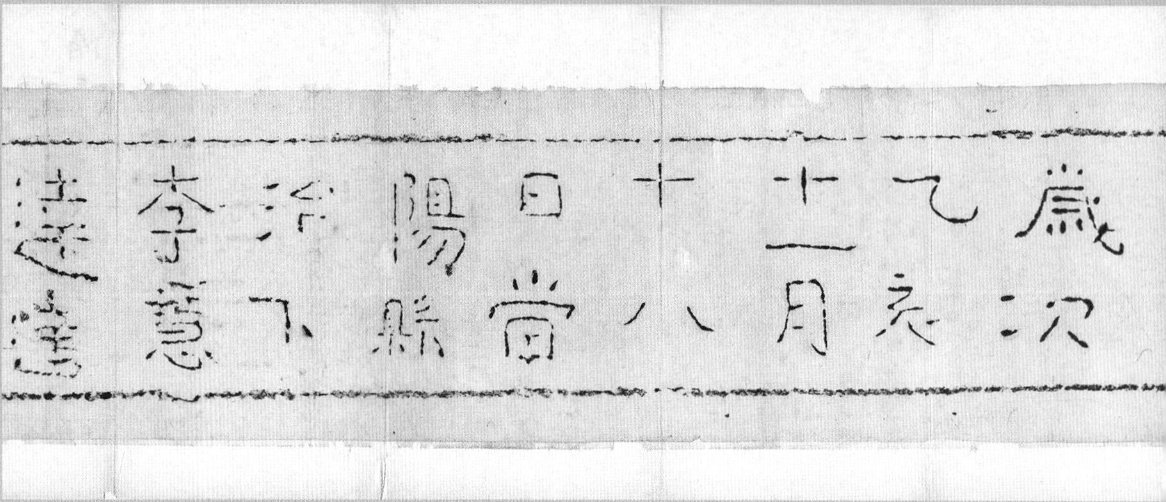

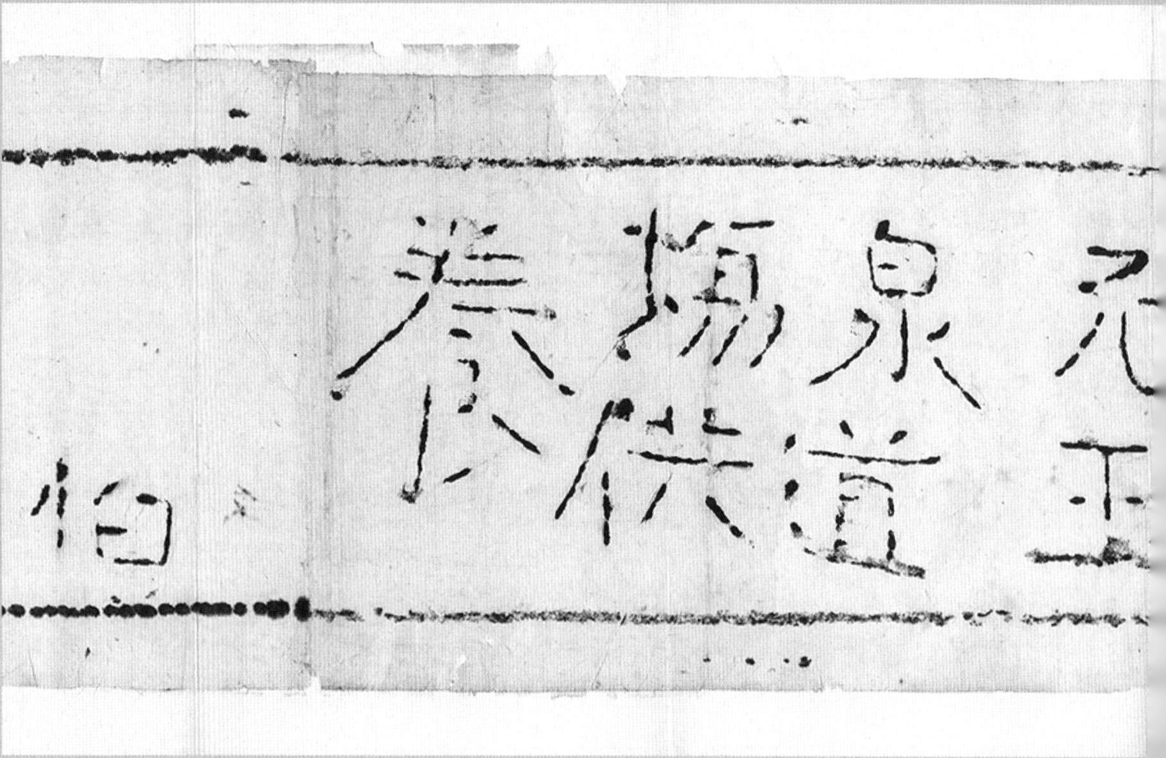

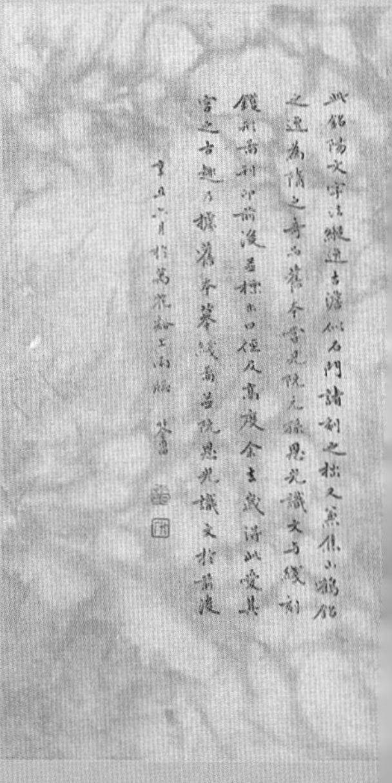

隋當陽鐵鑊銘

[illegible]庵題

鑊形圜口徑今尺三尺七寸高連足二尺五寸計五足

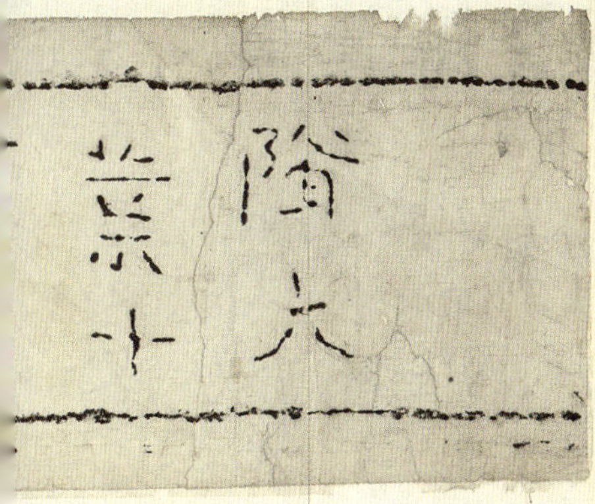

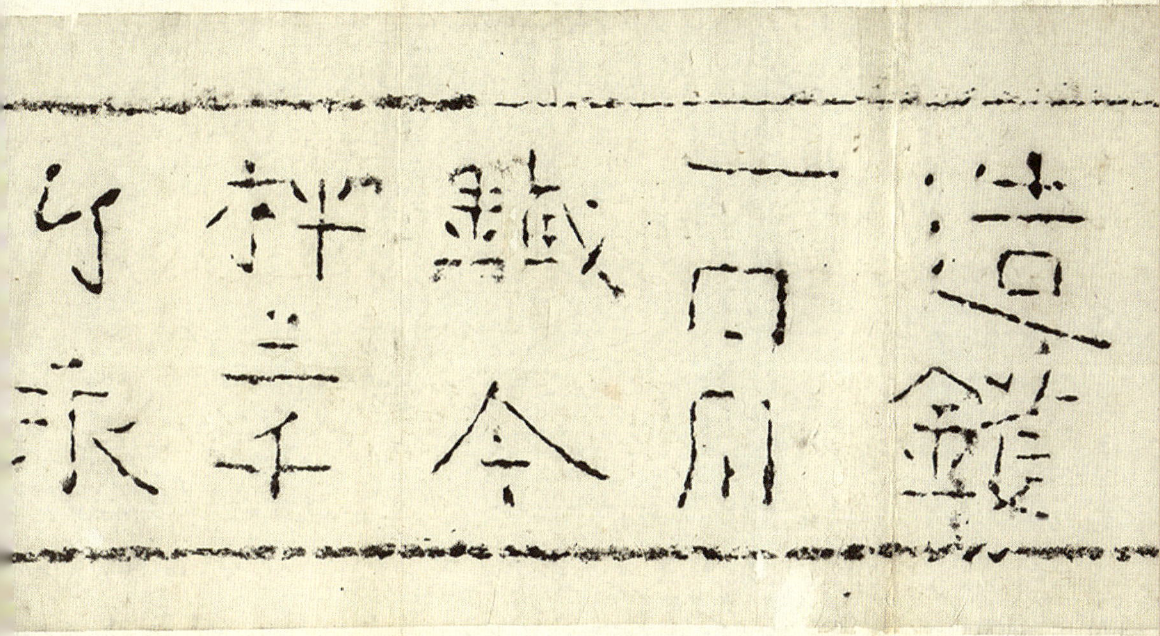

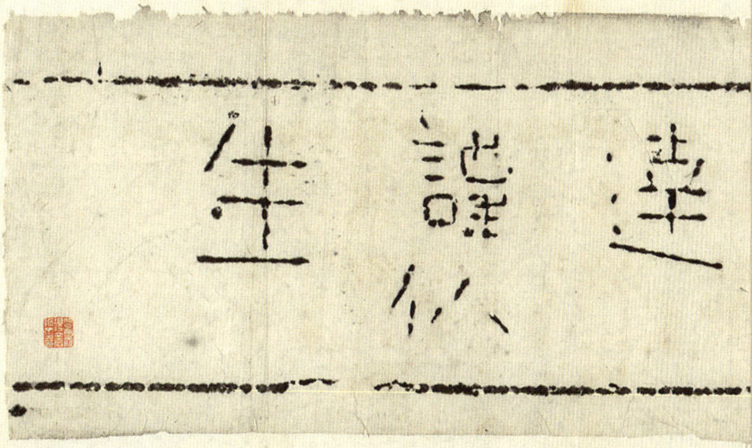

當陽縣玉泉寺有隋代鐵鑊嘉慶丁丑先文達公制楚時簡兵過境曾搨鑊銘四十四字摹入揅經室集中同治癸亥光奉檄權篆斯邑得觀奐器銘環列腹外又五字在後字義難釋行款參差皆陽識邑乏良工未由詳搨全形寺僧僅能摹其文耳夫大業距今千二百年矣雨淋日炙鉤畫尚未盡模糊爰縮繪鑊形并鈔而列於銘之前云　儀徵阮恩光識

跋御注《金刚经》残石

唐玄宗隶书今存《纪泰山铭》，文辞雅驯，书法遒劲端丽，形貌雄伟。清人王虚舟云：唐人隶书多尚方整，与汉法异，唯徐季海《嵩阳观碑》、明皇《纪泰山铭》得汉人遗意。启元白论书有“正史以来论篆隶，唐人毕竟是中兴”句。此御注《金刚经》残石，书者无法证实出于明皇之手，然遒美雄畅，亦足窥盛唐人之风骨气象也。岁在丁酉之初，获观于苍山之下万花溪畔之柳窗，寂夜无声，朗月照人，沐手敬题。

竹庵

跋唐褚遂良书《房玄龄碑》

褚河南书为唐之广大化教主，其传世真书四碑，若《伊阙佛龛》尚未脱出北朝人之笼罩，《孟法师》秀劲有余而略嫌紧促，《雁塔圣教》虽老成精妙，然笔下习气不免深矣。惟《房玄龄碑》温朗舒和、自然中正，故前人推为褚之真书第一，信非妄语也。原碑立昭陵，至北宋时已称文字磨灭，宋拓本仅存贾秋壑旧藏之残册一，民国时尝据此景印流布，原物已不知所在。世所谓“继”字本，与此皆为有数早本。况此又曾入《碧琳琅馆金石目》，为清季名士方柳桥所藏，碑额俱全，纸墨无二，更属难得也。

己亥余偶获于沪，壬寅初春补记

竹庵

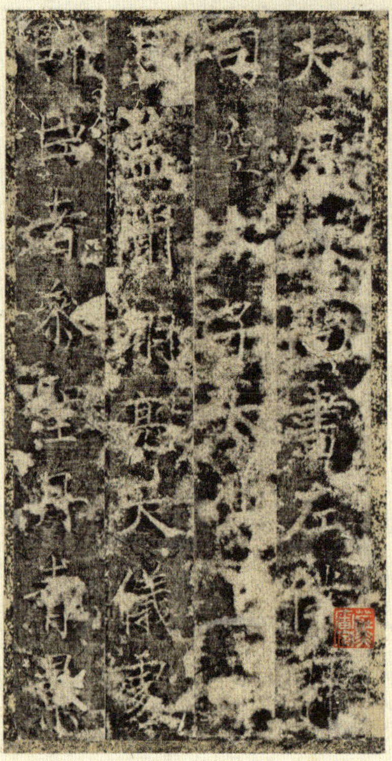

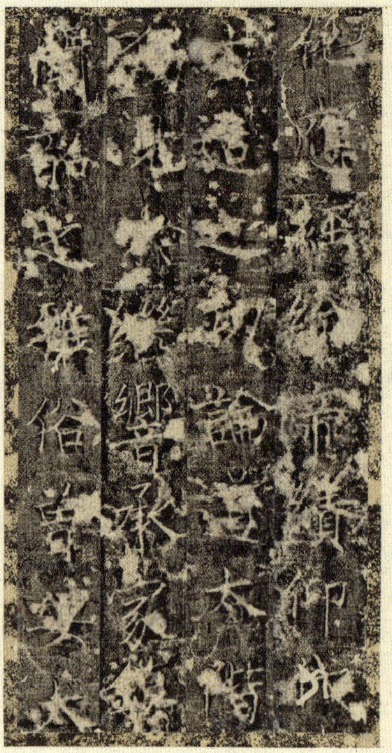

褚河南書爲唐之廣大化教主其傳世真書四碑
若伊闕佛龕尚未脫出北朝人之範圍孟法師秀勁
有餘而畧嫌緊促雁塔聖教雖老成精妙然筆亦習
氣不免深矣惟房玄齡碑溫朗舒和自然中正故前
人推爲褚之真書第一信非妄語也原碑立昭陵至

北宋時已稱文字磨滅宋拓本僅存賈秋壑舊藏之
殘冊一民國時嘗據以景印流布原物已不知所在世
所謂縱字本與此皆爲有數早本況此又曾入碧琳琅
館金石目爲清季名士方柳橋所藏碑額俱全紙墨無二
更屬難得也己亥余僥獲於滬壬寅初春補記 鑒

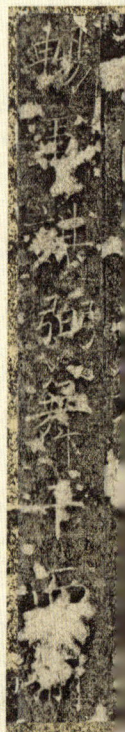

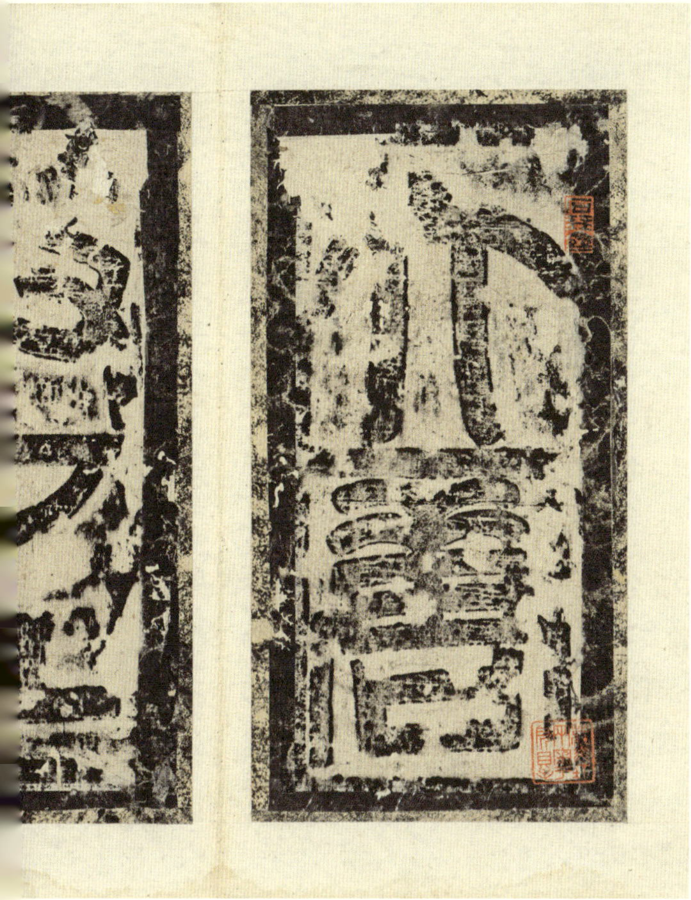

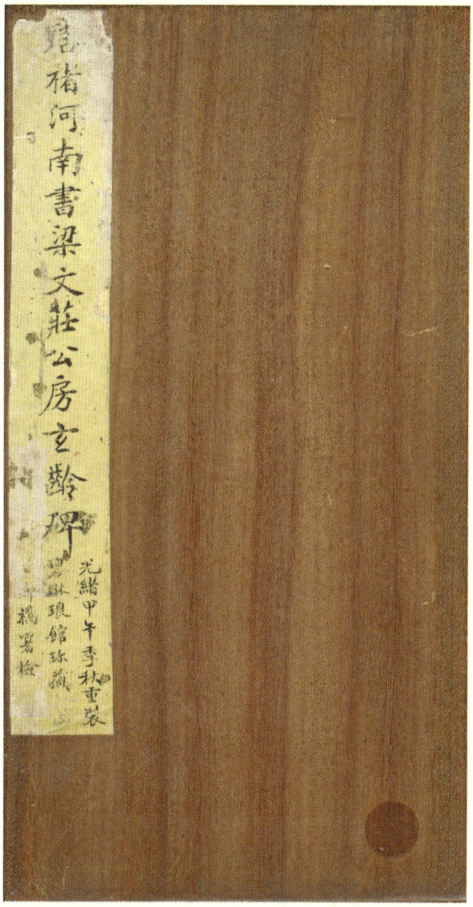
褚河南書梁文莊公房玄齡碑
光緒甲午季秋重裝

跋董其昌《小玉烟堂帖》

一

董思翁平生最自矜小楷，不轻为人作，故真迹存世寥寥。散见于名画法帖题跋者，用笔起止使转，沉静飞动，如羚羊挂角，似火箸划灰。于内擫外拓之间变化转换，优游自得，力少外露，气多内含；结体变化从颜、杨二家悟出，更兼禅家之三昧，疏澹散逸，倍极空灵。书艺虽微，实处易工，虚处难好。细味董氏小字，妙处正在虚实变化，非文衡山辈所能梦见者。此《小玉烟堂帖》，为其在世时选刻。虽仅得残卷，置于案头，揣摩临习，或可悟临池之心法也。

竹庵识

二

赵子昂以毕生之力复兴晋唐笔法，董氏书浸淫古人亦深，却变化晋唐，于提按转折处，减之又减，惟守火箸划灰中锋之妙，更得禅家空灵冲澹之旨趣。书为心画，法无一定，惟心所现，胶柱鼓瑟者，不能于根本处得见古人，笔下虽可乱真，亦不足与论也。

三

无尘兄近获此帖《琵琶行》残石一拳，存字已不足四十。三百余年后，良工佳刻便几近泐灭。古人所谓“镌之金石垂千龄”，尚未及半者，无常迅速，成住坏空，莫不然也。乃作四句以记：

马蹄银锭传闻事，古帖留真赖刻工。
屈指不过三百载，一拳石上迹朦胧。

岁庚子四月所得残卷，今无尘兄赠残石墨拓一纸，又记如此。

竹庵

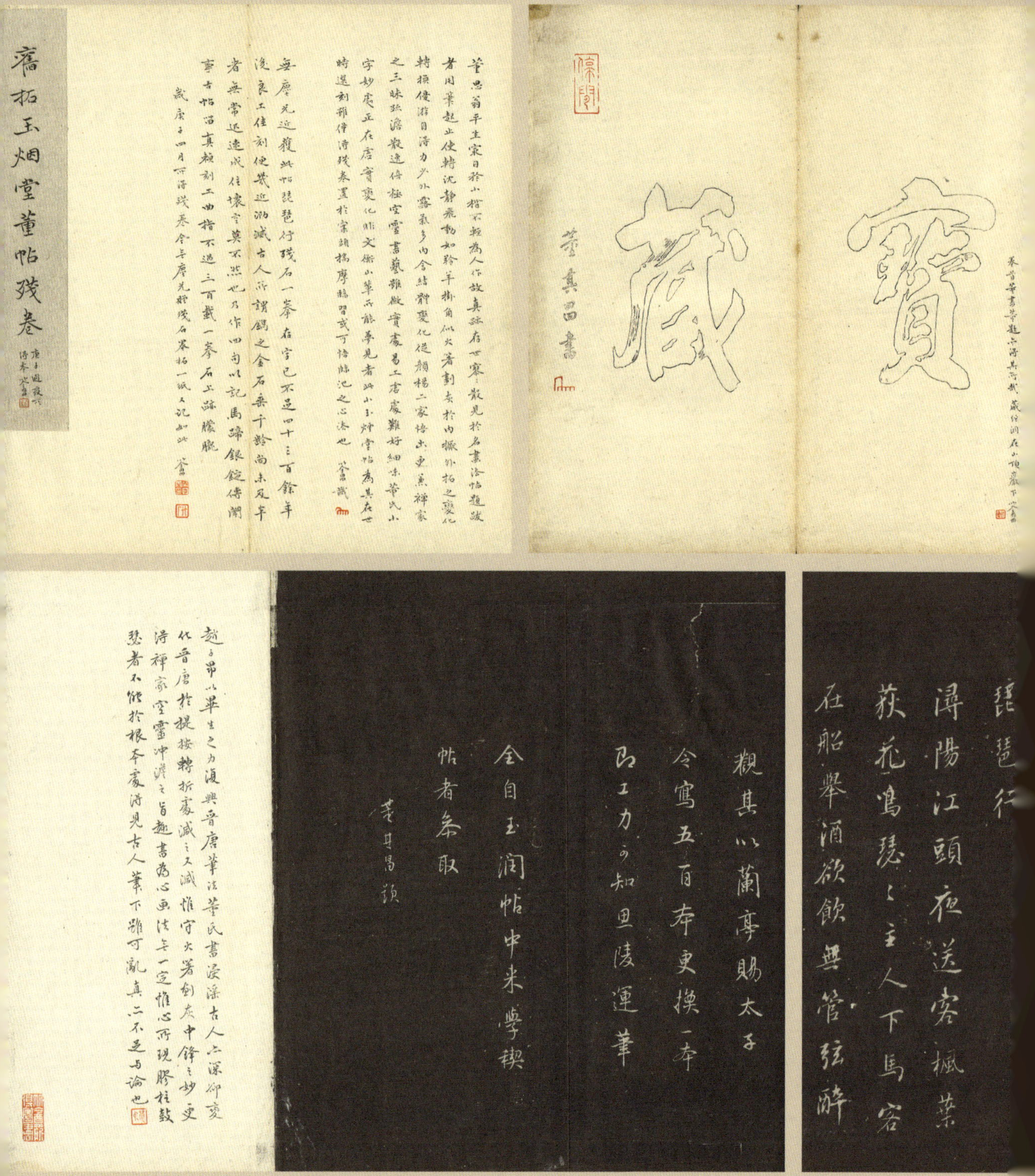

舊拓玉烟堂董帖殘卷
寶藏
董其昌書
琵琶行
潯陽江頭夜送客楓葉
荻花鳴瑟瑟主人下馬客
在船舉酒欲飲無管弦醉
觀其以蘭亭賜太子
令寫五百本更換一本
已工力可知且陵運筆
全自玉潤帖中來學褉
帖者參取
董其昌題

小玉煙堂董帖殘石

雄堂

董思翁小玉煙堂帖余未藏得舊拓殘本一冊今春廉先得此帖殘石一拳取以對觀存字已不過四十二百餘年後良工佳刻便成泐滅古人所謂錮之金石無踰千載而未及半者吾常過速成住壞空莫不然也乃佔四句以記之 馬蹄銀錠傳聞事古帖當真賴刻工屈指不過三百載一拳石上近朦朧 辛丑六月手拓此紙并識於萬卷樓上 吹萬

跋周季木藏汉残碑阴拓本

周进[1]藏汉晋碑刻原石，端匋斋后一人而已。方地山尝赠联曰“所得汉碑堪做屋，要收秦印比封泥”，足见所蓄之富。今则皆归故宫矣！此周藏汉残碑阴拓墨，乃民国四年季木之兄周今觉赠张延奂者。刘熙载论书云“秦碑力劲，汉碑气厚”。汉碑如史晨、华山、乙瑛、曹全、张迁、礼器者，类《史记》《汉书》之文，雄深雅健，精炼该密而气厚力遒；如此残石小品，则若《古诗十九首》之兴象玲珑，意致深婉。对之生灭感喟，思接千载，片纸在案，妙得古欢也。

岁辛丑重阳万花溪上

竹庵识

① 周进（1893—1937），字季木，室名居贞草堂，安徽至德（今安徽省池州市东至县）人，出身于官宦家庭。清两江总督周馥之孙，周学海四子，周叔弢之弟。著名收藏家、考古学社员。著有《季木藏印》《新编全本季木藏陶》《居贞草堂汉晋石景》《魏石经室古玺印景》《周季木遗墨》。

漢殘碑陰

仲嘉題

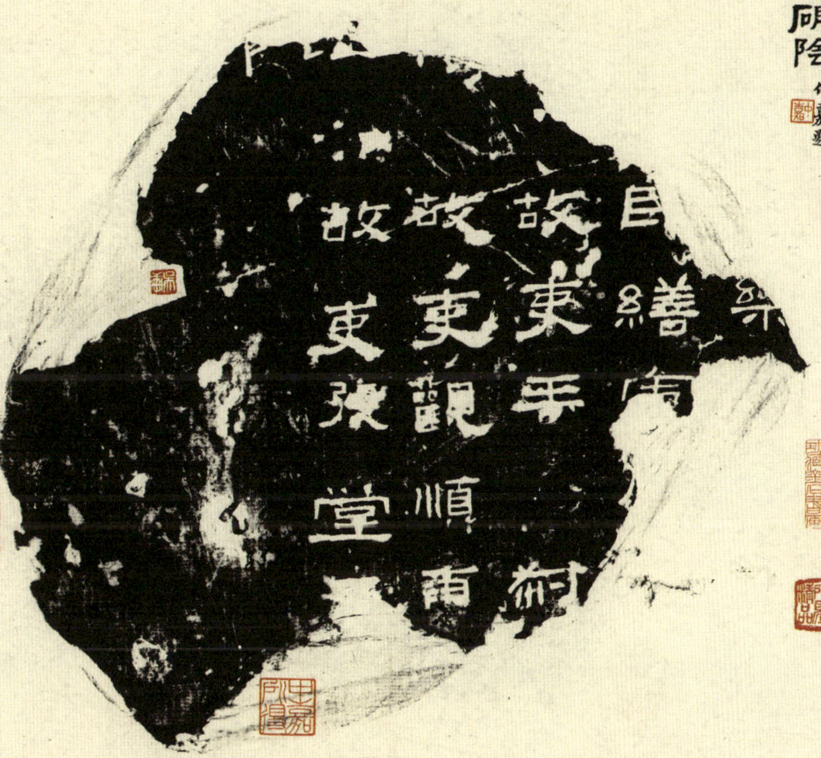

周進藏漢晉碑刻原石端匋齋後一人而已方地山嘗贈聯曰所得漢碑堪傲匋要收秦印以封泥足見所蓄之富今則皆歸故宮矣此周氏藏漢殘碑陰拓墨乃民國四年季木之兄周今覺贈張延奐者劉熙載論書云秦碑力勁漢碑氣厚漢碑如史晨華山乙瑛曹全張遷禮器者類史記漢書之文雄深雅健精煉該密而氣厚力通如此殘石小品則若古詩十九首之興象玲瓏意致深婉對之直滅感胃愚接千載片紙在案妙得古歡也 歲辛丑重陽萬花谿上吟香識

唐寫經殘石一

庚申春 仲嘉題

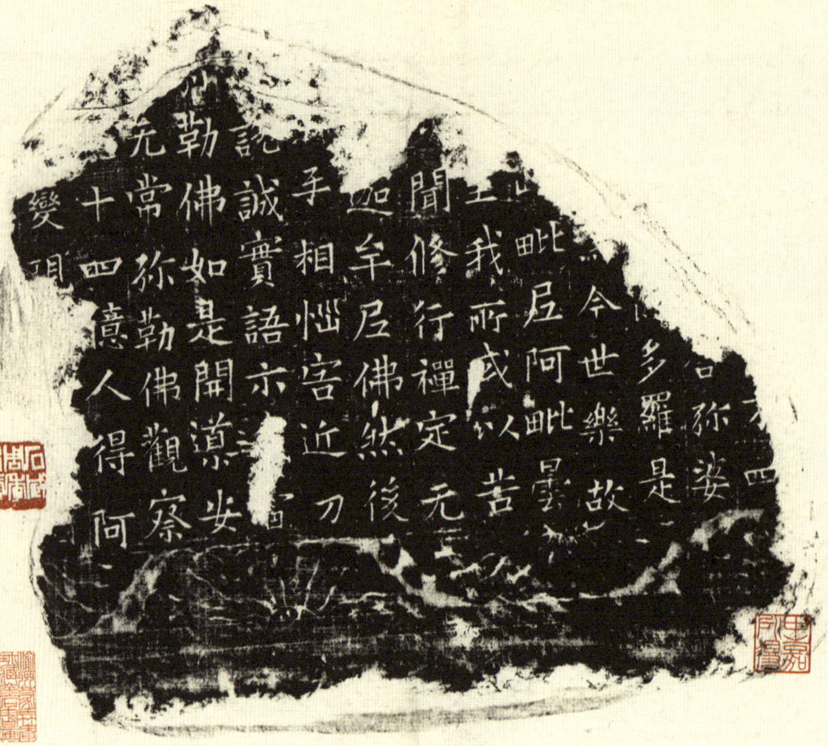

唐人寫經殘石四片為周進藏石其書與常見唐人經卷墨迹大相徑庭頗似張長史郎官石記序張氏此記蘇東坡謂其字簡遠如晉宋間人明季王弇州尤為推許引華適之評云隱約深嚴筋脈結密以為唐人正書無人出其右者翁覃溪則以為此書是由唐人問津晉法之正路雖不必與化度廟堂爭甲乙亦自是神品故知書雖小技以得晉韻為最高所謂得術不如得法法不如得道晉人書技進乎道者也此寫經殘石書可為由唐追晉者借接引得意忘象不可以尋常觀之者 辛丑重陽 笠盦識

跋周季木藏唐人写经残石

唐人写经残石四片，为周进藏石。其书与常见唐人经卷墨迹，大相径庭，颇似张长史《郎官石记序》。张氏此记，苏东坡谓“作字简远，如晋、宋间人”。明季王弇州尤为推许，引董逌之评云“隐约深严，筋脉结密”，以为唐人正书无人出其右者。翁覃溪则以为此书是由唐人问津晋法之正路，虽不必与化度、庙堂争甲乙，亦自是神品。故知书虽小技，以得晋韵为最高。所谓得术不如得法，得法不如得道，晋人书，技进乎道者也。此写经残石书，可为由唐追晋者作接引，得意忘象，不可以寻常观之者。

辛丑重阳

竹庵识

跋无尘书屋藏《陕拓衡鉴册》后

集王圣教名重千古，拓本断代，虽有校碑字诀，然文字描述、经验判断，多含混不清。庚子初春，无尘兄避疫闲居，检箧中所蓄残本，居然得南宋以来“物”字同叶者八幅。遂倩工依次装裱，都为此册。历代拓本实物，字口、纸墨，一目了然。今又将新获“高阳本”两种及“乾嘉拓本”附装册中，次第更为明晰。此前人所未能，古来碑拓鉴赏之创举也，一册之内，可鉴该碑纸墨时代之变化，亦可旁及陕拓各碑。痴人痴心，方能获此奇缘也。遥寄滇西嘱跋，叹赏不已，不遑辞赞。

辛丑晚秋拜识于苍山之下万花溪畔

竹庵

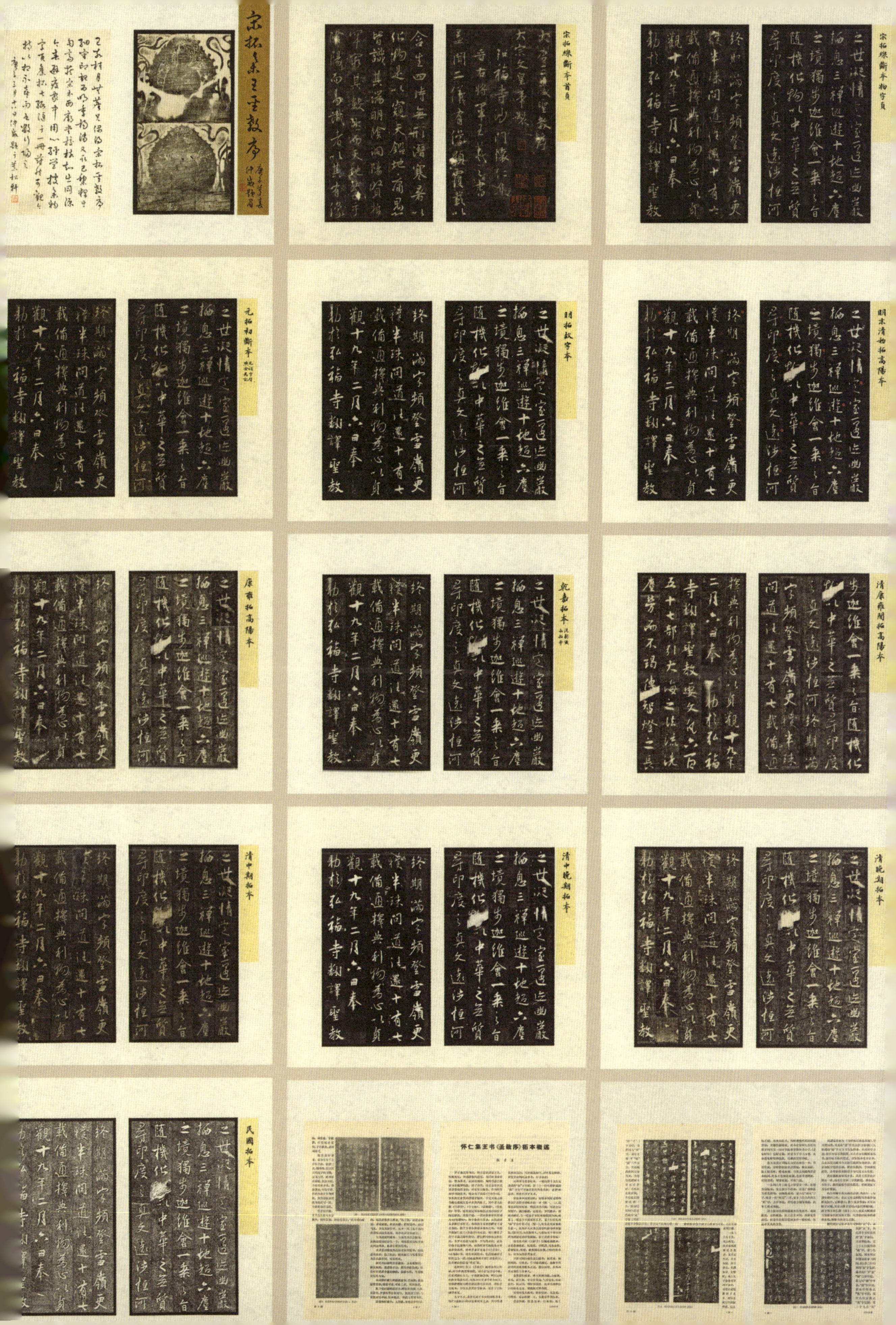
宋拓未断王圣教序
宋拓缐断本首页
宋拓缐断本物字页
元拓初断本
明拓救字本
明末清初拓高阳本
康雍拓高阳本
乾嘉拓本
清康雍间拓高阳本
清中期拓本
清中晚期拓本
清晚期拓本
民国拓本
怀仁集王书《圣教序》拓本概述

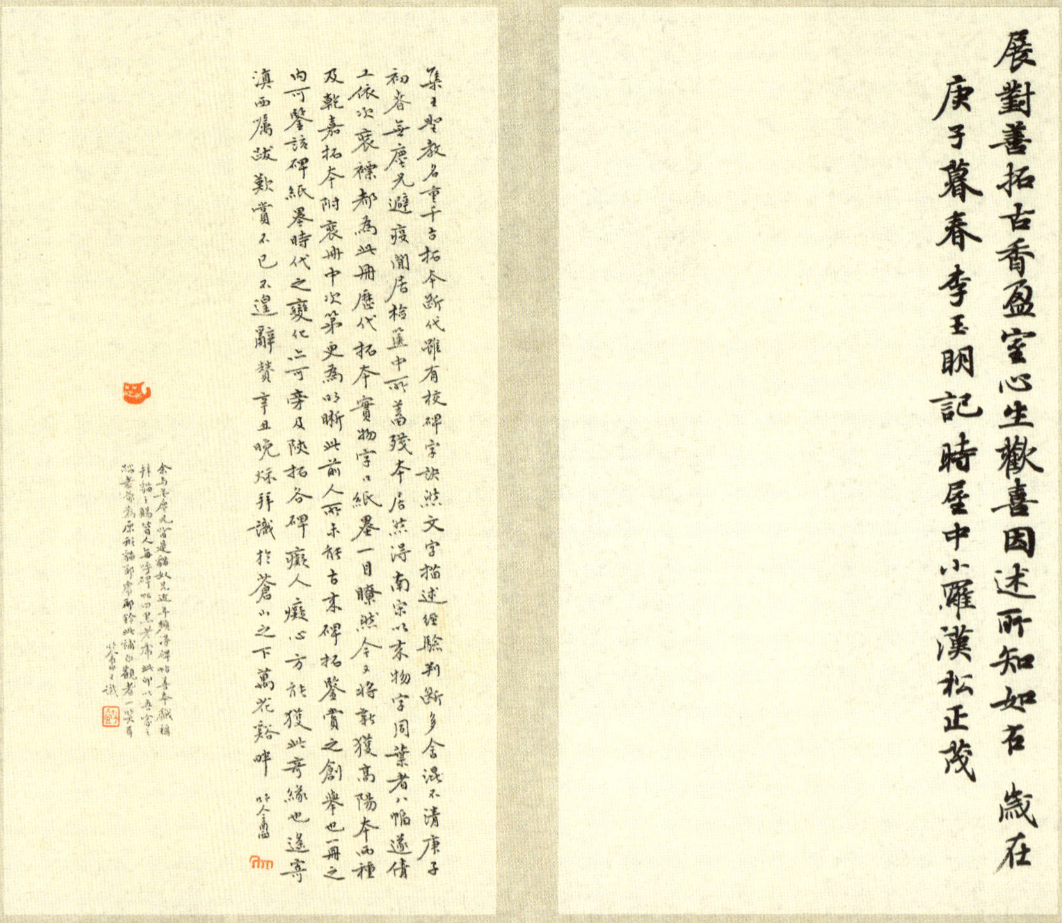
展對善拓古香盈室心生歡喜因述所知如右 歲在
庚子暮春李玉明記時居中小羅漢松正茂
集王聖教名重千古拓本斷代雖有校碑字訣然文字描述經驗判斷多含混不清庚子
初春無塵兄避疫閒居於篋中所蓄殘本居然得南宋以來物字同業者八幅遂倩
工依次裒褾都為此冊歷代拓本實物字口紙墨一目瞭然今又將新獲高陽本兩種
及乾嘉拓本附裒冊中次第更為明晰此前人所未能古來碑拓鑒賞之創舉也一冊之
內可鑒該碑紙墨時代之變化亦可旁及陝拓各碑癡人癡心方能獲此奇緣也遂寄
滇西屬跋歎賞不已不遑辭贊辛丑晚烁拜識於蒼山之下萬花谿畔

跋《北魏兴安元年残像拓本册》

一

《佛说阿弥陀经》写西方极乐世界云："极乐国土，七重栏楯，七重罗网，七重行树，皆是四宝周匝围绕……有七宝池，八功德水，充满其中。池底纯以金沙布地，四边阶道，金银、琉璃、玻璃合成。上有楼阁，亦以金银、琉璃、玻璃、砗磲、赤珠、玛瑙而严饰之。池中莲花，大如车轮，青色青光，黄色黄光，赤色赤光，白色白光，微妙香洁。"金佛残片，历劫入土，而今宝光重现，一斑窥豹，不详其全貌，亦不辨是否同为一体，然依稀是经中所言西方极乐世界。又有释迦出生之场景，铭记文字尚存北魏兴安元年年号。庚子秋偶见于友人处，遂请拓墨装，为一册无量劫中，欢喜供养。

辛丑秋八月

竹庵识

二

此应是制作者题名。西汉置中山国，屡改为郡。因其为战国时中山国之地，故名中山。北魏置中山郡，为定州州治，隋初废。

三

昔读《洛阳伽蓝记》，遥想北魏都城寺院浮屠之盛，无限神往。后睹永宁寺遗址所出释家造像，虽一鳞半爪之残迹，精美特异，使人惊叹。此北魏金铜造像，出于古中山郡，时在迁都洛阳之前。精丽华美，亦不减后来者。不知何时所毁。释家本意不立文字图像，然亦因文字图像，得以广布四方，法传千载。今地不爱宝，此残像重现于世。得此墨本，曷胜欢欣。

四

大都会博物馆藏北魏正光五年牛猷为亡儿造金铜弥勒佛像，背光火焰纹与外围飞天乐伎，与此残像颇似。该像民国十三年出于正定，后流失海外，入大都会馆藏，世称该馆之“神秘荣光”，为所见华夏高古金铜造像之杰作。此残像双面纹饰，流动飘逸，虽管中窥豹，级别规模，精美程度，亦不遑多让，似更过之。

五

此佛诞之场景也。据《佛说太子瑞应本起经》云：“四月八日夜明星出时，化从右胁生堕地，即行七步，举右手而往言：‘天上天下，唯我独尊。三界皆苦，何可乐者？’”又《异出菩萨本起经》云：“太子以四月八日夜半时生，从母右胁生堕地，行七步之中，举足高四寸，足不蹈地，即复举右手言：‘天上天下，尊无过我者。’”又《过去现在因果经》云：“菩萨即便堕莲花上，无扶侍者，自行七步，举其右手而师子吼：‘我于一切天人之中最尊最胜，无量生死于今尽矣，此生利益一切人天。’”如此各不尽同也。

辛丑八月初五

竹庵记

六

天上地下，唯我独尊。世间事唯做艺术与出世修道者具此气概，方能成功。

七

晋人竺法护译《佛说普曜经》卷二云：“尔时菩萨从右胁生，九龙在上而下香水，洗浴圣尊。”此九龙浴太子，应为释迦降生残片左上角。

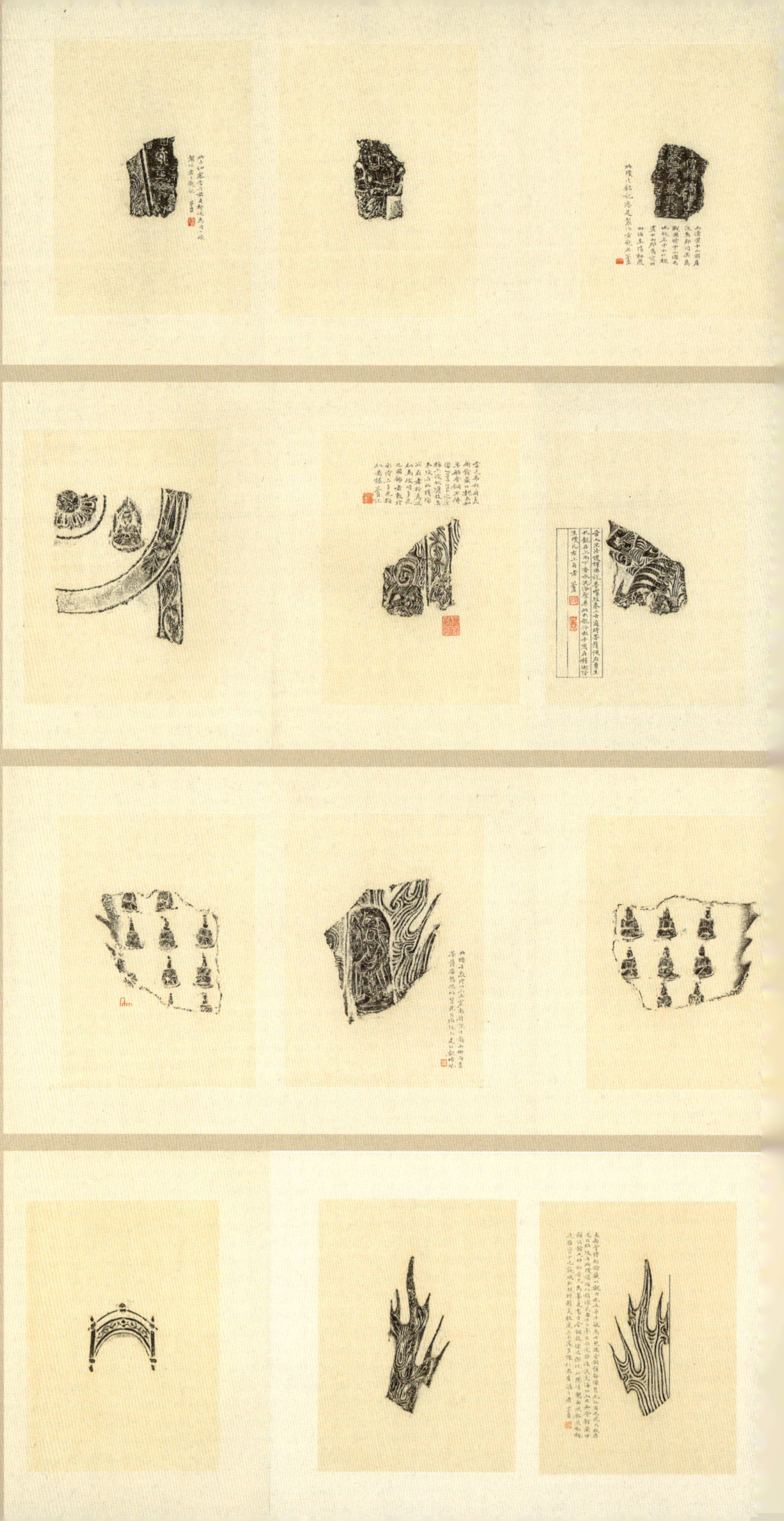

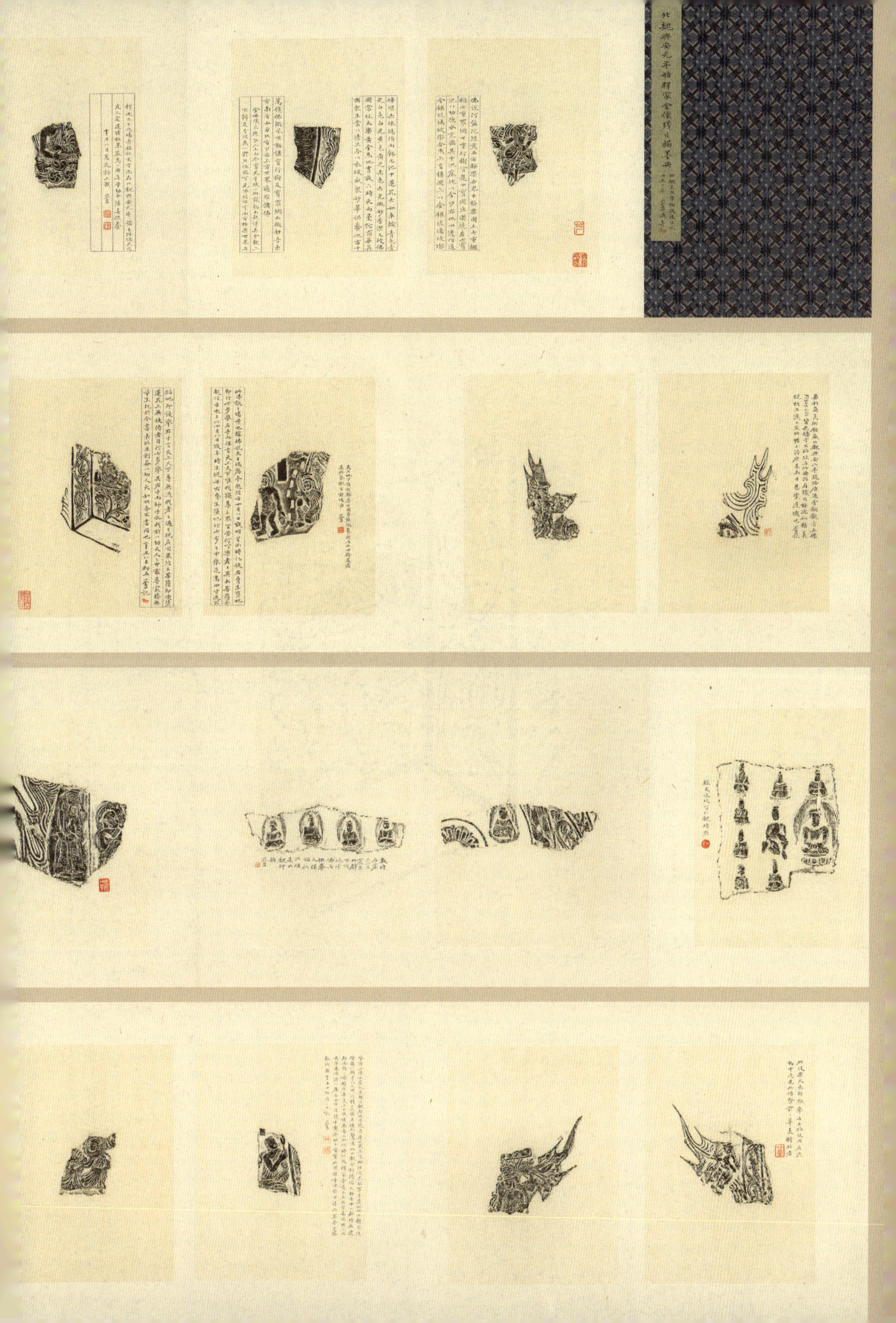
北魏興安元年韩释家金像残片拓墨册

蹈地即復舉右手言天上天下尊無過我者又過去現在因果經云菩薩即便墮
蓮花上無扶侍者自行七步舉其右手而師子吼我於一切天人之中最尊最勝無
量生死於今盡矣此生利益一切人天如此各不盡同也 辛丑六月初五薈記

此佛誕之場景也據佛說太子瑞應本起經云四月八日夜明星出時化從右脅生墮地即行七步舉右手而住言天上天下唯我獨尊三界皆苦何可樂者又異出菩薩本起經云太子以四月八日夜半時生從母右脅生墮地行七步之中舉足高四寸足不

天上地下唯我獨尊世間事惟做藝術与出世修道者具此氣概方能成功 蒼

跋《明拓墨池堂选帖·王献之益州帖》

《墨池堂选帖》乃明万历时章氏所刻，刊成后即少有捶拓，今日所见通行者皆为翻刻本。此帖卷二所刻二王帖尤为精绝，帖贾得之，每将此改头换面，伪充宋物，曩见《南唐澄心堂拓右军父子四人法帖》即此类，故原石拓真本至为罕见。今存以张廷济、张伯英递藏之残本声名最著，现在故宫。去岁友人赠余此王献之《益州帖》，盖吴平斋旧物，与张氏藏本皆出章刻原石，较张本且多帖末三行，更为完整，识者自当珍视也。

壬寅初春杏花开时

竹庵

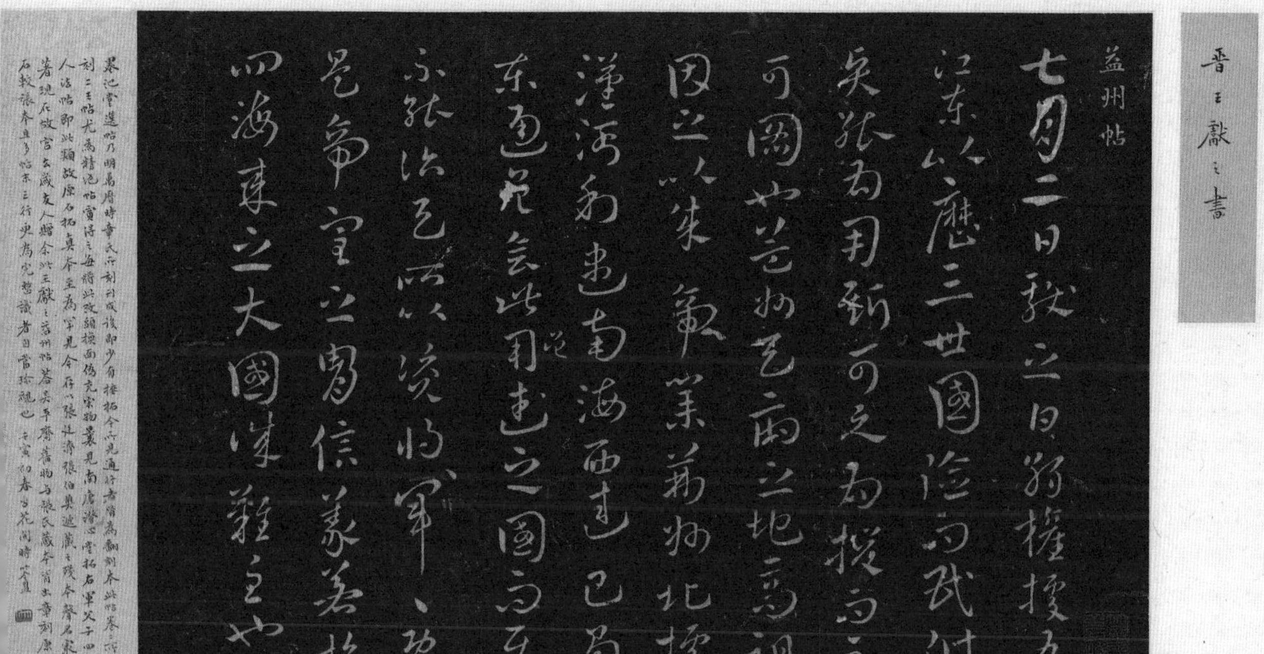

晋王献之书
益州帖
墨池堂選帖乃明萬曆時章氏所刻刊成後即少有捶拓今亦見通行者皆為翻刻本此帖卷三所
刻二王帖尤為精絕帖賈得之每將此故翻摸而偽充宋物裹見南唐澄心堂拓右軍父子四
人法帖即此類故原石拓真本至為罕見今存只張伯滂張伯英遞藏之殘本聲名最
著現在故宮去歲友人贈余此王獻之益州帖蓋吳平齋舊物与張氏藏本皆出章刻原
石較張本且多帖末三行更為完整識者自當珍視也 壬寅初春於花間時

跋王羲之《追寻伤悼帖》①

昔人论右军书曰："其道微而味薄，其理隐而意深。"得中和之旨趣，深意隐含，非后来学者鼓努为力所及。王元美所谓"后之仿者，仅能得其圜密，已为至矣！其骨在肉中，趣在法外，紧势游力，淳质古意不可到"乃知者之言。此帖为右军暮年

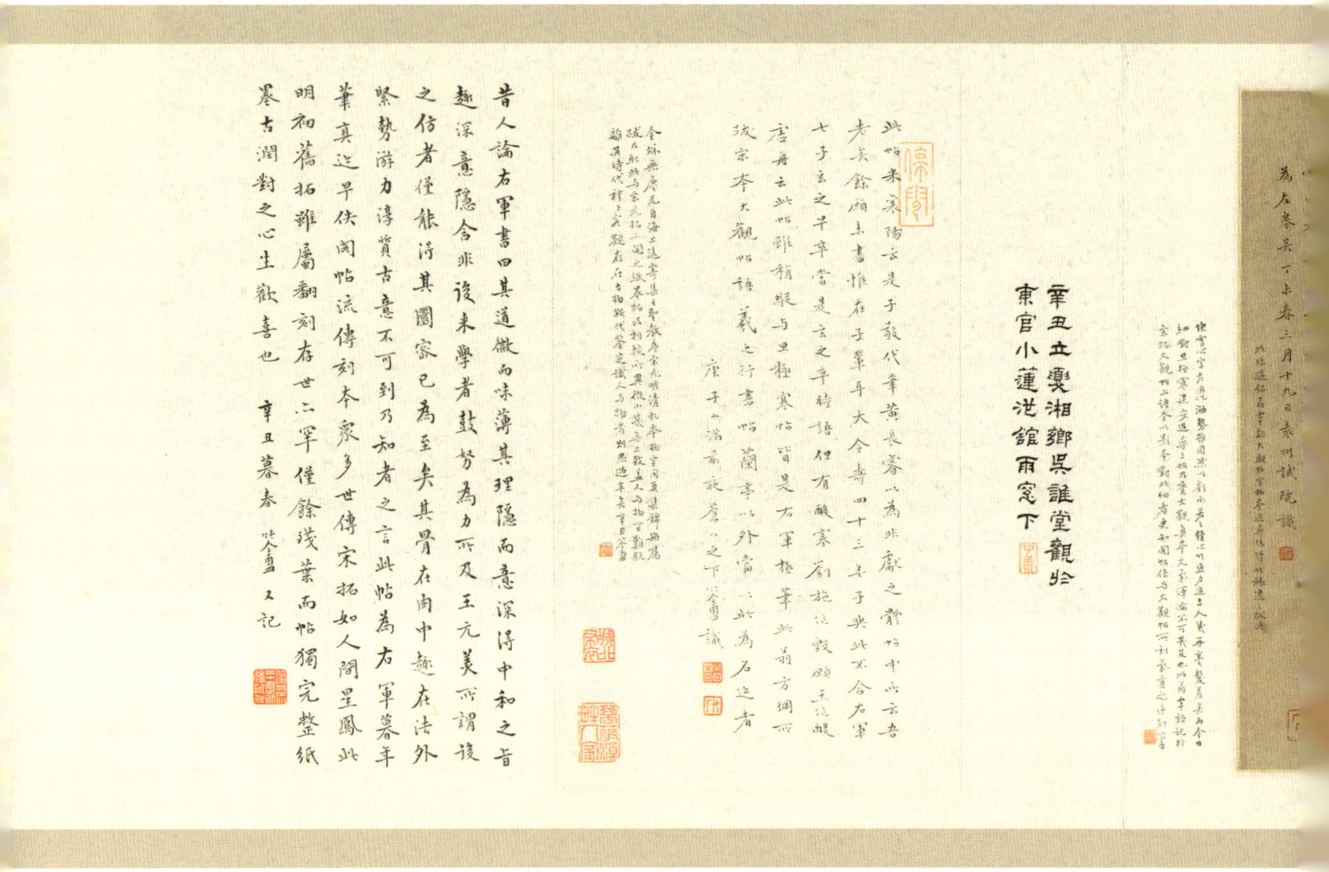

①　此帖与其后《适太常帖》《阮新妇帖》，皆为《淳化阁帖》早期泉州系翻刻拓本中之单帖。

笔，真迹早佚，阁帖流传，刻本众多。世传宋拓如人间星凤。此明初旧拓，虽属翻刻，存世亦罕。仅余残叶，而帖独完整，纸墨古润，对之心生欢喜也。

辛丑暮春

竹庵又记

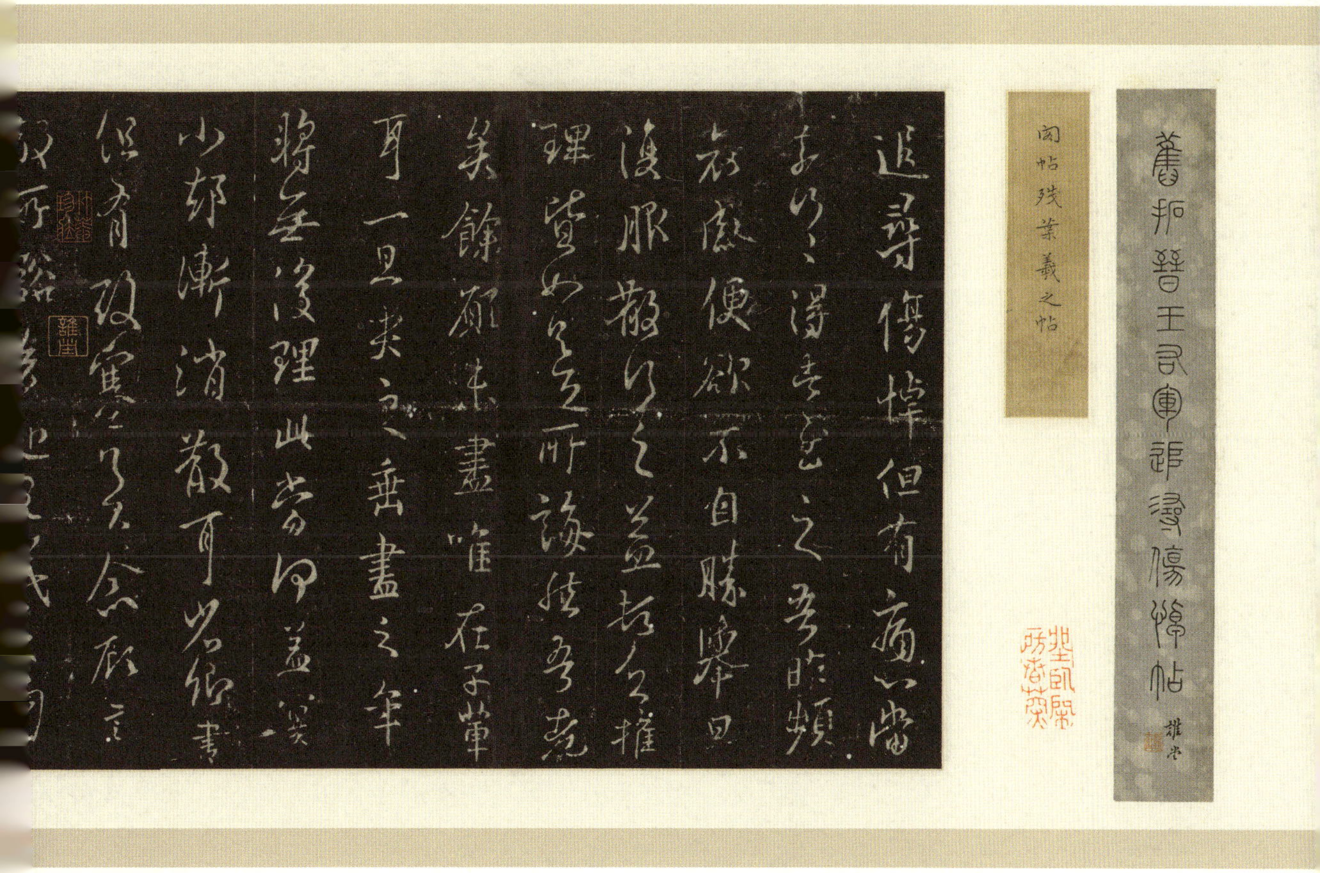

跋王羲之《适太常帖》

阁帖残本，以非全帙，其遂贱，碑估逐利，拆作散叶分售。此刻出泉州系，乃六百余年前物也。虽残册，单帖尤有完好者。《适太常帖》，宋时《宣和书谱》记作《太常司州帖》，为右军赫赫名迹。古人刻帖，原为传播书法，前贤墨迹法书，以此化

身万千。今人妄言碑帖与书法无关，盖骨董家之小见，皮之不存，毛将焉附？去岁得此帖，装入册中，赏玩临习，此乐自非识浅者所能梦到也。

辛丑岁寒

竹庵记

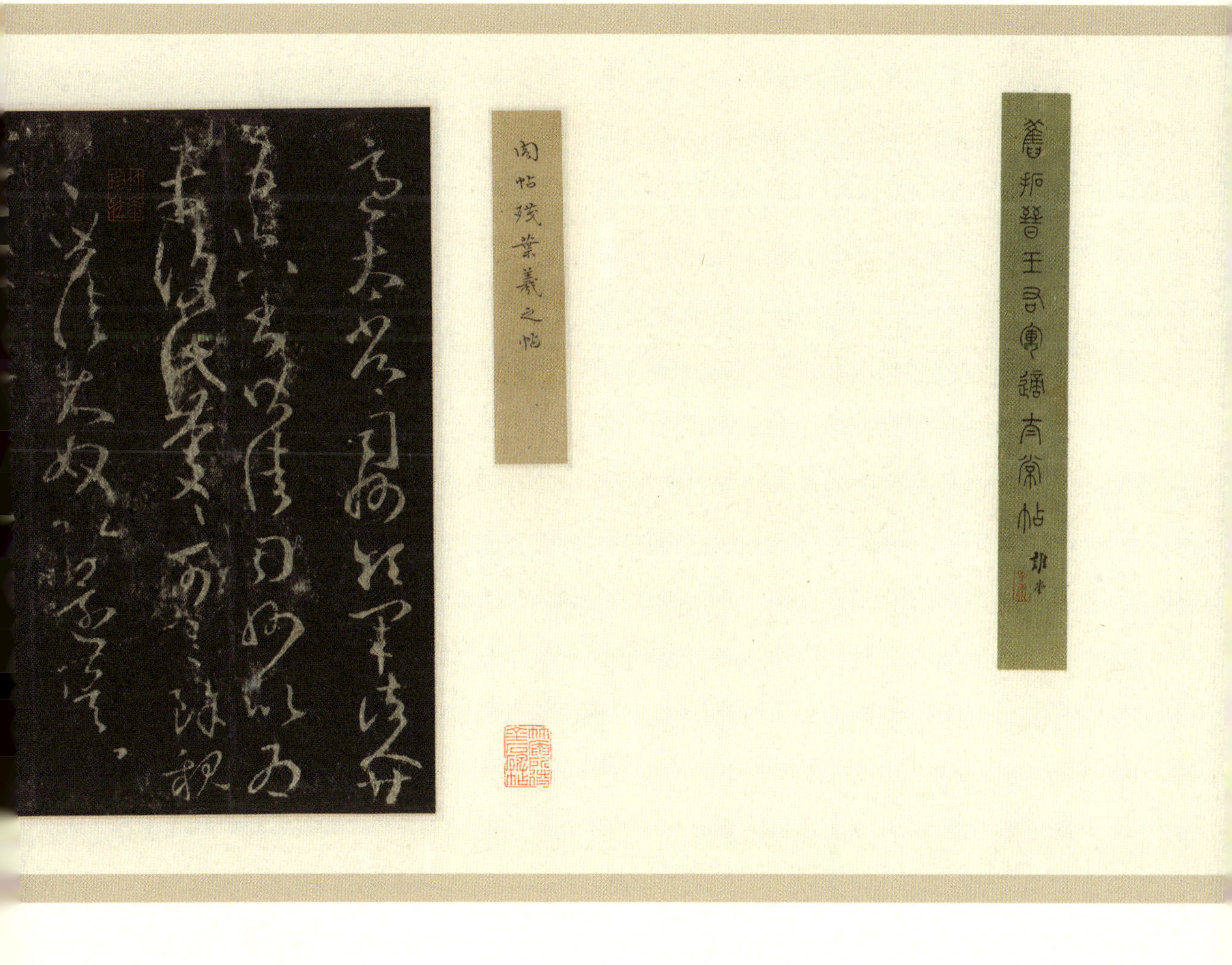

跋王献之《阮新妇帖》

右军峻逸，大令遒张。峻逸者多内擫，文质兼备，包蕴无尽；遒张者笔下多连绵不绝，势作外拓，扩为大字亦不觉窘迫，以其纵宕，略嫌直白。自唐太宗推重右军，尺纸短缣，世人多宗之，及至明清，则高轴宽卷流行，书者又得益于大令。学古人

书，舍短取长，审时知己而擅变通为上。大令此帖，自在洒然，虽真迹早佚，然能对此六百余年前拓本，于花香鸟影之窗下玩赏临习，不亦快哉！

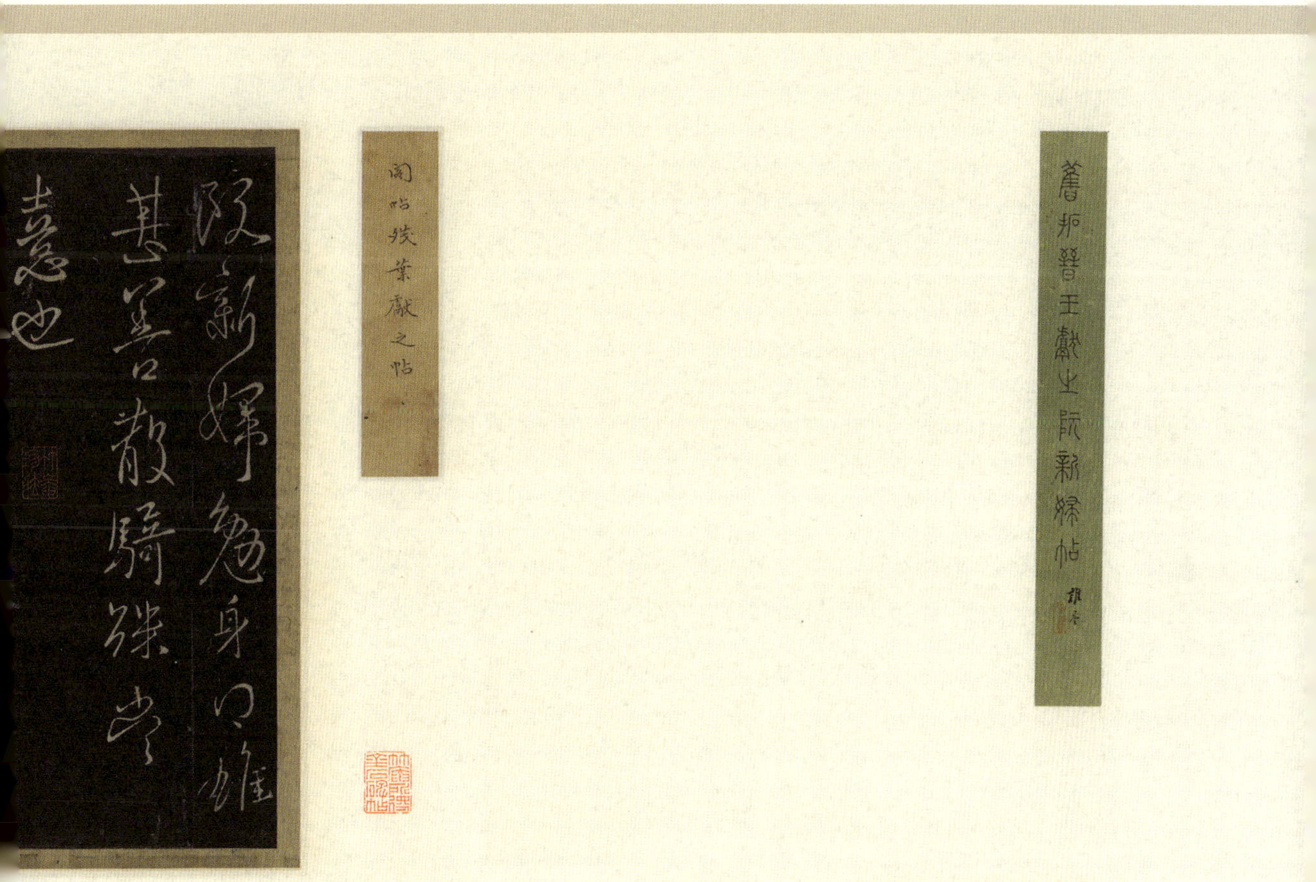

跋《集王圣教序》散叶

残拓散叶，视纸墨气息，当是嘉道时拓。跋者曼陀罗馆主人，亦不知其姓名。“鸣凤堂王氏所藏”朱文印，亦不知为何人。惟印不俗，似邓完白一路，尝见日人伊

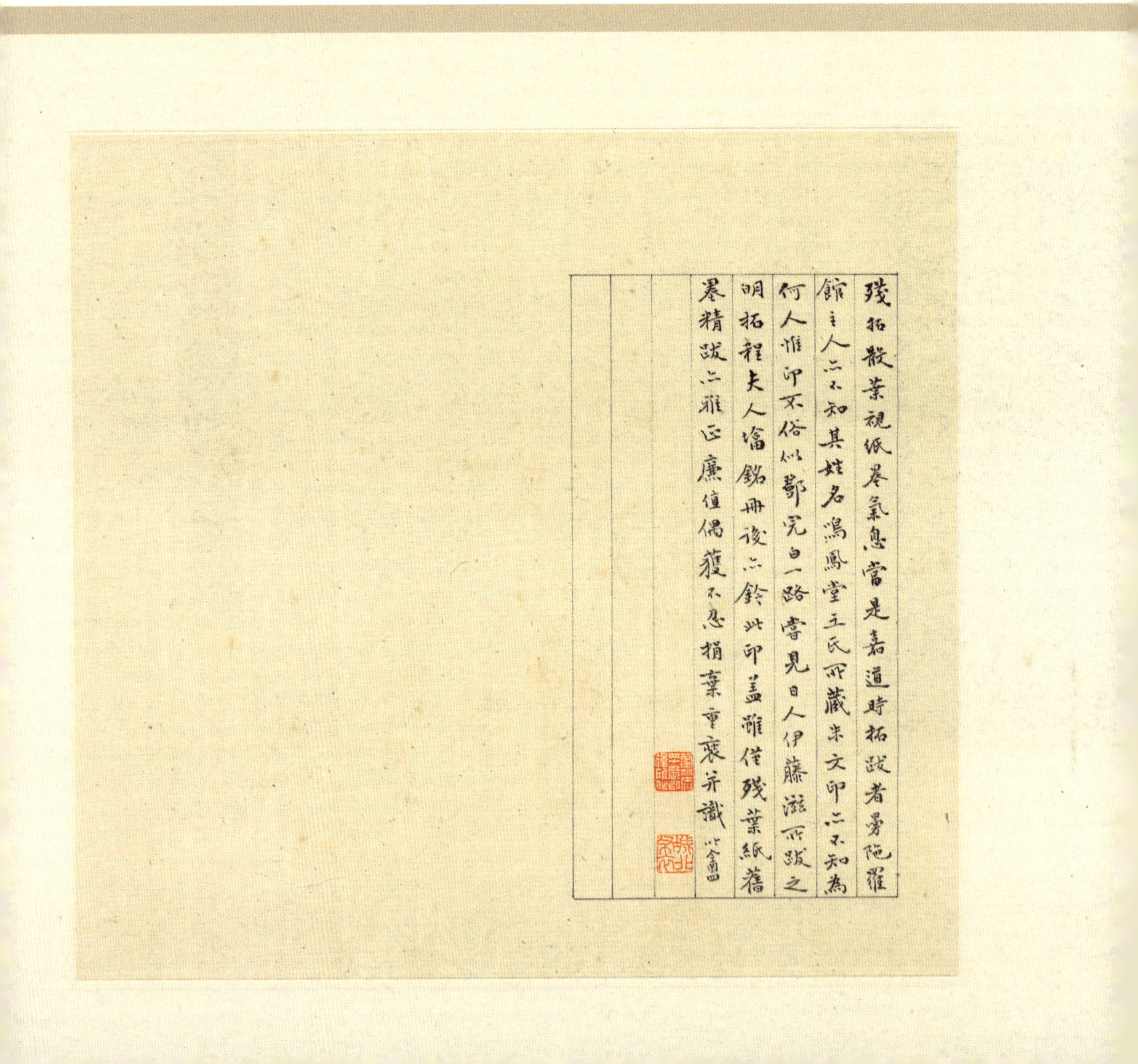
殘拓散葉視紙墨氣息當是嘉道時拓跋者曼陀羅
館主人亦不知其姓名鳴鳳堂王氏所藏朱文印亦不知為
何人惟印不俗似鄧完白一路嘗見日人伊藤滋所跋之
明拓程夫人塔銘冊後亦鈐此印蓋雖僅殘葉紙舊
墨精跋亦雅正廉值偶獲不忍捐棄重裝并識

藤滋所跋之明拓程夫人塔铭册后，亦钤此印。盖虽仅残叶，纸旧墨精，跋亦雅正。廉值偶获，不忍捐弃，重装并识。

竹庵

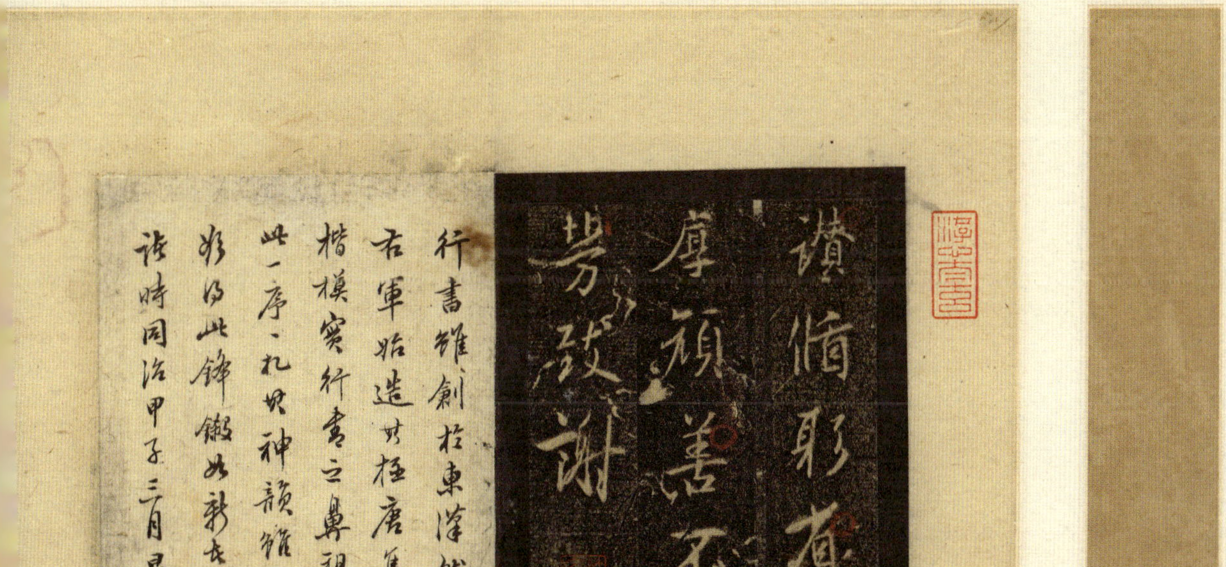

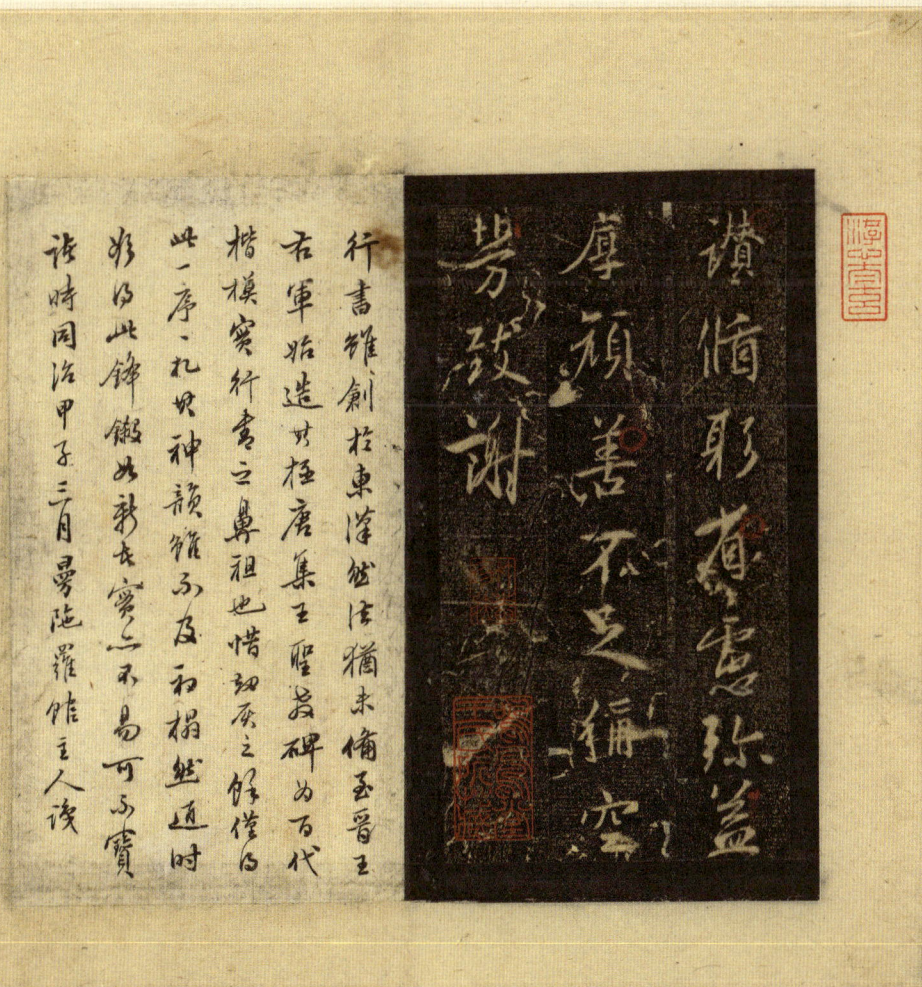

跋《石门潘宗伯等造桥阁记》[1]

一

石门此刻，故宫藏阮伯元乾隆间题跋本，考据与此无二，前人清初拓本考据云云，亦或乾嘉时仍存，不能仅以考据处断清初与乾嘉也。此刻整纸早本流传甚稀，余所见者三本。一为赵扔叔旧藏王襄题跋本，一为梁任公跋本与此清末欧阳辅、吴葭旧藏本。此本今归竹庵。辛丑岁寒记。

二

此石早佚，故石门十三品中所列为南宋人考释品。清季访碑所获始重见于世。此书合隶草法为一，盖去汉未远，宜其近古也。

竹庵又记

三

古之摩崖题记，书刻于露天岩壁之上，历经千载苔生水蚀，风化剥落。后人纸墨

① 《石门潘宗伯等造桥阁记》题字摩崖位于陕西汉中褒斜道石门摩崖中，有两段修制褒斜道镌的文字。左侧三行为三国魏景元四年（263），右侧一行刻于晋泰始六年（270）。题记随顺崖壁的起伏不平书写镌刻，书风近似《杨淮表记》。此拓本，钤收藏印多枚，为清末民国时期金石家欧阳辅、吴葭等旧藏。

传拓，视之别有朴拙之美，以笔墨拟于纸上，追其古意。碑学之兴。书法美学自唐宋帖学之局外，拓展边际，乃再发现，再创造之事也。此拓去岁所得，爱其古恣之气，重为装池，并识之。

辛丑冬月

竹庵

四

秋回故里，适值满地落叶时。穿陋巷，入小院，得明堂。座中有清癯少年，问余从何处来，具告知。壁间见摩崖拓本，纸古墨旧，字大如盘，点画消散错落，似较褒斜道诸品笔意更古厚。少年曰：此汉时窦少君书于巨鹿山间者，明季以雷击，山崩石坏，遂湮灭无闻，世存拓本，仅此也。见余徘徊其下，乃笑问：如何是好字？余答曰：如深刻，似飞动。少年默然不语，邀余至侧室，取钢琴黑胶播放，曲调低沉飞动，绕梁不绝，质地颇似堂中所悬摩崖之书者。曲罢，其目眶冉冉似有泪。余叹曰：世谓乐理通于书理，然不假其它（他），直到人心，则乐曲更有力云云。及辞别，少年复叹曰：当此不测之乱世，愿善自珍摄，网络失联时，可以书信互通也。乃互易地址，提笔竟茫然，不知身在何处，一时梦醒。今偶得褒斜道摩崖拓本，忆旧梦，恍然如昨，颇为奇之，遂记于此。

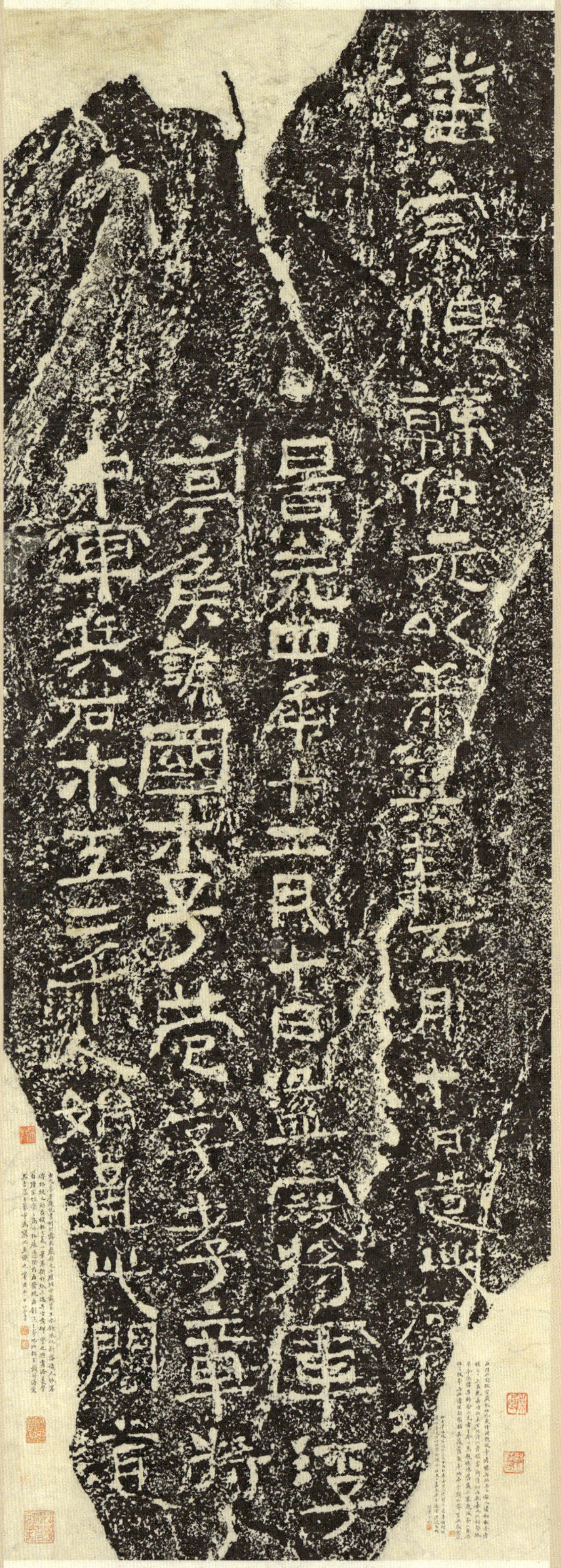
景元四年十二月十日盪寇將軍浮
亭侯譙國李苞字孝章將
中軍兵石木工二千人始通此閣道

古之摩崖題記書刻於露天巖壁之上歷經千載昝日水蝕風化剝落後人紙墨
傳拓視之別有模糊之美以筆墨擬於紙上追其古意碑學之興書法美學
自唐宋帖學之局外拓展邊際乃再發現再創造之事也此拓去歲所得㝡爱
石門此刻故宮藏既伯元乾隆間題跋本者據与此是二前人清初拓本考
據云亦或乾嘉時仍存不能僅以考據靈新清初与乾嘉也此刻整紙
早本流傳甚稀余所見者三本一為趙魏舊藏王
任之跋本与此清末歐陽輔吳蔭舊藏本此本今歸以蓉

金农旧藏《郙阁颂》题跋

一

《郙阁颂》原刻宋时即多泐损。南宋绍定间，知州田克仕为存古迹，据旧本重勒于略阳灵岩寺壁。原刻久处荒野，遂湮灭无闻。至清雍乾时因访碑乃得重见。宋刻因处名胜，便于传拓，故世传早本皆出此刻。是拓尾页早佚，所缺十二字，今据国图饮冰室藏乾嘉本双钩补齐。

竹庵

二

金农虽以书画名世，然博雅嗜古，精于鉴藏，所蓄古碑名帖尤能见其格调。惜生平所藏，历劫至今，流传甚稀，所见仅《华山庙碑》《上尊号碑》《国清寺铜磬经咒文》数种，皆存其藏印。另东瀛三井听冰阁藏《开母庙石阙铭》及上博所藏《常丑奴墓志》存其签题。此明拓《郙阁颂》金氏签题、藏印俱存，其后诸友题跋与《常丑奴志》同在康熙庚子秋冬之际。盖皆为其珍视之物也。

壬寅阳春获观并识于万花溪上

竹庵

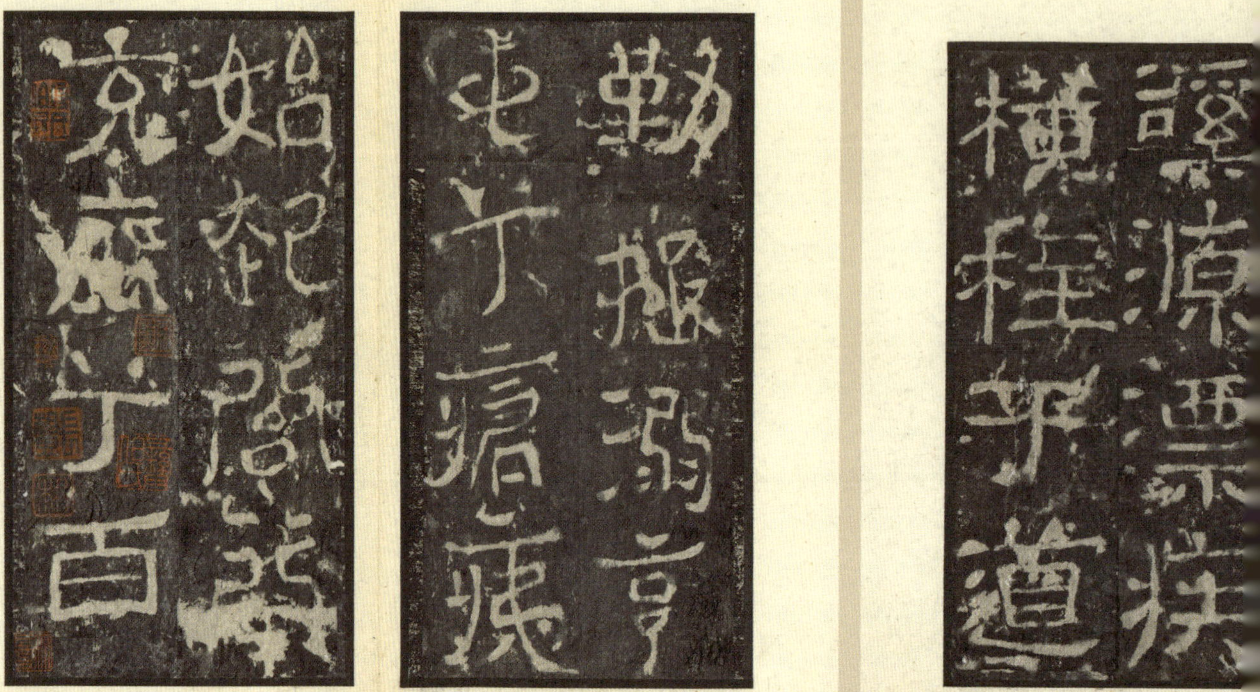

下与陳撰方士庶厲鶚為詩畫友金農於康熙辛丑嘗有畫蘭冊自題紙
尾寄程鳴与江炳炎之但此拓所鈐七芙蓉閣印即為程氏揚州宅邸

姚世鈺

字玉裁號蕙田歸安人少者譽負俊才嗜山水善交遊与金農厲鶚等
為莫逆之交詩文清雋高潔通經史有所考訂必詳核精當乾隆己未
中秋与金氏同觀鄣流五字蘭於汪氏之求是齋並於卷末追跋

壬寅二月

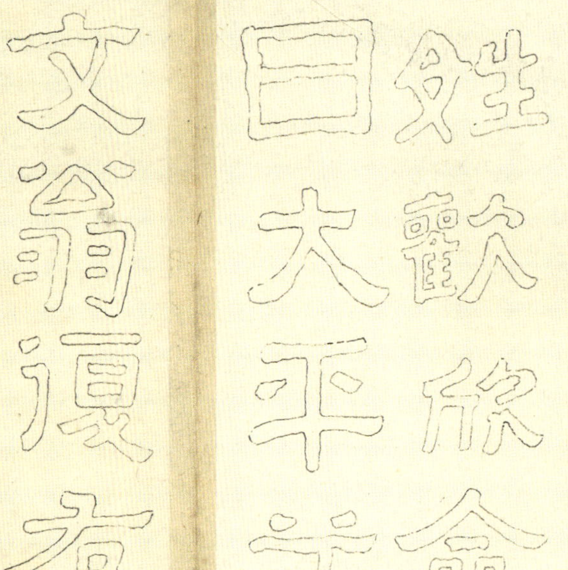

郙閣頌原刻宋時即多泐損南宋紹定間知州田克仁為存古跡據舊本重勒於略陽靈巖
寺壁原刻久處荒野遂湮滅無聞至清雍乾時訪碑乃得重見宋刻因處名勝便於傳
拓故世傳早本皆出此刻是拓尾頁早佚亦闕十二字今據國圖飲冰室舊藏乾嘉
本雙鉤補齊

漢李翕析里橋郙閣頌
惟斯析里
處漢之右

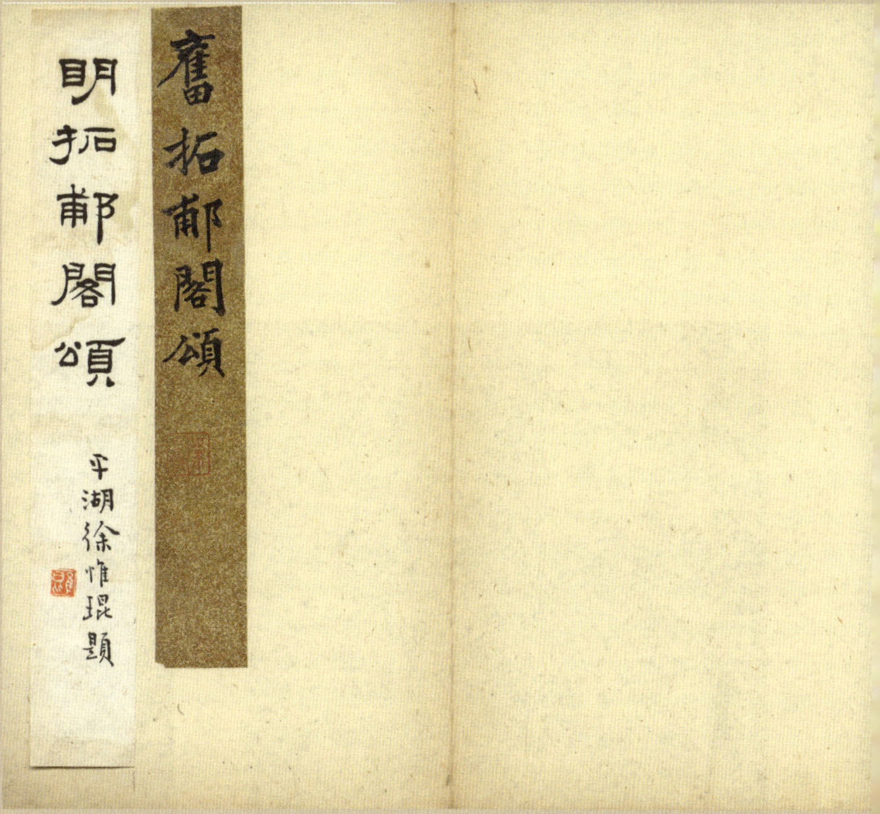
舊拓郙閣頌
明拓郙閣頌
平湖徐惟琨題

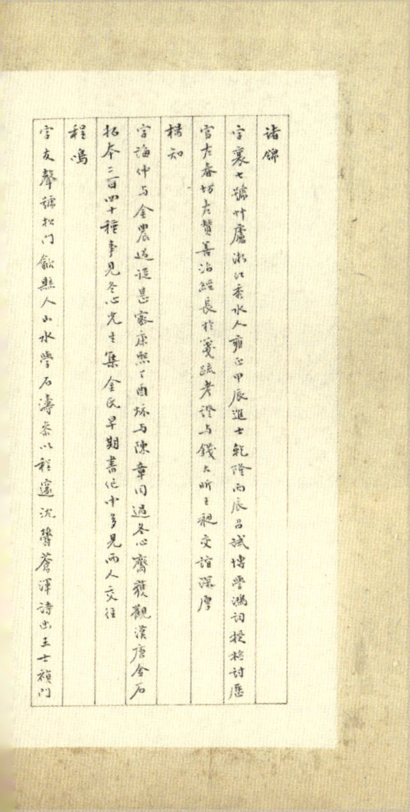
諸錦
字襄七號拜廬浙江秀水人雍正甲辰進士乾隆丙辰召試博學鴻詞授檢討歷官右春坊右贊善治經長於箋疏考證與錢大昕王昶交誼深厚
楊知
程鳴

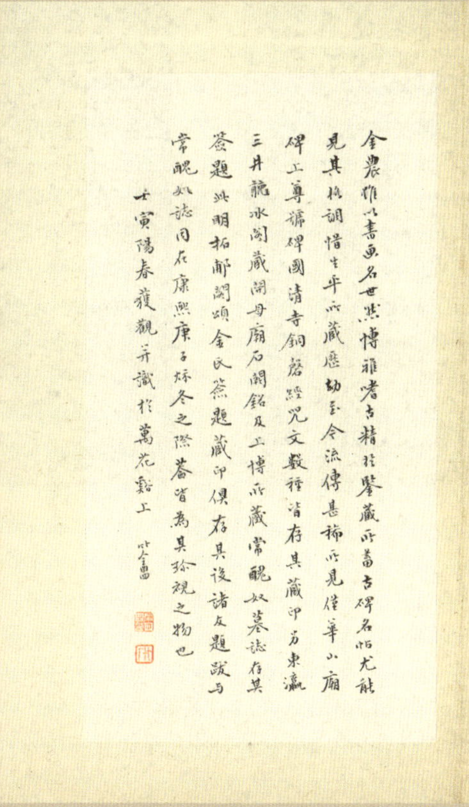
金農作以書畫名世然博雅嗜古精於鑒藏所蓄古碑名帖尤能見其抱調惜生平所藏歷劫至今流傳甚稀所見僅華山廟碑工尊碑國清寺銅磬經咒文數種皆存其藏印另東瀛三井聽冰閣藏開母廟石闕銘及工博所藏常醜奴墓誌存其簽題此明拓郙閣頌金氏簽題藏印俱存其後諸友題跋與常醜奴誌同在康熙庚子秋冬之際蓋皆為其珍視之物也
壬寅陽春獲觀并識於萬花谿上

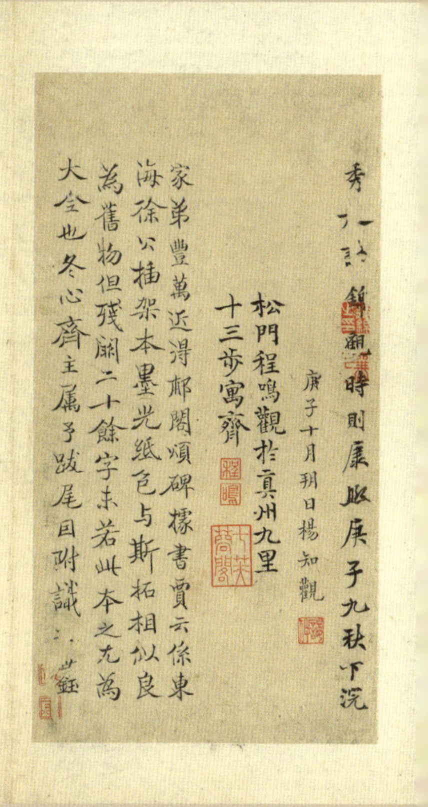
時則康熙庚子九秋下浣
庚子十月朔日楊知觀
松門程鳴觀於真州九里十三步寓齋
家弟豐萬近得郙閣頌碑隸書賈云係東海徐公插架本墨光紙色與斯拓相似良為舊物但殘闕二十餘字未若此本之尤為大全也冬心齋主屬予跋尾因附識

漢李翕析里橋郙閣頌

惟斯析里
處漢之右
溪源漂疾
橫柱于道

秀才許鎔觀時則康熙庚子九秋下浣

庚子十月朔日楊知觀

松門程鳴觀於真州九里
十三步寓齋

家弟豊萬近得郙閣頌碑據書賈云係東
海徐公插架本墨光紙色與斯拓相似良
為舊物但殘闕二十餘字未若此本之尤為
大全也冬心齋主屬予跋尾因附識之　世鉒

金農雖以書畫名世然博雅嗜古精於鑒藏所蓄古碑名帖尤能
見其格調惜生平所藏歷劫至今流傳甚稀所見僅華山廟
碑上尊號碑國清寺銅磬經咒文數種皆存其藏印另東瀛
三井聽冰閣藏開母廟石闕銘及上博所藏常醜奴墓誌存其
簽題此明拓郙閣頌金氏簽題藏印俱存其後諸友題跋與
常醜奴誌同在康熙庚子秋冬之際蓋皆為其珍視之物也
壬寅陽春獲觀并識於萬花谿上　竹全畫

跋《旧拓善业泥》

善业泥，至晚清金石学兴，士人以其模印书迹之美，始见著录。据《大唐西域记》载：“印度之法，香末为泥，作小窣堵波，高五六寸，书写经文，以置其中，谓之法舍利也。”其源似从此出。或以药与泥烧成，或以修行人骨灰与泥合制，以祈消

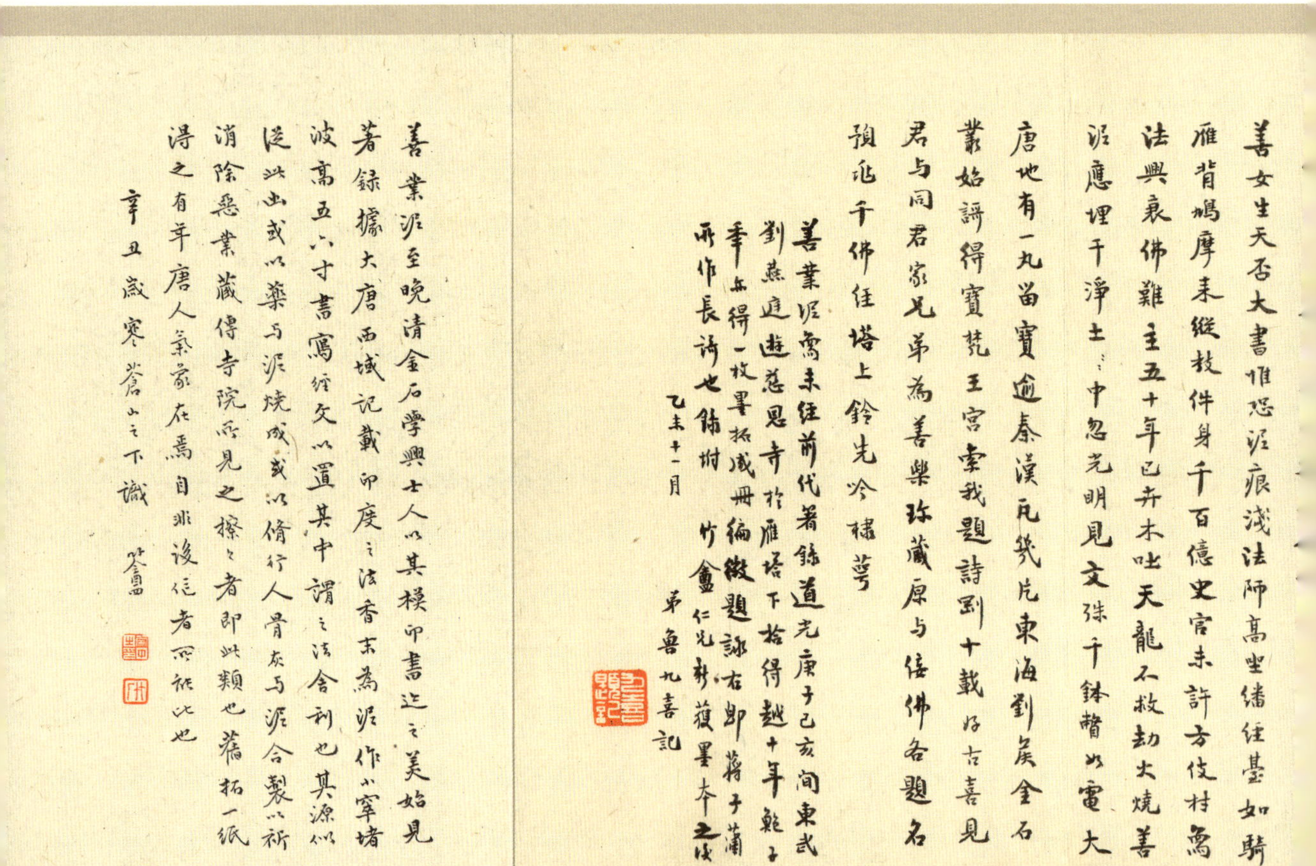

跋《旧拓善业泥》

除恶业。藏传寺院所见之擦擦者，即此类也。旧拓一纸，得之有年，唐人气象在焉，自非后作者所能比也。

辛丑岁寒苍山之下识

竹庵

题明拓《乙瑛碑》残本

汉碑每在庙堂之上，其书庄重谨严，多出名手。与其时竹简木牍书判然有别。清人以羊毫生纸习汉碑，笔下质朴浑厚，入古出新，自有创获。今人学隶，兼取简牍书，庄重谨严者少见，或流于荒率纤巧，或是笔意粗俗，去汉远矣，即清隶古质之气亦不复得也。此《鲁相乙瑛请置孔庙百石卒史碑》为汉碑名品。清季方朔评曰：字之方正沉厚，亦足称宗庙之美，百官之富。王篛林太史谓：雄古。翁覃溪阁学谓：骨肉匀适，情文流畅，汉隶之最可师法者。

余素爱此碑，十余年间，尝两至曲阜，徘徊碑前流连，不忍遽去。四年前偶得此残拓，按考据"辟"字二横尚存，乃四百年前物也。虽有前人涂染，亦足珍也，去岁重装，并摹王石谷《载竹图》，剪取重构作勘碑图于前，古人赏心乐事，当有如此者。

癸卯杏花于庭中盛开之际展观并识

竹庵

壬寅歲十月畫於蒼山之下
萬花谿畔

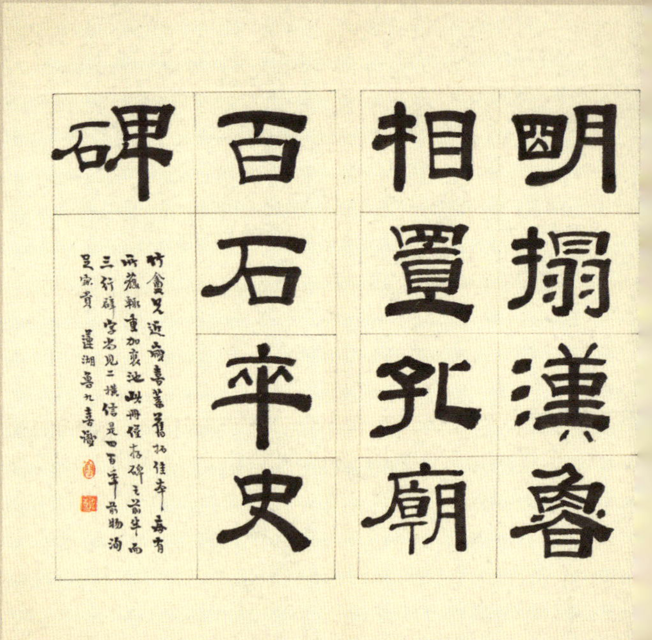
明搨漢魯相置孔廟百石卒史碑

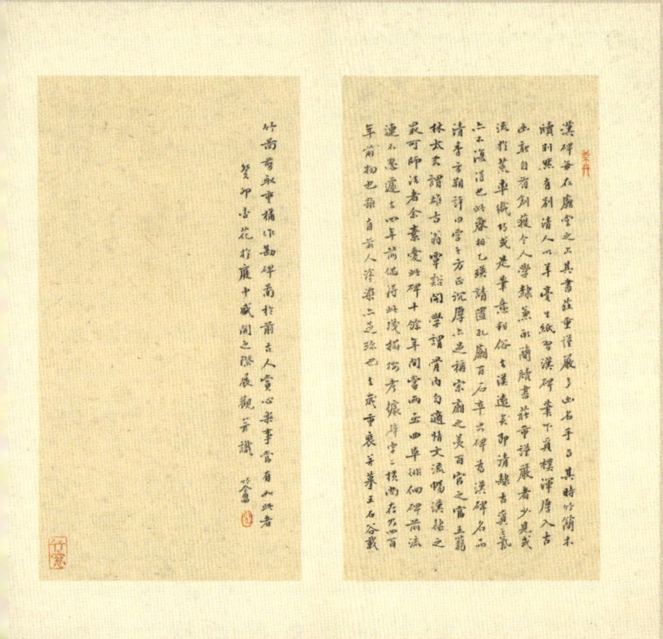

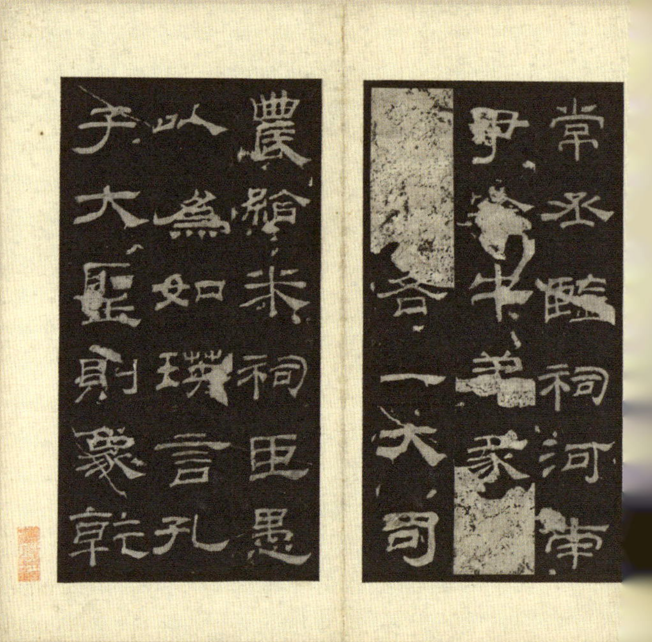

明拓漢聖廟碑記

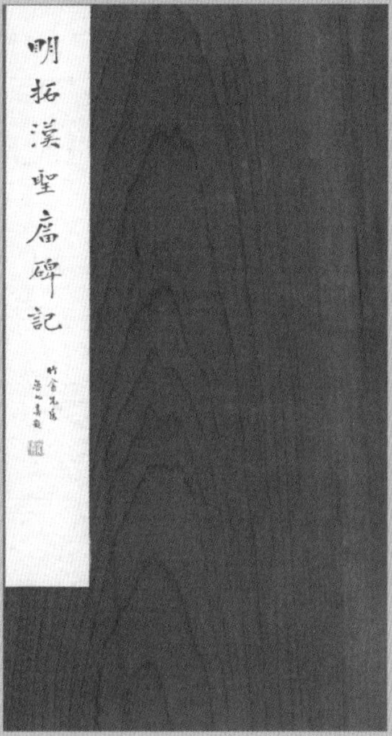
明拓漢聖廟碑記

年史鄭亭辭對
行祠先聖師侍
祠者孔子子孫
大宰大祝令各
一人皆備爵大

司徒臣雄司空
臣戒稽首言魯
前相瑛書言詔
書崇聖道勉
子作春秋
制孝經刪述五

跋《三砚斋金石文拓本》

此叶遐庵之旧藏，去岁偶得于京城。沈氏游于翁覃溪门下，所交多彼时之名士，所蓄金石文拓墨册，乃其历年之所获，师友之互赠，琳琅满目，集腋成裘者，又得众人品鉴题咏，遂成洋洋大观。于此可鉴乾隆时金石递藏之风，文人鉴赏之乐。盖古人金石学问，多从赏趣古欢中深入而来。所谓好之者不如乐之者，此之谓也。

辛丑岁杪识于万花溪上

竹庵

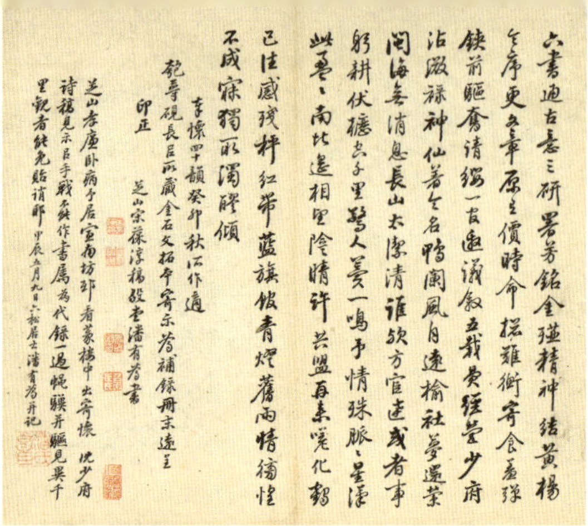
六書通古巷三研署芳銘金璜精神結黃楊
乍序更名章原主價時命揺雜衡寄食羞孫
鉄前軀奮清縱一古通識叙五載黄經營少府
沾溉祿神仙著名鴨闌風自遠榆社夢還棠
閩海無清息長山太傢清誰歟方宦遊者事
躬耕伏臘去子里驚人萎一鳴予情珠脈脈星漢
此卷卷南北遠相望陰晴許共盟再來箋化鶴
已往感殘杯紅帶藍旗鈸青煙舊雨情猶惶
不成寐獨取濁醪傾
李懷四十韻癸卯秋仍作適
匏尊硯長出所藏金石文拓本寄示為補錄冊末遠呈
印正
芝山宗蓀淳稿啟壹潘有為書
芝山存庵卧病予居宣南坊邸看蒙樓中出寄懷沈少府
詩稿見示且手戰不能作書屬為代錄一過悵驥并驅見異千
里觀者能免貽誚耶 甲辰五月九日六松居士潘有為并記

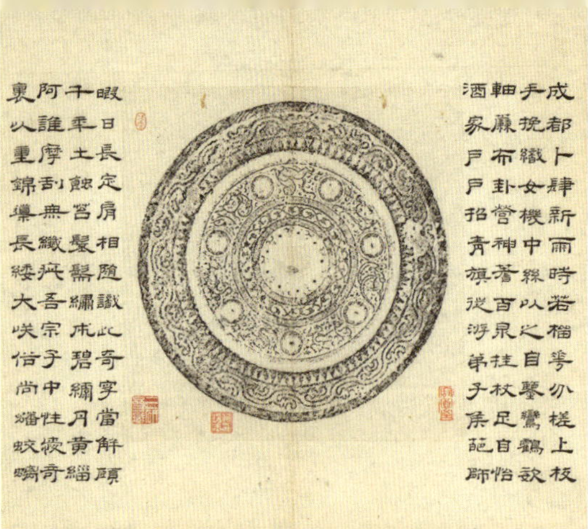
成都卜肆新雨時若楷亭外槎上枝
手挽織女機中絲以之自鑿鸞鶴歎
軸藤布卦營神蓍百泉挂杖足自怡
酒家戶戶招青旗從游弟子侯芭師
暇日長定肩相隨識此奇字當解頤
千年土蝕苔髮鬚繡床碧繡月黃緇
阿誰摩刮無纖疵吾宗子中性復奇
裹以重錦囊長綫大哄佔尚緇蛟螭

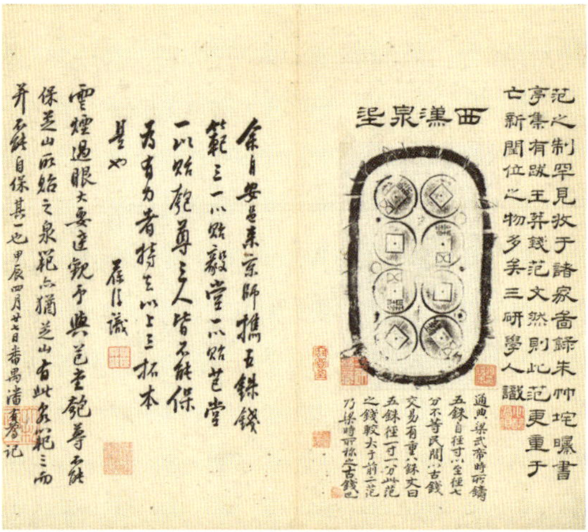
范之制罕見於諸家著録朱竹垞曝書
亭集有跋王莽錢范文然則此范更重于
亡新閏位之物多矣三研學人識
西漢泉笵
通典梁武帝時所鑄五銖自徑寸以至徑七分不等民間以古錢交易有重八銖文曰五銖徑一寸一分此范之錢較大于前二范乃梁時所稱之古錢也
余自安邑來京師攜五銖錢
範三以貽毅堂以貽芑堂
以貽匏尊三人皆不能保
其有力者持去以上三拓本
是也 蓀淳識
雲煙過眼大要達觀予與芑堂匏尊不能
保芝山所貽之泉範亦獨芝山有此泉範三而
并不能自保其一也 甲辰四月廿七日番禺潘有為記

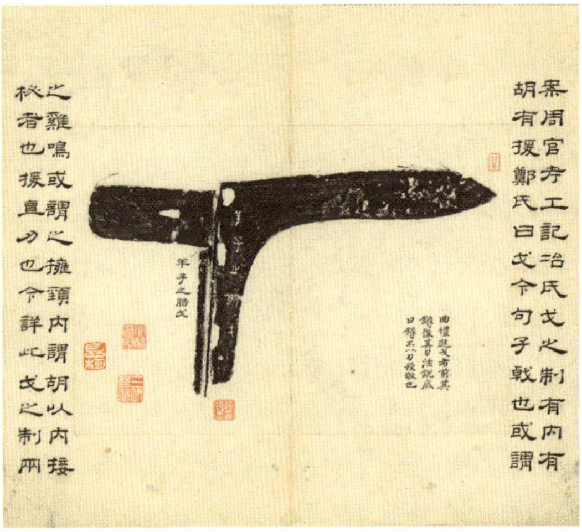
案周官考工記冶氏戈之制有內有
胡有援鄭氏曰戈今句子戟也或謂
之雞鳴或謂之擁頸內謂胡以內接
柲者也援直刃也今詳此戈之制兩
曲禮進戈者前其鐏後其刃注銳底曰鐏不以刃授敬也

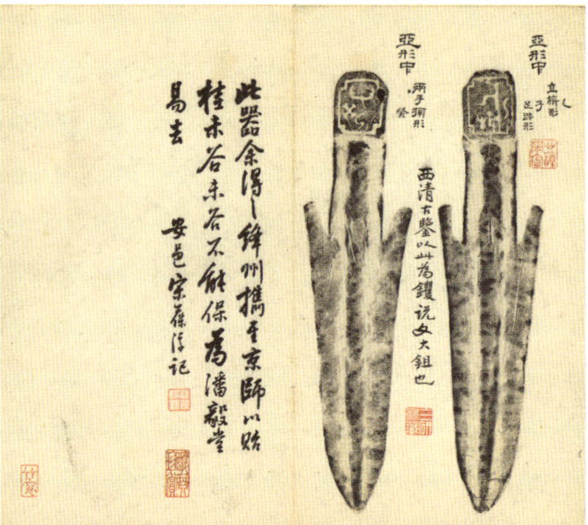
亞形中
亞形中
西清古鑑以此為鑊說文大鉏也
此器余得之絳州攜至京師以貽
桂未谷未谷不能保為潘毅堂
易去
安邑宋蓀淳記

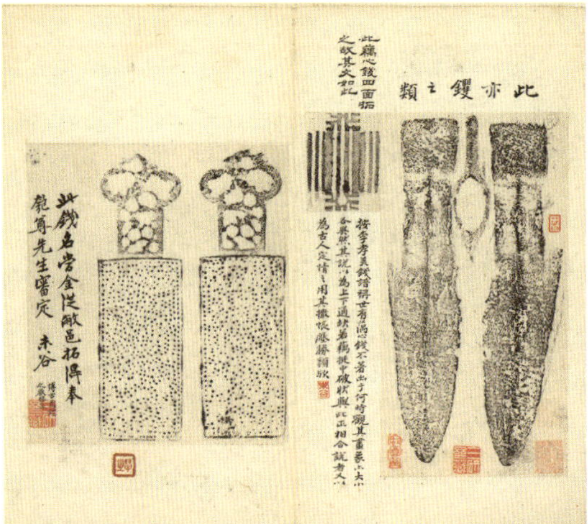
此亦鑊之類
此藕心錢四面拓之故其文如此
此錢名當金從敝邑拓得來
匏尊先生審定 未谷

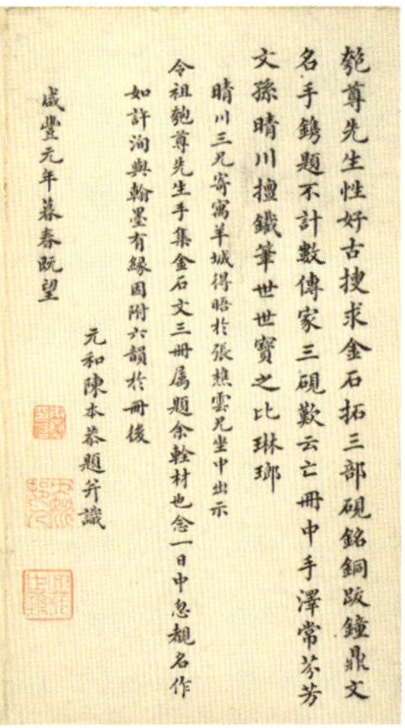
匏尊先生性好古搜求金石拓三部硯銘銅跋鐘鼎文
名手鐫題不計數傳家三硯歎云亡冊中手澤常芬芳
文孫晴川擅鐵筆世世寶之比琳瑯
晴川三兄寄寓羊城得晤於張熊雲兄坐中出示
令祖匏尊先生手集金石文三冊屬題余輇材也念一日中忽覩名作
如許洵與翰墨有緣因附六韻於冊後
元和陳本恭題并識
咸豐元年暮春既望

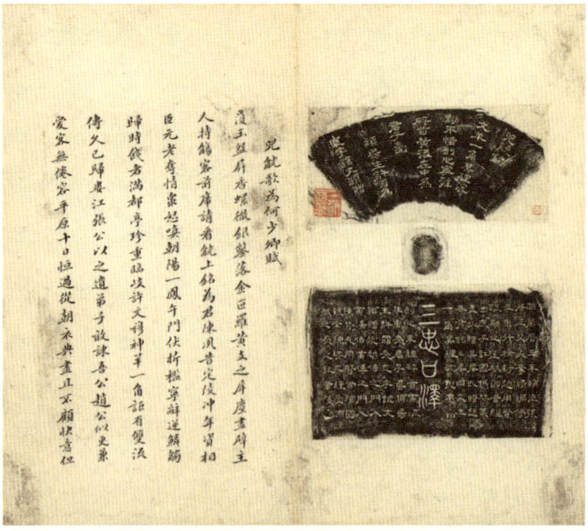
兕觥歌為何少卿賦
周玉盌斥秀蠑微銀鑿落金叵羅黃文之屏虞書辟主
人持觴客前席請看觥上銘為君陳風昔定陵冲年資相
臣元老尊情衆怨嗔朝陽一鳳午門伏折檻寧辭逆鱗觸
歸時餞者滿都亭珍重臨歧許文穆神羊一角詎有雙流
傳久已歸老江張公以之遺弟子敵詠當公適公似史兼
當家無倦容平原十日恒過從朝衣典盡且不顧狀意但

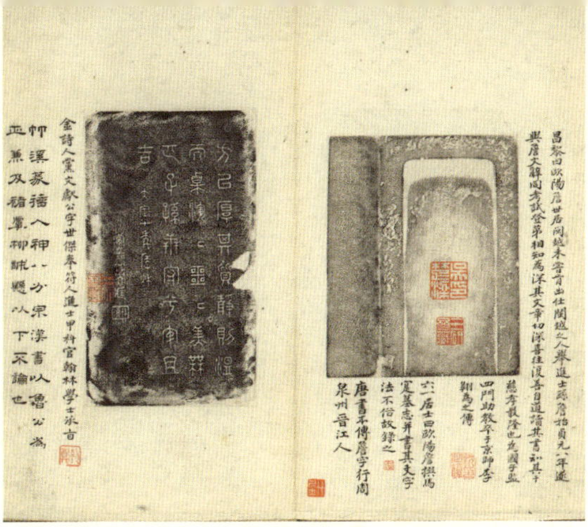

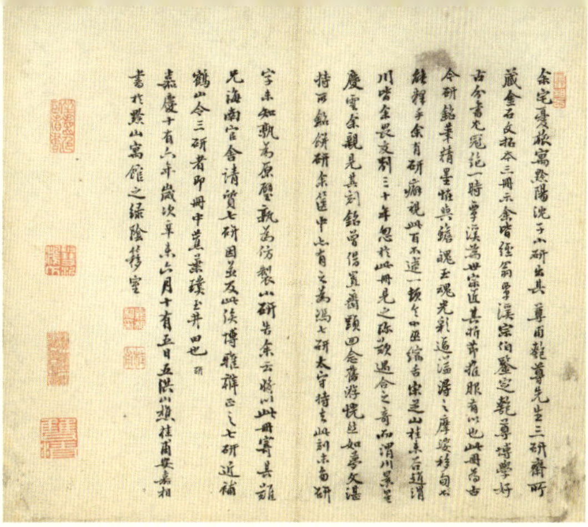

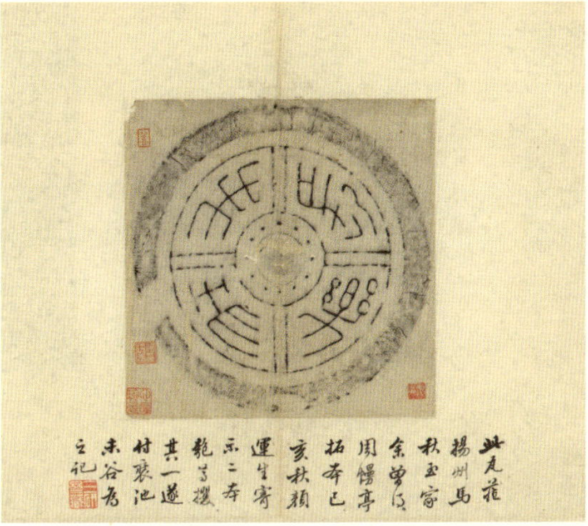

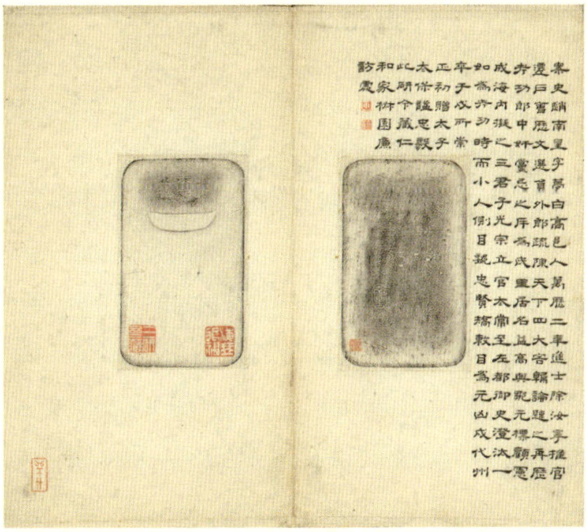

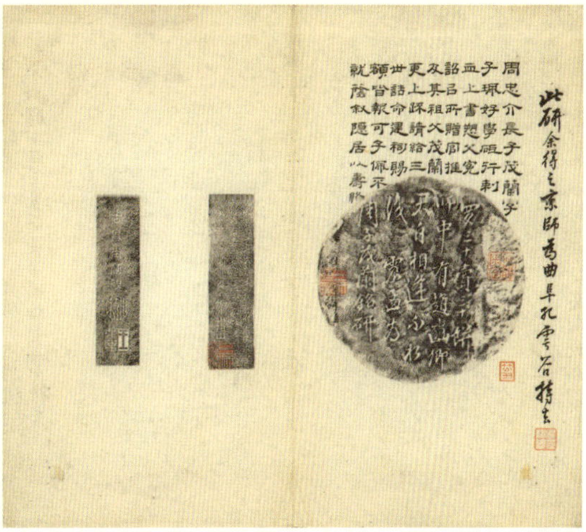

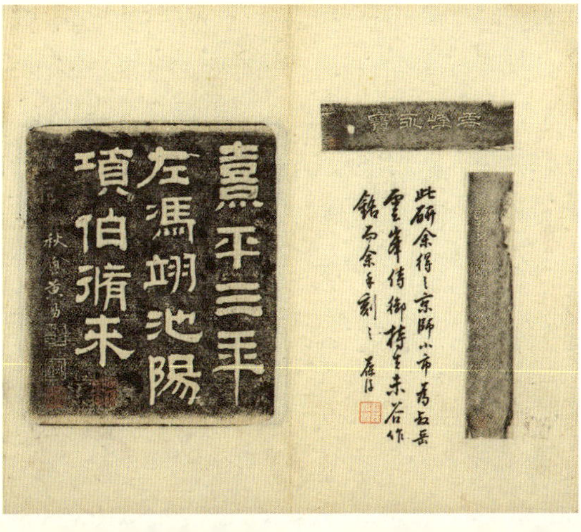
熹平三年
左馮翊池陽
項伯脩來

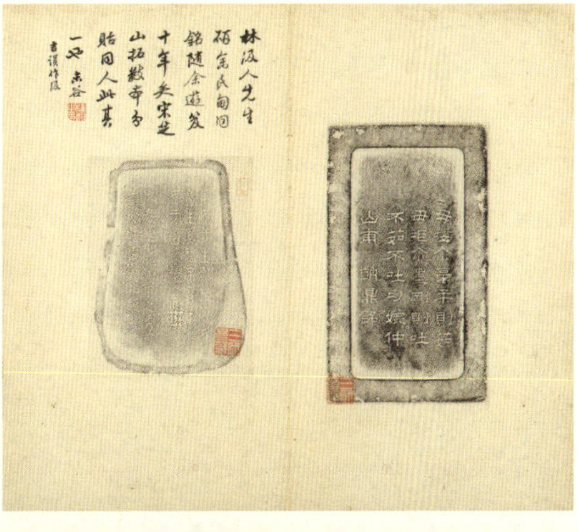

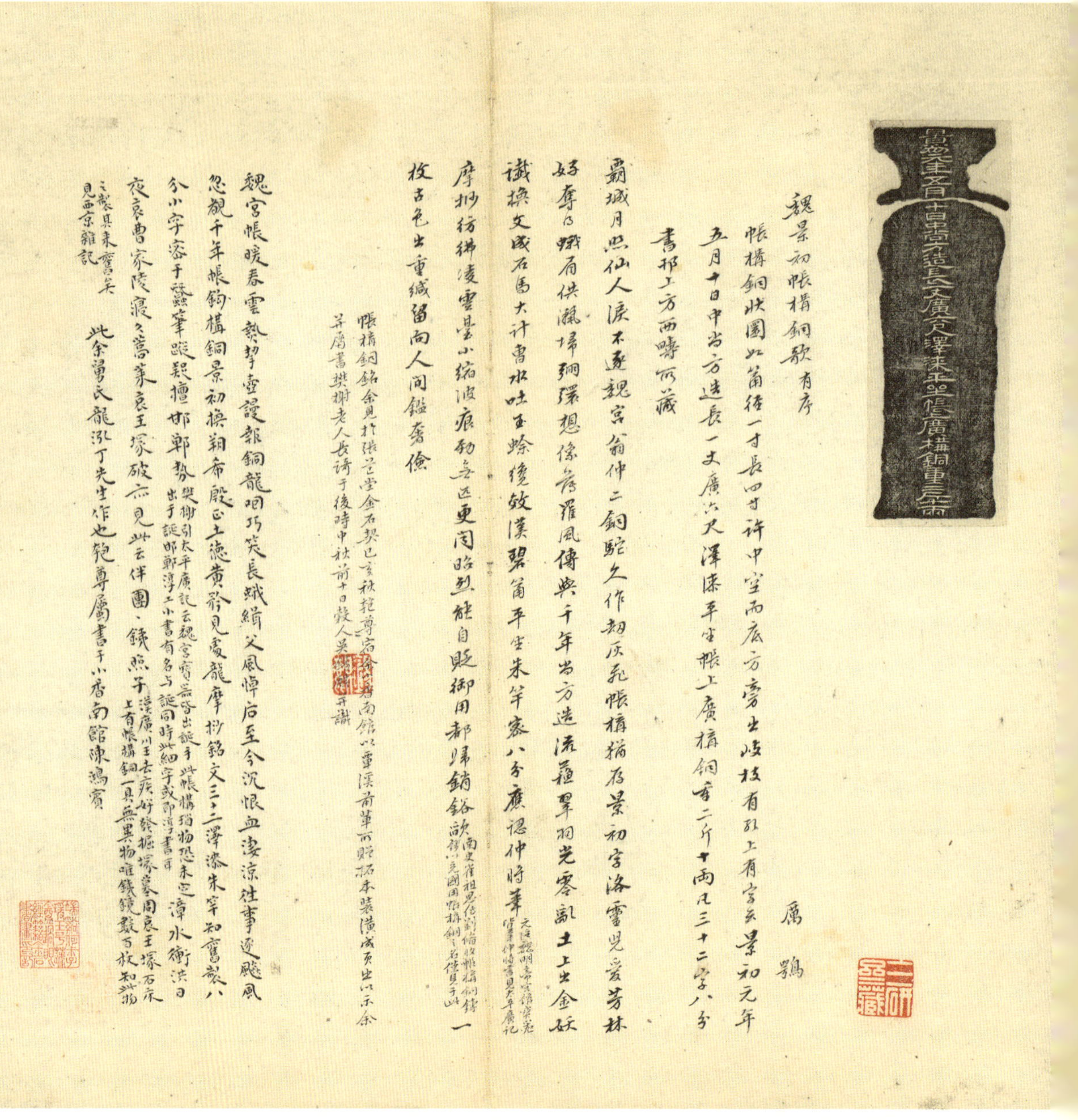

景初元年五月十日中尚方造長一丈廣六尺澤漆平坐帳廣構銅重二斤十兩

魏景初帳構銅歌 有序　厲鶚

帳構銅狀圓如筩徑一寸長四寸許中空而底方旁出歧枝有孔上有字云景初元年五月十日中尚方造長一丈廣六尺澤漆平生帳上廣構銅重二斤十兩凡三十二字八分書邗上方西疇所藏

鄴城月照仙人淚不逐魏宮翁仲二銅駝久作劫灰飛帳構猶存景初字洛靈兒愛芳林好奪乃蛾眉供灑埽珮環想像飛羅風傳與千年尚方造流蘇翠羽光零亂土上出金妖識換文成石馬大計書水吐玉蜍纏紋漢碧筩平生朱竿塞八分鹿認仲時華之注魏明帝宮作崇華殿皆華仲時書見太平廣記摩挲彷彿凌雲臺小縮波痕動無迹更問臨烈能自貶御用都歸銷鎔歛南史崔祖思傳劉備收帳構銅鑄錢以充國用帳構銅之名僅見于此一枚古色出重緘留向人間鑑奢儉

帳構銅銘余見於張芑堂金石契己亥秋抱尊宿余香南館以覃溪前輩所貽拓本裝潢成頁出以示余并屬書樊榭老人長詩于後時中秋前十日穀人吳錫麒識

魏宮帳暖春雲熱挈壺謏報銅龍咽巧笑長蛾繡父風悼后至今沉恨血淒涼往事逐飄風忽覩千年帳鉤構銅景初換詔希殿正土德黃豫見處龍摩挲銘文三十二澤漆朱窂知舊製八分小字密于蠶筆蹤疑擅邯鄲勢樊榭引太平廣記云魏宮寶器皆出誕手此帳構猶物恐未必出于誕邯鄲淳工小書有名與誕同時此細字或即淳書耳漳水衝洪日夜衰曹家陵寢久蒿萊哀王塚破亦見此云伴團團錢照于漢廣川王去疾好發掘塚墓周哀王塚石床上有帳構銅一具無異物唯鐵鏡數百枚知此物之製其來舊矣見西京雜記

此余舅氏龍泓丁先生作也匏尊屬書于小香南館陳鴻賓

云倨謂胡微直而邪多以啄人則不

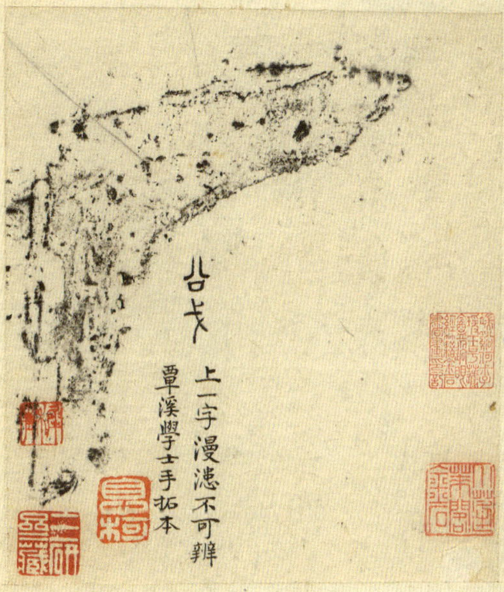

入句謂胡曲多以啄人則創不決既謂之啄則若鳥咮然不容其力之端上向而直也今觀夏商彝器銘款有作人形執戈荷戈者其戈皆横如斧戉胡垂枝直而鋭若鳥咮正與考工治人之説互相發明也

三研學人沈心醇跋

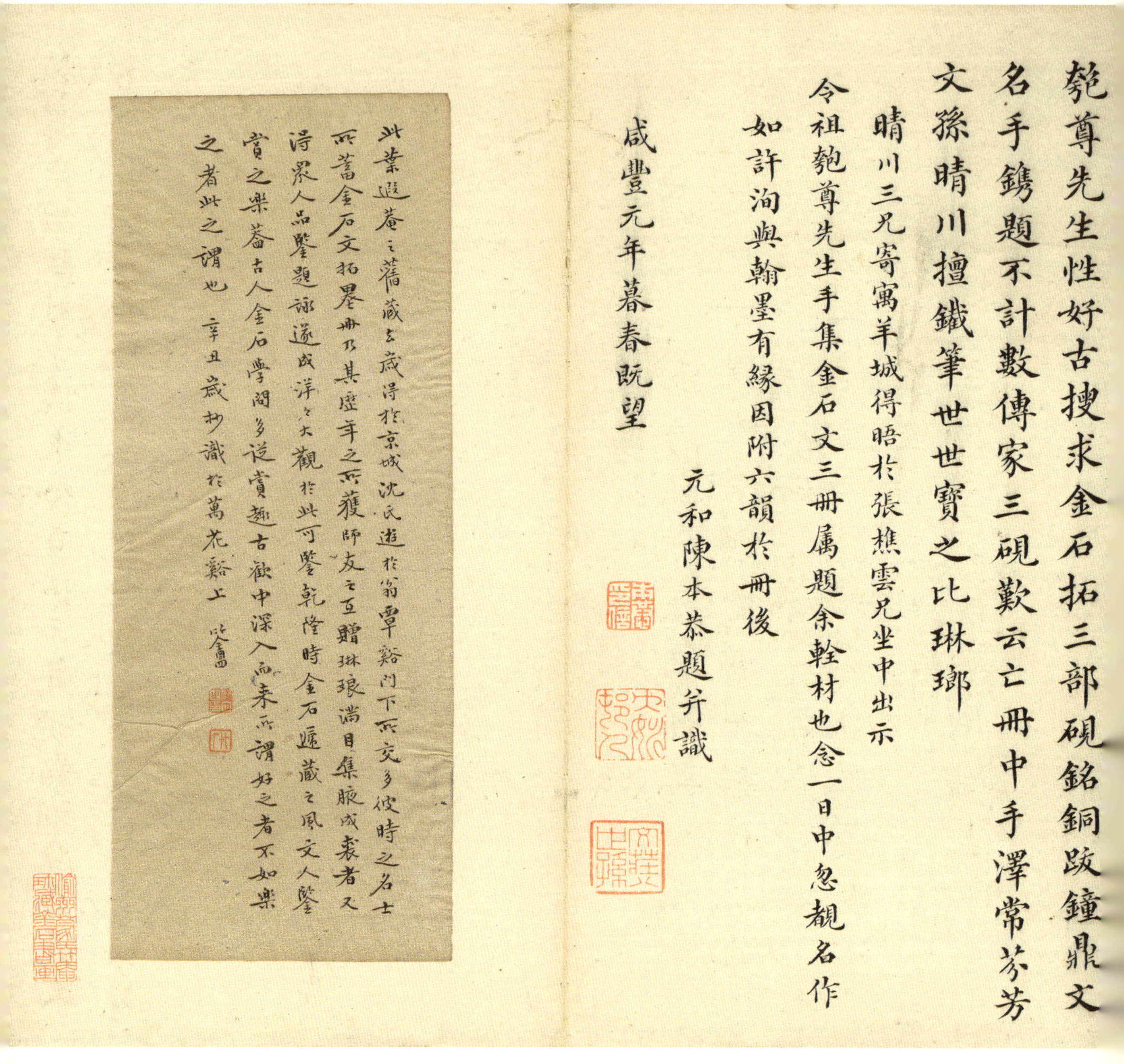

匏尊先生性好古搜求金石拓三部硯銘銅跋鐘鼎文
名手鐫題不計數傳家三硯歎云亡冊中手澤常芬芳
文孫晴川擅鐵筆世世寶之比琳瑯
晴川三兄寄寓羊城得晤於張樵雲兄坐中出示
令祖匏尊先生手集金石文三冊屬題余輇材也念一日中忽覯名作
如許洵與翰墨有緣因附六韻於冊後
元和陳本恭題并識
咸豐元年暮春既望

此葉遐菴〻舊藏去歲得於京城沈氏遊於翁覃谿門下所交多彼時之名士
所蓄金石文拓墨冊乃其歷年之所獲師友〻互贈琳琅滿目集腋成裘者又
請衆人品鑒題詠遂成洋〻大觀於此可鑒乾隆時金石遞藏之風文人鑒
賞之樂蓋古人金石學問多從賞趣古歡中深入而來所謂好之者不如樂
之者此之謂也　辛丑歲杪識於萬花谿上　竹盦

嬰年太夫人貽古布為某具今细審了与洪遵泉志所載異布一品合𣏟作𣏟洪志稍為不同西清録列之王莽貨布之後予以莽惜財薄貨今傳契刀貨布無異此之大者𣏟字或是什字之反文 張塤舊跋

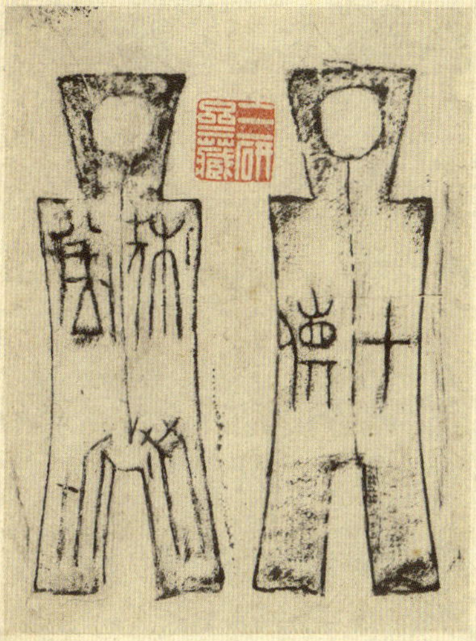

漢書天鳳二年改作貨布長二寸五分廣一寸首長八分有奇廣八分其圜好徑二分半足枝長八分間廣二分其文右曰貨左曰布重二十五銖今以建初銅尺度之皆不爽豪髮

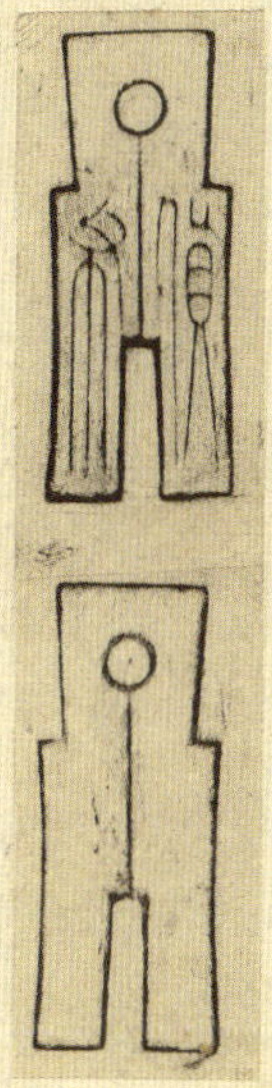

乾隆三十二年八月因泉城西之濼沱黎氏掘得古錢間於官家見時倅此州暫丁大番鎮視其役獲貨布若干契刀若干貨布長今尺一寸八分重五錢文右曰貨左曰布按王莽初鑄錢曰契刀曰大黄布刀後沛劉氏為金刀改作布則有曰大布曰次布曰弟布曰壯布曰中布曰差布曰厚布曰幼布曰幺布者最後天鳳元年罷大小錢造貨布形模与諸布無二此所拓銘是也因泉所掘得者亦即此錢也 四十五年三月 乾尊裝此銘因記其後

跋来燕榭本《印存玄览》

是册旧为容氏来燕榭中物，今人择残卷影印，分享同好。庚子春，村居避疫，心事忧闷，网购一册，聊遣悒结。时读明人居节《暮春闲居》诗："阴阴垂柳午风微，门巷新晴燕子飞。别院茶香将谷雨，小窗人病未春衣。闲题矮纸轻磨墨，卧读残书静掩扉。大似深山最深处，苍苔白石客来稀。"心有戚戚焉。田间此际菜花已谢，檐下新燕颉颃，陌上行人寥寥。苍山残雪于夕照中尤为可怜。

庚子三月初八记于万花溪上

竹庵

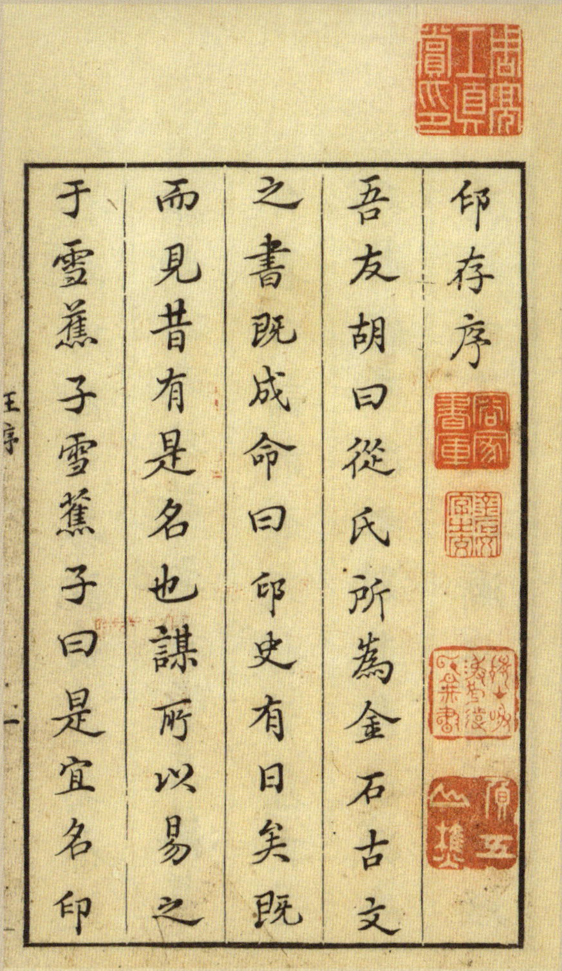

印存序

吾友胡曰從氏所爲金石古文之書既成命曰印史有日矣既而見昔有是名也謀所以易之于雪蕉子雪蕉子曰是宜名印

王序　一

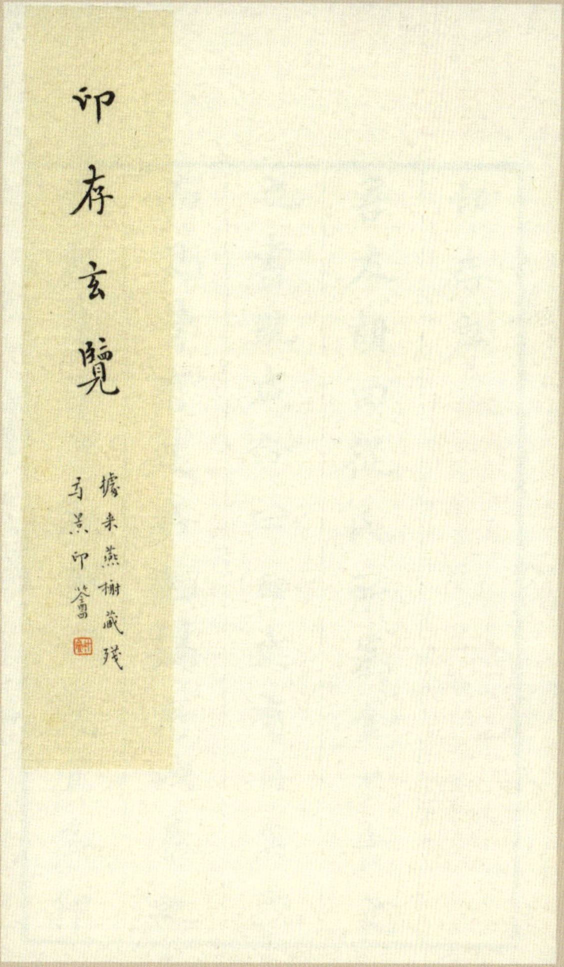

印存玄覽

據來燕榭藏殘本景印　蒼

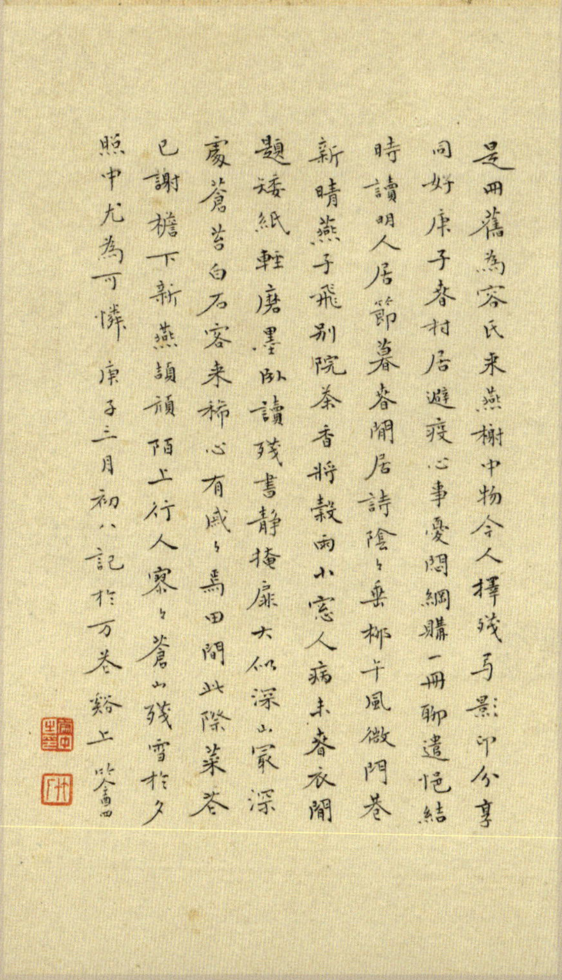

是冊舊爲容氏來燕榭中物令人擇殘本影印分享同好庚子春村居避疫心事憂悶網購一冊聊遣悒結時讀明人居節暮春閒居詩陰陰垂柳午風微門巷新晴燕子飛別院茶香將穀雨小窗人病未春衣閒題矮紙輕磨墨臥讀殘書靜掩扉大似深山最深處蒼苔白石客來稀心有戚戚焉田間此際菜花已謝檐下新燕頡頏陌上行人寥寥蒼山殘雪於夕照中尤爲可憐　庚子三月初八記於万卷谿上　蒼

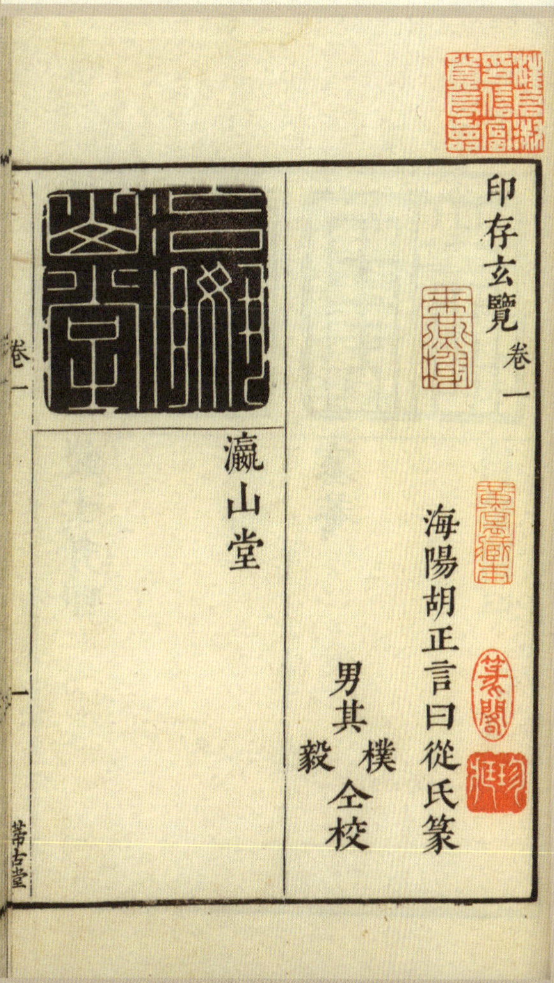

印存玄覽　卷一

瀛山堂

海陽胡正言曰從氏篆

男其樸　其毅　仝校

卷一　一

十竹齋

跋东雅堂印宋刻《韩愈集》残本

东雅堂景（影）刻宋版韩集，原藏伪满洲国宫中。民国卅四年秋，日人投降，溥仪仓皇逃亡，以至所留国宝佚散，书卷图册备受劫掠，此乃近代文物流失之伤心事件也。此残卷为艺风堂后人缪禄保于同德殿故纸中捡得，转赠清史学家王钟翰者。王氏逝后，又辗转归余。劫余锦灰，每一展卷，想见其五百年来所经之劫数，辄为之太息不已。

岁辛丑仲秋

竹庵识

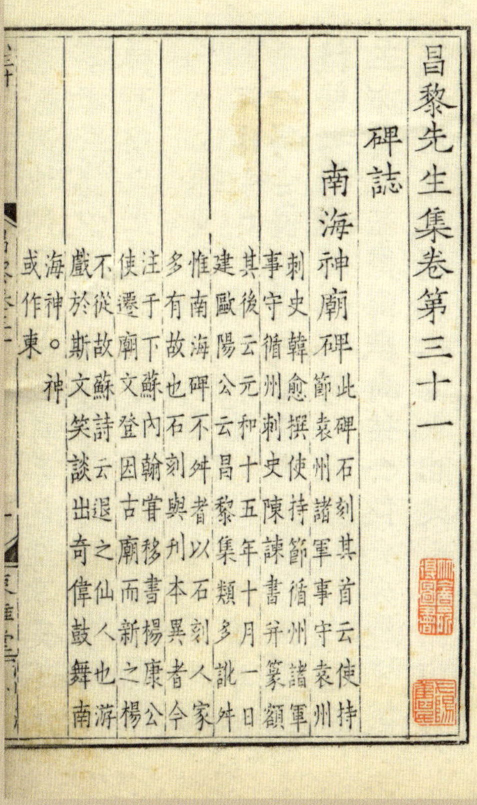
昌黎先生集卷第三十一
碑誌
南海神廟碑 此碑石刻其首云使持節袁州諸軍事守袁州刺史韓愈撰使持節循州諸軍事守循州刺史陳諫書并篆額其後云元和十五年十月一日建歐陽公云昌黎集類多訛舛惟南海碑不舛者以石刻人家多有故也石刻與刊本異者今注于下蘇內翰嘗移書楊康公使遷廟文登因古廟而新之楊不從故蘇詩云退之仙人也游戲於斯文笑談出奇偉鼓舞南海神。神或作東。

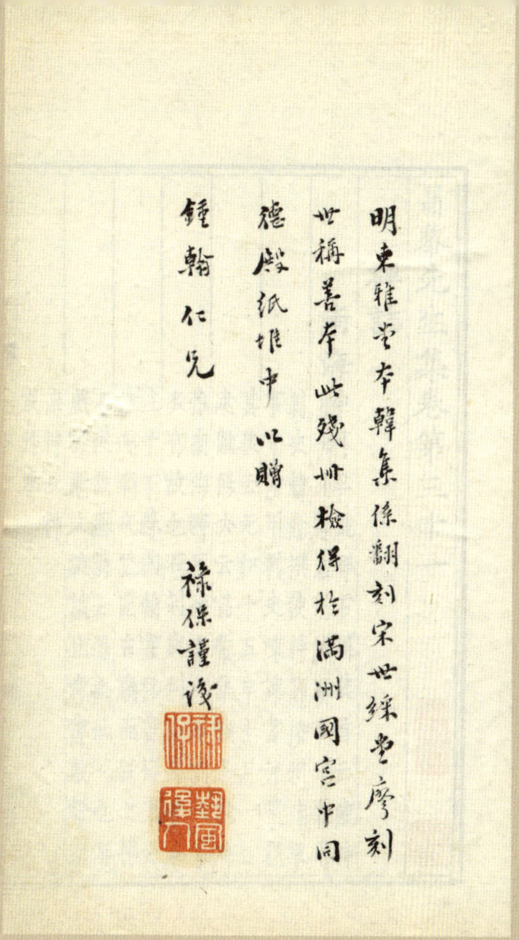
明東雅堂本韓集係翻刻宋世綵堂廖刻
世稱善本此殘卌檢得於滿洲國宮中同
德殿紙堆中以贈
鍾翰仁兄
祿保謹識

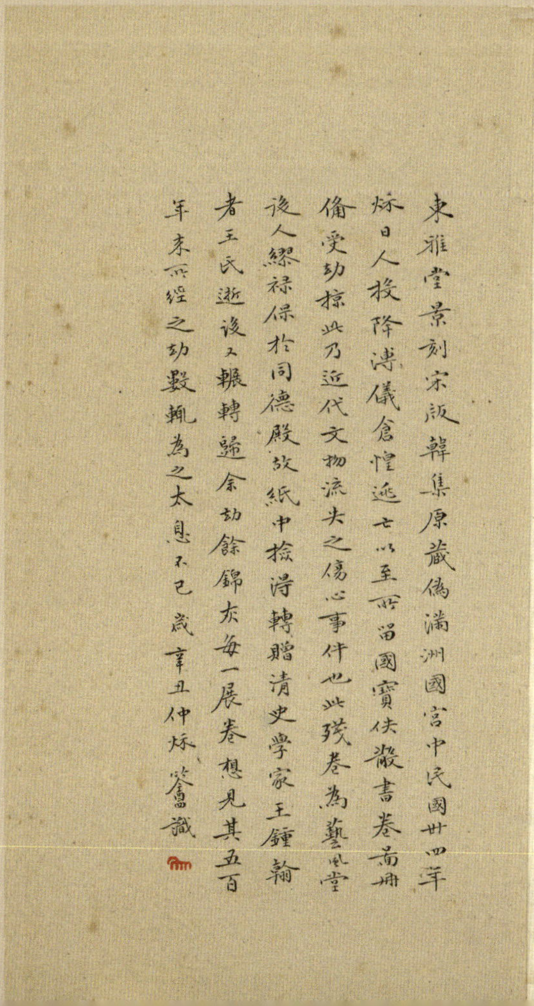
東雅堂景刻宋版韓集原藏偽滿洲國宮中民國卅四年
秌日人投降溥儀倉惶逃亡以至所留國寶佚散書卷首冊
備受劫掠此乃近代文物流失之傷心事件也此殘卷為藝風堂
後人繆祿保於同德殿故紙中檢得轉贈清史學家王鍾翰
者王氏逝後又輾轉歸余劫餘錦灰每一展卷想見其五百
年來所經之劫數輒為之太息不已 歲辛丑仲秌 盦識

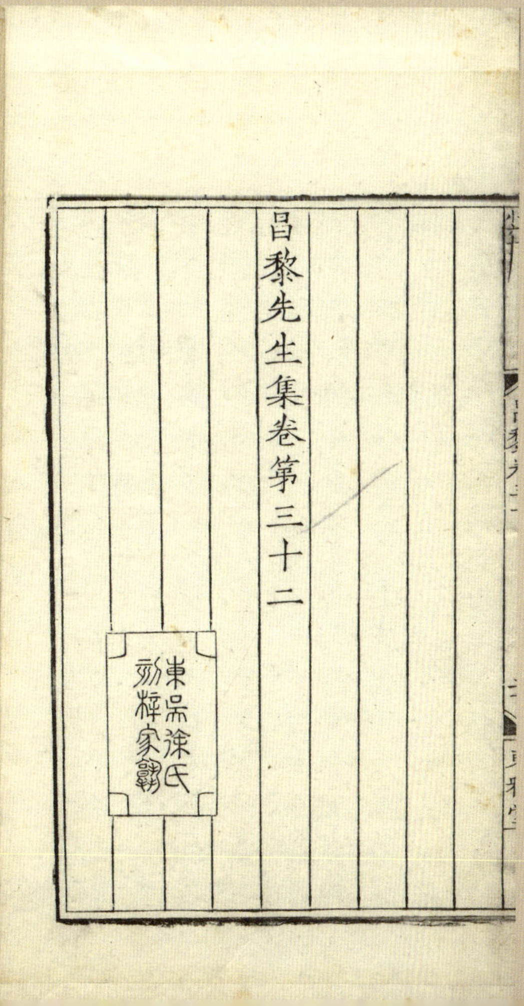
昌黎先生集卷第三十二

跋影宋本《陶渊明文集》

世传苏体陶集，据钱牧斋《绛云楼题跋》云："北宋刻《渊明集》十卷，文休承定东坡书。虽未见题识，书法雄秀，绝似《司马温公墓碑》，其出坡手无疑。镂版精好，清华苍老之气，凛然于行墨之间，真稀世之宝也。"

钱氏所见者，今已不存。刻本多见嘉庆十二年京江鲁氏景（影）刻康熙毛氏汲古阁重刻苏写本。此亦为晚近著名复刻之一种。底本为光绪六年胡伯蓟所临汲古阁者。卷尾存陈澧题记一则。

世多慕陶公者，复亦多爱苏。苏书陶集，宋时已然成风，或为真迹，或出伪托，故已难辨。然二公之为后人所仰者，又岂在仅诗文与书迹哉！读其诗文，赏其书迹，想见其为人。盛名千秋之不朽，良有以也。

竹庵识

世傳蘇體陶集據錢牧齋絳雲樓題跋云北宋刻淵明集十卷文休承定東坡書雖未見題識書法雄秀絕似司馬溫公墓碑其出坡手無疑鏤版精好清華蒼老之氣凜然於行墨之間真稀世之寶也錢氏所見者今已不存刻本多見嘉慶十二年京江魯氏景刻康熙毛氏汲古閣重刻蘇寫本此亦為晚近著名覆刻之一種底本為光緒六年胡伯薊所臨汲古閣者卷尾有陳澧題記一則世多慕陶公者復亦多愛蘇蘇書陶集宋時已然成風或為真迹或出偽托故已難辨然二公之為後人所仰者又豈在僅詩文與書迹哉讀其詩文賞其書迹想見其為人感召千祀之不朽良有以也

[illegible]識

淵明小像

陶淵明文集卷第一

詩

停雲 并序

停雲思親友也罇湛新醪園列初榮願言不從歎息彌襟云爾

靄〻停雲濛〻時雨八表同昏平路伊阻靜寄東軒春醪獨撫良朋悠邈搔首延佇停雲靄〻時雨濛〻八表同昏平陸成江有酒有酒閑飲東牕願言懷人

跋谭吉璁《鸳鸯湖棹歌八十八首和韵》

昔朱竹坨旅食潞河，寄怀风土，作《鸳鸯湖棹歌》百首。简寄远宦榆林之表弟谭舟石。谭氏依韵和之，中多“塞上雕弓明月弯，时时泣向大刀环”之叹，盖写大漠边关远宦之情者。江南塞上，遥相呼应，一时佳话也。后之仿者不绝。旧刻多见乾隆四十年朱芳衡写刻本《鸳鸯湖棹歌》，为朱、谭唱和合编，后附陆和仲、张芑堂和作。此朱芳衡写刻谭氏和作之单册，前年避疫所得。余幼时于嘉陵江畔，曾闻川江船歌号子，沉郁铿锵，磅礴有力，盖生长山水间，栖身于激流险滩里之下里巴人所作。自别于江南水乡之旖旎柔情，又非塞上大漠孤烟，长河落日之孤苦悲怆。此所谓山川地域不同，人物性情自别，感发抒怀随之亦异也。闲中读过，使人颇起莼鲈之思。

壬寅暮春，记于万花溪上

竹庵

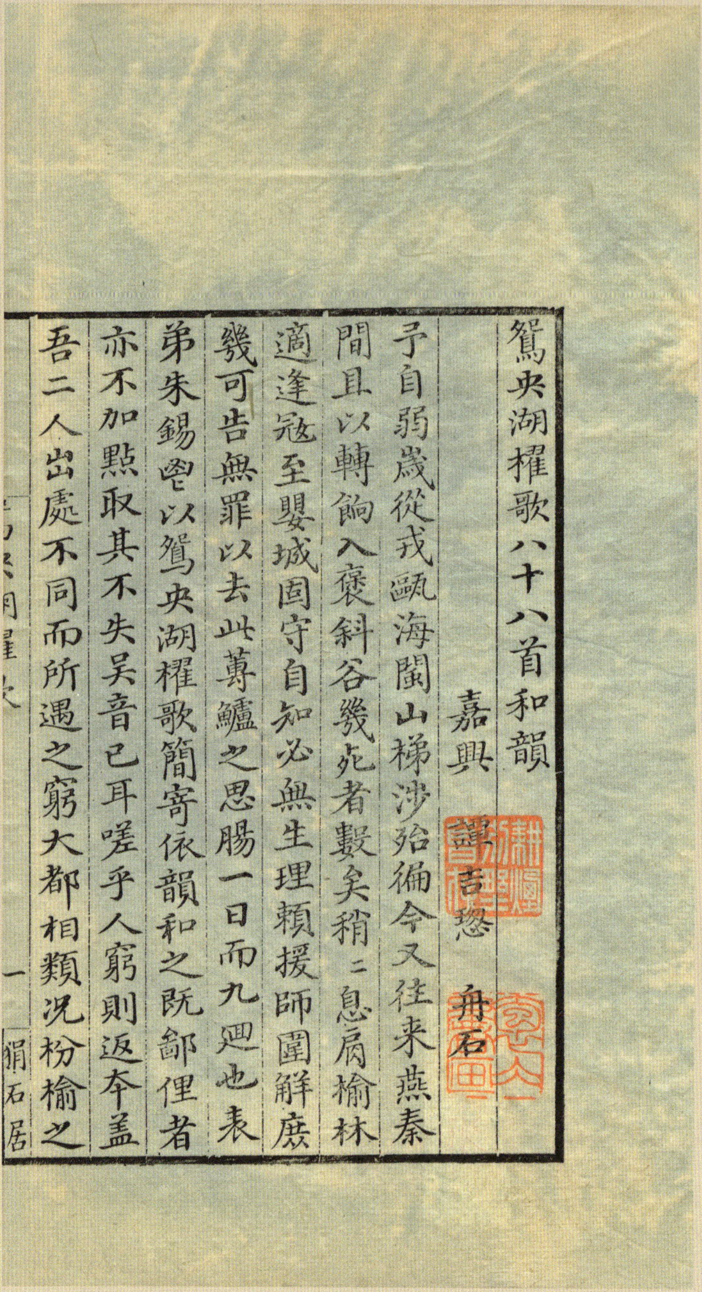

鴛鴦湖櫂歌八十八首和韻

嘉興 譚吉璁 舟石

予自弱歲從戎甌海閩山梯涉殆徧今又往来燕秦間且以轉餉入褒斜谷幾死者數矣稍稍息肩榆林適逢寇至嬰城固守自知必無生理賴援師圍解庶幾可告無罪以去此蓴鱸之思腸一日而九迴也表弟朱錫鬯以鴛鴦湖櫂歌簡寄依韻和之既郵俚者亦不加點取其不失吳音已耳嗟乎人窮則返本蓋吾二人出處不同而所遇之窮大都相類況枌榆之

鴛鴦湖櫂歌 一 狷石居

《鸳鸯湖棹歌》书影一

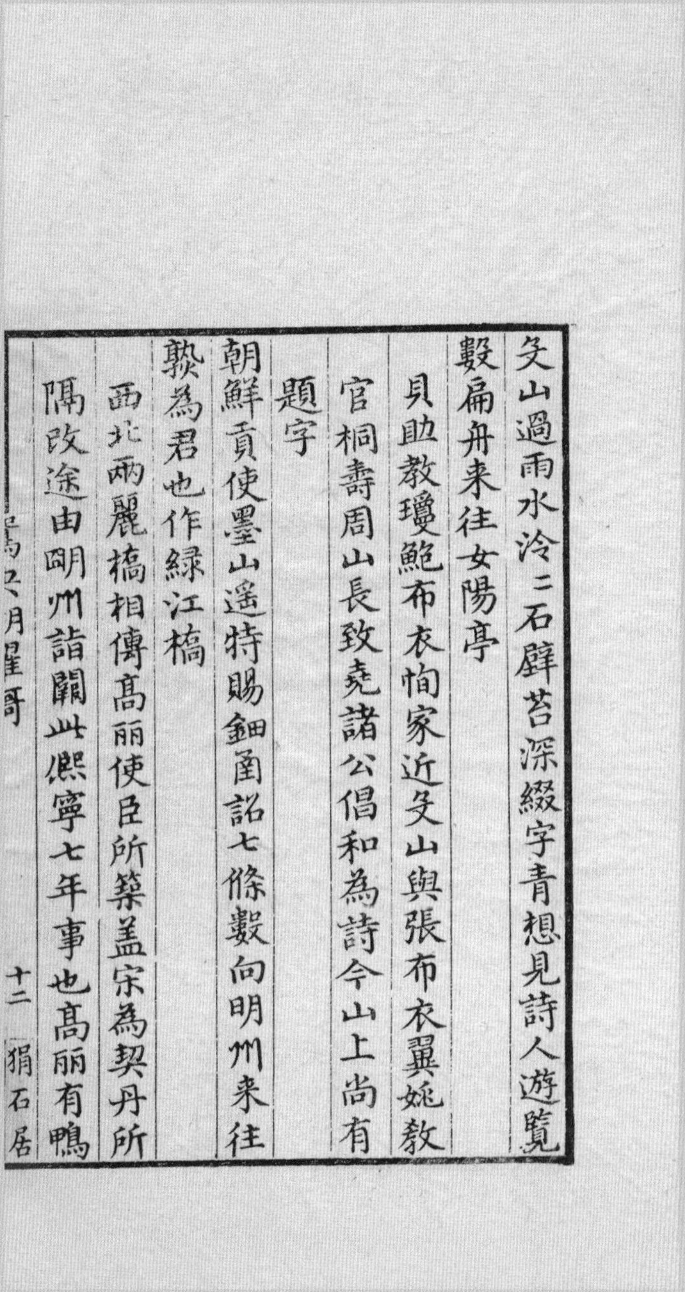
旻山過雨水泠泠石壁苔深綴字青想見詩人遊覽
數扁舟来往女陽亭
貝助教瓊鮑布衣恂家近旻山與張布衣巽姚教
官桐壽周山長致堯諸公倡和為詩今山上尚有
題字
朝鮮貢使墨山遥特賜鈿函詔七條數向明州来往
孰為君也作緑江橋
西北兩麗橋相傳高丽使臣所築盖宋為契丹所
隔故途由明州詣闕此熙寧七年事也高丽有鴨
鴛鴦湖棹歌　十二　狷石居

《鸳鸯湖棹歌》书影二

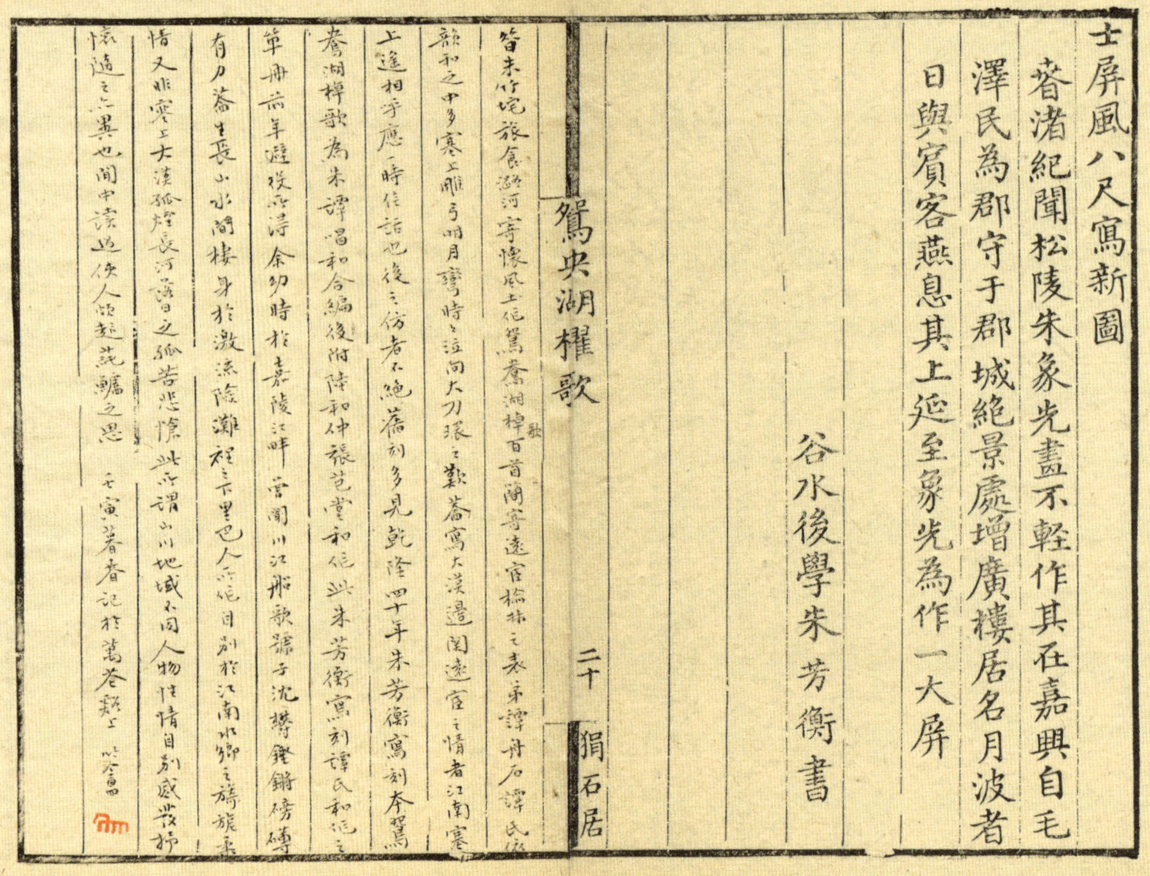
士屏風八尺寫新圖
沓渚紀聞松陵朱象先畫不輕作其在嘉興自毛
澤民為郡守于郡城絕景處增廣樓居名月波者
日與賓客燕息其上延至象先為作一大屏
谷水後學朱芳衡書
鴛央湖櫂歌
二十
絹石居
昔朱竹垞旅食潞河寄懷風土作鴛鴦湖棹歌百首簡寄遠宦檢林之表弟譚舟石譚氏依
韻和之中多寒上雁弓明月彎時時泣向大刀環之歎蓋寫大漠邊關遠宦之情者江南塞
上遙相呼應一時佳話也後之仿者不絕叢刻多見乾隆四十年朱芳衡寫刻本鴛
鴦湖棹歌為朱譚唱和合編後附陸和仲張芭堂和作此朱芳衡寫刻譚氏和作之
單冊前年避疫亦得余幼時於嘉陵江畔嘗聞川江船歌號子沈雄鏗鏘磅礴
有力蓋生長山水間棲身於激流險灘程之下里巴人亦絕自別於江南水鄉之旖旎柔
情又非塞上大漠孤煙長河落日之孤苦悲愴此亦謂山川地域不同人物性情自別感發抒
懷隨之亦異也閒中讀過使人頓起蒓鱸之思
壬寅暮春記於萬卷樓上

《鸳鸯湖棹歌》书影三

戏与米芾书

己亥二月，春霞约稿，嘱与古人通信一札，乃戏作与米海岳先生书：久失闻问，唯有心驰。节近寒食，庭中牡丹正盛。昨得友赠端溪水岩砚子。有鸲鹆眼一，圆晕相重，大小若钱，计有八层，翠晕赤瞳，与鱼脑冻、玫瑰紫相间，真奇品也。明季以来，水岩石经数次发掘，多出佳石，远非北宋时所产能比。暮春之际，天气晴和，知先生亦爱砚者，若欲试墨，可来一会。村酒野蔬，聊供一醉也。此颂砚安。后学竹庵顿首。二月二十四日。另匣中藏真高丽纸，先生尽可取用。

跋《澹轩藏印》

东坡有赏心乐事十六件。余憾其早生数百年，不能得秋夜雨窗抚印之乐。盖其时印学尚无文人参与者。吾友澹轩主人，好古游艺，金石碑帖、奇石书画皆富收藏。尤嗜印，于晚清近代名家篆刻，如王福庵、陈巨来诸家，所蓄既精且夥。昔余赴蓉，访主人于明窗净几间，因获摩挲把玩赏心之乐。方寸雕虫，而进乎道者，唯印学为文人艺术之极则。今主人出所藏百品，遵古法，延良工妙手，钤拓分类，萃为一编。将秋窗雨夜独有之乐，与众人分享之。不独篆刻文物，印学文脉亦借以传于后世。此更胜东坡未获之乐矣。欢喜赞叹，主人当笑我亦痴人也。

己亥暮春之初，万花溪畔

竹庵拜识

印

跋谁堂手拓古玉印册

明人甘旸《印章集说》曰："三代以玉为印，唯秦汉天子用之。私印兼有用者，取君子佩玉之意。其文温润有神，愈旧愈妙。"秦汉古印存世夥矣，而以玉印最为稀有，所见者篆文、砣工多洁净精好。清人蒋元龙咏汉印句云："记得淳于与戚欧（汉玉印淳于蒲苏、戚欧），当年丁范（丁龙泓、范墨涛）快兼收。问奇有斐摩挲过，侥幸三生眼福留。"足见当日经眼摩挲古玉印之不易者。谁堂兄今手拓九石斋所藏古玉印廿三枚，摩挲过眼之福，又远在丁、范、蒋三人之上矣！能不羡哉！

辛丑立春后一日苍山之下万花溪上静夜闻风拂窗柳漫识

竹庵

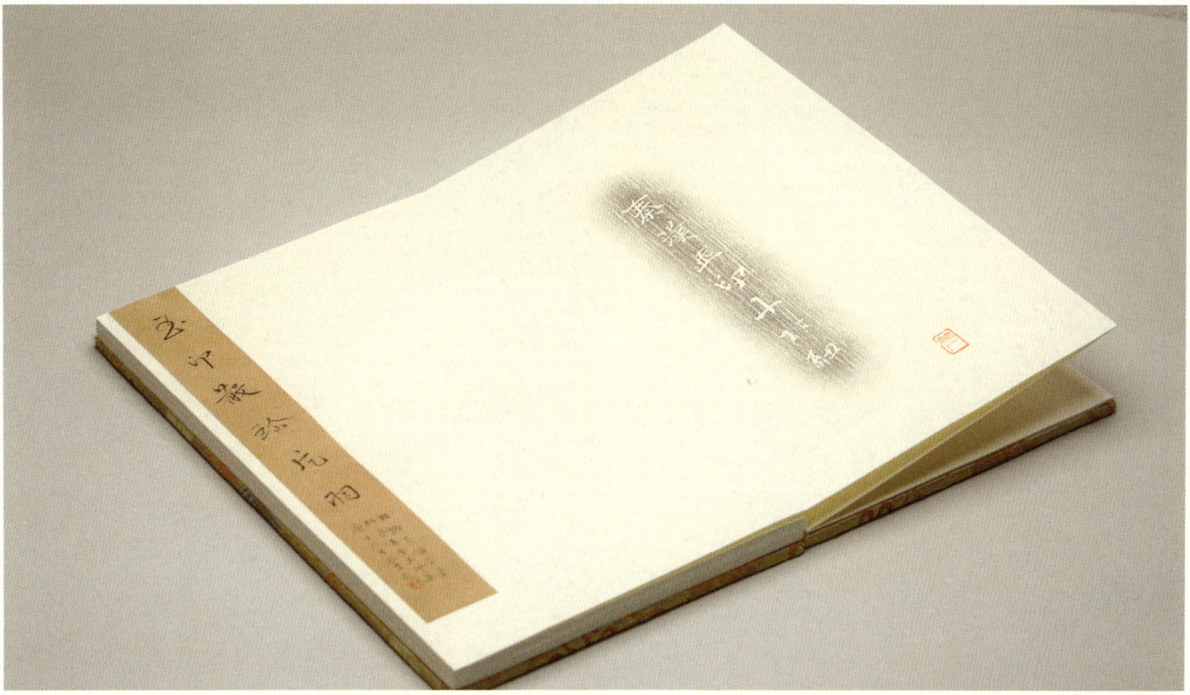

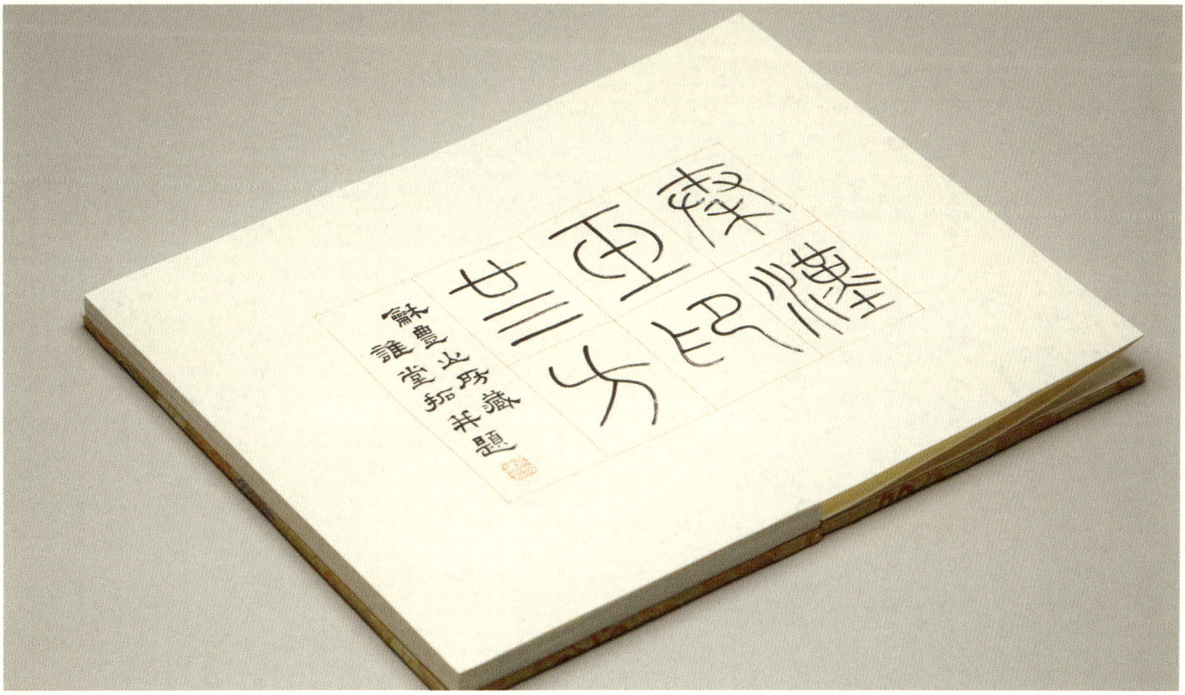

玉印藏珍克翔

翔卿吳誰堂手拓秦漢古玉印集
庚子六月蒼盦題

秦漢玉印十八紐

明人甘暘印章集說曰三代以玉為印唯秦漢天子用之私印兼有用者取君子佩玉之意其文溫潤有神愈舊愈妙秦漢古印存者鮮矣而以玉印最為稀有所見者篆文砣工多潔淨精好清人蔣元龍詠漢印句云記得淳于與威歐（漢玉印淳于蒲穀威歐）當年丁范（丁龍泓范秦濤）快兼收閒奇有叟摩抄過儘偉三生眼福留足見當日經眼摩抄古玉印之不易者誰堂兄今手拓九石齋所藏古玉印廿三枚摩抄過眼之福又遠在丁范蔣三人之上矣能不羨哉

辛丑立春後一日蒼山之下萬卷谿上靜夜聞風拂總柳漫識　蒼盦

邵小惠

楊勝

秦漢玉印廿三方

龢豐山房藏
淮堂拓并題

賈霸

楊印

跋《竹庵自用印选》

余幼习篆刻，临古、自运者，应近千枚。以无明师及眼界所限，弱冠以后，此事近于荒弃。书画所用印，多为诸友铁笔。此集所聚者，仅四枚昔年少作。诸友所刻，亦各有先后，十余年来，所得印八九在此。都为二册，已近四载矣！竹庵记。

近捡旧作四十枚，另钤一部自刻印集，装为一册，寄金陵倩人护封，乃与此作补充者。

竹盦自用印選

容庚題

竹盦

序

書畫同源故有文人之畫亦有畫家之
字印章是專學書家畫人偶然操觚別
具佳趣賓公白蕉皆其顯例竹庵兄以
繪事馳譽書印亦非弱手今裒集常用
印章百品都為壹冊昔人謂入我眼中
多好詩竹庵選印亦復如是敬集宋賢
句為贊語云

竹盦

昔曾篆刻工童伎 强至
自古丹青妙莫傳 胡宏
松竹與君為大雅 曾豐
篆金成寶玉成編 戴栩

丁酉六月成都曼石王家葵謹序

竹盦

竹盦

竹盦

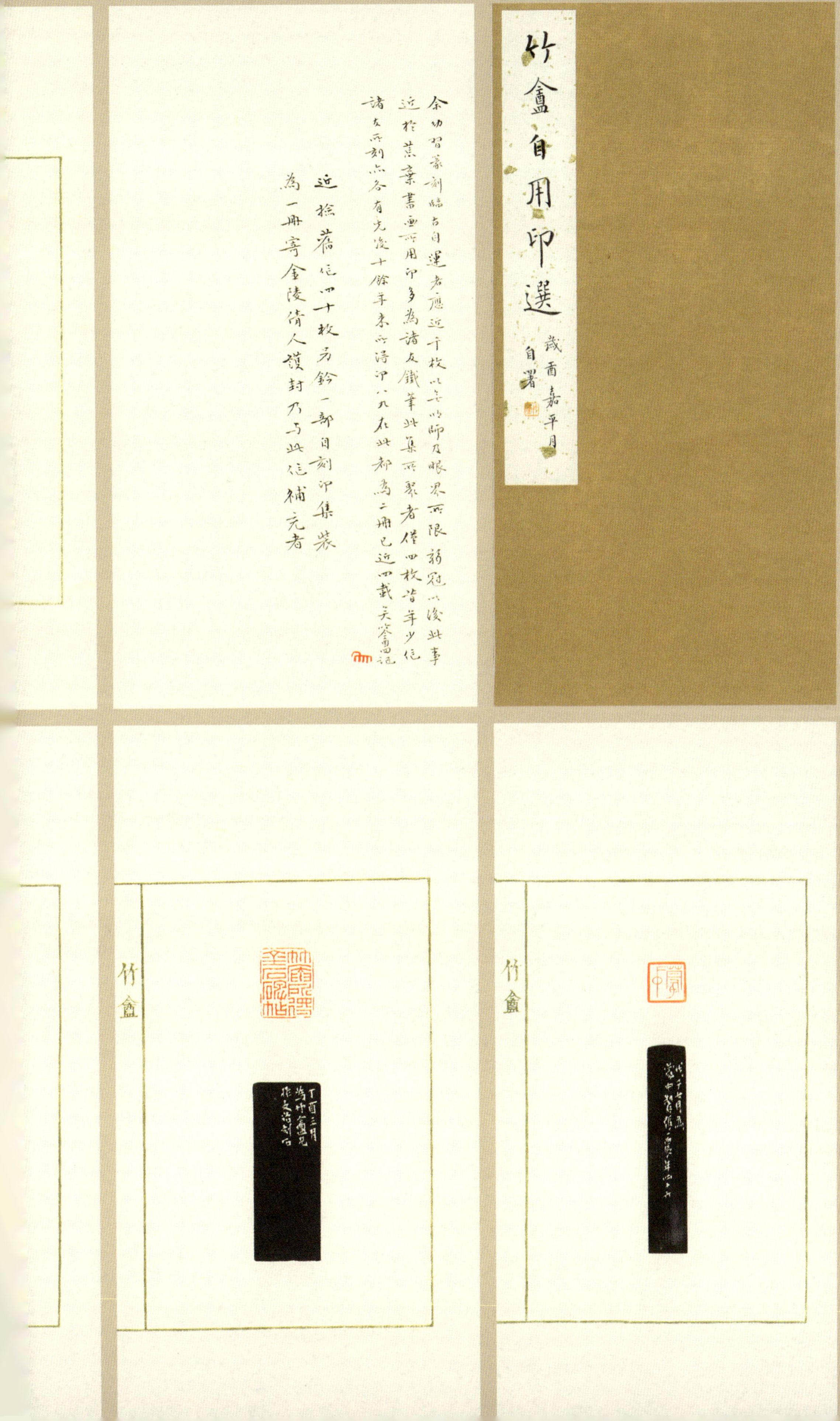
竹盦自用印選
戠酉嘉平月自署
余幼習篆刻臨古自運者應近千枚以無明師及眼界所限弱冠以後此事近於荒棄書畫所用印多為諸友鐵筆此集所聚者僅四枚皆年少作諸友所刻亦各有先後十餘年來所得印八九在此都為二冊已近四載矣竹盦記
近檢舊作四十枚另鈐一部自刻印集裝為一冊寄金陵倩人護封乃與此作補充者
竹盦
丁酉三月
為竹盦兄
竹盦

跋《竹庵印存》

余幼习篆刻，临秦摹汉，下抚明清及近代诸流派，兴之所至，皆有涉猎。以无明师问道，虽用功不辍，亦乏可观者。弱冠后，此事遂近于荒废。今秋捡点箧内所存，尚得石百余。中有至今仍用者，乃择四十枚，都为一册。鸿爪留痕，人生易老，不胜今昔之叹。

岁辛丑秋，记于苍山之下万花溪上

竹庵

竹盦

竹盦

竹盦

竹盦

余幼習篆刻，臨秦摹漢，下極明清及近代諸流派，興之所至，皆有涉獵。以無明師問道，雖用功不輟，亦乏可觀者。弱冠後此事遂廢。今炜檢點篋內所存，尚得石百餘，中有至今仍用者，乃擇四十枚，都為一册。鴻爪雪痕，人生易老，不勝今昔之嘆。歲辛丑炜記於蒼山之下萬花谿上 炜畐

舊刻諸印多不具款，故今補刻，皆作炜畐連字款，特為注明

竹盦

竹盦

竹菴印叢
篋中所有三十餘年所作印之劫餘者 竹盦
竹盦
竹盦
余廿一歲刊 盦

题《竹庵印稿》

昔人云："画事不须三绝而须四全。"四全者，诗、书、画、印是也。此全字，旨在整体也。形于纸上，总成全局，须互为生发，而勿相违犯，故统摄四艺，重在根本，一以贯之，要在一"通"字。

余志学之龄，醉心翰墨丹青，于篆刻亦孜孜以求，惜无明师指引，二十年来几近荒弃，书画所用，多是友朋所作。

然每见前人名谱善拓，仍留心搜集研赏，偶有妙思，辄篆稿存之，或倩人刻成一二，以充文房所用。

壬寅冬日疫起，遂杜门避居，画意索然，偶兴起，取稿试刻。凝神净（静）虑，间得妙思，于是废寝忘食二月余，得印百余枚。

自省昔日，四艺皆尚无体系。近年因书画用功故，所刻之印，与笔墨渐多契合处。于昔人所云"四全"之意，亦略有所窥也。

故不以稚拙，拓为一册，以作纪念耳。并记数语于后。

岁癸卯正月，苍山之下万花溪畔杏花欲开之际

竹庵

竹窗

宅邊有竹林

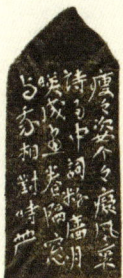

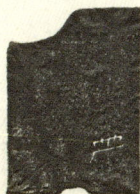

坐止

懷古何溪

篆龜

蕭

麈尾

吉祥光以之子

見蒼山

得家灌我園

卂

豹變

忘機

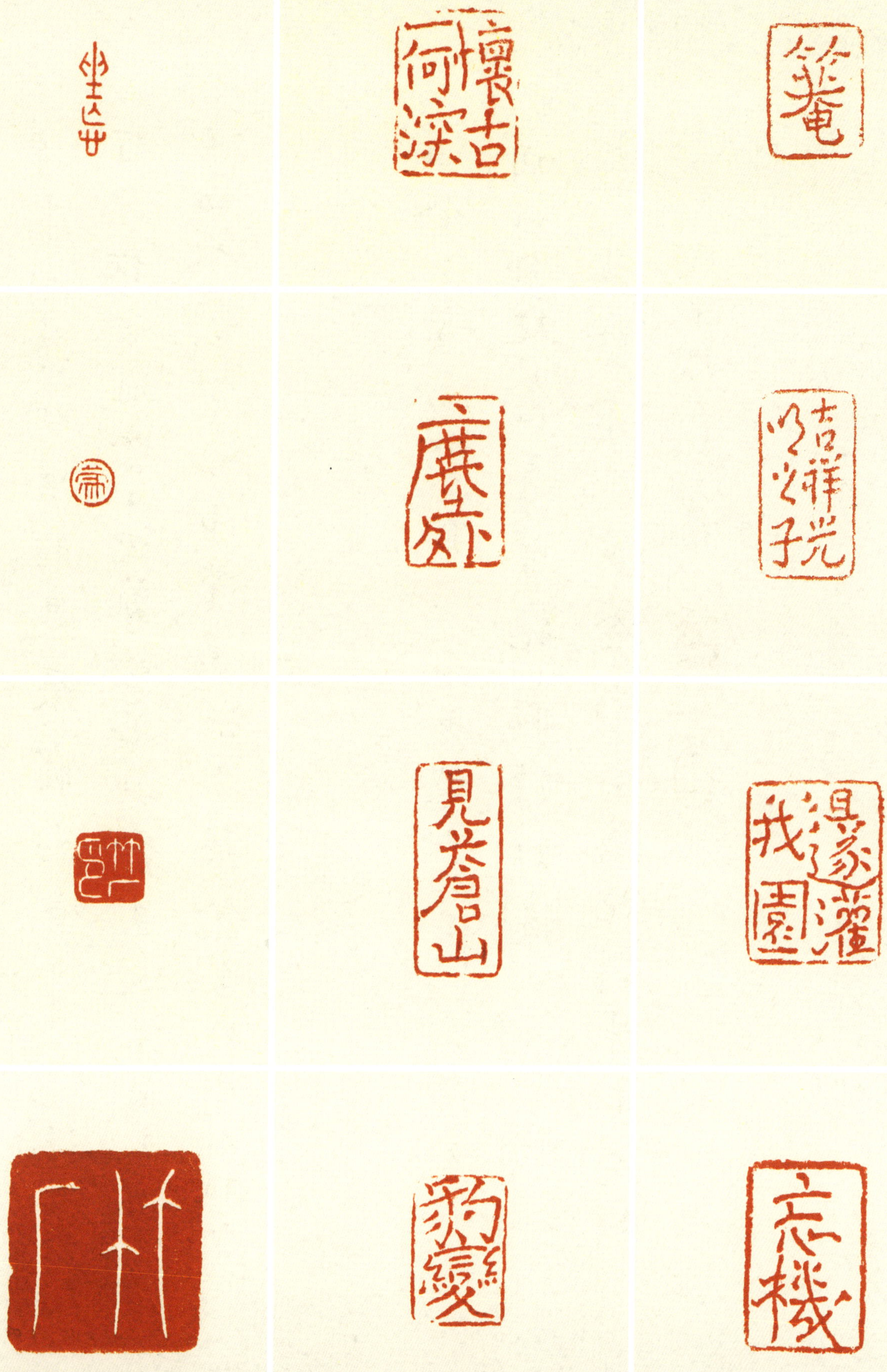

遁於以避居畫意索然但興趣所託亦漸衰
淨慮間得妙思於是廢寢忘食二月餘得印
百餘枚自省昔日四藝皆嘗無體系近年因書畫
用功故亦刻之印與筆墨漸多契合處於昔人所云
四全之意亦略有所窺也故不以雅拙擯為一
册以作紀念耳并記數語於後
歲癸卯正月蒼山之下萬花谿畔杏花欲
開之際 小金昌

昔人云畫不須三絶而須四全四全者詩書畫印是也此全字首在整體也形於紙上總成全局須互為生發而勿相違犯故統攝四藝重在根本一以貫之要在一通字余志學之齡醉心翰墨丹青於篆刻亦孜孜以求惜無明師指引二十年來幾近荒棄也畫所用多是友朋所贈然每見前人名譜善拓仍留心搜集研賞偶有妙思輒篆稿存之或青一刀或

跋“雪宽堂”印拓

癸卯二月初六，庭中方丈之地风落杏花，茫茫如雪。对此取所藏丈雪、良宽墨迹悬而观之，觉二僧法号颇合应眼前景，乃各取一字，以“雪宽”名余读书处，刊石以记之。

竹庵识

癸卯二月初六庭中方丈之地風落杏花茫茫如雪對此取所藏丈雪良寬墨迹懸而觀之覺二僧法號頗合應眼前景乃各取一字以雪寬名余讀書處刊石以記之　癸盦識

跋白石老人长寿二字印拓

老子曰死而不亡者寿。白石老人肉身已死六十二载，而笔下片纸只字，人间皆作珍宝。所谓死而不亡者寿，是如此也。斯老人生前所治长寿二字巨印朱迹，得者装池珍藏，嘱余题之。昔罗公祥止见白石老人下刀治印，惊谓“如闻霹雳，挥刀有风声”。今隔纸而观，亦觉风声在耳，心惊神动矣！己亥二月，垂柳窗下获览并识，万花溪上水声潺潺，正春樱盛开之时。

跋谁堂“十万狂花入梦中”印拓

此印语得之昔年海棠花下一梦。万朵竞放，落英如雪坠于春筵，乃倩谁堂兄铁笔入印，记梦中之境。余写花每以压角，所谓画境似梦境，梦境亦入画境者。是画似梦，犹庄周之与蝶也。

竹庵

此印語得之昔年海棠花下一夢萬朵競放落英如雪墜於
春筵乃倩誰堂兄鐵筆入印記夢中之境余寫花每以麼角所
謂畫境似夢境夢境亦入畫境者是畫似夢猶莊周之與蝶也 苓盦

跋苏文治“家距桃源五公里”印

桃源村在大厘城北十里处，临洱海，接云弄，邻蝶泉，移霞溪由此入海。自海舌蜿蜒北行至桃源渡口，湖光山色，如展画卷，为海西之风景绝胜者。因得印语，倩文治兄铁笔成此。

辛丑建巳

竹庵识

桃源即在大釐城北十里處臨洱海接雲弄蝴蝶泉移霞溪由此入海自海舌蜿蜒北行至桃源渡口湖光山色如展畫卷為海西之風景絕勝者因得印語倩文浩兄鐵筆成此 辛丑建巳 盦齋識

把玩

题《五湖舟楫图》

小莲池馆主人为湖石镌铭，纸上拓来，虚实变化，状若五湖烟（云），盖因石纹故也。陆放翁句云："燕脂斑出古铜鼎，弹子窝深湖石山。"杜绾《云林石谱》载："平江府太湖石，其质纹理纵横，笼络隐起，于石面遍多坳坎，盖因风浪中冲激而成，谓之弹子窝。"此即弹子窝纹。宋徽宗笔下祥龙石亦此类。乃嘱主人墨拓二纸，余写小舟于留白处，各得一本。悬诸壁间，仿佛当年米家船，往来湖山烟云间，作卧游也。并记因缘如此。

竹庵

五湖舟楫圖

辛丑秋月雄飛吳浚甫

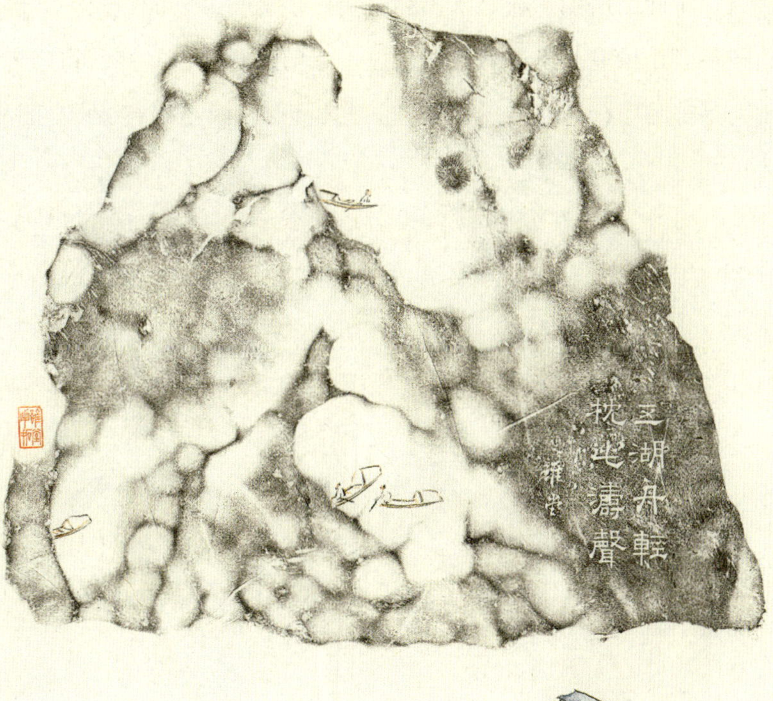

小蓮池館主人為湖石鐫銘脩上拓本虛實變化狀若五湖煙蓋因石紋故也陸放翁句云燕脂斑出古銅鼎禪子窩深湖石小杜綰雲林石譜載平江府太湖石其質紋理縱橫籠絡隱起於石面遍多坳坎蓋因風浪中衝激而成謂之禪子窩然即禪子窩紋宋徽宗筆下祥龍石亦此類乃屬主人墨拓二幅余寫小舟於留白處合詩一本懸諸壁間彷彿常年乘家船往來湖山煙雲間徜徉遊也並記因緣如此 叶舟畫

题房山石拓本

房山出佳石，明清皇家造园多取良材于此。昔米万钟[①]尝得奇石于此山，欲从峻岭中运往勺园，耗尽家资而未能，遂弃于荒野。其石即今乐寿堂前名石“青芝岫”。强为力所不能及事，虽好事亦无益，以此败落，足以为后者之戒。余丙申九月十一日，与友游房山云居寺，又登石经山，探藏经洞。天朗气清，秋林初染，居高远眺，群山逶迤，一径蜿蜒，及至岩下，幸得窥石经宝藏，以遂宿愿。偶于洞外荒草间，捡得寻常片石，虽同出房山，较之米氏则不费一钱携归，以为纪念。天地之间，物各有主，知止知足者，虽取一瓢亦能得其乐也。今拓成一纸，并补人物庙宇以记游踪，并作四句云：寻常之片石，得自石经前。非是凡间宝，因与佛有缘。

辛丑秋日万花溪上雨窗识

竹庵

① 米万钟（1570—1628），字仲诏，号友石，又号海淀渔长、石隐庵居士，宋代书画家米芾后裔。明万历二十三年（1595）进士，后任江西按察使。天启五年（1625）被魏忠贤党人倪文焕弹劾，降罪削籍。崇祯元年（1628）复官，仕至太仆少卿，卒于官。米氏善画山水、花竹，有好石之癖，又能画石。书法行、草得家法，与董其昌齐名，称“南董北米”。书迹流传甚多。著《篆隶考讹》二卷。

房山拜經圖

小人書拓墨補寫并題

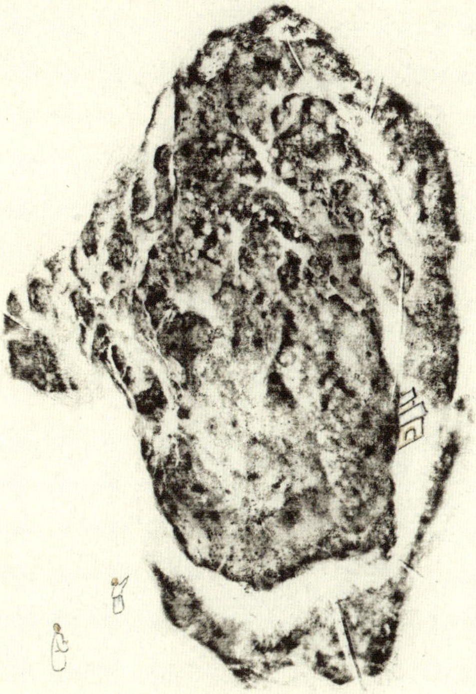

房山出佳石明清皇家造園多取良材於此皆米萬鍾嘗得奇石於此山欲徙嶺中運往勺園耗盡家資而亦未能遂棄於荒野其石即今樂壽堂前石青芝岫徒為力所不能及事雖好事亦無益以此敗家是以為後者之戒余丙申九月十一日與友遊房山雲居寺又登石經山探藏經洞天朗氣清林木初染居高遠眺群山連延一徑婉蜒及至巖下幸得窺石經寶藏以遂宿愿偶於洞外荒草間拾得尋常之石雖同出房山較之米氏則不費一錢攜歸以為紀念天地之間物各有主知己知之者雖取一瓢亦於詩其樂也今拓成一紙並補人物廟宇以記遊蹤並佐四句云尋常之石得自石經前非是凡間寶因與佛有緣 辛丑秋日萬花稿上雨窗識 小人書

题《飞出迷楼图》拓本

壬午八月，余客希腊。尝于萨洛尼卡之海滩畅游，沙岸漫步之际，偶得奇石数枚，此其一也。海水侵蚀，状若心形，密布孔洞，盖非千载不能成也，于是携归以纪游踪。今倩谁堂兄镌字其上，拓墨两纸。念彼土神话有伊卡洛斯飞出迷楼（或说迷宫）之事，乃著名寓言，寓意自我超越也。余谓人倘心窍不通，则纵有双翅，亦难冲出迷障。以石出于其地，且状类心窍迷楼，遂据传说，戏于石拓间，勾补烟云，点缀人物，作《飞出迷楼图》二幅，与谁堂兄各一，痴人发梦，聊为一笑耳。

岁壬寅十月

竹庵记

飛出迷樓圖

壬寅嘉平 誹堂吴泼湧

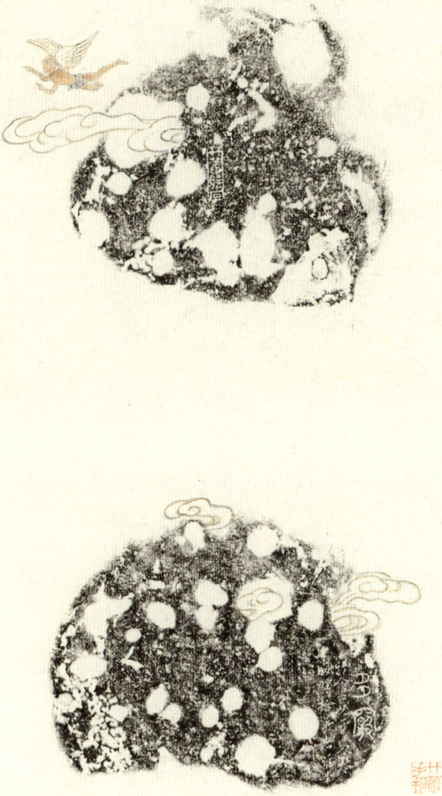

壬午八月余客希臘寄於薩洛尼卡之海灘暢遊汐浙漫步之際偶得奇石數
枚此其一也海水侵蝕狀若心形密布孔洞蓋非千載不能成也於是攜歸以紀游
蹤今倩誹堂兄鐫字其上拓墨兩紙念彼土神話有伊卡洛斯飛出迷樓或譯迷宮之事又若
石寓言寓意自我超越也余謂人備心竅不通則縱有雙翅亦難衝出迷障以石出於
其地且狀類心竅迷樓遂據傳說戲於石拓間勾補煙雲點綴人物以飛出迷樓命
二幅與誹堂兄及一癡人發夢聊為一笑耳 歲壬寅十月八畬記

跋《自嗨录》

凡物皆有可观者，今人重利，于物多视稀有难得，而轻趣味之所在。老子曰：难得之货令人行妨。一味重利，心为其蔽，形为其役，使人忽略美丑雅俗，不能超脱物外，照见本来，遑论识物之趣、玩之乐也！

余幼嗜丹青翰墨，于案头把玩之物，向多留意。寻常竹木文房、断简残像、吉金乐石，不为贵贱所囿，人弃我取，文质相兼，能入余之审美者。偶遇良材，书铭刻辞，不假他手。凡此种种，虽不入好古者法眼，亦不为市贾所重。然物与人交，人与物游，物我同在，置诸案头，游心其间，颇得古趣清欢。畅神养心，助余笔墨之兴。

今春避疫，检出十种，拓绘并列，装成小册。今人有称如此曰“小确幸”，或笑谓“自嗨”，遂以“自嗨”名是册。

壬寅寒食前一日，万花溪上识

竹庵

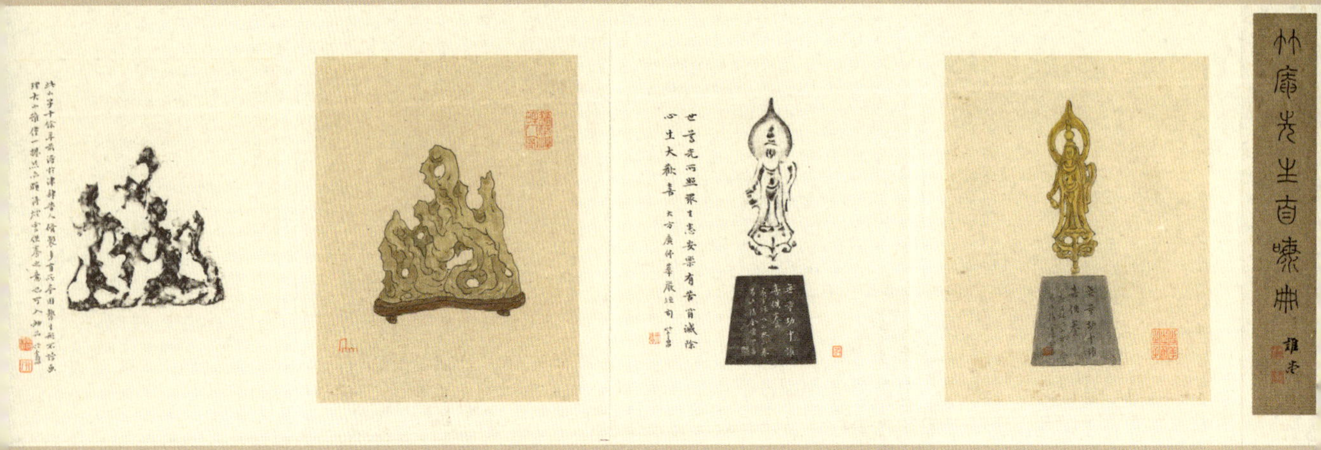

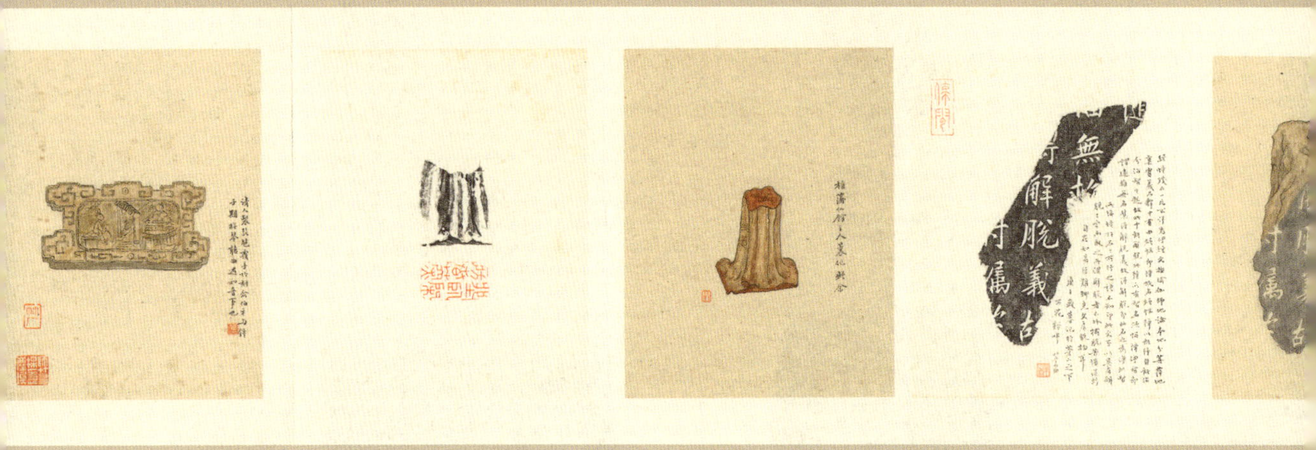

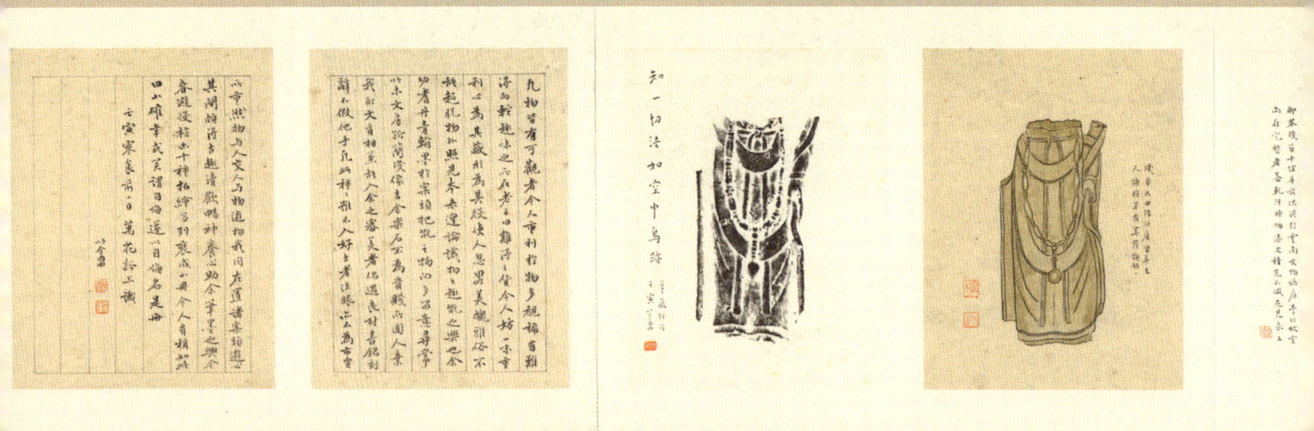
知一切法如空中鳥跡

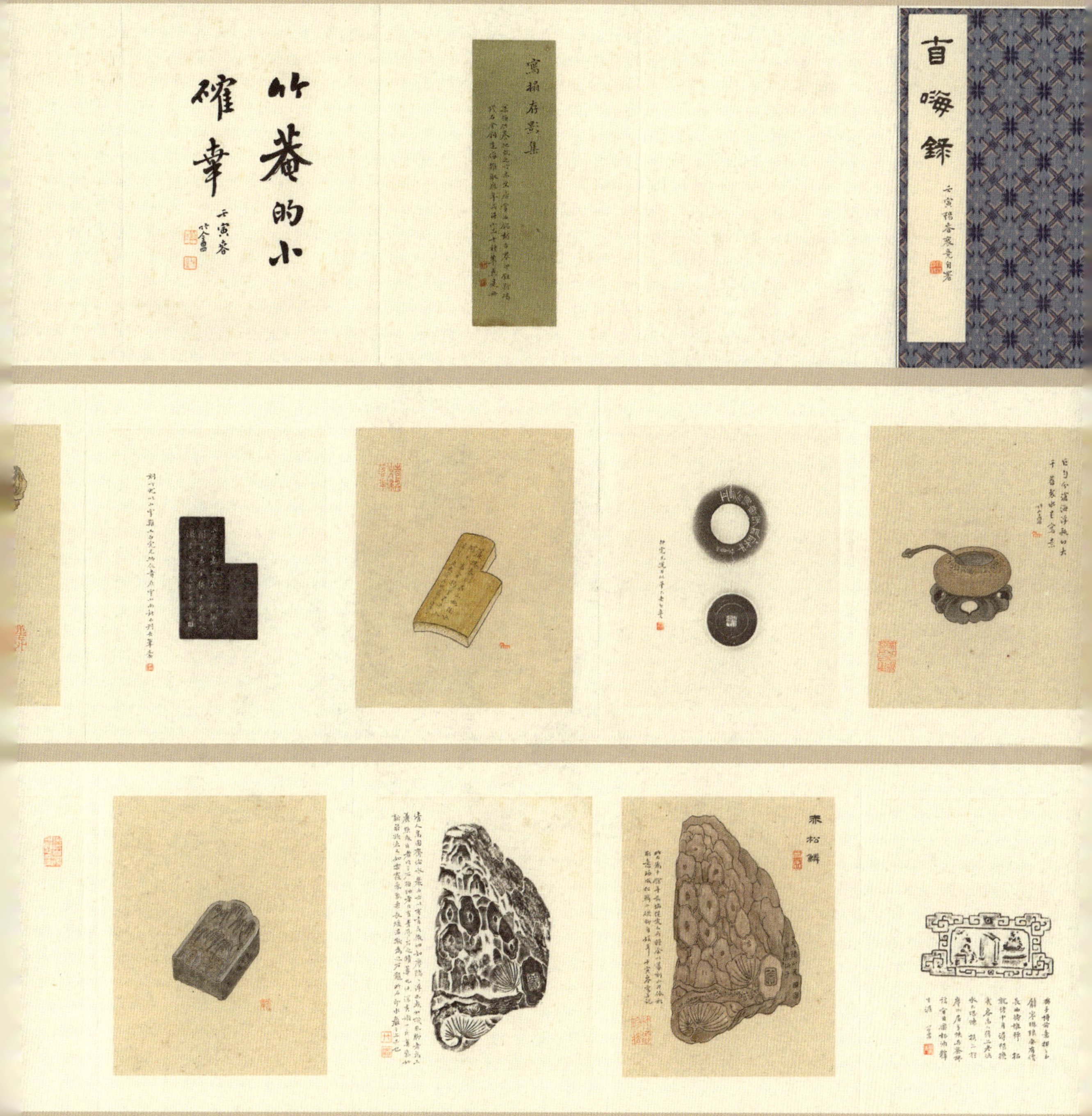
竹菴的小確幸
寫拓存影集
百嗨錄

此山子十餘年前得於津肆昔人偽製多有所本因勢生形不悖畫理大小雖僅一握然亦頗得煙雲供養之意也可入妙品　暢盦

所重然物与人交人与物游物我同在匿諸案頭遊心
其間頗得古趣清歡暢神養心助余筆墨之興今
春避役检出十種拓繪並列裝成小冊今人有稱如此
曰小確幸或笑謂自晦遂以自晦名是冊
壬寅寒食前一日 萬花谿上識
以全畐

凡物皆有可觀者令人重利於物多視稀有難得而輕趣味之亦在老子曰難得之貨令人行妨一味重利心為其蔽形為其役使人忽畧美醜雅俗不能超脫物外照見本來遑論識物之趣玩之樂也余幼耆丹青翰墨於案頭把玩之物向多留意尋常所求文房斷簡殘篆吉金樂石不為貴賤所囿人棄我取文質相兼能入余之審美者偶遇良材書銘刻辭不假他手凡此種種雖不入好古者法眼亦不為市賈

跋清人竹刻荷花臂搁拓本

周氏[①]刊竹，多阴刻山水竹石，以刀代笔，磊落不羁，得笔墨写意之趣，而罕睹此类刻法者。所见乾嘉人邓渭与封鼎作陷地深刻荷花、春菘，与此绝似。盖芷嵒款印，疑为后之好事者伪添也。

辛丑七月既望又识

① 指周颢，字晋瞻，号雪樵，又号芷嵒（又作芷款）、尧峰山人、芷道人、芷叟、樵叟，嘉定人。周芷嵒是嘉定派与吴之番齐名的竹刻家。《竹人录》中以汉唐诗派比喻清代竹刻，又把周芷嵒比作盛唐的杜甫，认为他是清代竹刻开创新法的第一人。

山人姓周氏諱顥字晉瞻芷巖其自號也世居嘉定城南性磊落不羈而未嘗與物忤家無石儲而未嘗以衣食累人讀書不應科舉而於畫獨有神解仿古賢山水人物皆精妙尤好畫竹興酣落筆風枝雨葉無不曲肖吾邑自朱松鄰父子以書法刻竹厥後有沈兼吴之璠周乃始諸人皆精其藝山人更出新意作山水樹石叢竹用刀如用筆不假稿本自成邱壑其皴法濃淡坳突生動渾成畫手所不得到者能以寸鐵寫之當時以為絕品山人亦雅自負其運刀時若

絲髮未稱意雖垂成亦斧以斯之山人多髯而善飲自號髯癡富人慕其畫或致金幣不即得偶然欲畫畫成隨手與人無矜色人有延致之者或留半年數月或到即辭去嘗遊齊魯間與與單朱翁交相得朱將往江南山人附其舟歸朱之兄方令嘉定山人不知也抵吴門始知之不告而歸朱令異而訪之避不見遂未去任卒於蘇乃幅巾往弔而哭之其介特多此類少時嘗病瘡一夜醉歸逢老叟衣冠甚異出一丸藥咲之五臟皆煖忽失叟所在經夕猶有異香自是宿疾盡去終身無纖介之疾年八十餘善飯健步不異少年乾隆三十八年卒年八十九族子笠字牧山亦工畫山水晚以藝事遊維揚聞諸公爭出重價購之吾鄉近日言畫者稱大小周云

錢大昕周山人傳歲己亥五月望萬花谿上柳意錄之簹

壬辰六月拓於竹庵案頭

周氏刻竹多陰刻山水竹石以刀代筆磊落不羈得筆墨寫意之趣而罕睹此類刻法者所見乾嘉人範渭與封鼎作陷地深刻荷花春藕与此絕似蓋芷岩款印疑為後之好事者偽添也 辛丑七月既望又識

跋周芷嵒《春云叠嶂图》笔斗旧拓本

一

去岁得此无款笔筒旧拓一纸，细审应为木质。溪山林壑，可居可游，人物造境类王石谷，阴刻刀法则近周芷嵒。昔人言周氏山水竹石临摹宋人诸名家，尽得神髓。于元人最近王叔明，又尝亲炙石谷。所见竹刻山水，寝馈宋元，近绍虞山，深谙画理，颇饶士气。此刻虽难认作者，刀笔与周氏神味差近之，当出乾嘉时名手无疑。秋窗听雨，展卷细玩，虽是拓墨，亦可作画卷卧游矣。

竹庵

二

辛丑岁尾，闲览图册，偶于鸳湖春秋亭主人俞氏藏品集中，见此器实物图，知为紫檀所制。口内有张鹏翀铭记一则，言及此斗旧主虚庭别院主人，今已失考。其底周氏款记曰：尝见石田翁有此图，为之缩刻云云。其果为周芷嵒所作。虽以沈稿缩刻，然亦难脱清初人笔墨韵致，此时代气息之别。竹刻亦同于书画之理，故虽未见其款识，望而可辨也。乃以图片示春秋亭主人俞氏，遂寄赠完整拓墨一卷，叹此因缘又记之。

竹庵

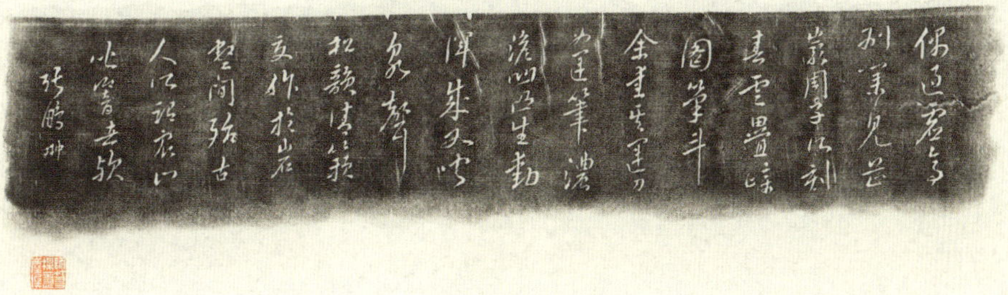

辛丑歲尾閒覽舊冊偶於鷲湖春藻亭主人俞氏藏品集中見此筆筒實物
為紫檀亦製口內有張鵬翀銘記一則言及此丹苔之居庭別院主人今已未
考其底周氏本款田富見石田翁有此畫為之縮刻云云知果為周芷岩所
作弟自言據沈石田稾縮刻然亦難脫清初人筆墨韻致蓋時代氣息之
別此刻亦同書畫之理故雖未見本款望而亦可知也遂以舊拓贈與俞
氏俞亦驚不以款拓全歸寄贈歎此因緣又記之

蒼

去歲得此無款筆筒舊拓一紙細審應為木賁溪山林巒可居可遊人物造境
類王石谷階刻刀法則近周芷岩昔人言周氏山水竹石臨摹宋人諸名家書詩
神髓於元人家近王昧明又嘗親炙石谷所見竹刻山水寢饋宋元近紹虞山
深諳畫理頗饒士氣此刻雖難認作者手筆与周氏神味差近之當出乾嘉
時名手無疑秋颸聽雨展卷細說雖是拓墨亦可作畫卷臥遊矣 蒼

跋《金农罗汉图》臂搁

金寿门暮年始画佛与罗汉，以为有宿因，其尝忆旧事云："五代释贯休，其画罗汉，皆从梦中所见。予年十三四，时逢上元，随先处士过长明寺，观真形十六轴，隆鼻朵颐，庞眉大目，各尽以意态。虽古缣如漆，而精爽突出尺许，实通神之笔也。"此竹刻罗汉，神貌皆近贯休所作，盖渊源正从此出。其人尝云予年逾七十，乃我佛如来最小之弟也。唐贾岛诗云"得句先呈佛"，其奉西方圣人可知矣。予近画佛及四大菩萨、十六罗汉诸像，亦必施入金绳界地中以充供养。为善之乐，与众共之。金氏所作佛像及罗汉，真迹多有存世。其画竹刻秘阁则甚罕。余箧藏三砚斋金石文拓本册，中收冬心先生所铭藤杖墨本一幅，此类铭绘，乃其生平偶然为之。实物多已不存于世，故片纸旧拓亦勿轻视也。又明轩师在世时，尝言五百年来擅画罗汉者，惟陈老莲、金寿门、吕凤子三人而已，是其最推许者。师尝以吕氏笔意作罗汉图一轴悬诸座右。神态颇似冬心此作，睹此感怀，不胜今昔之意。

辛丑岁寒苍山暮雪之际

竹庵识

金壽門羅漢秘閣　辛丑冬維之

金壽門暮年始畫佛與羅漢以為有宿因其嘗憶舊事云五代釋貫休其畫羅漢皆從夢中所見予年十三四時逢上元隨先處士過長明寺觀真形十六軸隆鼻朵頤龐眉大目各盡其意態雖古纖如漆而精爽突出尺許實通神之筆也此所刻羅漢神貌皆近貫休所作蓋淵源正從此出其又嘗云予年逾七十乃我佛如來家小之弟也唐賈島詩云得句先呈佛其奉西方聖人可知矣予近畫佛及四大菩薩十六羅漢諸像亦必施入金繩界地中以充供養為善之樂與衆共之金氏所作佛像及羅漢真迹多有存世其畫所刻秘閣則甚罕余僅藏三硯齋金石文拓本冊中收冬心先生所銘藤杖圖本一幅此類銘繪乃其生平偶然為之實物多已不存於世故片紙舊拓亦勿輕視也又明軒師在世時嘗言五百年來擅畫羅漢者惟陳老蓮金壽門呂鳳子三人而已是其最推許者師嘗以呂氏筆意作羅漢一軸懸諸座右神態頗似冬心此作睹此感懷不勝今昔之意　辛丑歲寒蒼山暮雪之際齋識

跋清笔筒拓本

刻竹用刀当如运笔，使笔法不泥，气脉贯通连绵，进而能草木丘壑、屋宇人物皆不悖画理。然竹有竹之肌理，此有别于纸缣。下刀之际，须循其理而为之。阴阳藏露，深浅切剔，法备理合，神韵自出。故刻竹须明画理，亦须知竹性，谙刀法。三者兼得，方臻妙境。箧中旧日所拓竹刻，今日重观识之。

己亥五月于万花溪上

竹庵

刻竹用刀當如運筆使筆法不滯氣脈貫通連綿進而能艸木丘壑屋宇人物皆不悖畫理然竹有竹之肌理此有別於帋縑下刀之際須循其理而為之陰陽藏露深淺切剔法備理合神韻自出故刻竹須明畫理亦須知竹性諳刀法三者兼得方臻妙境箇中舊日所拓竹刻今日重觀識之 乙亥五月於萬花谿上燮畫

跋自书竹秘阁

郭河阳《林泉高致》云："人须养得胸中宽快，意思悦适，如所谓易直子谅，油然之心生，则人之笑啼情状，物之尖斜偃侧，自然布列于心中，不觉见之于笔下。"此理虽言丹青，亦通书法。余自甲午卜居万花溪上，日耽翰墨，置晋唐及明清诸家法帖于案头，临习把玩。涵泳其间，用志于斯，如承蜩解牛者，下笔结字，觉全牛之骨隙日宽。间得闲暇，辄于山海田陌间，观草木四时，云山变幻。身亲自然，袖罗烟霞，胸怀为之宽快。久之笔下，使转变化，尖斜偃侧，始趋舒展。唐子西此诗，余颇爱其意，乃书于竹秘阁上，点画略显拘掣。蒙白完兄之不弃，悉心镌刻，如此技艺，使人感佩。

岁己亥寒露，苇草絮白之际

庵识

郭河陽林泉高致云人須養得胷中寬快意思悅適如所謂易直子諒油
然之心生則人之笑啼情狀物之尖斜偃側自然布列於心中不覺見之於筆
下此理雖言丹青亦通書法余自甲午卜居萬卷谿上日耽翰墨置晉唐
及明清諸家法帖於案頭臨習把翫涵泳其間用志於斯如承蜩解牛
者下筆結字覺全牛之骨隙日寬閒得閑暇輒於山海田陌間觀艸木
四旹雲山變幻身親自然袖羅烟霞胷懷為之寬快久之筆下使轉
變化尖斜偃側始趨舒展唐子西此詩余頗愛其意乃書於竹秘閣
上點畫畧顯拘謹蒙白完兄之不棄悉心鐫刻如此技藝使人感佩歲
乙亥寒露草艸絜白之際　簦盦識

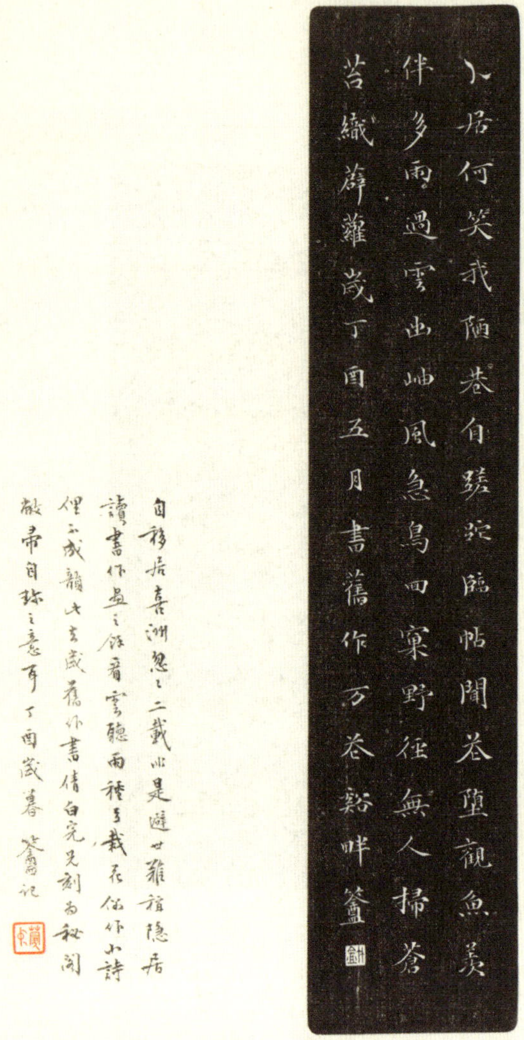
卜居何笑我陋巷自蹉跎臨帖閒卷墮觀魚羨
伴多雨過雲出岫風急鳥回巢野徑無人掃蒼
苔織薜蘿歲丁酉五月書舊作万卷谿畔叢

一夢醒來渾不識枝頭是
雪是梅花
前人題句壬寅上元節叢翁

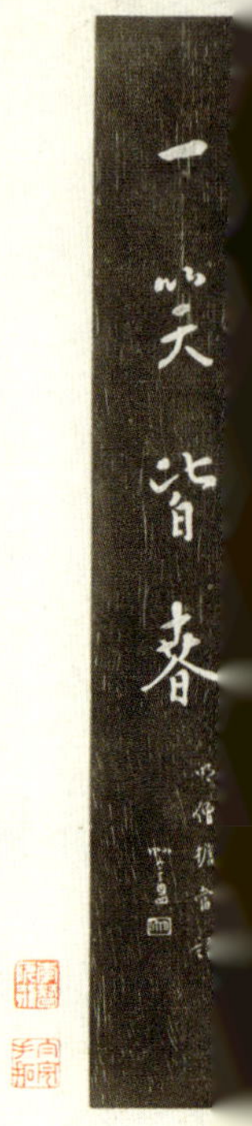
一笑皆春

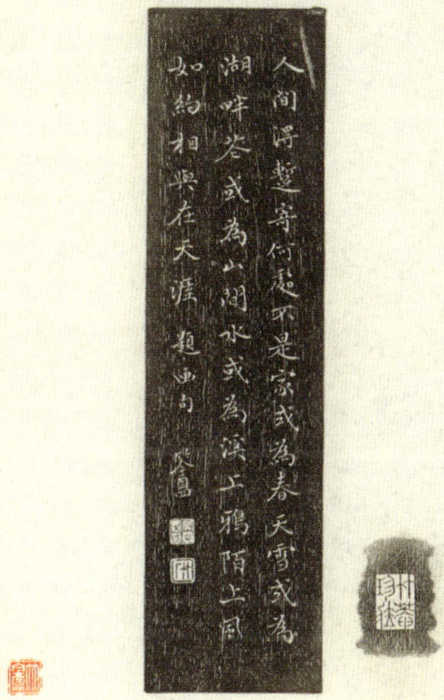
人間得暫寄何處即是家或為春天雪或為
湖畔茶或為山澗水或為溪上鴉陌上風
如約相與在天涯 題畫句

跋自书印规拓本四种

此白完兄所刻印规四枚。左右为竹，中大小二者为瘿木。其大者，余六年前偶得之材，自制并镌铭，惜刀刻不尽如意，遂寄海上，倩白完磨去重刻。一物虽微，所成亦颇不易也。

竹庵识

此白文之印乃規四枚左右為竹中女小二者為瘐木其大者
余以辛酉歲偶得之材目製并鍥銘借刀刻之齋如意得寧湢
二偶白文廣态章刻一柳雛不減示頑不易也
癸丑虛誠

题查亨吉《黄山图》套墨

婺源詹氏造墨法，据云北宋时得李廷珪易水法真传，一脉相承，至清而盛。乾嘉查亨吉制墨，源自詹有乾，此《黄山图》套墨，烟细胶匀，版刻亦不俗，洵非晚清市品所能及也。

岁辛丑秋

竹庵记

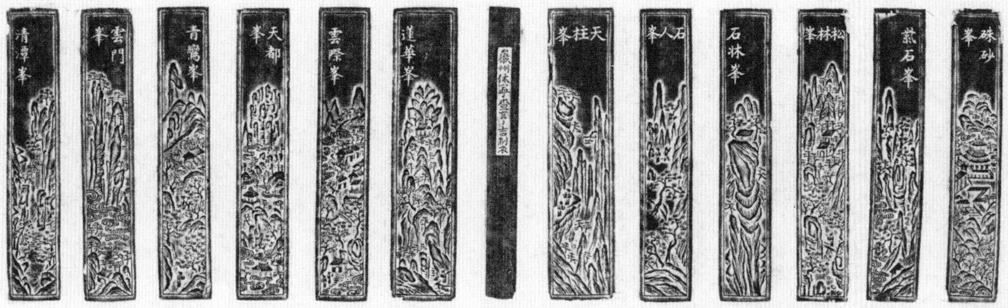

婺源詹氏造墨法據云北宋時得李廷珪易水法真傳一脈相承至清而盛乾嘉查亨吉製墨
源自詹有乾此黄山畫套墨煙細膠勻皴刻亦不俗洵非晚清市工所能及也歲辛丑秋竹盦記

跋《五岳图》墨拓本

程君房《五岳图》墨，传世未见珍品。安徽博物馆藏此五枚完整一套，云是后世用程氏墨模所制，不知何所据者。故宫旧藏明季叶玄卿墨有此《泰山图》一笏，与程氏墨模亦无二致，唯侧款为“新都叶玄卿制”。另侧为“苍苍室珍藏”。此墨无款，余十四年前得于四川省文物商店，神采奕奕，细节尤近叶氏者，质坚如玉，残处可见墨质湛然如小儿睛也，远非晚近仿品所能及者。手拓一纸存箧中，亦近十载矣。

岁辛丑秋万花溪上

竹庵识

程君房五嶽圖墨傳世未見珍品安徽博物館藏此五枚完整一套云是後世用程氏墨模
所製不知何所據者故宮舊藏明季葉玄卿墨有此泰山圖一笏與程氏墨模亦無二致
惟側款為新都葉玄卿製另側為蒼蒼室珍藏此墨無款余十四年前得於四川省文
物商店神采奕奕細節尤近葉氏者質堅如玉殘處可見墨質湛然如小兒睛也遠
非晚近仿品所能及者手拓一紙存篋中亦近十載矣歲辛丑炳萬花谿上營識

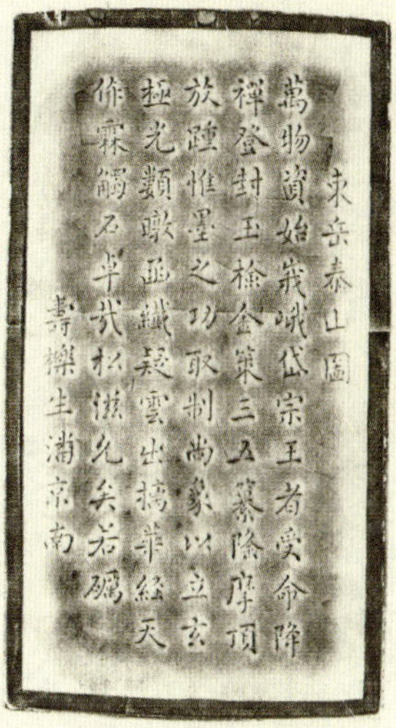

東岳泰山圖
萬物資始峩峨岱宗王者受命降
禪登封玉檢金策三五纂隆摩頂
放踵惟墨之功取制尚象以立玄
極光顯歟亟識疑雲出擣華経天
作霖觸石崇朝松滋名矣若爾
壽櫟生濬京南

跋白岳灵区墨

此墨未见著录，亦未见别处有藏。刻板之精，为所见婺源休宁墨之极则。赏此残笏，如随导引入齐云山中游。尘虑不杂，步履登仙也。辛丑秋竹庵拓并识。

辛丑秋
竹庵拓并识

此墨未見著錄亦未見別處有藏刻板之精爲所見婺源休寧墨之極則賞此
殘笏如隨道引入齊雲山中遊覽處不啻身親登山也章五本之爲可寶哉

跋《旧琵琶拓本》

此琵琶为旧制四相十二品，盖明清之际物也。轸失弦断，颈脱品缺，零落于尘埃，余十年前偶得之冷摊，拂拭整理，悬诸壁间，自是隽雅。古琴传世者多，古琵琶则稀见。遥想浔阳江头，维扬舟（中），曲终人散，才子佳人，并皆往矣。对物感怀，戏作五绝三首自遣之：

一

垂手樽前意，挥之玉臂寒。
琳琅安有价，长曲待谁弹。

二

拓就诗中月，浔阳换几春。
高山弦上老，流水不堪陈。

三

携尔于尘外，居多帙与茶。
拂弦宜自乐，杯酒释生涯。

此虽琵琶，然竹覆手所刻人物故事，乃作伯牙子期，高山流水而今何陈？故引此语入诗也。

辛丑十月，拓墨装成，识于万花溪上

竹庵

竹庵所得古琵琶拓墨

雄心

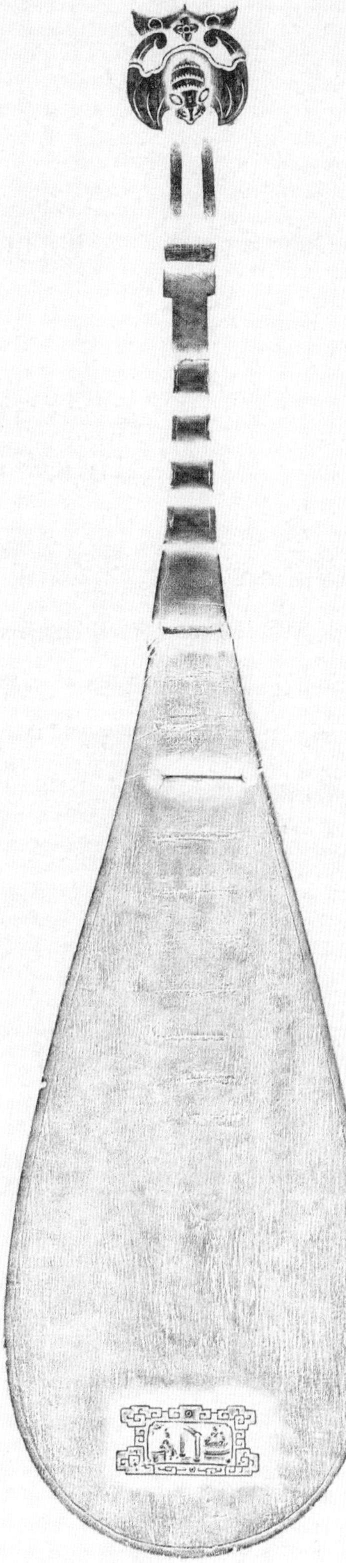

此琵琶爲寄副四相十二品蓋明清之際物也歲失絃斷頸脱亦缺零落於塵埃余十年前偶得之吟撫拂拭整理
龍請辭間自是雋雅古琴傳世者多古琵琶則稀見遂想潯陽江頭琵琶曲終人散市上佳人盡皆往矣舊物
感懷試以五絶三首自遣之

素手撫弦揮之玉腕寒琳琅安有佳長曲獨撫揮 拈就諸中月潯陽撥裳舂寫山積之老流水不堪陳
撥以於塵如居多情與茶 持經宜自樂怡涵釋千涯

此非琵琶然此亦寄予所刻人物故事亦近伯牙子期高山流水而今何陳哉到此詩人詩也

辛丑十月於春泉成撰於篤志齋上

竹庵

跋邱氏碧玉琴与宋铜箫

良物欣归妙者藏，琴箫拓得墨痕香。
江湖夜雨苍山雪，寄梦正风与曲洋。

小莲池馆主人寄余以宋铜箫拓本嘱跋，恰望山堂主人寄所藏邱氏碧玉琴拓亦命作跋。一时琴箫在案，适值江湖夜雨，苍山大雪，拥炉独酌，耳聆友人微信叨述尘劳羁縻，惘然沮丧。是夜梦两老者，分携琴箫，渐行渐远。醒对拓墨，不得其解。昔日金庸笔下曲、刘二人，欲携琴箫归隐，终不遂。今余梦所即，莫非此二人欤？或曰世间事，唯心所现、唯识所变。子曰“祭如在”，余得“思亦如在”，抚掌大笑，乃记之。

辛丑嘉平月，拜观于万花溪上
竹庵谨识

唐開元一尺九寸制銅笛武林所出當為宋無

清商咽浮箓夢斷餘杭月餘杭
月凡番圓缺玉屏寒徹誰家袖出
崑吾鎮一聲井底金函裂金函裂
冰蛆喚起心史重說　右調奏慶月

佛言多少遇盤行物千年慧
慧瀬經濟文章庚白金巡先狂
寓言法然就罄暁黃芝定金詩
誰堂鄉兄惠鑒　丙申十月敬記

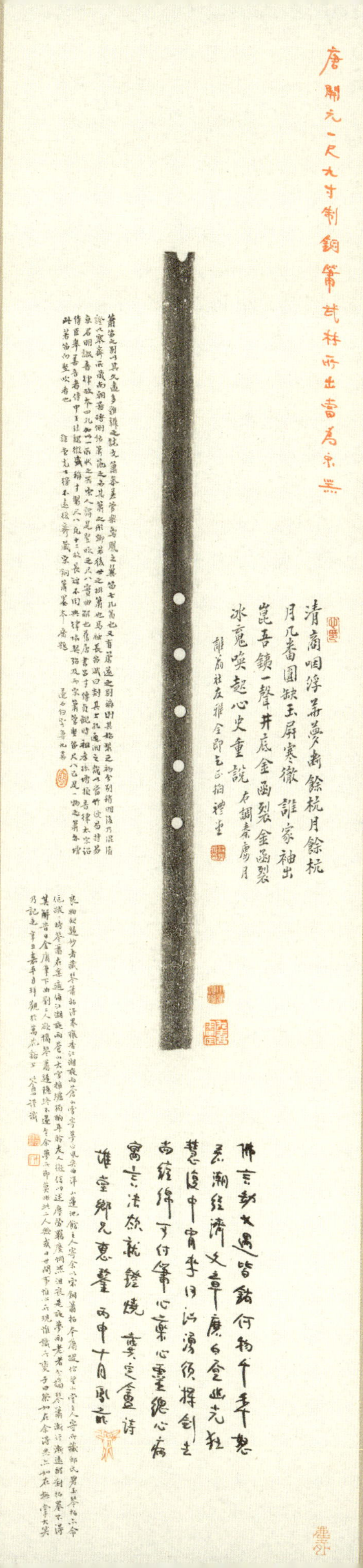

题招学庵旧藏玉露篁琴拓本

昔人云“八音之中，惟丝最密”，《礼记》曰“凡音者，生人心者也。情动于中，故形于声。声成文，谓之音”。琴音者，奇、古、透、润、静、圆、匀、清、芳，高人韵士以为寄托，意思更在弦音之外。名琴佳斫，九德兼备，前人每置千金而求，性命相许。此琴旧为招学庵所藏，后归周桂菁，再为周氏后人购得。累世历劫之物，且流传有序，龙鳞蛇腹，断文古雅，虽一纸拓墨，已见器物之不凡。

岁辛丑春仲，获观并识于万花溪上春荫之下

竹庵

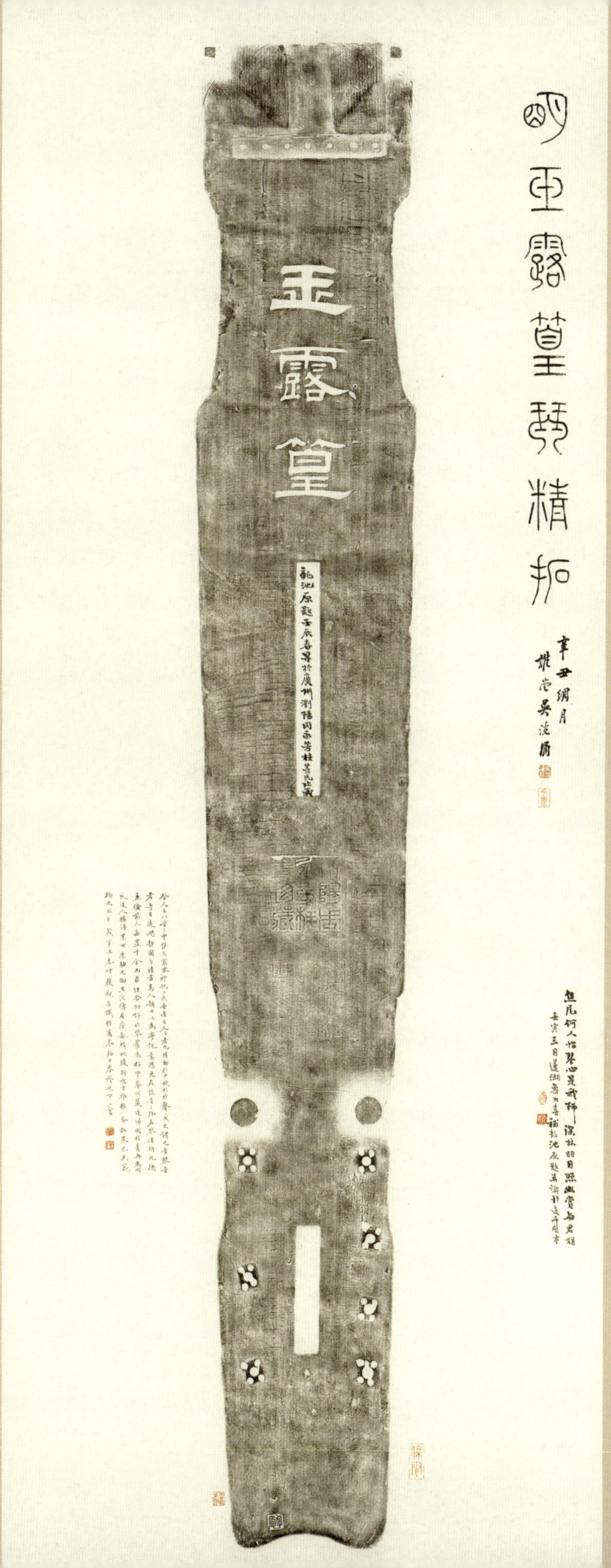
明玉露篁琴精拓
辛丑绸月
琲宓吴浚□
玉露篁
龍池原題壬辰春得於廣州瀏陽周氏芳桂堂收藏
焦尾何人惜琴心是我師 深林明月照幽賞与君期

跋《竹庵手绘花笺系列》

白石山翁早岁结龙山社于乡间，每手绘诗笺，分赠社友，以助吟兴。彼时风气，虽乡下士绅，亦是如此。余自移居万花溪上，闲作山水花草笺纸，虽拙于诗，然亦之钞写历代诗赋。又以百幅结集为《竹庵里》，其缘盖由此也。去岁韩宁兄从笺稿中拣出十种，并余所绘之狸奴小品锓版作套色，觅佳楮制为诗笺，分享同好。与清秘阁先制之《踏老爷笺》呼应，以别民国以来之旧稿也。继此式微，人或笑我，痴心一片，自有解人也。

竹庵

白石山翁早歲結龍山社於鄉閭每手繪詩箋分贈社友以助吟興彼昔風氣雖鄉下士紳亦是如此余自移居萬花谿上閒作山水花艸箋紙雖拙於詩然亦之鈔寫歷代詩賦又以百幅結集為竹菴裡其緣蓄由此也去歲韓寧兄從箋稾中揀出十種并余所繪之貍奴小品鋟版作套色覓佳楮製為詩箋分享同好與清秘閣先製之踏老爺箋呼應以別民國以來之舊稾也繼此式微人或笑我癡心一片自有解人也

竹人畫

伸懒腰

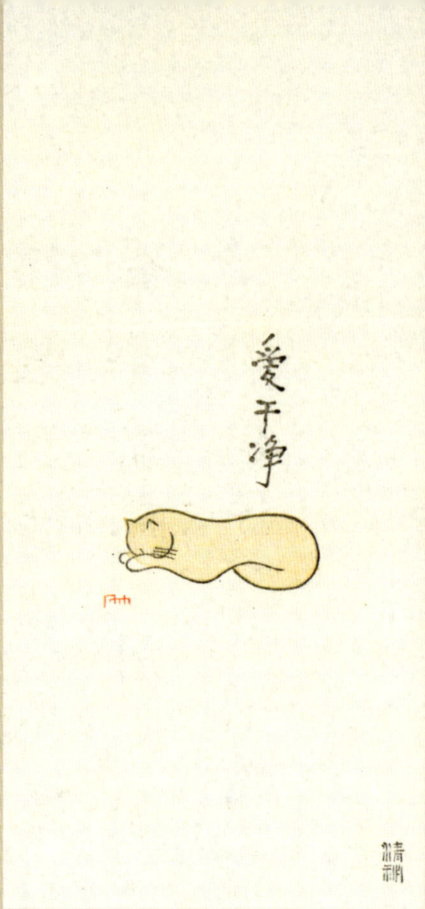
爱干净

爱学习

很好奇

不开心

做游戏
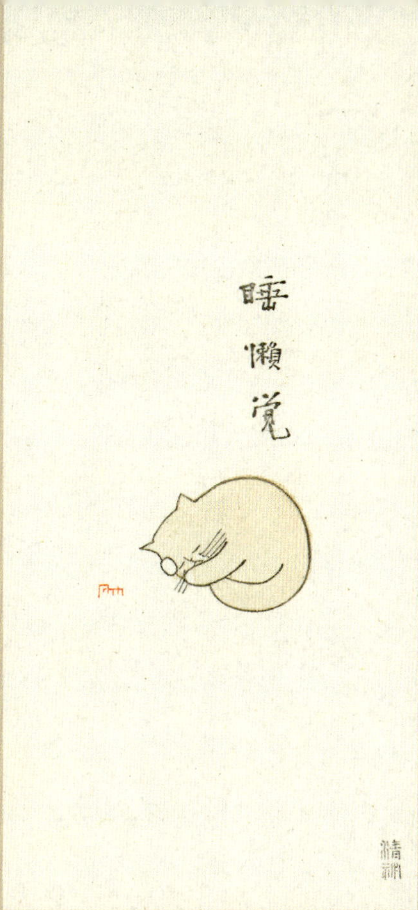
睡懒觉

惹不起
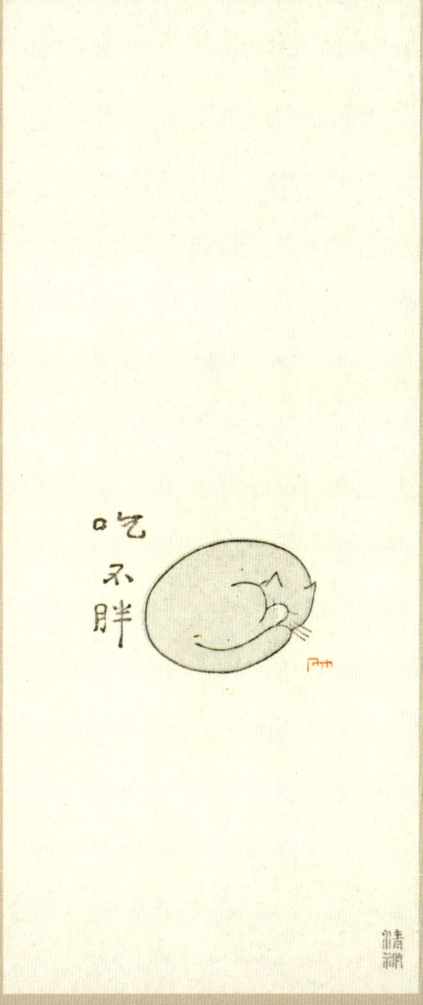
吃不胖

小心眼

耳許動君子各寫於萬花谿上

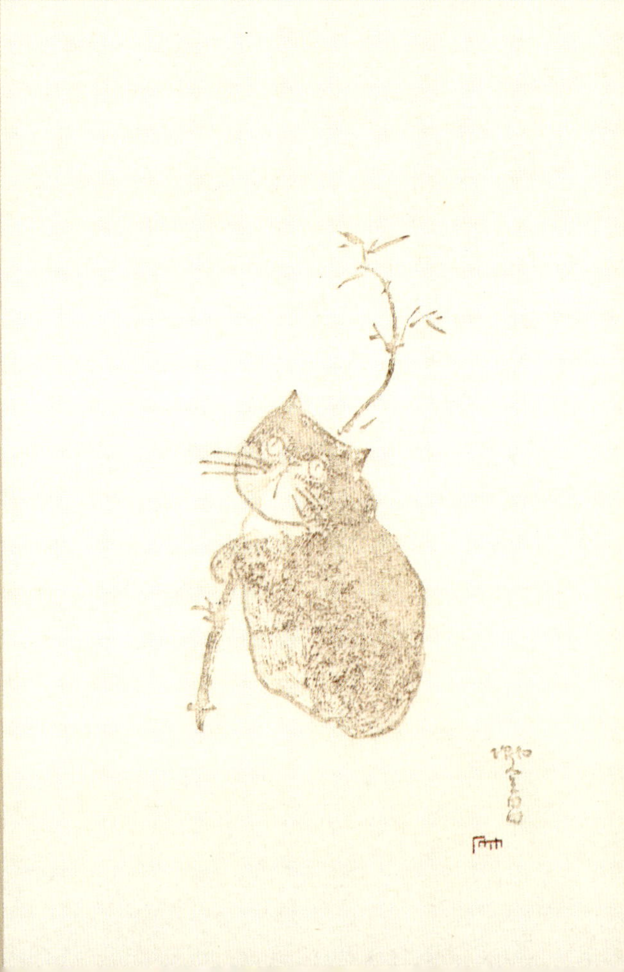

庚子小雪

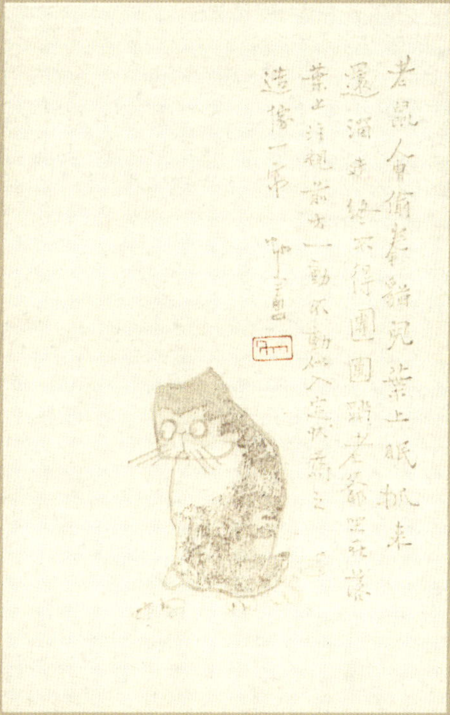

庚子小雪

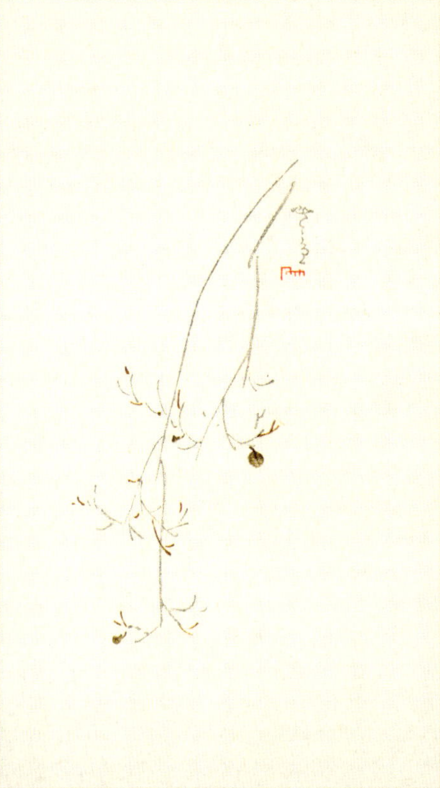

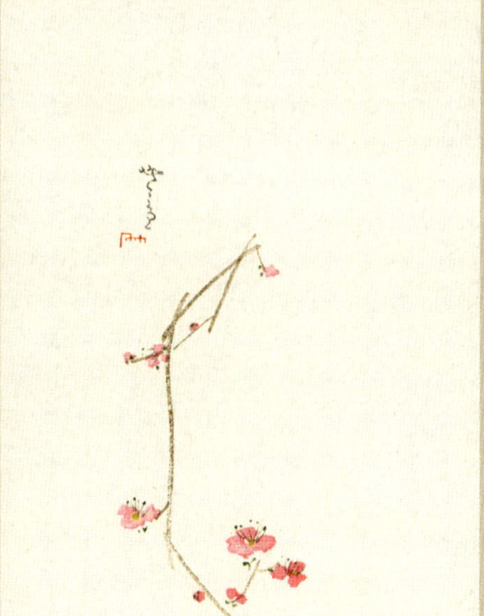

嘗讀洛陽伽藍記遥想北魏都城寺院浮屠之盛無限神往後見永寧寺遺址所出釋家造
像雖一鱗半爪之殘迹精美特異使人驚嘆此北魏金銅殘像出於古中山郡時在遷
都洛陽之前精麗華美亦不減後來者不知何時所毀釋家本意不立文字以像傳照亦因
文字與像得以廣布四方流傳千載今世不愛賞此殘像重現於世得此墨本為勝
歡欣歲辛丑中秋後二日記 笑盦

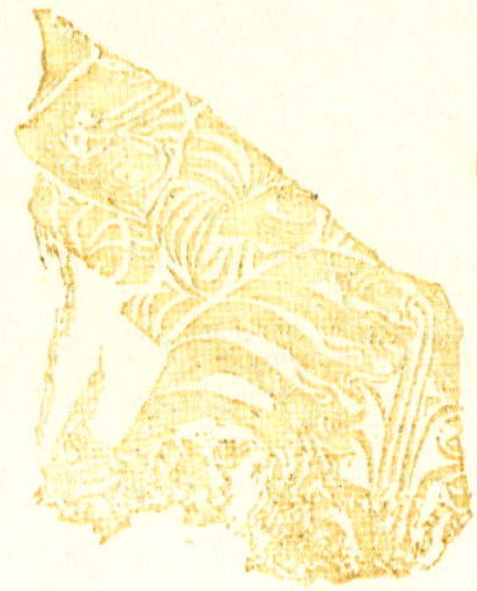

晉人竺法護譯佛説普曜經卷二云爾時菩薩從右脅生
九龍在上而下香水洗浴聖尊此九龍浴太子應在釋迦降
生殘石左上角者 笑盦

弗利爾美術館藏北魏興安二年趙路原造金銅觀音立像
F1909.266 背光鏤空火焰紋與此冊所存殘片極近但精美
規格且遠不及此惜不得原來面目甚覺遺憾也 笑盦記

此片細審當與前頁鄴迹為同一殘
製作者之題記 笑盦

樣式衣紋皆北魏特點

天上地下唯我獨尊世間事惟做藝術与出世修道者具此氣概方能成功 蒼

西漢置中山國屢改為郡因其為戰國時中山國之地故名中山北魏置中山郡為定州州治至隋初廢

此殘片銘記應是製作者題名 蒼

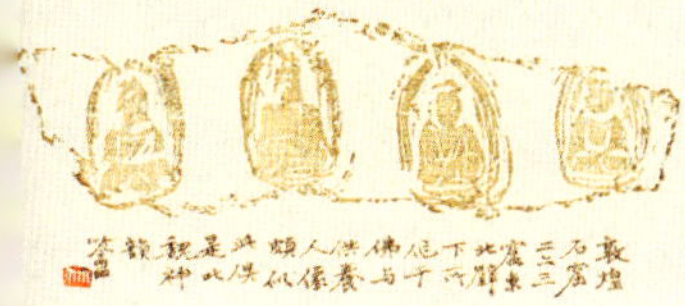

敦煌石窟三三窟東北壁下沿千佛与供養人像頗似此佛是北魏神韻 蒼

嘗見弗利爾美術館藏北魏太和年銘金銅坐佛像F09.256之座枋上波状纏枝忍冬紋与此殘像所存者極為近似為彼時多見之圖飾者敦煌彩繪亦多見類似圖樣 蒼記

大都會博物館藏北魏正光五年牛猷為亡兒造金銅彌勒佛背光外圍之飛天伎樂及火焰紋与此殘像頗似該像民國十三年出正定府後流失海外入大都會館藏世稱該館之神秘崇光為華夏高古金銅造像之傑作此殘像雙面紋飾亦動飄逸雖管中之窺級別規模精美程度亦不遑多讓似更有過之者 蒼

砚与箴铭

跋《程子大鸲鹆砚拓册》

陈嬖晚年著《安持人物琐忆》，八卦故友，月旦人物，掌故趣闻，一家之言，可充茶余饭后之谈资。陶寿伯篇中回忆为程颂万六十寿诞刻砚铭事[1]。其砚九年前见于西泠秋拍，旋归吾友，余携回竹庵，把玩旬月。细审砚背小字铭文，自词文二字后，镌刻刀法判若两手，盖陶氏代陈所刻，与琐忆文中所言一致。陈氏篆刻留存夥矣，而所镌砚铭，见文字记录仅得此耳。且砚主、铭者、书者、镌者，皆一时之名士，实稀罕物也，乃拓墨留存，今装为小册，并识于后。

辛丑冬

竹庵

① 此事见陈巨来（原名陈嬖，字巨来，后以字行）《安持人物琐忆》“陶寿伯”篇。

叟先生六十壽詩
袁思亮賦
人生才智各
有涯有能不能空
嗟嗟東坡先生天所厚
政事氣節完無瑕詩詞文賦並第
一
絕餘事書畫猶名家前無古人後來者落落
千載誰能加並世乃有十髮叟公之所能無不有仕宦
顯晦雖殊科亦博循聲在人口
為文尤不苟公專畫竹叟畫石雪浪奇峰入吾手公書
磅礴淮海同叟書篆隸能兼工
飲輒醉時復中公生盛時叟丁衰叟之所遭公不見
如糟糠偕老
以大耋能乘除
惟不能作差可比雷門布
行引滿大笑

非老吳渡偷題

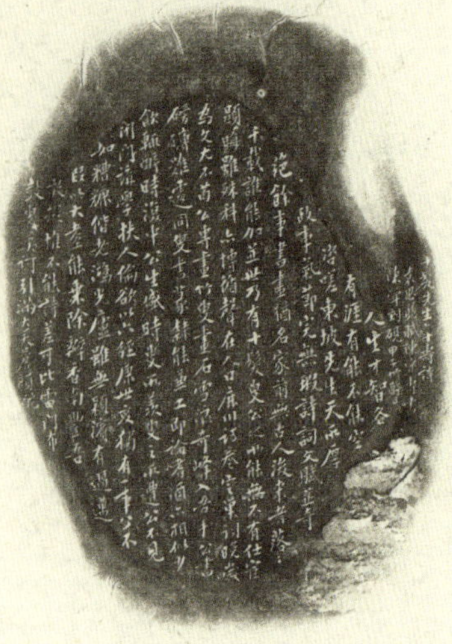

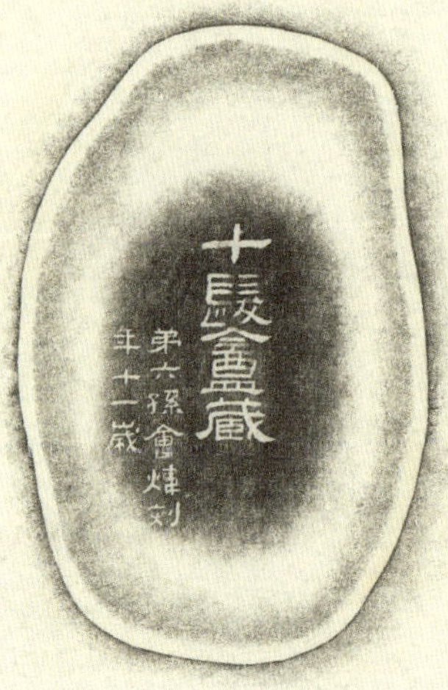

十鼓老人吾湘宿儒也少富文才然屢試未第後埶心新學爲張之洞張百熙所倚重其詩汪國垣光宣詩壇點將錄中擬爲天哭星雙尾蝎解寶老人任嶽麓書院學臨告改原山長羅典愛晚亭聯又擬書院門聯曰納于大麓藏之名山文膽文才可窺一斑晚年寓滬冊中此硯卽其昔諸公賀老人花甲之壽者硯匣自作詩爲六年之後越一歲卽歸道山矣竹菴兄拓此硯裝爲一冊寄示小蓮池館燈窗展觀畧記數語以誌眼緣辛丑冬月吳謹堂

陳常晚年著安持人物瑣憶八卦故友月旦人物掌故趣聞一家之言可充茶餘飯後之談資陶壽伯篇中回憶爲程頌萬六十壽誕刻硯銘事其硯九年前見於西泠炳柏旋歸吾友余棣回竹菴把觀旬月細審硯背小字銘文自訂文二字後鐫刻刀法判若兩手蓋陶氏代陳所刻与撰憶文中所言一致陳氏篆刻留存夥矣而所鐫硯銘見文字記錄僅得此耳且硯主銘者書者鐫者皆一時之名士實稀罕物也乃拓墨留存今裝爲小冊并識於後辛丑冬[illegible]

程子大
鸜鵒硯
銘冊

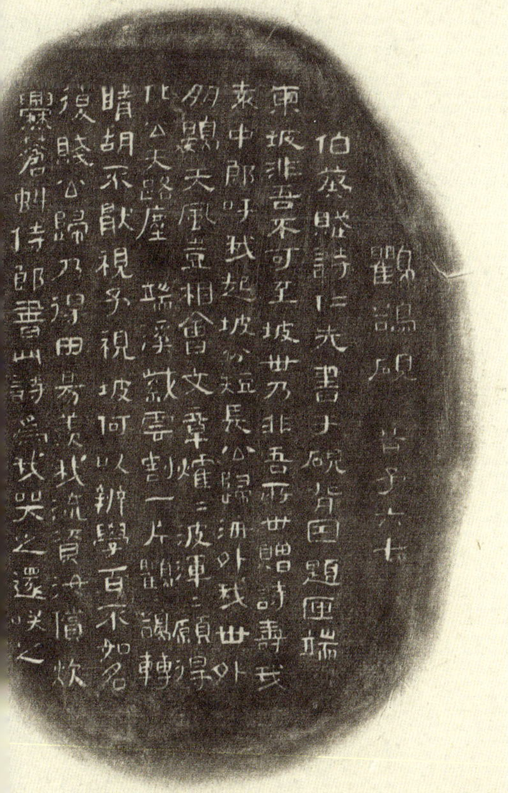
鸜鵒硯

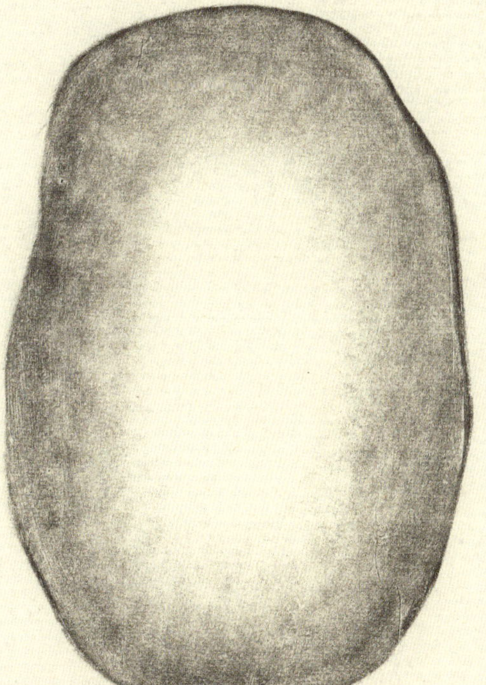

跋谁堂镌刻砚铭拓本

陈巨来《安持人物琐忆》“陶寿伯”篇记：“一日（见）余为程子大刻砚铭，袁伯夔之长篇七古，约六七百字，陈仁先小楷书之者也，可怜，余只会刻石章，砚石非所擅也，一天只能刻二三字耳。遂以示寿伯，请教刻法。寿伯大笑云：‘（这）须用锤凿刀者也，我代你刻了罢。’持去（只）四五天即携来了，毫发不爽也。”此砚数年前曾为友人所藏，置竹庵案头把玩数月。细审二人前后所刻，刀法迥异。寿伯所刻，刀锋清利，纤毫入微，得传笔法神采，真得古法者也。余箧中藏此端溪水岩砚十余年矣，久欲铭之，然不谙古法，乃倩谁堂兄镌之。及成，刀笔双妙，俨出古人手。忆安持老人所述，虽一艺之微，高下亦自有别者。欢喜赞叹，乃记之。

岁辛丑八月万花溪上桂子正盛之际

竹庵

若澂霞若紫英生玄彩去虛名安

任家盲盈盈艸盦作銘誰堂書刻

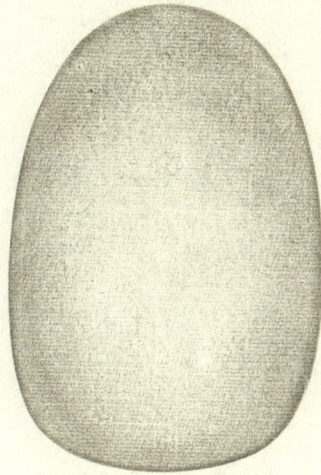

陳巨來安持人物瑣憶陶壽伯篇記一日余為程子大刻硯銘袁伯夔之長篇七古約六七百字陳仁先小楷書之者也可憐余只會刻石章硯石非所擅也一天只能刻二三字耳遂以示壽伯請教刻法壽伯大笑云須用鍾鑿刀者也我代你刻了罷持去四五天即携來了毫髮不爽也此硯數年前嘗為友人所藏置於案頭把翫數月細審二人前後所刻刀法迥異壽伯所刻刀鋒清利纖毫入微得傳筆法神采真得古法者也余篋中藏此端溪水巖硯十餘年矣久欲銘之然不諳古法乃倩誰堂兄鐫之及成刀筆雙妙儼出古人手憶安持老人所述雖一技之微高下亦自有知音歎喜贊嘆乃記之歲辛丑八月萬花露下桂子正盛之際 容盦

跋谁堂兄刻砚铭拓本

昔人铭器，多假匠手。摹勒镌刻，落笔出锋，自墨迹中揣度笔意，抉微八法，精益求精，欲使其传之久远者。盖匠师承传，运斩之际，矩矱具在。今人镌铭，知古法者鲜，字迹草率，刀意粗鄙，多与笔法相悖。随性而为，已失恭敬虔诚之心。尤于文物之上镌铭，毁坏荼毒，使人痛心疾首。谁堂兄擅八法，兼精铁笔，雅怀妙心，为器物作铭，操刀自运，书刻双妙，不让古人，今世罕见其匹。此蜀师砖砚铭即此类。兄以拓本嘱题，聊书数语，以志纫佩。

跋自藏古端砚板

余旧藏古端砚板，上有高眼一。色微黄如秋月，瞳子亮活，质朴无华。惜底部遭妄人开一指之池，半途而弃之，遂寄子安兄改作如意池。妙手良工，伴余行箧数载，助余笔墨清兴。近又倩谁堂兄操刀作铭，更增雅意。因素爱晚晴老人“知一切法如空中鸟迹”墨迹，乃倩白完兄镌于砚匣。昔人云：“一物之微，爱之惜之，非为物也，乃护心也。”

岁辛丑秋仲客居万花溪上

竹庵记

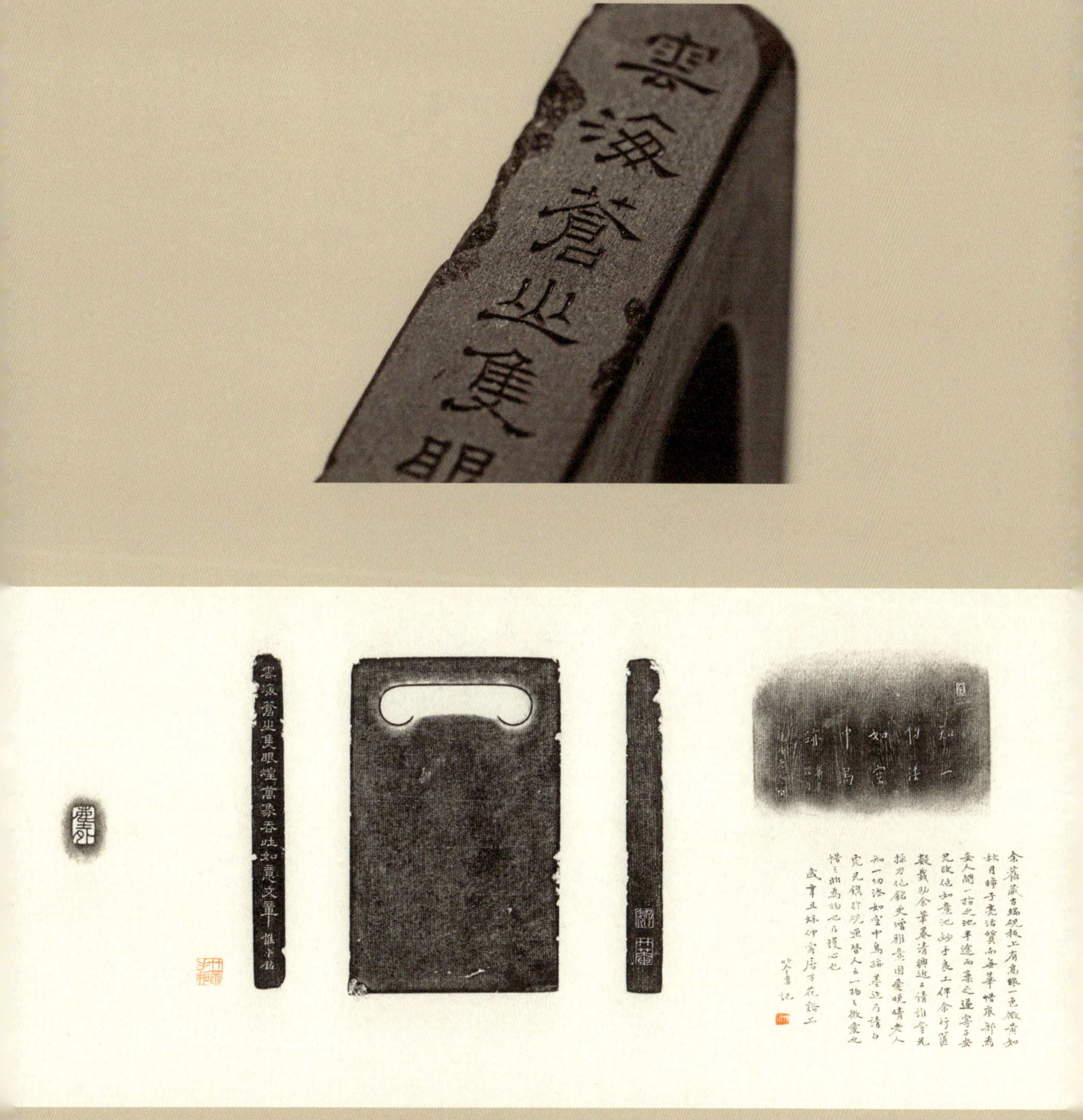
云海苍山集眼煌万象吞吐如意文章
知一切法如空中鸟迹
余蓄藏古端砚板上有高眼一₍₎微黄如秋月晴子亮洁质而无华惜底部为妄人凿一指之池半途而弃之遂寄子安兄改作如意池妙手良工俾余行箧数载助余笔墨清兴近之请诒堂兄操刀作铭更增雅意因爱晚晴老人知一切法如空中鸟迹墨迹乃请白究兄镌於砚阴皆人之一物之微爱之惜之斯为物也乃护之也

题自制端溪水岩砚

南朝谢玄晖句云“非君美无度，孰为劳寸心”，故宫所藏顾二娘所制洞天一品砚，即以为铭。此端溪水岩大西洞所出佳石，余十三年前所得，作铭自镌，典亦从此出者。

辛丑秋拓墨并识

竹庵

石之髓，
水之精。
拳拳一握，
劳我寸心。

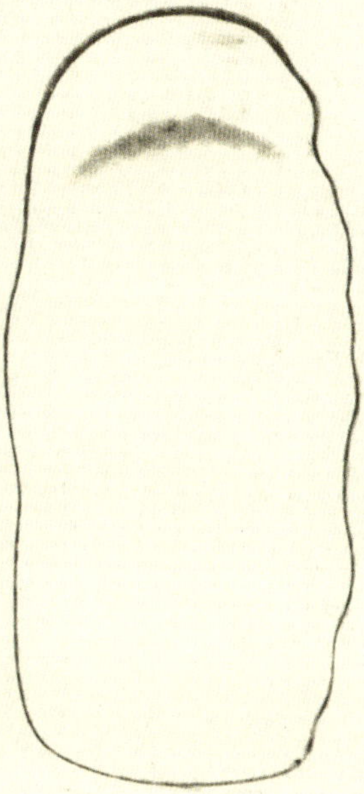

南朝謝玄暉句云非君美無度孰為勞寸心故宮所藏顧二娘所製
洞天一品硯即以為銘此端溪水巖大西洞所出佳石余十三年前
所得促銘自鐫典亦從此出者 辛丑炳栢墨并識 炎畬

题自制松鳞砚

清人高固斋论端溪水岩石云：“以有青花微细如尘，隐隐浮出，或如虮虱脚者为上，麄点成片者次之。石极细乃有青花。青花，石之精华也。纯深秀嫩，一片真气如新泉欲流，又如云霞氤氲，温柔长暖，斯为之石髓。”余所蓄端砚，亦有如此者。而此石大小玫瑰紫青花散布，若夜空之浮云，如寒潭之秋水，似更难得。盖十余年前端溪友人所赠片石。取治印之小刀，依形琢之，取意而成，状若千岁古松之鳞，配以木匣，置之案头，名之曰松鳞砚。

岁己亥秋晚于苍山之下万花溪畔夜灯记

竹庵

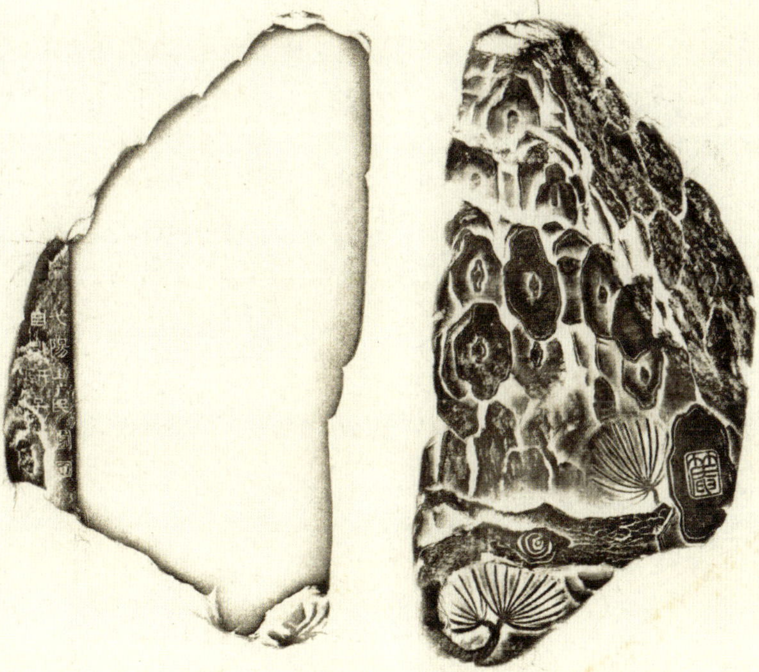

清人高固齋論端溪水巖石云以有青花微細如塵隱隱浮出或如蛾風腳者為上雁點成片者次之石極細乃有青花花石之精華也純深秀嫩一片真氣如新泉欲流又如雲霞氤氳溫柔長煖斯為之石髓余所蓄端硯亦有如此者而此石大小玫瑰紫青花散布若夜空之浮雲如寒潭之綠水似更難得蓋十餘年前端溪友人所贈片石取治印之小刀依形琢之取意而成狀若千歲古松之鱗配以木匣置之案頭名之曰松鱗硯歲己亥秋晚於蒼山之下萬花谿畔夜燈記 鑒

跋明龙尾山眉纹砚板

龙尾山眉子坑砚板，乃明代物，侧镌乾隆时人悔翁铭，为方氏砚香阁旧物。方氏蜀中营山人，民国时为川军邓锡侯部处长。有砚癖，阁中多蓄历代名品。后出任重庆文史馆第二任馆长，于上世纪九十年代初病故。所藏散出，此砚板先为汤虎先生所获，旋归钧古斋吴茂礼先生，后吴先生又售余者。夏云巢先生亦癖砚，尝为余言此砚之流传经过。今夏、吴、汤三位前辈皆已作古。睹物思人，忆昔谈笑言语，恍在昨日，对此唏嘘感叹不已。

岁辛丑寒露捡旧时拓墨于苍山万花溪上客居记

竹庵

乾隆乙亥韓耀南珍藏

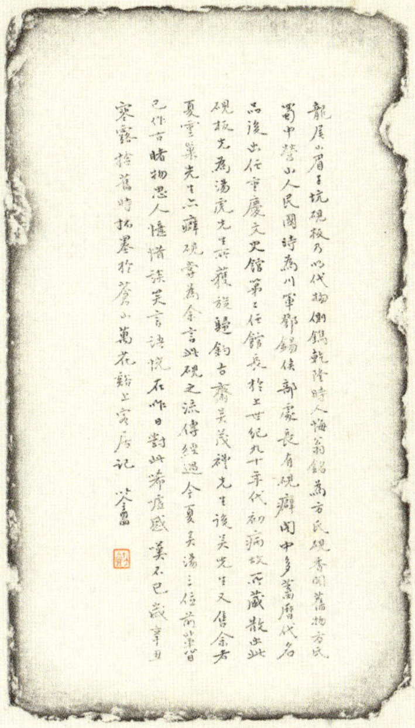

剡而塞方且直翰墨場此矜式唯
尔耀南其永保而弗失 梅翁題

跋南唐水坑眉子青砚

清人所制龙尾砚，原装漆盒，铭曰“天地交，二气通，巨灵辟出青芙蓉，深溪斗岩将毋同”。晚明人好古尚奇，闵寓五《六书通》多搜此类字，乃风靡明清之交。及乾嘉小学之兴，遂少见用。此砚质净工素，余得于嘉德之秋拍，行箧相随，已八年矣。

岁辛丑八月识于万花溪上

竹庵

清人所製龍尾硯原裹漆盒銘曰天地交二氣通自靈闢出青英蓄深谿斗藏將毋同晚明人好古尚奇聞寓五六書通多抄此類字乃風靡明清之交及乾嘉小學之興遂少見用此硯質淨工素余得於嘉德之秋拍行篋相隨已八年矣歲辛丑八月識於萬花谿上 熒盦

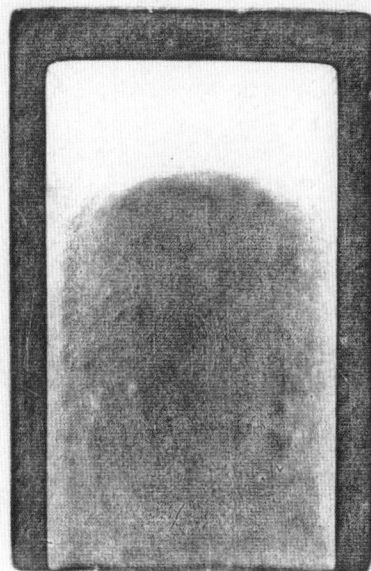

题米公题壁砚

米公题壁处，每有白云亲。
秀木岩前老，空山不见人。

此余旧得清初歙州砚，其底所镌乃米芾《题壁图》。暇时把玩，以薄纸拓如此，秋窗清寂，聊记闲情耳。

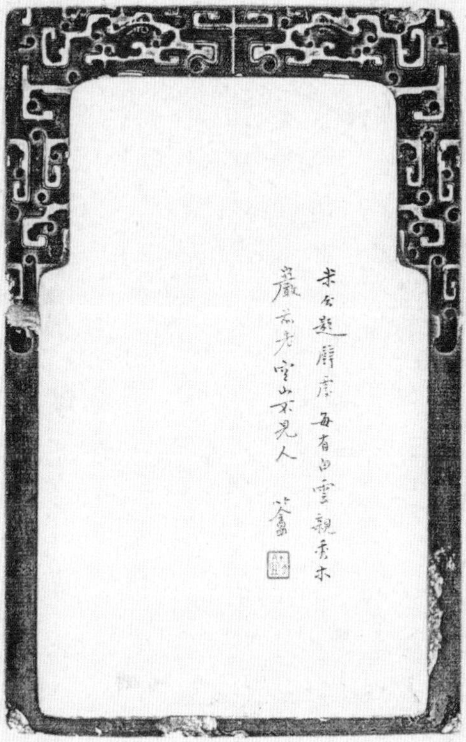
米公題廨處每有白雲親秀木
巖前老雪山不見人

铭宋歙砚

出芙蓉溪，经宋人手。
八百年后，归我所有。
瓜非强扭，不许嫌我字丑。

铭随形高眼端砚

布紫云，
隐宿星，
去繁文，
用志不分，
乘风运斤。

竹庵铭

随形蒼端石小硯池有細眼一熠熠若啓明之星蓋案頭翫物耳 技癢促銘自鐫並手拓此 竹盦

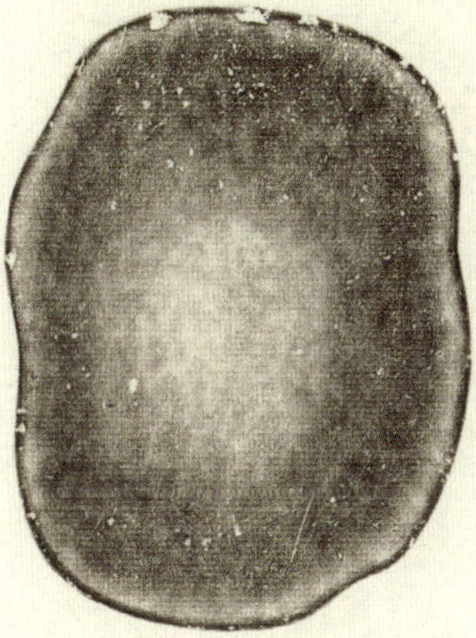

铭明罗纹椭圆淌池歙砚

浣花笺，
龙尾研，
米家船，
乃入五湖游，
以之写云烟。

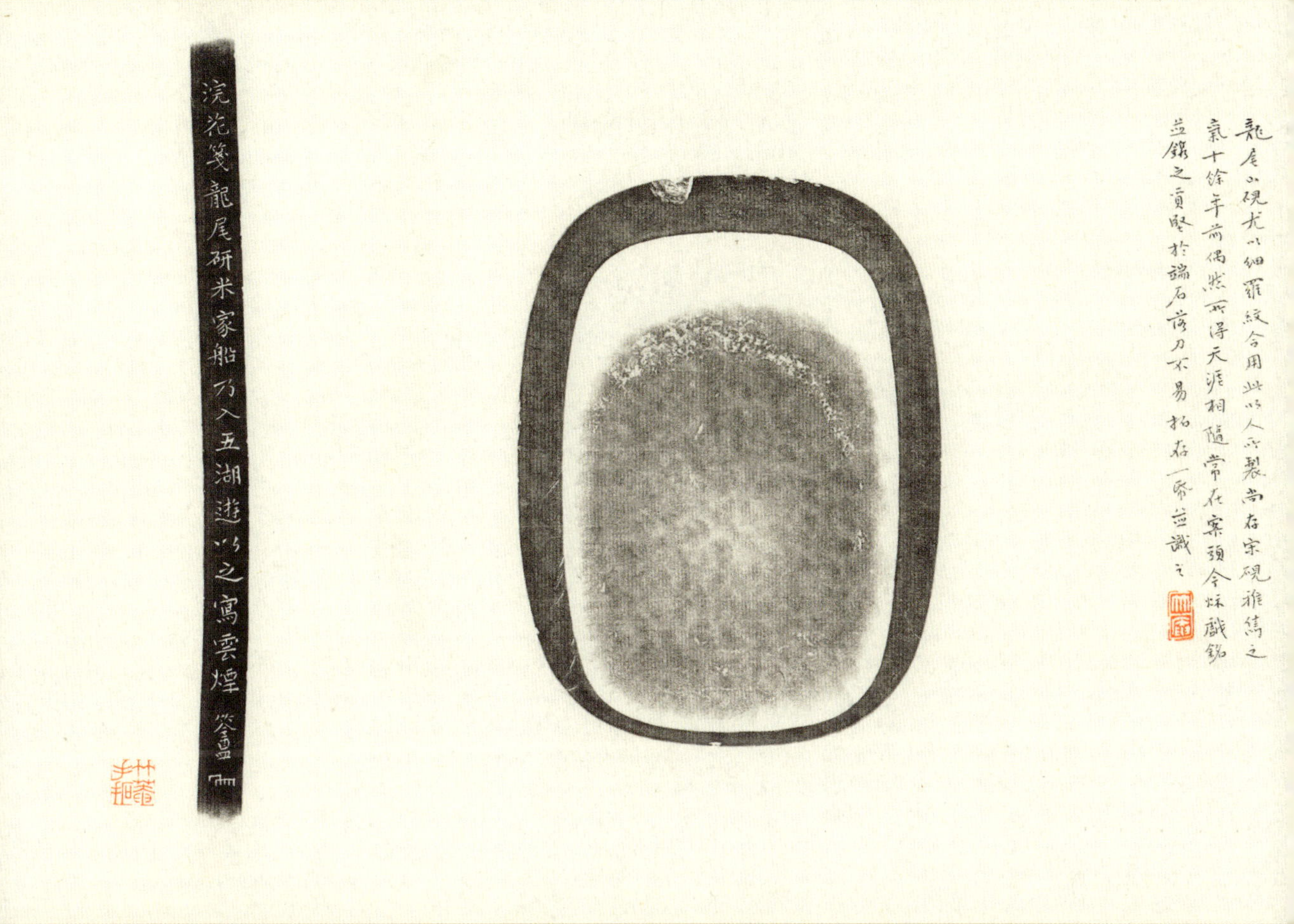
浣花箋龍尾研米家船乃入五湖遊以之寫雲煙 荃盦
龍尾小硯尤以細羅紋含用此以人所製尚存宋硯雅儁之
氣十餘年前偶然所得天涯相隨常在案頭今姝戲銘
並鎸之貢堅於端石落刀不易拓存一紙並識之

铭井田端砚

居陋巷，
耘瘠田。
安且乐，
遂其缘。
时枕春风，
时抱入眠。

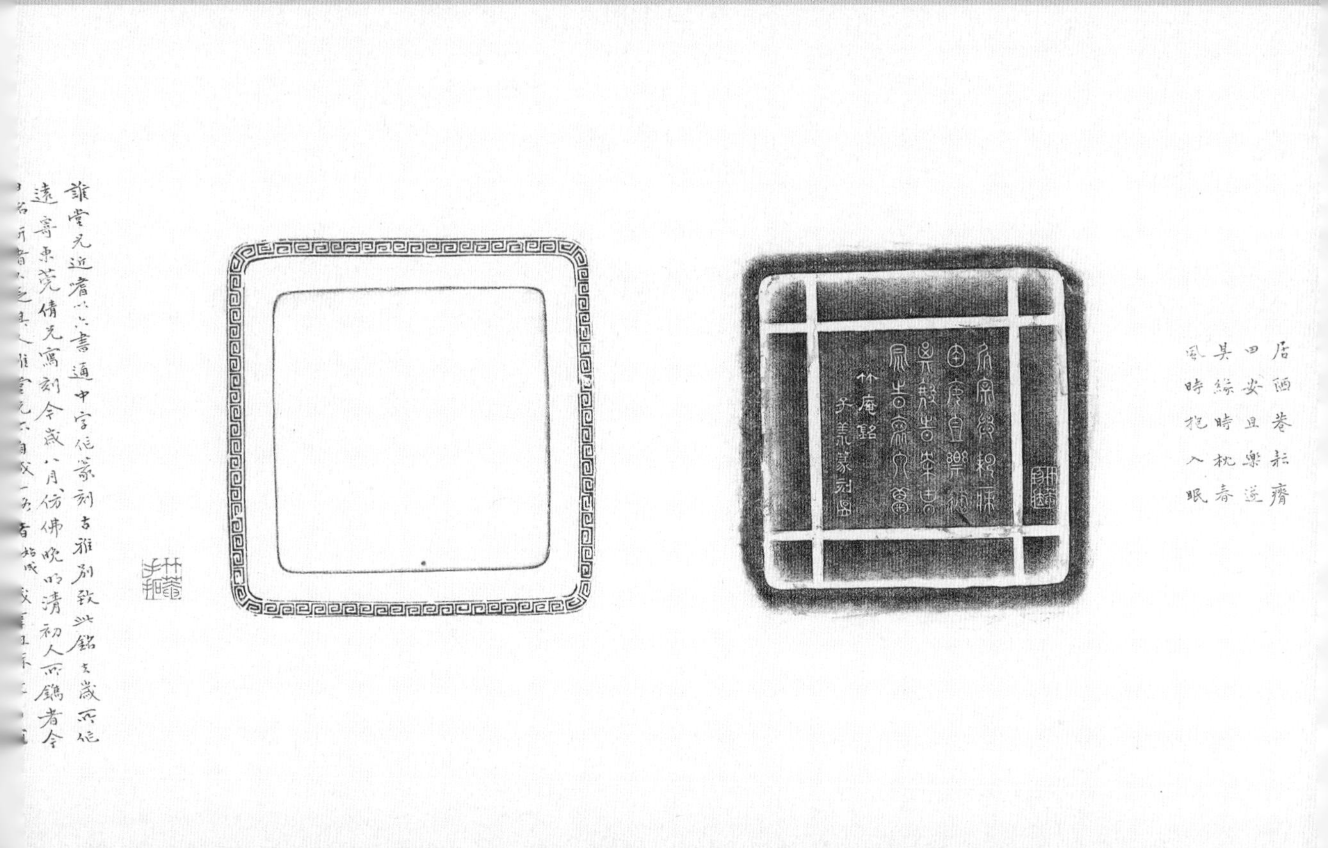
居陋巷耘齋
田安且樂逍遥
其綠時枕春
風時抱入眠
誼堂兄近耆六書通中字作篆刻古雅刖致此銘去歲所作
遠寄東莞倩兄寫刻今歲八月仿佛晚明清初人所鐫者今
竹庵手拓

铭琴形端砚

太古音，
无弦琴，
蜀笺字细夜已深，
帘钩新月每沉吟，
到如今。

铭虫蚀砚

如虫蚀木，
如印印泥。
砚田腴瘠，
天人各宜。

铭端溪水岩随形砚

含璞随形，
雨润云氤，
紫气腾腾任天真。

此端溪水巖片石十餘年前所獲前三年得子安兄手製為硯又倩白完兄刻文字与
城北布衣印於硯底今歲又得滙堂操刀鐫銘遂得完成 辛丑八月 竹盦記并拓
含璞隨形
雨潤雲氤
紫氣騰〻任
天真
竹盦銘
雛米書刻

铭端溪水岩青花椭圆砚

若微霰，
若紫英。
生玄彩，
去虚名。
安住处，
自盈盈。

铭端溪水岩天青随形砚

比德如玉，
君子以之。

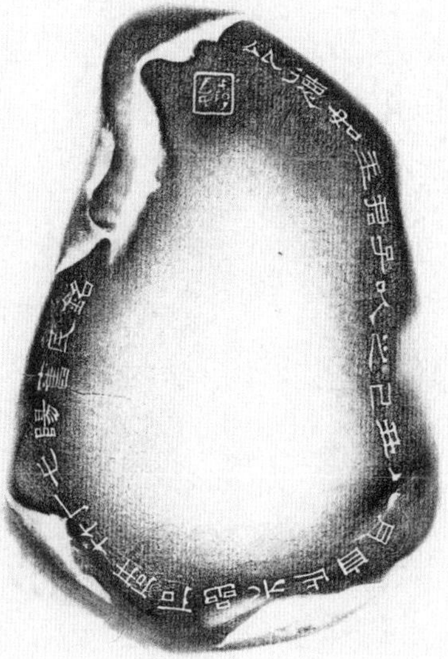

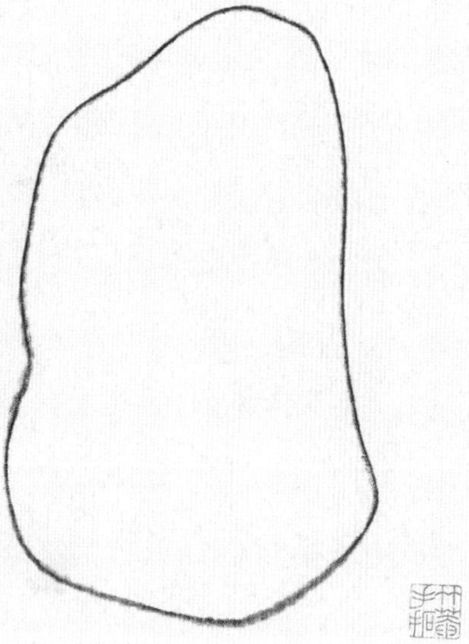

水巖天青青花純者為端溪石中之上品十三年前所得自製為硯并銘

敬希自念信可樂也歲辛丑孫手拓一紙并識 笑盦

铭明椭圆池端砚

绿荫芳草满阶，小憩猫儿在怀。
残砚安我书斋，坐忘流年天涯。

竹菴手拓

今歲子安兄以此所端石硯讓我明人画裏嘗見此式蓋形制由宋硯化出尚存文雅文房麗物余留心古硯十餘年所得佳者寥寥興致已不復當年閒来作銘自鐫聊以自娛耳

竹金盦

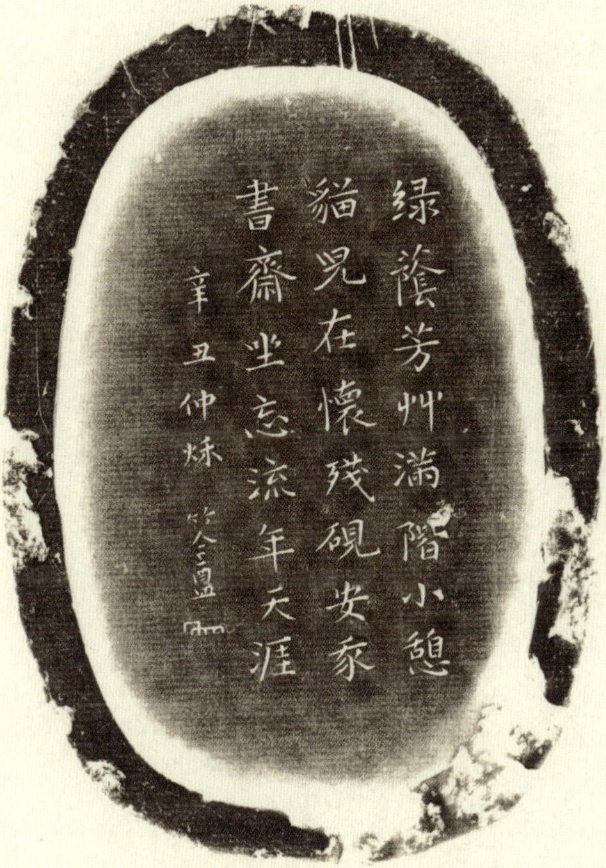
绿蔭芳艸滿階小憩
貓兒在懷殘硯安家
書齋坐忘流年天涯
辛丑仲秋 竹金盦

铭太史砚

散吾襟，
忘古今。
养草木心，
发金石音。

井田卧牛砚铭

芳草萋萋，牧牛田西。
芳草蓊蓊，牧牛田中。
石兮佳兮，与笔沐风。

明人所制此井田卧牛端砚，为余藏古砚之第一方。十四年矣！相随天涯，伴我笔墨，其缘不浅也。

岁辛丑秋，万花溪上
竹庵识

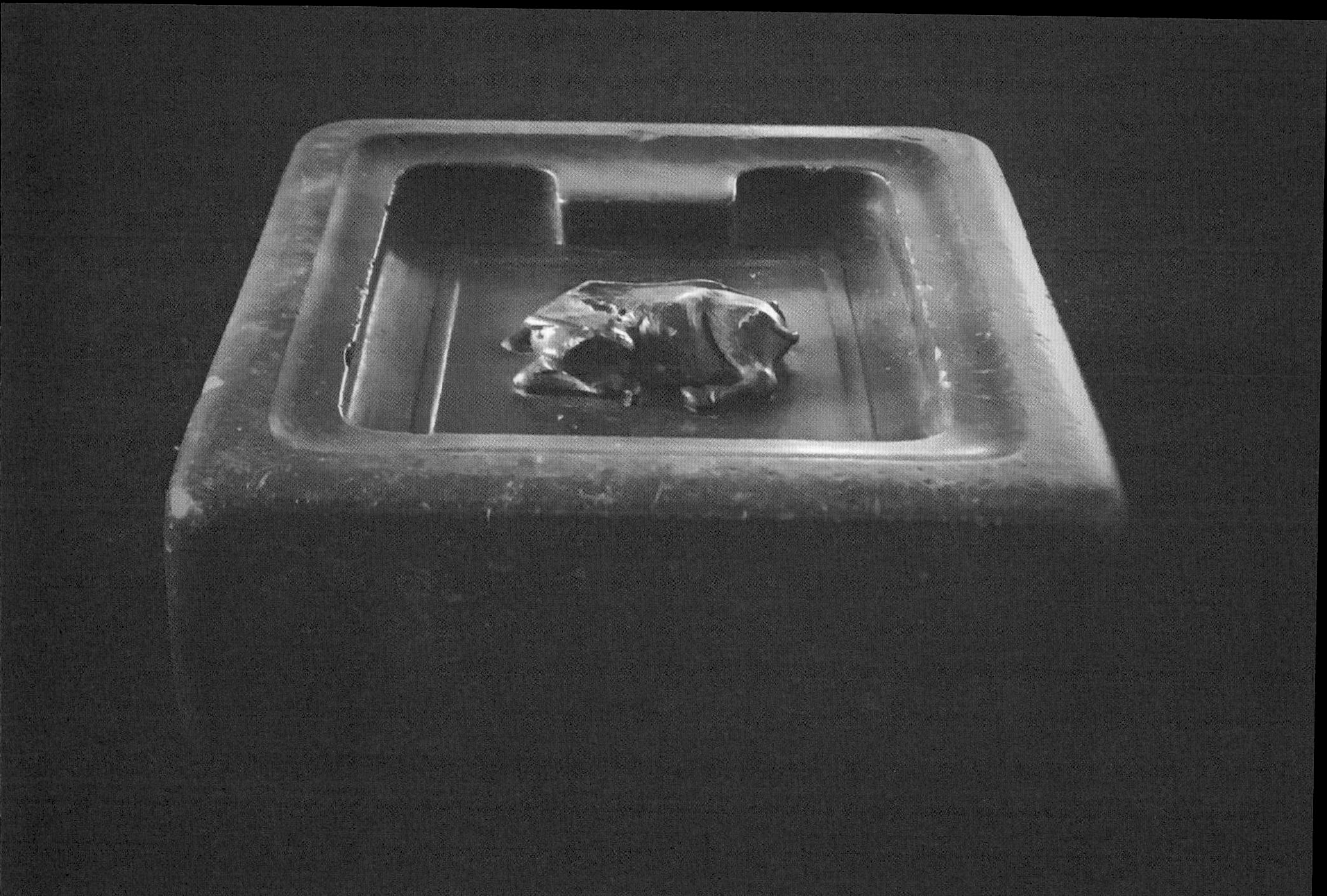

明人所製此井田臥牛端硯爲余藏古硯之第一方十四年矣相隨天涯伴我筆墨其緣不淺也歲辛丑秋萬花谿上人金畬識

铭大西洞冰纹随形平板端砚

腾蛟起凤，紫电清霜。
西洞片石，竹庵文房。

竹庵印為雄堂兄己亥年所刻辛丑桂月
余作銘自鐫　竹盦記

铭旧木镇尺

润而坚，
方且圆。
貌不扬，
性难迁。
如花在野，
如珠在渊。

潤而堅方且圓貌不揚性難遷如苍在野若珠在淵

铭铁力木臂搁

金石音。
草木心，
合吾手，
枕古今。
风前月下自沉吟。

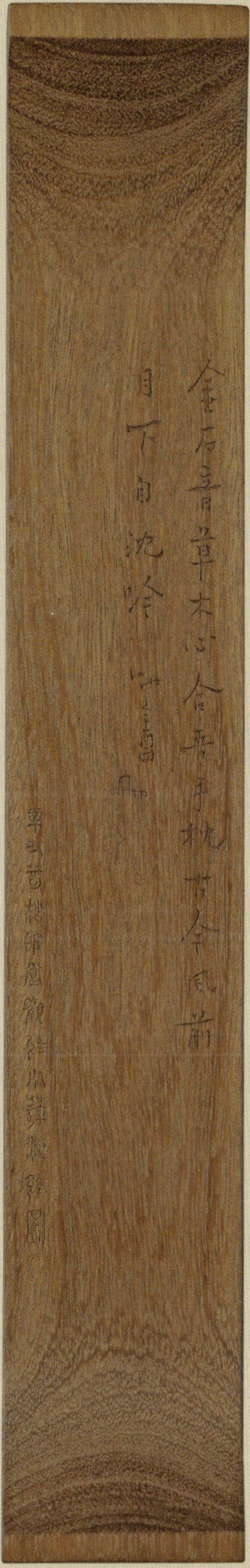
金石音章木以合吾手枕古今風前
月下自沈吟

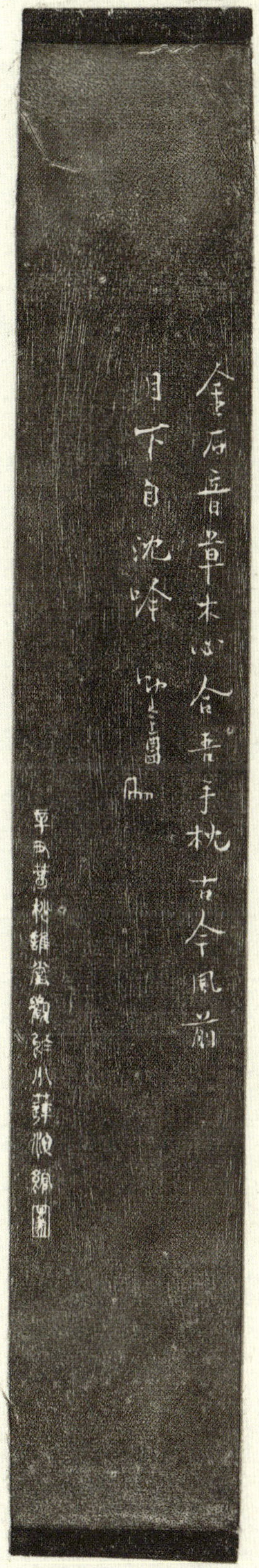
金石音章木以合吾手枕古今風前
月下自沈吟

玉杯铭

去岁所置玉杯（二枚），制木匣盛之。并作铭倩白完兄刊之，拓为一纸。余以不擅拓全形，故依实物补绘。不求工细，图成尚得朴质之意。因识之。

沉以月，浮以花；
醉以酒，醒以茶。
其同饮，在天涯。
付一笑，莫咨嗟。
枕肱之乐，于此清嘉。

癸卯初春庭中杏花盛放之际

竹庵

去歲所置玉杯製木匣盛之並倩銘諸君先刊之搨石一紙今以不
揮搨全形故依實物補繪不求工細高或為滹樸賢之意因識之
笑卯初春庚申志花品故之燥 谷書

沈水月浮以花
醉以酒雄以
茶其同領在
天涯供一笑
寺宿疏枕依
之樂于此清
嘉

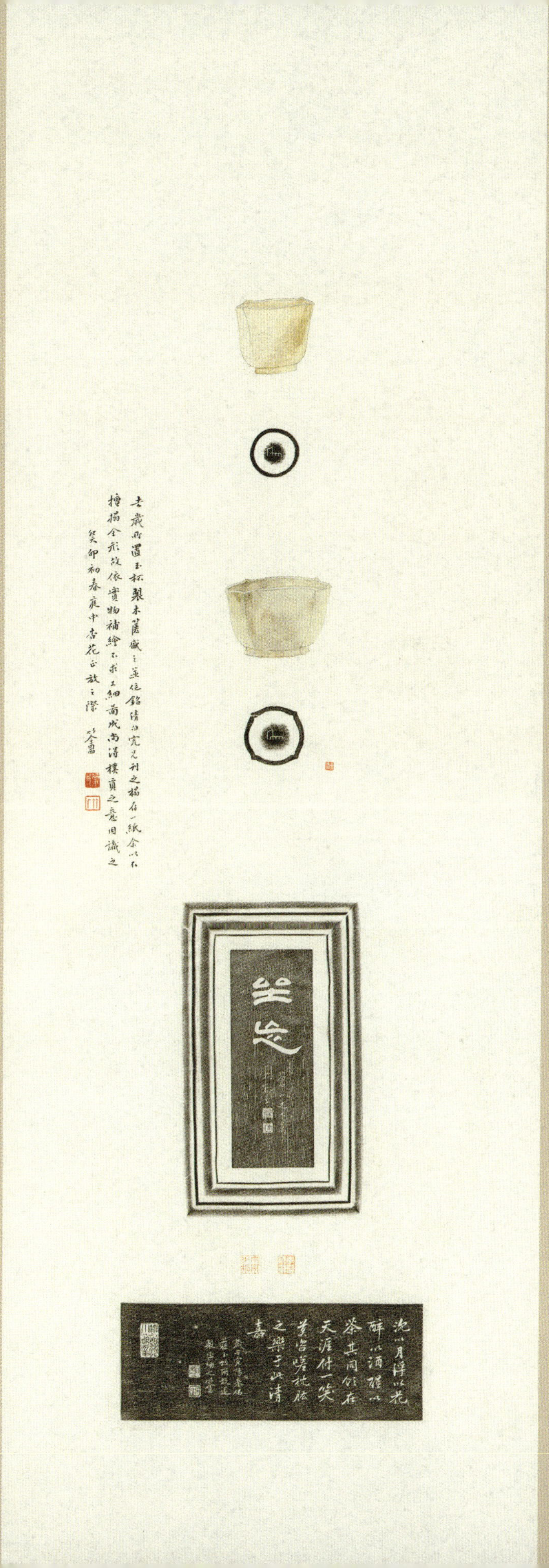

洗月研以花
醉以酒醒以茶
茶其間佐在
天涯付一笑
莫當嗤枕於
之樂于此清
嘉

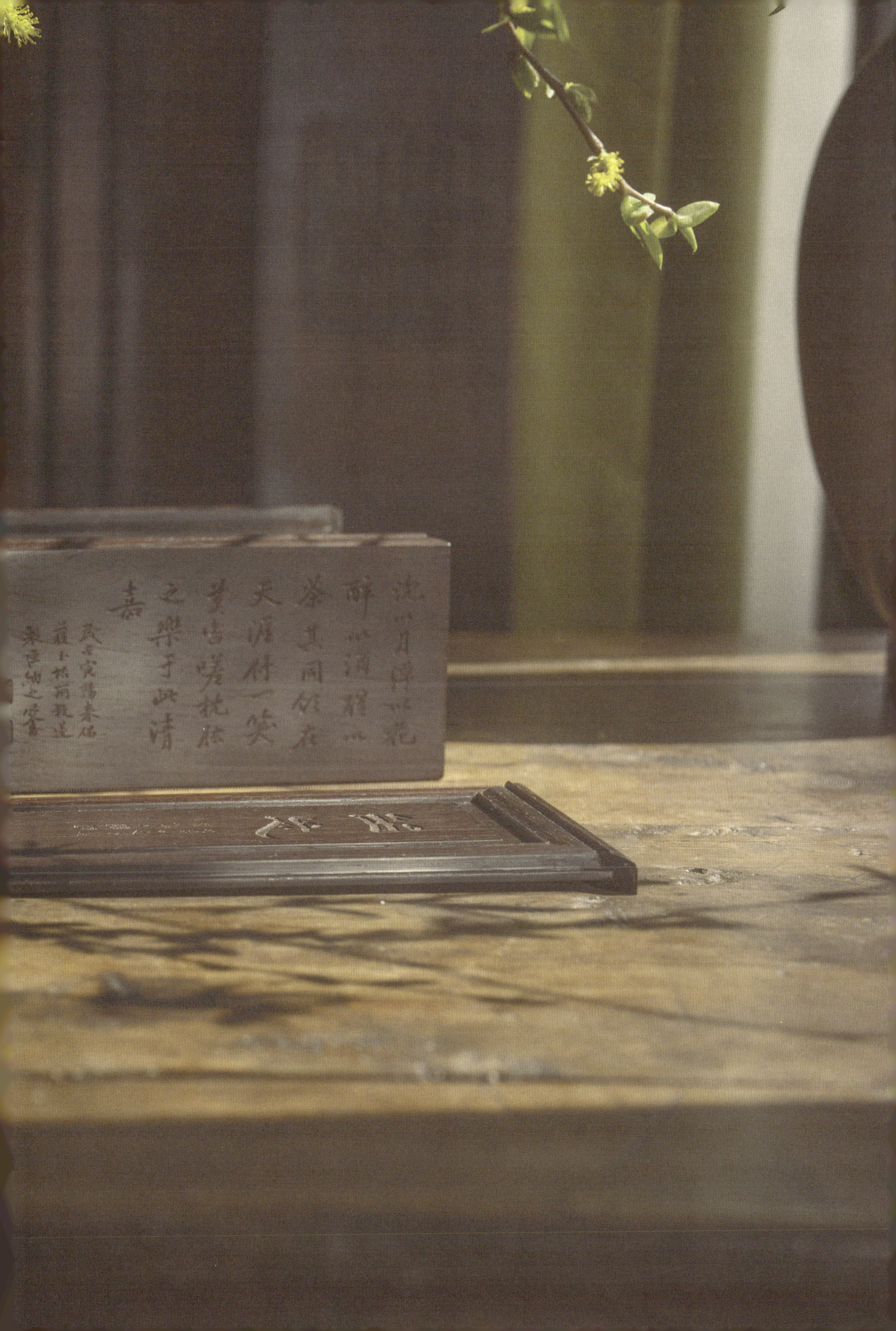

铭躺平琴

空谷之兰，
希声之音。
其按其泛，
既厚既清。
浮游乎万物之祖，
自处于散木之林。
曲肱而枕，
乐此躺平。

旧制水丞

巨勺分沧海，浮瓯幻大千。

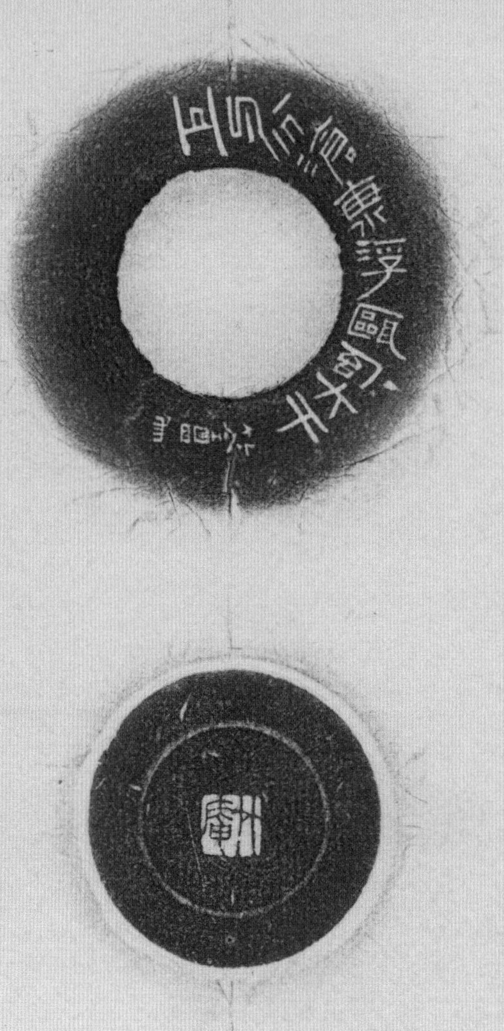

铭隋鎏金菩萨像

无量劫中，
欢喜供养。
庚子秋以山水小卷易此隋金像。

紫砂壶铭

一

枕肱乎？饮其宜，今不同弊，古不乖时。乐夫天命复奚疑？

二

妙有无？
此一壶。
曳尾泥涂，
相忘江湖。

楹联

丙申春所作对联[1]

云动五台，霞泛洱海，翠竹窗前，展卷平添月色；
燕回闾巷，我来天涯，樱花陌上，流年敢问斯人。

① 甲午春，余移居苍山洱海间之喜洲，赁地筑屋，种竹数百竿，名曰竹庵。喜洲为南诏大厘城旧地，西靠苍山之五台峰，东临洱海。可以遥望海东鸡足山，濯足潺潺万花溪。溪水绕屋，经年不休，于芦汀沙岸间注入洱海。春来樱花陌上，柳色如烟，新燕颉颃；夏则旦暮云霞，瑰奇绚烂，不似人间；秋日白露丹枫，碧水蓝天，稻浪如金；冬则苍山积雪，星月皓朗。居其地也，读书作画，种菜栽花，弹琴焚香，尽日静处。陶公《归去来兮辞》曰："怀良辰以孤往，或植杖而耘耔。"杨恽《报孙会宗书》曰："田彼南山，芜秽不治。种一顷豆，落而为萁。人生行乐耳，须富贵何时？"先贤之言，实获我心。因作联语，聊寄予怀。时丁酉岁首竹庵。

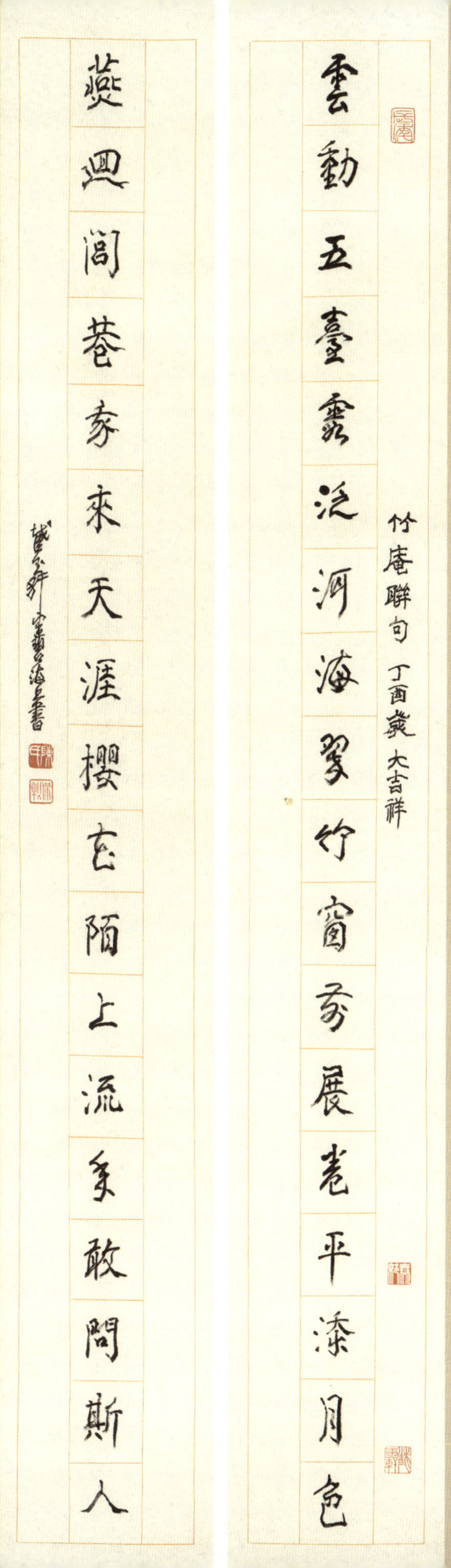

雲動五臺霞泛洱海翠竹窗前展卷平添月色
竹庵聯句 丁酉歲大吉祥
燕迴閬巷我來天涯櫻花陌上流年敢問斯人

陈佩秋书

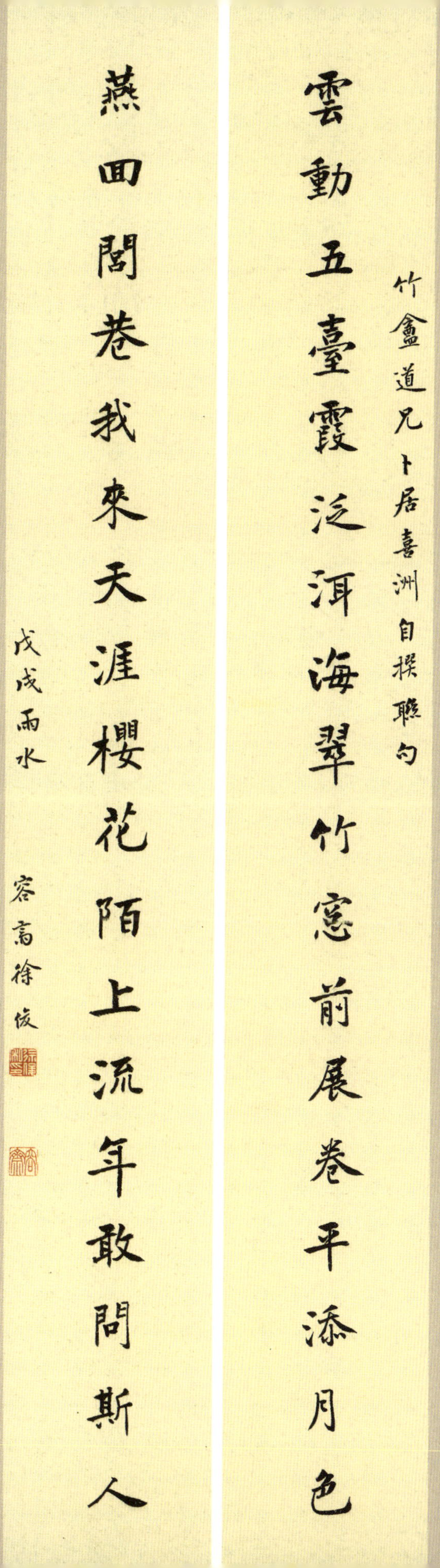

雲動五臺霞泛洱海翠竹窗前展卷平添月色
竹盦道兄卜居喜洲自撰聯句
燕回閬巷我來天涯櫻花陌上流年敢問斯人
戊戌雨水
容齋徐俊

徐俊书

辛丑岁首集历年出版之旧作书名为联[1]

读画游心赓旧约，归园坐忘见南山。

猫儿狗子联[2]

我家猫儿最可爱，赵州狗子定非禅。

① 《竹庵读画录》《游心太玄》《笔墨旧约——竹庵蒙中的书画》《归园集》《坐忘集》《见南山——一个艺术家的村居日记》

② 戊戌春余书“我家猫儿最可爱”七字，张于朋友圈中，霸州李天飞兄对以“赵州狗子定非禅”七字，遂成联句，戏以孩童体书之。

讀畫遊心廣舊約

舊作出版舟子六種集聯自遣 辛丑仲春

竹庵讀畫錄 遊心太玄 華蒼舊約

敦堂謹製

歸園坐忘見南山

歸園集 坐忘集 見南山

嵾昌於茉蒼齋上

敦堂謹製